小学館文庫

千里眼　岬美由紀

松岡圭祐

JN285811

小学館文庫

千里眼　岬美由紀

「千里眼／メフィストの逆襲」より続く

第一章　続・二〇〇一年、八月

絶望

建物の玄関に迫った。美由紀《みゆき》はなかを覗《のぞ》きこんだ。ガラスは割れ、ロビーも埃《ほこり》に包まれている。家具や調度品の類いは見当たらない。コンクリート製の柱や梁《はり》の造りは古く、高度経済成長期に建てられたものとみてまちがいないだろう。

見張りがいるかもしれないと感じ、辺りのようすをうかがったが、敵の気配はなかった。そうだろう、と美由紀は思った。都内の工事現場を装っているのだ、不法侵入の可能性はさほど高くはない。一方で、近隣の高層ビルから見下ろされても兵士の姿は目につかないよう配置せねばならない。見張りの数はけっして多くはない。

美由紀はロビーに踏みこんだ。すぐに柱の陰に身を潜め、暗闇《くらやみ》に目が慣れるのをじっと待った。やがて、床の模様がうっすらと見て取れるようになった。繊細な模様を描いているタイルだった。焼け落ちたホテルかなにかだろう。部屋数も無数にあるにちがいない。工作員の隠れ蓑《みの》にはうってつけだった。

ロビーの奥に階段がみえる。念のために、足元のタイルの破片を拾い、放り投げた。タイルが落下する音。なんの反応もなかった。このフロアは無人と考えていいだろう。美由紀は走りだした。

エレベーターの扉がみえたが、むろん電源はおちていた。わき目もふらず階段めがけて突進した。少しでもなんらかの気配を感じたら、床に伏せて発砲するつもりだった。

階段に達した。今度は手すりの陰に身を潜めた。

しんと静まりかえった建物のなかに、自分の呼吸音だけがせわしなく響く。

いや、それだけではない。美由紀は息を殺し、聴覚に集中した。足音だ。固い靴底、駆け足ぎみ。三人、もしくは四人だった。金属の触れ合うかちかちという音もきこえる。軍服につけた装備品だろう。男の声で短くなにかが発せられたが、よくきこえなかった。ドアが開き、複数の人間たちが入っていく足音が響き、閉じる音がした。ふたたび、静寂が包んだ。

美由紀は頭上をみあげた。階段は螺旋《らせん》状に上へ上へと延びている。いまの足音は四、五階上から発せられたようだ。

AK47の銃口を行く手に向け、慎重に階段を昇っていった。割れたガラスの小窓から差しこむ陽の光が、踊り場の床を照らしだしている。光線のなかを埃が舞いあがっているのがわかる。数分前に、ここも誰かが歩いたらしい。

四階に着いた。廊下をのぞきこむと、等間隔に扉がある。部屋番号がふってあるところをみると、やはりホテルのようだった。絨毯《じゅうたん》ははがされたらしく、硬い床が露出していた。さっきの足音はこのフロアだろうか。いまのところ人影はみえない。明かりが灯っているようすもない。美由紀は廊下を、足をしのばせて歩いた。

ふいに、話し声がした。やはり男の声だった。美由紀は立ち止まって姿勢を低くした。数メートル先のドアのなかからきこえてくる。朝鮮語の会話だった。

「予想どおり、状況は厳しさを増すばかりじゃないか《ネガ・マーレットゥシ・サーンファンイ・オリョウォジョッチャナ》」

男だが、若い声だった。それに対し、もう少し年上と思われる野太い声の男が応じた。

「当然だ。いまが試練のときだ。われわれは孤立無援」

もうひとり、しわがれた声があとをひきとった。「明日にはもう、生きてはおれんだろうよ」

沈黙があった。若い男が不服を感じている、そんな雰囲気の漂う間があった。だが、若い男は美由紀の予想ほどには反発の姿勢をみせなかった。「覚悟はできている」

鋭い金属音がした。さっき美由紀がＡＫ47の弾倉を装着したときに耳にした音と同一に思えた。

「焦るな」野太い声がいった。「俺たちが死ぬのは、大勢の日本人を殺したあとだ」

しわがれ声がきいた。「爆薬は？」

若い声が応じた。「人民思想省から指示のあった三か所には、すでに仕掛けてある」

紙の音がした。会話の流れから察するに、地図をひらく音のようだった。

美由紀は息が詰まりそうな暗闇のなかに、ひたすら身を潜めつづけていた。後ろを振りかえってみた。廊下にはまだ、別働隊の気配はない。部屋のなかの連中は具体的な作戦会議に入ろうとしている。できるだけ長く会話を聴き、情報を得ねばならない。

「ここと」野太い声がつぶやいた。地図をながめているらしい。「ここは、わかる。だが、三つめのここは、なんだ」

「そう」と若い男の声。「俺も疑問だった。何なんだ、この東京カウンセリングセンターってのは？　なぜこんなものを標的にする？」

美由紀は自分の心拍音が耳のなかに響いてくるのを感じていた。爆薬を仕掛けた。東京カウンセリングセンターに。さっき見かけた、あのトラックに工作員が隠れていたにちがいない。

なぜだ。美由紀も、若い人民軍兵士と同じ疑問を抱いた。なぜ東京カウンセリングセンターを標的にするのだ。

その答えは、しわがれ声が発した。「李秀卿《リスギヨン》の情報によると、その建物は日本側の秘密活動の拠点らしい」

「秘密活動？」と野太い声。

そうだ、としわがれ声。「公的機関を装っているようだが、実態はわが国家の人民思想省とよく似た働きを請け負っているらしい。李秀卿の取り調べにもこの機関から職員が派遣された。女の職員だったそうだ。李秀卿が連絡してきたことによれば、その女は人民思想省の人材に等しい技能を持ち、なおかつ実戦面での知識も持ち合わせているらしいとのことだ」

野太い声が納得したようすでいった。「日本人の傲慢《ごうまん》さ、軍国主義を維持するための心理機関がどこかにあると思ってたが、これか。すると、潜入工作員の教育もここで?」

「だろうな」しわがれ声が苦笑ぎみにいった。「日本も諸外国に工作員を潜入させているのは疑いの余地はない。そのような訓練施設もあるようだと、李秀卿からの情報にはある」

美由紀は気が遠くなりそうになっていた。

人民思想省と同一の機関、潜入工作員の教育をおこなう機関。彼らは東京カウンセリングセンターをそうみなしている。そんなばかな認識があるわけがない。が、なぜ彼らがそう信じこんでいるのか、その過程はあきらかだった。

美由紀が李秀卿に会ったせいだった。李秀卿は美由紀を自分に酷似した、特殊な訓練と教育を受けた人間と感じた。東京カウンセリングセンターに関しても、人民思想省とうりふたつの組織と信じた。すべては李秀卿の誤解だ。だがその誤解は、もとはといえば美由紀が彼女の前に現れたことに端を発している。

偶然とすれば、まさに悪夢だ。だが美由紀は、これを偶然とは思わなかった。断じて偶然などではない。故意に引き起こされた事態にちがいない。

メフィスト・コンサルティングだ。彼らのしわざだ。美由紀はまたしても彼らのターゲットにされた。いや、これは復讐《ふくしゅう》だ。中国プロジェクトを壊滅に追いこんだ岬美由紀に対する、彼らの執拗《しつよう》な復讐だった。

メフィスト・コンサルティングは、日本と北朝鮮のあいだに不穏な空気をつくりだそうとしている。中国プロジェクトのリベンジとばかりに、実際に日朝開戦にまで至らしめる計画かもしれない。彼らならやりかねない。だがその過程で、巧妙に美由紀を抹殺しようとしている。それも、このうえない地獄の苦しみを背負わせながらだ。

「では」しわがれ声がいった。「諸君。くるべきときがきた」

ええ。野太い声がささやくようにいった。「日本の当局がわれわれのこのアジトに気づいていないはずがない。内偵ぐらいは進めていただろう。……主要機関三か所の爆破テロをおこなえば、警察はこの場に乗りこんでくるにちがいない」

若い男が立ち上がる気配があった。「じゃあ、爆破前に脱出の手筈《てはず》を」

「いや」しわがれ声がいった。「われわれはここに残る。残って、抗戦する」

野太い声がつぶやく。「やはり、死ぬだろうな」

またしばらく沈黙が流れた。やがて、決意のこもった若い男の声が静かに響いた。「わが偉大なる朝鮮民主主義人民共和国、偉大なる金正日国家主席に栄光の勝利を」

この三人が何者なのか知る由もない。おそらくは長期間、東京に潜入しつづけた工作員なのだろう。李秀卿からの情報のみならず、彼らも現状を正確に把握しているとはいいがたい。彼らの追い詰められた情念から考えるに、少なくともこの三人は日本と北朝鮮の戦争が間近とでも感じているようだった。祖国のために、ただちに命を投げ出さねばならない、そう覚悟をきめている。

中国のときとおなじだ。いまはどうすればいい。彼らを説得できるだろうか。いや、美由紀は彼らの同朋を射殺しているのだ。そして李秀卿と同じく、この三人も生まれたときから北朝鮮政府への絶対服従を刷りこまれている。美由紀の言葉に耳を傾けるとは思えない。

部屋に飛びこんでいって襲撃するか。孤立無援、と彼らのひとりはいった。この建物にはほかに仲間はいないのかもしれない。いたとしても、ほんの数人かもしれない。それなら、先制攻撃に打ってでるべきではないのか。

いいや。彼らが仕掛けた爆薬の起爆装置が、時限式かリモート操作式なのかもわかっていない。東京カウンセリングセンター以外の二か所のターゲットもわからない。襲撃をかけたら、たちまち爆破されてしまうことだってありうる。

額からしたたりおちた汗が目に入った。美由紀はそれをぬぐってため息をついた。べっとりとした汗。血のような感触があった。じきに、それも現実となるかもしれない。血にまみれる自分。そこまであとどれくらいだろう。数分か、あるいは数秒か。

野太い声がいった。「では、最初の爆破を」

なんということだ。美由紀は言葉を失った。もう時間がない。いま、自分はどうすればいい。どうすればいいというのだ。

しばらく間があった。しわがれた声が告げた。「ここだ」

どこだ。最初の爆破はいったいどこだ。美由紀はいらだちながら心のなかでつぶやいた。場所を話せ。言葉にしろ。

「ふうん」若い男がいった。「李秀卿に、脱出の指示を与えないと」

しわがれ声が応じた。「心配いらん。彼女には、もうつたえてある」

美由紀は愕然《がくぜん》とした。計り知れない恐怖と孤独感が全身を貫いた。

東京カウンセリングセンターだ。こいつら、東京カウンセリングセンターをまっさきに爆破しようとしている。起爆装置に手をかけている。

もう迷わなかった。ためらいなど微塵《みじん》もない。美由紀は跳ね起きた。声のするドアに駆け寄った。鉄製のドアだった。いつでも発砲できるよう身構えながら、ノブを回そうとした。

美由紀は失態に気づいた。鍵がかかっている。だが、室内の連中は足音を耳にしたはずだ。

「丁《チョン》か?」若い声がドアごしにたずねてきた。「どうした。交代の時間にはまだ早いぞ」

外にいた警備だと思いこんでいるようだった。だが、勘違いも長くはつづかない。美由紀はそう悟っていた。足音がちがいすぎる。若い男は気づかなくても、あとのふたりはそうではあるまい。

しわがれ声がいった。「まて。ようすが変だ」

張り詰めた緊迫が一瞬漂った。ドアの向こうで金属の音がこだました。銃を手にした。臨戦態勢をとったのだ。

「爆破を!」野太い声が叫んでいる。「すぐに爆破だ。急げ!」

美由紀はドアノブをひねりまわした。鍵《かぎ》がかかっているといっても、ホテルの場合はかならず蹴破れるていどの強度に抑えてあるはずだ。美由紀は蹴った。ドアを何度も蹴りつづけた。

美由紀は過去を捨てた。そして新しい人生を有意義にしようと全力を費やしてきた。いまそのすべてを失おうとしている。同僚、仲間。皆があの建物のなかにいる。断じて爆破などさせない。

もうなにも失いたくない。

満身の力をこめて蹴った。ドアは大きくしなった。もういちど、壁ぎわから短く助走してドアノブのすぐ下にキックを浴びせた。ドアははずれ、半開きになった。

すぐさま横に飛んだ。AK47の掃射音が響き、コンクリートの壁に銃弾がめりこむ音が廊下に反響した。美由紀は転がり、ドアの脇にかくれた。戸口から煙が噴き出している。発煙筒で煙幕を張ったらしい。その煙がオレンジいろに浮かびあがっている。開いたドアの隙間《すきま》から漏れる明かりだった。室内には照明がある。ということは、向こうからこちらは見えにくくなっているはずだ。

美由紀は素早く立ちあがり、戸口の前に躍りでた。室内は煙で満たされている。霧の向こうにいくつかの照明、人影がちらとその前をよぎった。

敵の掃射音がした。だが、美由紀は避けなかった。戸口に立ち、部屋のなかに向かってAK47を乱射した。

煙で視界が遮られている。その室内に、まんべんなく銃弾を掃射した。

美由紀は叫んでいた。叫び声をあげながら、フルオートで銃撃をつづけた。霧のなかに潜む生命を、一体残らず死滅させる。ただそのためだけに掃射した。

いくつかの照明が壊れ、薄暗くなった。男の悲鳴もきこえた。三人のうち誰の声なのかはわからない。暗闇のなかで誰かが倒れた。その気配も感じた。それでも、銃撃をやめなかった。

どれくらい撃ちつづけただろう。美由紀は引き金をひく指を緩めた。

ずっときこえていた自分の叫び声もやんだ。静かになった。

煙はまだたちこめている。ひとの気配はもう、感じられない。

と思ったそのとき、しわがれた声が弱々しく告げた。「爆破を」

かすかにみえた人影に向かって美由紀は発砲した。煙のなかに飛び散る鮮血が、銃火に一瞬だけ照らし出された。

が、遅かった。パソコンのキーを叩く音がした。ピッという電子音もきこえた。

鳥肌が立った。起爆装置。絶命する前に、起爆装置のスイッチを入れたのか。

美由紀はAK47を乱射した。装置ごと破壊するつもりで霧のなかに乱射した。だが、今度の掃射はさほど長くつづかなかった。弾倉は空になり、銃声はやんだ。

また自分の叫び声だけが響いていた。それも数秒のことだった。

突き上げる振動。ずしりという衝撃が美由紀の身体を揺さぶった。地震のように思えたが、一瞬のことだった。美由紀は息を呑《の》んだ。
二、三秒遅れて、遠雷のような轟音《ごうおん》が響いてきた。
爆破したのだ。

東京カウンセリングセンターが爆破された。

あの電子音とともに、爆破はおこなわれた。まず大地を伝わる衝撃波が、つづいて建物の崩壊する音が空気中を伝わってきた。

美由紀はただ、呆然《ぼうぜん》として立ちつくしていた。膝《ひざ》が震え、やがて力が抜けた。その場にへたりこんだ。

すべてを失った。過去も、現在も、未来も。

視界が揺らぎ、涙がこぼれおちた。次の瞬間には、声をあげて泣いていた。

終わった。なにもかもが。そう思ったとき、胸を引き裂くような悲しみのなかに、異質な感情が混入してきた。どういう気分か自分でもわからない。ただ、まったく異なる思考とともに自分のなかにひろがってくる別の感情。美由紀はそれを感じていた。

気づいたときには、美由紀はひきつった笑い声をあげていた。甲高い声。泣きながら笑っていた。涙を流し、身を震わせ、それでも笑っていた。

霧が濃くなっていく。ひとけのない、薄暗い廊下のなかに、美由紀の笑い声だけがこだましていた。

そのうち、笑いがとまらなくなっていた。それがさらに涙を誘発する。腹の皮がよじれるかと思うほどの笑い。とてもこらえきれない。

おもしろいわけではない。楽しさや快楽も伴ってはいない。むしろ不快だ。にもかかわらず、美由紀は笑っていた。

わたしは馬鹿だ。どうしようもない愚か者だ。心のなかでそうくりかえした。あきれてものも言えない。そう思うと、いったんはおさまりかけた笑いがまたぶり返した。笑いをこらえるのは困難だった。

室内に充満する煙のなかに、誰かが立っている気配があった。うっすらと照らしだされたその男は、人民軍の制服を着ているようにみえた。それでも、美由紀は笑うのをやめなかった。廊下の壁ぎわにしゃがみこみ、笑いつづけた。

あまりにも無防備に笑いころげていたからだろう、人影はついにたまりかねたようすで声をかけてきた。「なにがおかしい」

外国人らしい訛《なま》りはあるが日本語だった。思ったとおり、聞き覚えのある声だった。

「なにがですって」美由紀はまだ笑いをとめられなかった。腹を押さえながら、しゃがんだままいった。「あなたたちって、ほんと詰めが甘いのね。これってどこか他の国で使った計画のシナリオを流用してるんでしょ？」

「はて」男の声がたずねた。「なんのことかな」

「とぼけないで」ようやく笑いがおさまりつつあった。美由紀はいった。「関東ローム層の特徴ぐらい知っておいたらどうなのよ。東京礫層《れきそう》と呼ばれる、高層ビルの支持層にもなれる洪積層の地盤。都心部のこの地層では、アメリカみたいに音より早く爆発の衝撃が遠方に伝わることなんかないのよ。東京カウンセリングセンターのある虎ノ門からこの六本木じゃ、どう考えたって音のほうが先に到達するわ。そうでしょ、ダビデさん」

人影は当惑したようすで立ちつくしていた。やがて霧が晴れてくると、その人物はしきりに手で頭をかいているのがわかった。

太りぎみの身体《からだ》を、北朝鮮人民軍の制服に包んだイタリア系の大男。その濃い顔は、いま眉間《みけん》に皺《しわ》をよせてなにか考えあぐねていた。やがて、ぎょろりとした目をさらに丸くして美由紀を見下ろした。「なるほど、そりゃそうだ。この段取りはサンフランシスコの地層を考慮したものだ」

ダビデはピエロのごとく、とぼけた顔で肩をすくめてみせた。前に会ったときよりも、いっそう太ってみえる。制服の下に防弾チョッキを着こんでいるからにちがいない。胸もとには血糊がべっとりと付着していたが、ダビデの顔はきわめて血色がよさそうだった。

美由紀はきいた。「あなたひとり？」

「そう」ダビデはいった。「私ひとりだ」

「さっきの声とか、振動とか、爆発音は？」

「パナソニックの立体音響だな。スピーカーは十四個使った。けさ、イベント業者に運びこませた」

ぷっと美由紀は噴きだした。ダビデのやや困惑したような、決してハンサムとはいえない顔をみつめていると、ふたたび笑いがこみあげてきた。美由紀はまたしても大声で笑った。

ダビデは不服そうに、苦虫を嚙み潰《つぶ》したような顔でいった。「地質学に詳しかったのはめっけもんだが、仕掛け人の私をまるで『スターどっきり』の小野ヤスシのように見なして笑い飛ばすのは、どうかと思うぞ」

「どうして？」美由紀はまだ笑っていた。「トラックを運転してたのも、兵士のふりして銃撃を受けたのも、この部屋に閉じこもって朝鮮語のセリフが録音された音声トラックを操作してたのも、あなたひとり。とんだ茶番よね。チープすぎて言葉もでないわ」

「だから前にも言ったろうが」ダビデは顎《あご》をしきりになでまわしていた。「きみらに本気で関わるつもりなんかない。メフィスト・コンサルティング本社がきみをだますつもりなら、もっと予算もかけるし、スタッフも使うし、特別事業部でもトップクラスの連中が企画書を吟味し練りあげるだろう。これは数年前に、サンフランシスコに住むとある裕福なボケ老人をだますために使った、低予算用の事業計画をそのまま流用したものだよ」

「予算をかけないのは、わたしに中国での作戦を潰された打撃がまだ経営面に響いているから?」

「おいおい」ダビデの表情が硬くなった。「きみはとてもチャーミングだが、少々うぬぼれが強すぎるんじゃないのか、岬《みさき》美由紀。弊社グループは昨年度までに充分な経済力を回復しているよ。それより、きみはなぜ上機嫌でいられるんだね? 私の計画を見破ったからか? なら聞くが、いったい私は今回の計画でなにを意図していたと思う? きみをだまし、どうすることが目的だったと思う?」

「さあね」美由紀は顔の前に漂う煙を手ではらいのけた。「たぶん、東京カウンセリングセンターが爆破されたと信じこんだわたしが、怒り狂って李秀卿を殺すよう仕向けたかったんでしょ。ああ、きっとそうだわ。李秀卿も間もなくここに来るような段取りになっている、そうじゃないの?」

「おみごと。そのとおりだ。李秀卿のほうには、きみ名義の呼び出しの手紙を送っておいた。例の消えるインクで書かれたものだがね」

「ここで李秀卿に鉢合わせしたわたしが、彼女を殺し、わたしは殺人犯で逮捕される。そのころには、あなたは撤収してる。手紙の文面も消えるし、スピーカーもイベント会社になんらかの名目でセッティングさせただけだし、朝鮮語の録音トラックはあなたが持ち去って処分する。ゆえに、メフィスト・コンサルティングが関わった痕跡は今回も残らない。みごとなものね。ばかげてるけど」

「そう、ばかげてる。しょせんサンフランシスコのボケ老人相手に使った作戦だ、きみに通用するわけはない」ダビデはそこで言葉を切った。ため息をつき、片手を壁についてもたれかかった。「だがな、岬美由紀。私はがっかりしたよ」

「なにが？　わたしを殺人犯にできなかったことが？」

「だから、違うといってるだろうが。この低予算シナリオをきみが見破るのはわかっていた。私が落胆したのは、それが遅すぎたってことだ」

美由紀は笑うのをやめた。意識せずとも、自然にそうなった。

ダビデは美由紀をにらみつけた。「ようやく、問題の深刻さに気づいてきたようだな、岬美由紀。きみほどの人間がこんなチープな作戦に、ここまでだまされたってことが衝撃的なんだ。光陰会のトリックを瞬《また》く間に見破ったきみにしちゃ、あまりにもポカが多くないか。だいたい、きみが北朝鮮兵士と認識した人物、まあ本当は私だったわけだが、それを撃った。撃ち殺した。殺人だな。そこんとこをどうとらえている？」

美由紀のなかにじわりと緊迫感がひろがった。「わたしは……」

「そうさ」ダビデはぎょろ目をさらに丸く見開いた。「殺意に燃え、ためらわずに実行に移した。あの優しく可憐《かれん》な、一時期は制服姿のフィギュアが無断発売されたほどのアイドル岬美由紀さんが北朝鮮の軍人相手に、バン！　ファンの衝撃は察するにあまりあるね。どうだ」

ダビデの皮肉に、美由紀は反発を抱いた。そんなことで傷つくプライドなどない。報道を通じて自分を知った、不特定多数の第三者の意見も関係ない。だが……。

「銃を撃ったのは」美由紀は、自分の言葉が喉にからむのをきいた。「あなたが、そう仕向けたから……」

「知性での敗北を認めるのか？　わがメフィスト・コンサルティングがボケ老人向けに書いたシナリオにだまされたと宣言するのか？」

美由紀のなかに怒りの感情が生じた。「そんなつもりなんかないわ。ただあなたたちは、わたしの過去から感情の推移を推し量って……」

そこで、美由紀は口をつぐんだ。自分の反論に意味がない、そう気づいたからだった。

「そうとも」ダビデは口もとを歪《ゆが》ませた。「きみの過去に対する情念、葛藤。それを利用して、いまの心理状態をある特定の方向に操っていく。われわれの事業は当然そのような要素も考慮にいれる。そんなことは承知のうえだろう？　岬美由紀」

どのように言い訳しようとも、ある時点まで美由紀はだまされていた。ダビデはそう主張したいにちがいなかった。

美由紀は口をつぐんで、ダビデを見つめた。

ダビデはいった。「錯覚と錯視の違いは知っているよな。錯覚はたんなる勘違いで自分の思いこみによる自己暗示的要素が強く、錯視のほうはより幻覚に近い、深層心理に関わりのある現象とされている。日本支社の報告では、きみは視聴覚において〝錯覚〟が生ずる度合いはほとんどなく、〝錯視〟に至ってはたとえ薬物投与をおこなってもまずもってゼロとされていた。それだけ理性の力が強いとみなされてた。ところがどうだね、きみは約三、四十メートル離れたところにいる私を、メフィスト・コンサルティングのダビデと気づかず、引き金をひいた」

「それは」美由紀は思わず抗議した。「あなたが人民軍の制服を着てたから……」

「北朝鮮の人民軍の制服ひとつで、このイタリア系美男子の顔が東洋人顔に見えたってのか。なあ岬美由紀。向こうから歩いてきたひとを、近所のおじさんだと思ってあいさつしたら、じつは別人だった。顔は見たはずなのに、そう思いこんでしまった。そういう経験は誰にでもある。これは〝錯覚〟ってやつだ。だが錯覚は、理性の働きが喚起されていれば自然に抑制されるものだ。ましてそのときのきみは、北朝鮮の兵士を前にして、自衛官時代の野蛮なきみに戻るかどうかを激しく自問自答し、激しく理性の力を働かせようとしていたときじゃないのか？　それなのに、きみは相手が私だと気づかなかった。千里眼と呼ばれるきみがだよ。なぜだか教えようか。〝錯覚〟じゃなく〝錯視〟が働いていたからさ。これがどういう意味かわかるな？」

「そんなの、大仰にとらえすぎよ」美由紀はそういったが、自分の声が弱々しくなっていることに気づいていた。

「いや。まぎれもなく〝錯視〟だ。すなわち理性などかけらもない、本能的欲求に身をまかせていたがゆえの幻視だ。ここが北朝鮮工作員のアジトだと悟ったときから、きみは理性よりむしろ本能で行動していた。本能的にみずからすすんでそう行動した。だから錯視が起きた」

「ちがうわ」美由紀は声を張りあげた。「わたしは理性的に判断し、テロの可能性を感じた。だから、大量殺戮《さつりく》を阻止するためにも戦わなきゃいけないと思った……」

言葉が消えいりそうになった。美由紀はうつむき、埃だらけの床をみつめた。

ダビデは意地悪そうな表情を浮かべ、ふんと鼻を鳴らした。「殺し合いは嫌だったが、理性でそう判断したってのか。馬鹿馬鹿しい、そうだろう。理性が生じていれば、たとえ敵兵でも死に至らしめた相手には罪悪感が残るんじゃないのかね。ところがきみは、私には目もくれずに建物に走っていった。その時点でも私に気づくチャンスを逃した。そして、建物に入ってからも、録音にすぎない足音や会話を疑おうとしなかった。理性で判断すればわかったはずだ。いつも沈着冷静で、博学で、行動力があって、暴力を嫌い、万人を愛し、この世のすべての隠しごとを見破る千里眼を持つ女。そんな岬美由紀はいったいどこにいったんだろうな。ここにいるのは、ただだまされやすいだけの暴力女じゃないか」

「嫌味はそれぐらいでけっこうよ」美由紀は立ちあがり、服の埃をはらった。「あなたの遊びにつきあっている暇はないの。いったいわたしになにがいいたいの?」

「いいたいことは、ひとつだけだ」ダビデは美由紀を見下ろし、厳かにいった。「なぜきみは理性に徹することができず、本来の能力を発揮できなかったのか。そこんところを考えておくのだな」

「わたしにそれを告げるために、わざわざこんなチープ・トリックの段取りをつけたっていうの?」美由紀は不安を抑えて強気にいった。「心配してくれなくても、理由はちゃんと自己分析できているわ」

「ほう。どのように?」

「わたしはメフィスト・コンサルティングに対して過敏になりすぎたわ。前に散々な目に遭ったんですもの、あなたたちが絡んでいるときいただけで、一大事が進行していると信じこんでしまった。でも、もう同じ過ちは繰り返さないわ。あなたがどんな企《たくら》みを持ってこようと、かならず見破ってみせる」

「わかってないな」ダビデは苦笑ぎみに舌打ちした。「われわれはきみに関わろうとしてるわけではない、前にも言っただろうが。まあいい。自分をみつめなおして、よく考えてみたまえ」

　ダビデはそういって片手をあげた。ちょっと散歩のついでに立ち話しただけだ、そんな自然さで歩き去っていった。

　美由紀は長いあいだ廊下に立ちつくし、ダビデの背が消えていくのを見守った。自分をみつめなおして、よく考えてみたまえ。その言葉が何度も、頭のなかでくりかえし響いているように思えた。


　外にでると、陽が傾きかけていた。敷地内には誰もいない。いつの間にかゲートが開いている。ダビデが立ち去った跡だろう。

　美由紀はＡＫ47の詰まった木箱に歩み寄り、なかをのぞきこんだ。

　木箱のなかに残るライフルは、すべてモデルガンだった。いまみると一目瞭然だった。

　美由紀が引き抜いた銃だけが本物だった。最も取りやすい位置にあった銃、それを美由紀が選ぶと確信してのことだった。そうすれば、メフィストの作戦完了後にここに残るのはモデルガンの詰まった箱だけだ。気功本の富士山のページやＬＥＤランプの盗難防止アイテムと同じ、事件には無関係と見過ごされてしまう物証。歴史に記録されることのない証拠物件。彼らの狙いはそこだろう。

　だが、たったそれだけの理由だとは思えなかった。ダビデ自身が兵士を装っていたのと同様、これも美由紀に対するテストだった。美由紀が木箱の中身に不審の念を抱くか、あるいはわざと取りにくい位置におさまっているライフルに手を伸ばすか。そういう、理性にともなう警戒心の有無をたしかめたにちがいなかった。ここでも美由紀は、あっさりとだまされていた。

メフィスト・コンサルティングはなにを意図しているのだろう。わたしに自信を喪失させることだろうか。それともほかに、なにか目的があるというのか。

美由紀は木箱をながめ、立ちつくした。

いくらか時間が過ぎた。クルマのエンジン音がした。

「美由紀!」蒲生《がもう》の声がきこえた。美由紀は顔をあげた。

ゲートから乗り入れられたクラウンから、蒲生が降り立った。後部座席から嵯峨《さが》も姿を現した。

こみあげてくる感情を、美由紀はかろうじて抑えた。本当なら駆け寄って抱き合いたい、そう思っていた。だが、彼らにしてみればそれは妙なことでしかない。つい数時間、顔をあわせなかっただけのことだ。そのあいだに永遠の別れを覚悟したのは、美由紀だけなのだ。

「美由紀さん」嵯峨が当惑ぎみにいった。「どうかしたの」

どう答えようか迷っていると、クラウンの後部座席から、李秀卿が降りてきた。

李秀卿は足早に美由紀に近づいてくると、苛立《いらだ》ちをあらわにしながら一枚の紙片を突きだした。「この手紙はいったいなんだ。おまえに呼びつけられる理由はないが、いちおう出向いた。さあ、ここでなにがあるのか説明してもらおう」

美由紀は静かにたずねかえした。「手紙って?」

李秀卿は眉《まゆ》をひそめ、紙片をみた。文面はすでに消えてしまったらしい。李秀卿は驚いた顔をして、何度も表と裏をひっくりかえして眺めていた。やがて、顔をあげて美由紀をにらみつけた。「わたしをからかうのか。つまらぬいたずらだ」

美由紀は黙っていた。ダビデの策略どおりなら、この再会は血で血を洗う惨劇の場と化しているはずだった。作戦を成功させるつもりなど最初からなかった、ダビデはそうとぼけていた。だが、本当にそうなる可能性はなかったといえるだろうか。

自分をみつめなおして、よく考えてみたまえ。ダビデが言い残した問いかけの答えは、美由紀のなかで明確なかたちをとりつつあった。事実上の敵国、北朝鮮への不信感。そして、李秀卿への警戒心。いや、そんな生ぬるいものではない。星野亜希子《ほしのあきこ》を拉致《らち》した国、人々の幸せを奪う独裁政府の手先。それに対する自分の感情は、まさに怒りと闘争心に満ちたものだった。ダビデの用意した稚拙なシナリオの罠を看破する理性を発揮できず、本能的殺戮《さつりく》に走ろうとしたのは、自分のその感情ゆえだった。

「なにを黙ってる?」李秀卿は美由紀に詰め寄ってきた。「わたしをばかにする気か」

この人民思想省から派遣されたとみられる女が、どんな目的を持っているのか、いまだ謎《なぞ》だ。だが美由紀は、李秀卿が人民軍のテロ組織とつながっているスパイだというダビデのシナリオを、疑いなく信じた。自分からそう信じたがっていた。そんなふうにも思える。

「ごめんなさい」美由紀はつぶやいた。思わず、そんな言葉がでた。

李秀卿は怪訝《けげん》な顔をした。なにに対して謝っているのか、美由紀の真意をはかりかねているのだろう。

美由紀には打算めいたものはなにもなかった。どう言葉をつづけるべきかもわからず、うつむいた。

しばし沈黙が流れた。奇妙な静寂だった。

「ま」蒲生が事態の収拾にかかった。「美由紀も俺たちに合流したかったってことだろ。さあ、沙希成《さきなり》瞳《ひとみ》さん。社会見学をつづけようぜ」

李秀卿は不服そうな顔で美由紀をみたが、やがてなにもいわず背を向けると、クラウンに向かって歩いていった。

「美由紀」蒲生が額を指先でかきながらきいた。「いったいどうしたってんだ?」

メフィスト・コンサルティングの人間と出会ったことを、彼らには話したくなかった。美由紀と一緒に地獄をみた仲間なのだ、あの恐怖は二度と味わわせたくない。

「……友達を亡くしたわ」美由紀はつぶやいた。妙な顔をして見守る蒲生と嵯峨の視線を感じながら、美由紀はクルマに向かって歩いていった。

希望

蒲生はクラウンのステアリングを切りながら、バックミラーをちらと見やった。夕闇《ゆうやみ》せまる青山通りを、車幅灯もつけずにぴたりとくっついてくるセダンの姿がある。乗っているのは公安の刑事だった。連中が監視しているのは蒲生ではなく、後部座席の女だった。

李秀卿は黙ってシートにおさまり、渋滞ぎみの青山通りを行き交う歩行者をながめていた。瞬きもしないその無表情な顔がある歩行者に向くと、目を細めてじっと見入る。歩行者が通りすぎていくと、また新しいターゲットを探す。そんなことのくりかえしだった。

あくびひとつしない李秀卿にくらべると、並んで座っている嵯峨は退屈そうだった。カウンセリングセンターを出発したばかりのころは李秀卿を気づかって、いろいろと話しかけていたが、李秀卿がぶっきらぼうな対応しかみせないため、嵯峨もほどなく黙りこむことになったようだ。

そんな後部座席のふたりが気になるのは蒲生ばかりではない、助手席の美由紀も同様らしかった。助手席からはミラーで後ろがみえないせいもあって、美由紀はよりおちつかなさそうに思える。

あの六本木の工事現場でなにを物思いにふけっていたのか。あれ以来、美由紀はどこか変わった気がする。

蒲生はからかうつもりで美由紀にいった。「なにをそんなにそわそわしてる？」

「そわそわって？」美由紀は表情を硬くして、ややうわずった声でいった。「わたしがいつ、そわそわしたっていうんですか」

「そんなに怒るな。嵯峨なら無事だぜ」

背後から嵯峨のとぼけた声がした。「はあ？　僕がなにか？」

そのとき、李秀卿が冷淡な口調でいった。「ほっとけ。彼らはナーバスになっているだけだ」

美由紀は怒ったように李秀卿を振りかえった。「だれのせいだと思ってるの？」

「さあ」李秀卿はあいかわらず、平然と応えた。「だれのせいでもあるまい。敗戦以来アメリカの属国となっている国の住民だ、不平不満を抱きがちなのも当然だろう」

「属国」美由紀は大仰に顔をしかめた。これほど怒りの感情を露にする美由紀を、蒲生はみたことがなかった。美由紀はいった。「この国がいつ植民地になったっていうのよ。日米は同盟関係にあるのよ」

「名目上はな。だがこれをみろ。この通り沿いの商店の看板は八割が英語じゃないか。それもマクドナルドにスターバックスコーヒー、バーガーキングときてる。入り浸る若者たちは妙な厚底のサンダルで背を高くして、髪を金髪に染めあげている。眉が黒いのに金髪なんて、滑稽《こっけい》にもほどがある」李秀卿はしばし言葉を切った。交差点で信号待ちをしている十代の少女のグループをみて、嵯峨にきいた。「あの厚底サンダル、なかは容器にでもなってるのか？　化粧品が入るとか」

「いや」嵯峨はきまじめに答えた。「たんなる厚底だよ。容器ではない」

「もったいない空間だ」李秀卿はいった。「あんな小さなバッグを手にするぐらいなら、厚底サンダルのなかに手荷物を収納できるようにするべきだろうに」

美由紀がたまりかねたようにいった。「あれはファッションなの。洋服にあわせて、わざわざああいうタイプのものを持っているのよ」

李秀卿は即座にかえした。「財布も当然あのなかなのだろう？　無防備もいいところだ。緊急時には対処できまい」

蒲生はため息をついた。こんな妙な客を乗せて走るのは初めてだ。

ここしばらく、本庁は大きな事件を抱えてはいなかった。きょうは早めに帰って、妻と中学二年になる息子と一緒に夕食をとりたかった。息子の和也とはずっとすれ違いばかりで、ひと月以上も顔を合わせていなかった。ひさしぶりの家族水入らずの光景、そんなものを思い描いた自分が馬鹿だった。余計に仕事を辛《つら》くさせるだけだ。きょうは、いつ終わるとも知れないつきあいに一枚加わっている。時間外勤務が当たり前の職務。残業手当がつかないのも当たり前。いったいなんのために働いているのか。家族のためといえば聞こえはいいが、実際、自分の生きがいといえば何なのだろうか。

「岬」李秀卿がいった。「おまえはさっき、日本はアメリカの属国ではないといったな」

蒲生は美由紀を横目でみた。美由紀も蒲生をみかえした。美由紀の顔には、もううんざりだという表情が浮かんでいた。

美由紀は答えた。「属国じゃないわ。安保条約を結んでいる同盟国よ」

「米軍の基地が各地にあるのに、支配下には置かれていないというのか」

「日本は恒久平和を理想に掲げて軍事力を放棄したの。だから防衛は米軍が肩代わりしてる」

「自衛隊という組織があるのにか」

「自衛隊は文字どおり自衛という目的にかぎって、憲法の制約内で発足したの。どこかの国とちがって相手国の領土にまで届く長距離ミサイルなんか有してないし、核開発も行っていない」

「それは朝鮮民主主義人民共和国でもおなじだ」

美由紀は直接には答えず、窓の外に目をやってひとりごとのように吐き捨てた。「テポドンをぶっぱなしておいて、なにが人工衛星の打ち上げよ」

李秀卿は抗議する口ぶりでいいかけた。「日本の……」

「ええ、わかってるわよ」美由紀はそれをさえぎった。「日本の種子島宇宙センターから発射されるロケットも、いちどたりとも北朝鮮政府に事前に報告したりしていない。あれらがミサイル実験ではないという証拠はない。そういいたいんでしょ。難癖なんてつけようと思えば、どこまでもつけられるわよ」

蒲生は苦笑した。「美由紀。なんだか、きょうのきみは言葉が乱れてないか?」

べつに、と美由紀はいった。「もう話すのに疲れたわ。沙希成さん、黙っててくれる?」

李秀卿がつぶやいた。「命令に従う義務などないが、わたしは自分の意志で黙ることにする」

やれやれだ。だが蒲生は、ふだん冷静な美由紀が浮き足立っていることに不安を覚えるとともに、どことなく可笑《おか》しさを感じてもいた。李秀卿の言動にはそのように、ひとの気持ちの根源を揺さぶって、表面上の取り繕いを許さないところがある。皮肉やてらいで覆うことに慣れた心の奥底にふいに飛びこんできた珍客。そんな様相を呈している。

それにしても、李秀卿という女はどこまで本気でしゃべっているのだろうか。韓国のカウンセラーだという主張は論外であるにせよ、北朝鮮の工作員ならもう少しは日本の情緒や習慣に親しんでいるそぶりをみせるだろう。なにより、工作員の場合は正体を見破られるわけにはいかないのだ、祖国の自慢話など口にできるはずもない。ところが李秀卿は、憑《つ》かれたように愛国心に根ざした言葉ばかりを連ねている。最初は挑発とも思ったが、そうばかりでもないようだった。李秀卿は純粋に、祖国について語ることに喜びを覚えている。人民思想省は軍とは無関係の別組織だ。彼女の心も、工作員などよりむしろ北朝鮮の一般市民のそれに近いのかもしれない。

実際、彼女の話すことはじつに的を射ているようにも思える。厚底サンダルのなかに小物を収納、か。いいかもしれない。それに、種子島宇宙センターからのロケット発射は、たしかに北朝鮮の住民にしてみれば脅威に思えるかもしれない。日本はそうした発射実験を過去に何百回となくくりかえしてきたのだ。

「一理あるな」蒲生は思わずつぶやいた。

美由紀の険しい顔が蒲生に向いた。「なにが？」

「いや」蒲生はあわてて頭のなかのもやを追い払った。まずいな。ひょっとしたら俺も洗脳されかかっているのかもしれん。そう思いなおした。

表参道に近づいた。この辺りには飲食店の入ったビルが軒をつらねている。蒲生はいった。「そろそろ飯にしようか。なにが食べたい？」

李秀卿が間髪《かんはつ》を入れずにいった。「焼肉」

しばし沈黙があった。嵯峨が慎重にいった。「この際だから、もっと日本風のものにしてみては？　寿司とか懐石とか……」

蒲生は美由紀にきいた。「どうする?」

「なんでもいいわ」美由紀はそっけなくいった。「会話しなくて済みそうな店なら、どこでも」

即座に思い当たる店があった。蒲生はステアリングを切り、一台だけ空いていたパーキング・スペースにクラウンを滑りこませた。

李秀卿が不満そうにいった。「わたしの意思を無視するのか」

「いいや」蒲生はにやりとした。「尊重してるよ。嵯峨の意見も、美由紀の意見も。みんなの顔を立てたうえで、俺の行きつけの店に招待するよ」

黄昏《たそがれ》のいろをわずかに残す表参道の空の下、美由紀は歩道に面した縦長のビルをみあげた。飲食店の看板はひとつしかない。八階、居酒屋つぼ八。

美由紀は皆を先導している蒲生にきいた。「まさか、ここ?」

蒲生は振りかえると、苦笑ぎみに美由紀にいった。「ここなら騒々しくって、向かいに座ってるやつの声も聞こえねえ。焼肉もあるし、寿司もあるし、とにかく食べ物ならなんでもある」

美由紀は戸惑った。ここ数年、こういうチェーン居酒屋に入ったことはなかった。厳密には人生でいちどきりしかない。幹部候補生時代、つきあっていた男が初めて食事に連れていってくれたのが『村さ来』という居酒屋だった。ムードのかけらもない場所に辟易《へきえき》したが、それでも奢《おご》ってくれるのだからと我慢して座っていると、男はにこりと笑っていった。そろそろ帰ろうか。割り勘で、ええと、二千四百十二円。領収書、もらっていい？その男には、二度目のデートで連れていかれた場所がパチンコ店だったという時点で美由紀の気持ちも完全に醒《さ》めてしまい、以後会うことはなかった。

「どうかしたのか」蒲生がきいた。「まぁ、ベンツに乗って高級マンションに住んでる姫様には、窮屈なところかもしれんがな」

嵯峨は当惑ぎみにビルを見上げていた。「蒲生さんって、いちおう所轄じゃなく本庁のひとなんでしょ？　なのに……」

「いちおうじゃなく、れっきとした本庁捜査一課だぜ？　最近はどこも不景気でな、特に交際費が下りないのが大問題だ。で、プライベートで利用するのはもっぱらこういう大衆向け居酒屋。課長と鉢合わせしちまったこともあるぐらいだ」

美由紀は戸惑いながら蒲生を見つめていた。すると、唐突に李秀卿が美由紀の視界に割りこんできた。

李秀卿は美由紀を凝視して、あいかわらず無表情のまま言い放った。「どうやら安酒場に連れてこられたのが心外らしい。ずいぶん贅沢《ぜいたく》に慣れ親しんでいるようだな。人助けを仕事にする振りをしておきながら、自分は快適な部屋に住み、食いっぱぐれることもないのだろう。やはり矛盾女の名がふさわしい」

疲労とともに消えつつあった怒りの炎が再燃した。美由紀は李秀卿をにらみかえした。

「労働者にただひたすら君主のために働くことを強制したうえで、使い捨てにするっていう北朝鮮のシステムとはちがうのよ。職業選択の自由もあるし、私生活の自由もある。休息を得ることによって新しいことを学ぶ時間も生まれるし、心にゆとりを持つこともできる。より人間らしく生きるために」

「人間らしく？　おまえの目的はひとりでも多くのひとを幸せに導くことではないのか？」

「ええ、それがわたしの信念よ。でも自由時間がなくては、仕事の緊張に押し潰されてしまって……」

「なるほど」李秀卿はいった。「おまえはマザー・テレサではなくアウンサン・スーチーあたりをめざしているのだな。民のためといいながら、自分が汚れることを好まない。ことさらに都合のいい立場。おまえは居直ってそういう立場に甘んじているのだろう」

美由紀は衝撃を受けた。マザー・テレサ。それは、美由紀がカウンセラーとして常に目標としてきた人物の名だった。

反論はできる。美由紀とマザー・テレサでは環境も境遇も違いすぎる。マザー・テレサの精神さえ受け継いでいれば、生活や行動をいちいち比較して論じることにはなんの意味もない。美由紀はそう思っていたし、事実それは正しいはずだ。しかし、またしても美由紀は李秀卿に抗議できなかった。

マザー・テレサならば、責任の重圧に押し潰されることを恐れて自由時間を要求しただろうか。

マザー・テレサではなくアウンサン・スーチー。名の知れた人物と比較する物言いは、美由紀の師事した友里佐知子《ゆうりさちこ》にも似ている。友里は超国家主義的な人間であることを自負する性格の持ち主だったが、李秀卿は北朝鮮に対する揺るぎない愛情と信頼を抱く純粋な国家主義者だった。にもかかわらず、李秀卿の口にすることは時として国家や既成概念の枠組みを超えて、真理に聞こえることがある。北朝鮮。民衆への情報が制限され、諸外国から完全に切り離された一党独裁の国。世界の常識に染まっていない国の民ゆえに、偏見にとらわれず真理を見抜く力を有しているのかもしれない。

いや、そんな考えは甘すぎる。美由紀のなかで鈍い警戒心がこみあげた。この女は人民思想省の人間なのだ。たとえ語る言葉に真理があっても、容易に信用はできない。

美由紀がなにもいえずにいると、李秀卿は黙って視線をそらした。辺りを見まわす目が、ふとビルの一階に向いた。にぎわうゲームセンターの入り口をじっとみつめて、李秀卿の表情は険しさを増した。

嵯峨がきいた。「沙希成さん、どうかした?」

李秀卿はその問いには答えず、ゆっくりとゲームセンターへと歩を進めていった。UFOキャッチャーとプリクラのあいだにある自動ドアの前に立ち、呆然とした面持ちで立ちつくした。

蒲生が片方の眉《まゆ》を吊《つ》り上げてつぶやいた。「美由紀。おまえの友達、どうかしたのか?」

美由紀は蒲生の皮肉にひっかかるものを覚えたが、いちいち反論する気はなかった。それより李秀卿の妙な行動のほうに関心があった。美由紀は声をかけようとしたが、思わずため息をつき、李秀卿の近くに歩み寄った。

李秀卿は怒りの表情を浮かべ、唇を噛《か》んでいた。瞳《ひとみ》がわずかに潤み、身を震わせていた。その口からつぶやきが漏れた。なんてことだ。

美由紀はきいた。「どうかしたの」

「なんてことだ!」李秀卿は美由紀に怒鳴った。「ここはいったいなんだ!」

通行人が一斉にこちらを振りかえる気配があった。美由紀が困惑していると、蒲生が歩み寄ってきて李秀卿にいった。「北朝鮮にはゲーセンはないのか」

「ゲーセン?」李秀卿の声はわずかに低くなった。「日本ではこれをゲーセンと呼んでいるのか。なんて忌々《いまいま》しい。まあ、どこかにあるとは思っていたが、こんな街のなかに堂々と建設されていようとはな」

嵯峨が肩をすくめた。「ゲーセンならそこいらじゅうにあるよ」

李秀卿は驚きと怒りの入り混じったような表情で美由紀をみつめた。「これがおまえたちの正体だ。そうだろう？　軍事力を放棄したなどといっておきながら！」

「なに？」美由紀はわけがわからずきいた。「いったいなんのこと？」

「とぼけるな。あらゆる兵器類のシミュレーション・マシン。偉大なる金正日《キムジョンイル》総書記の軍事教育施設にも、こういう設備が整っている。こちらのほうがテクノロジーの面では上のようだが……。とにかく、子供にまで機関銃を撃たせるのか？　わが国ですら十六歳未満の子供には本格的な軍事教練を施すことはないというのに」

美由紀は軽い頭痛をおぼえた。マシンガンが据え置かれたり戦闘機のコクピットを模した形状のアミューズメント・マシンが立ち並ぶゲームセンター。日本人ならばたとえ泥酔していようとここが軍人を育て上げる施設だとは思わないだろう。だが、李秀卿の目にはそう映るらしい。

どうやら李秀卿は想像以上に、日本、いや欧米文化全般の実状に疎いらしかった。これまであるていどの習慣については知っている口ぶりだったが、それも虚勢とみるべきだろう。彼女はほとんど何もわからない別世界に足を踏み入れている、不思議の国のアリスのように。だが、それを悟られまいとしている。戸惑いも憂いも感じ取られまいとしている。

美由紀はあえて穏やかにいった。「沙希成さん。ここは娯楽施設なの。軍事教練とは関係ないわ」

「娯楽施設だと。銃でひとを撃つ設備がなぜ娯楽たりうるのだ」

言葉で説明するより、案内したほうが早い。美由紀は片手をあげて、李秀卿になかに進むように指し示した。

李秀卿は一瞬、嫌悪のいろを漂わせたが、腰がひけていると思われるのが癪《しゃく》だったのだろう、自動ドアのなかへと進んでいった。

なんて内装なの。美由紀は心のなかで毒づいた。天井からは戦闘機とミサイルのミニチュアが吊り下げられ、壁紙には戦争の作戦図を拡大したものがプリントされている。いつもなら気にならないはずのそうした装飾が、いまはひどく気に障る。これでは李秀卿の誤解がますます大きくなるではないか。

李秀卿はしばし立ちどまってF1レースのマシンに見入っていたが、やがて視線を機関銃の発射音がするほうへと移した。ウージー・サブマシンガンを模したかたちの光線銃が据えつけられた筐体《きょうたい》だった。十歳前後の小太りの少年が、懸命にゲームに興じている。

美由紀は悪い予感を覚えた。李秀卿の行動は、その予感のとおりだった。少年のもとへつかつかと歩み寄ると、ゲームのモニタ画面を食い入るように見つめた。肩越しに画面を覗《のぞ》きこまれている少年は、困惑したようすで機関銃を撃ちつづけている。

やがて李秀卿はふいに少年の腕と肩をつかんだ。「脇《わき》をしめろ。銃身がブレる。それに、腰をもっと深く落とせ」

美由紀はあわてて駆け寄った。「なにしてるの！」

李秀卿は眉間にしわを寄せて顔をあげた。「この少年に死なない秘訣《ひけつ》を教えているだけだ」

「これは娯楽施設だっていってるでしょう。わからないの？」

少年は怯《おび》え、半泣き顔で李秀卿の手から逃れると、美由紀の背後に隠れた。

李秀卿は無表情のまま少年と美由紀の顔をかわるがわるみていたが、やがてふたたびゲーム画面に目をやると、少年に告げたままの姿勢で機関銃を構えた。

ずいぶん慣れている、美由紀は一見してそう感じた。射撃のスタンスには個人差があるが、李秀卿は自分なりの方法を熟知しているようだ。脚は力を入れずまっすぐに伸ばしている。腰をひねり、引き金に右手の指をかける。右腕は肘《ひじ》から手首まで一直線にし、手首を曲げない。左手は素人《しろうと》のようにてのひらを上にしてグリップを支え持つようなことはせず、握りこぶしの上に銃床をのせている。きわめて実戦的な構えだが、スタンスを決めるのがやや遅い。身体で覚えているというよりは知識として頭に叩きこんだものにちがいない。やはり軍人ではないのだろう。

李秀卿はゲーム画面のなかの敵兵を狙いすまし、引き金をひいた。射撃方法はなかなかのものだった。美由紀のみたところ、李秀卿はできるかぎり力を抜いて筋肉を使わないよう留意しているようだった。左腕と右肩に意識的な筋肉の緊張があると、銃に揺れが生じるからだった。また、呼吸と銃撃のタイミングを合わせている。呼吸とともに筋肉のバランスをとり、照準、銃撃という冷静な手順を一定のリズムでこなしている。これは、陸自の人間でも終始実践するには難しいとされている技術だ。

ゲーム画面のなかの敵兵たちは次々と射殺されていった。飛来したヘリコプターもあっけなく撃墜され、戦車も破壊した。わずか十秒足らずで、李秀卿は画面のなかの敵を一掃してしまった。

少年が呆然とみつめるなか、李秀卿は身体を起こした。パーフェクト・ボーナスポイントが表示される画面を眺めながら、李秀卿はつぶやいた。「たしかに軍事教練向きではないな。反動がないし、距離感も二次元的で非現実的だ。据銃、ローディング、呼吸、保持、照準、撃発、フォロースルー、着弾点の確認といった銃撃の訓練に必要な要素がなにも含まれていない。無意味だ」

それだけいうと、李秀卿は背を向けて歩き去っていった。少年ばかりか、扉の近くにたたずんでいた嵯峨と蒲生もぽかんと口を開けて李秀卿を見つめていた。

美由紀は、ゲームをプレイした李秀卿よりも、ゲームセンターを初めて目にした瞬間の怒りの表情を忘れることができずにいた。あの一瞬、李秀卿の顔には怒りと悲しみが同時にうかんだ。何に対しての悲しみだったろう。〝ゲーセン〟で鍛えられた日本の軍人たちの存在によって命を脅かされる北朝鮮の市民に対してか。それとも、ここで無心に機関銃を撃ち戦闘機を乗りまわす、なんの疑いも持たない子供たちに対してだろうか。

嵯峨は水で薄めたブランデーを飲むふりをしていたが、じつは口に含んでもいなかった。自分が酔っ払うわけにはいかない。特に、こんな緊張状態のなかでは。

クラブの喧騒。全身に響いてくるユーロビートのリズム、フロアの中央には踊る若者がひしめきあい、その周囲のボックス席は会社帰りのサラリーマンやＯＬでごったがえしていた。嵯峨たちが座っているのは割りとダンスフロアに近い席で、スピーカーがほぼ真上に位置しているためにひどくやかましい。が、席をはずすわけにはいかなかった。さっきから、長髪にピアスといった風体の若い男たちがこのボックス席の若い女ふたりをみつけるたびに、ちょっかいをだしてこようとするそぶりをみせる。美由紀も李秀卿も、年齢よりはずっと若くみえるせいで、ナンパの標的にみなされているのだろう。男たちはテーブルに近づいては、嵯峨の姿に気づき、舌打ちして去っていく。

嵯峨は、美由紀と李秀卿に危害が及ぶことを恐れているわけではなかった。その逆だ。彼女たちを怒らせては、不良ぶった若者たちのほうが危険にさらされることになる。彼らの平和を望めばこそ、このテーブルを離れるわけにはいかなかった。

蒲生はとっくに愛想をつかし、ひとり壁ぎわのカウンターに退去している。ウイスキーのロックを片手に、斜に構えて座りながらこちらに視線を向けていた。嵯峨が目をやるたびに、肩をすくめておどけたような態度をとる。何度も手招きしたが、こちらに戻ってくるようすはない。それはそうだ、居酒屋で充分に懲りただろうから。

美由紀も李秀卿も酒に酔っていた。嵯峨はきょう、美由紀が酒を飲むところを初めてみた。本当は飲みたくなかったにちがいない。だが、居酒屋でウーロン茶を頼んだ美由紀に李秀卿が冷ややかに言い放った。つきあいの席で酒も飲めないのか、さっさと帰ったらどうだ。

その言葉に逆上したようすの美由紀は、李秀卿とともにビールを頼み、やがてチューハイ、カクテル、ワインと競うように酒類を注文していった。蒲生が青ざめて、割り勘にしようかと切りだすと、美由紀は怒ったようにいった。だらしない男。警視庁勤めのくせに。

美由紀に悪気がないのはわかっていたが、ここまで酒癖が悪いとは思ってもみなかった。嵯峨はいまでも、目の前の光景が信じられずにいた。真っ赤な顔をした美由紀と李秀卿がブランデーグラスに氷を叩きこんでは、ヘネシー・エクストラのボトルを傾けている。注がれる琥珀《こはく》色の液体はロックというより、冷や麦の汁《つゆ》のようになみなみと注がれていた。一見しただけで吐き気をもよおすようなその液体を、ふたりは一気に飲み干し、またボトルに手をのばす。

嵯峨はもはや制止しようとはしなかった。居酒屋でも、このクラブに移ってからも何度となく飲むのを控えるようにふたりに忠告したが、そのたびにふたりそろって罵声《ばせい》をかえしてきた。こんな場合、触らぬ神に祟《たた》りなしという格言にしたがうのが適切に思えてくる。

李秀卿は赤い顔をしていたが、割りとはっきりとした口調で美由紀に告げた。「だいたい、そこまで自国の歴史に興味を持たない国民ばかりで、どうやって愛国心を育てるのだ。おまえたちの国は、アメリカに洗脳されたも同然だ」

「洗脳?」美由紀のほうは、李秀卿よりあきらかに呂律《ろれつ》がまわっていなかった。酔っ払い特有の据わった目つきで李秀卿をにらんでいった。「よくいうわよ。ずばり洗脳国家の人間が。文献を紐解《ひもと》いて学習したらどうよ。チュチェ思想なんてまやかし信じてないで、学ぶ努力をすればいいじゃない」

「チュチェはまやかしではない。おまえたちこそそなんだ。歴史の歪曲《わいきょく》や捏造《ねつぞう》ばかりで、偽の愛国心を確立させ、戦前同様のナショナリズム国家への道をひた走っている」

「どこが」美由紀はまたグラスをあおった。

「どこがだと? 察するに、マッカーサーが日本支配のために象徴天皇制というフィクションを持ちこんだことに起因して、日本国民は正と邪の区別がつかなくなっているのだろうな。本当はまやかしであることがわかっているのに、それを受け入れようとする。まやかしを受け入れるために、まず自分をだますことから始める。それが現代日本人の精神構造だ」

「なにをもってまやかしだっていうのよ」美由紀はボトルをつかみ、ブランデーをグラスに注《つ》ぎこんだ。

ボトルがテーブルに置かれるや、李秀卿もすぐにそれを手にとってグラスに注ぎ足した。

「わからないのか。たとえば石器の捏造問題だ。愚かなアマチュア研究家が石を埋めて掘り出すふりをしていた、そのことを専門家が疑いもせず、歴史の教科書に原人の存在を記載する。まったくもって愚鈍というよりほかないな。あれなど、中国や朝鮮半島のように古《いにしえ》の文化を持たない日本人が捏造であっても歴史の深みを手に入れたいと願っている、その表れではないか」

「そんなこと思ってるひとなんていないわよ。みんな石器なんかに興味はないの。不幸にして、侵略戦争と敗戦という歴史があったせいで……日本人は過去を振りかえらなくなったの。だから、まして太古の昔のことなんて興味をしめさないのが一般的よ。石器捏造はそういう世間の関心が薄いという盲点をついて、一部専門家の関心をひくために個人がしでかしたことだわ」

「捏造はそいつひとりのせい、またそういう言いぐさか。その男も反社会的人格障害ってことになるのか」

「ちがうわよ」

「どうちがうんだ。岬の分析では、捏造をしでかした人間はどのような精神構造にあったと考えている?」

「ええと、あれはね」美由紀は焦点のあわない目で虚空をみあげると、ぶつぶつとつぶやいた。「障害とか、そういうんじゃなくて、あの、嘘つき。そう、嘘つき」

「嘘つき?」李秀卿は苦笑をうかべた。「それが症例か?」

「嘘つきは嘘つきなの!」美由紀はふいに嵯峨をみた。酔っ払いの赤ら顔だった。「そうでしょ? 嘘つきは頭がおかしい」

美由紀の言葉とは思えぬその口ぶりに、嵯峨はめんくらいながらも、思わず噴きだした。

「倉石部長にきかせたら卒倒するかもな」

美由紀は顔をしかめて頭をかきむしっていたが、やがてぼうっとした表情でつぶやいた。

「わたし、なにかいった?」

潮時だろう。嵯峨は腕時計をみやって、腰を浮かせた。「そろそろ帰ろうか」

「まって」美由紀は片手をあげた。「まだ話は終わってないの」

「話って?」中腰の姿勢で、嵯峨はきいた。

美由紀は困惑したようすで、また髪をかきむしった。「ええと……」

李秀卿は、美由紀のそんなようすをどこか歓迎しているような表情をうかべながら、ボトルを持って美由紀に勧めた。「ま、一杯どうだ」

「ええ」美由紀はあっさりとそれに従い、グラスをさしだした。

嵯峨は困惑していった。「美由紀さん」

「いいから」と李秀卿。「嵯峨、おまえも座れ」

まるで上司の中年男だ。そう思いながらも、嵯峨はしかたなく李秀卿の言葉に従い腰をおろした。

李秀卿はグラスを傾けひと口すると、美由紀にいった。「石器だけではない。日本は嘘が書かれた歴史教科書で子供に事実に反する歴史観を植え付けようとしている。不況で国力の減退に強い不安を抱いているせいで、子供たちの世代には強気の姿勢を貫かせるため、ナショナリズム教育に戻ろうとしている」

「そんなの、大袈裟《おおげさ》にとらえすぎよ」

李秀卿は、この話題を軽んじる姿勢をみせなかった。「おまえぐらいの知性があればわかっているだろうが、新しい歴史教科書なるものは三文小説とでも名を変えるべきでっちあげで埋め尽くされている。歴史を捻《ね》じ曲げ国民を煽動《せんどう》する目的であることは明白だ。たとえば大和朝廷の軍勢は、百済《くだら》・新羅《しらぎ》を助けて高句麗《こうくり》と戦ったなどと記述されているが、本当は倭《わ》が新羅を侵略、新羅が高句麗に援軍を要請、新羅・高句麗の連合軍が倭と戦い、結果として倭が百済・新羅を武力で打ち負かしたというのが実状だ。これは現在の朝鮮民主主義人民共和国と高句麗を同一のものとみなし、日本と韓国の連合軍がそれを破るという、おまえたちの好きな勧善懲悪フィクションになぞらえたものだろう。さらには、六世紀に高句麗が衰退しはじめたなどと記述されているが、高句麗は六世紀末にも隋の侵略を撃退するだけの武力を有していたのだぞ。日露戦争についても、黄色人種が将来、白色人種をおびやかすことを警戒する黄禍論《こうか》が欧米に広がるきっかけにもなったなどと書かれているが、黄禍論は日露ではなく日清戦争後にドイツ皇帝ウィルヘルム二世が唱えたものだ。日露戦争後は東洋人に対する反発ではなく日本人に対する反感が高まったのだ。さらには満州事変の関東軍の東北侵略を、日本政府の方針とは無関係だったと表現したり、盧溝橋《ろこうきょう》事件は日本軍に向けて何者かが発砲したことに起因しているなどと、当時の日本軍部のプロパガンダを持ち出して史実に反することばかり……」

「わかってるわよ!」美由紀は怒りをあらわにして怒鳴った。「日本国内にはあいかわらず急進的な人々も存在するの。大東亜戦争がアジア解放戦争だったという、おめでたい解釈を信じたがっているひとたちも数多くいる。でも、日本人の誰もがそれを信じて受け入れてるわけじゃないのよ。わたしたちをそんなに馬鹿だと思ってるの？　わたしたちの大半は過去の過ちを受け入れ、かといって誇りを失うこともなく、正しい道を進もうと日々努力しているのよ。あなたたちの国みたいに、みんなが政府発表を妄信するよう強制されてなんかいないわ。わたしたちは自分たちで学び、なにを信じどう生きるべきか選択する自由を与えられている。だからこそ成長や発展があるのよ!」

美由紀の声は、大音量のユーロビートが響きわたるなかでも大勢の人々を振り向かせた。嵯峨は周りの視線にたじろいだが、美由紀は気にしているようすもなく再びグラスを口に運んだ。

周囲の人々の視線が逸《そ》れていくと、また李秀卿が美由紀にいった。「おまえはどうなんだ。成長しているといえるのか？　世界には多くの飢えた人々がいる。わが国でも不幸なことに、食糧難で苦しんでいる人々が後を絶たない。それなのにおまえは海外に目を向けず、この国でぬくぬくと過ごしているのだろう。それで世のため人のために生きているといえるのか」

「東京カウンセリングセンターは海外の貧しい国を訪ねて人々の精神衛生面の向上に対する援助を惜しまず行ってきた。わたしも何度も派遣されたわ」

「それは、東京カウンセリングセンターのネームバリューを高めんがための見せかけの慈善事業にすぎないだろう。おまえは真の苦労に身を投じたことのない偽善者だ」

美由紀はいきなり李秀卿の胸ぐらをつかみ、顔を引き寄せた。「なんですって」

李秀卿はひるんだようすもなく、美由紀をにらみかえした。

嵯峨のなかに緊張感が走った。「美由紀さん、よせ」

だが、美由紀は手を放そうとせず、李秀卿に怒鳴った。「偽善者はあなたみたいなひとのことをいうのよ。貯金をすべてはたいて、貧しい人になにもかも提供すべきだ、それができないなら偽善者だ、そう主張することなんて簡単よ。それに実行するのも簡単。貧しい国に行って、汗水流して労働して、粗末なところに住んで、わずかな食事をとる。そうするだけで、すごく正しいことをしているって気にはなれる。でも、それでどれだけのひとが救われるっていうの？　そういうボランティアに身を投じる人間を、世の中はいいひとだと見なしてはくれるだろうけど、いったい現実問題としてどれだけの人々の幸せを確保できるの？　極端な話、貧しい人々を救うためには世の中から貧富の差をなくさなければならない。それには、貧富の差のない豊かな社会というものを構築しなければならない。日本やアメリカにはそういう社会構造を築き上げる責務があって、一刻も早く今後の世界の指標となるかたちに完成させなきゃならない。そのノウハウを各国に広め、やがてはどこにも飢餓のない世界となる、そんな時代に向かわなきゃならない。人々を救うためには科学のみならず社会学を進歩させ発展させなきゃならないのよ。日本でわたしが担うのは、そのうちの精神衛生面の研究だけにかぎられているけど、多くの専門家がそのように切磋《せっさ》琢磨《たくま》して努力してる。日本は富をむさぼるためだけに存在する国家じゃないのよ」

「それなら」李秀卿は胸ぐらをつかまれたまま、顔を横に向けてグラスの酒を飲み干した。「理解できないもののすべてを、反社会的人格障害のせいにしている場合じゃないだろ」

美由紀は身体を凍りつかせた。李秀卿の胸ぐらをつかむ手が震えていた。やがてその手が離れると、美由紀はため息とともに椅子に身をうずめた。

嵯峨は、ふいに落ちこんだ美由紀の内面がかいま見えるような気がした。反社会的人格障害。嵯峨はいままでのカウンセリングにおいて、その症例判断を下したことはなかった。だが、美由紀の提出した書類にはいくつかその症名がみられる。すなわち美由紀は、時として相談者《クライアント》を反社会的人格障害とみなし、理解不能な絶対悪を抱いた犯罪者、あるいは犯罪行為に及びやすい人物と決めつけていることになる。ある意味でそれは、とてつもなく危険な断罪につながる可能性がある。

正義感の強さという面では、美由紀の右に出る者はいない。それは確かなことだ。しかしそれゆえ、美由紀は自分の正義にそぐわないタイプの人間を敵とみなす傾向がある。そのことは、決して否定できない。どんなに地位の確立した名士であっても牙《きば》を剝《む》こうとする。元自衛官の彼女は、それを抑えられない。

「じゃあ」美由紀は李秀卿をにらみつけた。「どうすればいいっていうの？　どんな判断を下せって？　この世には、子供でもわかっているような道徳観すら理解できない、ただ人々を傷つけようとしているとしか思えない奇異な人間が多く存在するのよ！　そいつらを、どうしたらいいっていうの。すべてとはいわないけど、反社会的人格障害って症名が確実に当てはまるひとも少なくないのよ」

「美由紀さん」嵯峨はつとめて冷静にいった。「薄々気づいてはいると思うけど、反社会的人格障害っていう症例の区分はやっぱりおかしいんだ。少なくとも僕は受け入れる気にはならない。異常犯罪を行った人間がいて、その動機を知るために精神分析があるのに、罪を犯したから反社会的人格障害だというんでは本末転倒だよ。犯罪に走った理由はひとそれぞれ、かならず心の奥底に潜んでいるはずなんだ。その分析を放棄して、彼らは悪だとひとくくりにすることは、僕らの研究において退化としかいいようがない。ちがうか?」

美由紀は言葉に詰まったようすだった。唇を震わせているうちに、目が潤んでいった。「そんなことといって、現在の精神分析じゃ、なぜあそこまで異常犯罪が起きるのかわかっていないじゃないの。結局は担当者の勘で症例をこじつけて、精神障害のことをよくわかっていない検事や弁護士がそれを取り沙汰して、十年以上も裁判をして、結局判決はうやむや。被害者や、その家族のことを考えたことがあるの? わたしたちはもっと確実にして明白な精神分析を求められているのよ!」

嵯峨は辛抱強く、穏やかに応じた。「だからといって、反社会的人格障害というでっちあげのカテゴリを活用する言い訳にはならないはずだ。正義感の強いきみならそれぐらいわかってるだろ、美由紀さん? ひとを断罪して裁くのは、僕らカウンセラーの仕事じゃないよ」

そのとき、李秀卿が手にしたグラスに目を落としながらいった。「どうやら、岬はここ数日中にそういうことをした覚えがあるようだな。反社会的人格障害という判断を下した相談者がいたんだろう」

「いいえ」美由紀は素早く涙をぬぐいとると、毅然とした態度でいった。「相談者じゃないわ。両親のほうよ」

「ああ」李秀卿は小さく何度もうなずきながらつぶやいた。「カウンセリングについて相談者の親の理解が得られなかった。それで親を恨んでいる、そういうことだな。よくあることだ」

美由紀は李秀卿にまくしたてた。「あなたになにがわかるっていうの？」

「わかる。それぐらいはな」李秀卿はしばし考えるそぶりをしていった。「その両親が反社会的人格障害だなどと決めつける根拠はなんだ」

「あのひとたちはいつでも自分の身を守ることばかり考えている。もし子供が神経症とでも判断されようものなら、親子の縁を切ることも辞さないと思うわ。子供を否定してまで自分たちが間違っていなかったことを証明したがる、その歪んだ根性はとうてい実の親とは思えない」

李秀卿は首を振った。「だから人格障害か？　あまりに短絡的だとは思わんのか」

嵯峨は美由紀にいった。「両親の言いぶんに合点がいかないというのなら、もっとよく話し合ってみるべきじゃないのか？」

「むりよ」美由紀はふてくされた顔をした。「両親はカウンセリングを断ってきた。相談者の男の子も、もう二度と来ないでしょうね。これ以上、なにができるっていうの？」

美由紀は子供のようにすねた態度をとっていた。酒のせいもあるだろうが、その相談者の件が堪《こた》えているにちがいないと嵯峨は思った。美由紀は両親を亡くしている。そのせいで、親と子の関係について取り組むときにはいささか冷静さを欠く傾向がある。今回も、その延長線上にあることは間違いなかった。

李秀卿は黙って美由紀の横顔をみつめていたが、やがていきなり美由紀の手もとにあったハンドバッグをひったくると、なかをあさりはじめた。

美由紀は驚いたようすで身を起こした。「なにをするの」

李秀卿はハンドバッグから美由紀の携帯電話をとりだすと、持ち主の許可も得ずにボタンを押しはじめた。発信履歴をみているらしい。液晶画面を美由紀に向けて、たずねた。「きょうの午後、何度も同じ番号にかけているな。察するに、これがその相談者の両親が住む家の番号だろう。電話をかけるたびに拒まれたか」

美由紀は困惑していた。なにもいわなかったが、李秀卿の指摘どおりであることは表情に表れていた。

李秀卿はふんと鼻を鳴らし、通話ボタンを押した。

美由紀はあわてたようすでいった。「やめてよ」

李秀卿は美由紀の手を振りほどくようにして身をひき、携帯電話を耳にあてた。数秒の間をおいて、しゃべりだした。「もしもし。東京カウンセリングセンターの者だが。ええと、岬が担当している男の子の、母親か」

相手の返答を待つ間、李秀卿は黙っていた。相手が李秀卿の話し方に目を丸くしているのはあきらかだった。

李秀卿はやがてうなずくと、また話しはじめた。「次回のカウンセリングなんだが、さっそく明日の午前中ではどうだろう」

有無を言わさない、しかしなぜか強引すぎるとは思えない口調だった。また数秒が経過し、李秀卿は大きくうなずいた。「けっこうだ。岬にもそうつたえておく。では明日」

李秀卿は電話を切り、美由紀に突き返した。

美由紀が不安そうな顔でそれを受け取った。黙って、たずねるような目を李秀卿に向けていた。

李秀卿はやれやれというように足を投げだし、自分の前髪を指でもてあそびながらつぶやいた。「明朝一番に、子供を連れて両親ともども来る。岬先生にもよろしく、といっていた」

「まさか」美由紀は心底驚いたようすでいった。「あの母親が、そんな……」

「だから、おまえはうまくいかないんだ」李秀卿は美由紀を横目でみていった。「おまえのことだ、カウンセリングに来るも来ないも自由だが、できれば来たほうがいい、そんないい方にとどまっていたのだろう。おまえは相手の自由を尊重しているつもりかもしれないが、相手にしてみれば、それはカウンセラー側の責任放棄にも聞こえるんだ。事実、おまえの心のなかに、相手が望まないのならしかたがない、そんな気持ちが生じていたんじゃないのか。おまえはその男の子を救いたかったのか、そうではなかったのか、どっちなんだ」

美由紀は身を震わせながら李秀卿をみつめていたが、表情からは怒りのいろは消えうせていた。美由紀はあきらかに衝撃を受けていた。李秀卿に向けるまなざしは、あきらかに変化していた。

李秀卿はいった。「この世の全員を救えるわけではないし、ひとりひとりに手をさしのべるばかりが能じゃない、おまえはさっきそんなことを口走ったな。なるほど、そこには正論もある。だがおまえはいつしかその立場に甘んじ、救えるひとから順に救えばいい、すなわち助けにくいひとは後回しでもいいという考え方が生じていたのだ。殺到する相談者《クライアント》のなかから、扱いやすい人間だけをピックアップしてカウンセリングを行ってきたのだ。来るも来ないも相手の自由、そんな言いぐさでは、向こうがおまえを頼りにできないのも当然だろう」

「でも」美由紀はようやく、震える声で応じた。「カウンセリングは宗教じゃないんだから……こっちが助けるというより、彼らが自分から助かる道を選ばねば……」

「それなら、そういう道を選ぶ手助けを惜しむべきじゃないだろう。最終的な判断の権限は彼らのもとにあっても、正しい道を指し示すことをやめるべきじゃないだろう。おまえにかぎらないことだが、欧米的価値観の犠牲になるとはまさにこういうことだ。自由主義といいながら、じつは責任の所在をあいまいにする。自由なのだからという言い訳は、なにもしなくてよいという甘えに直結する。おまえはそんな色に染まりつつあった。相談者の少年も、両親も、その犠牲になりつつあったんだぞ。潔く反省しろ」

李秀卿はじつに遠慮なく、しかし正論としかいいようのない事柄を突きつけてくる。嵯峨はひたすら圧倒されていた。美由紀の心にも響いているにちがいない。美由紀は無言でうつむいていた。反論するそぶりはみせなかった。

「さて」李秀卿はすっくと立ちあがった。「ちょっと踊ってくるか」

嵯峨が呆気にとられていると、李秀卿は足早にダンスフロアのほうに向かっていった。

李秀卿は、踊っている人々のなかに加わると、リズムに乗って身体を動かしはじめた。

彼女の国にも、アメリカナイズされたダンスの技法はつたわっているらしい。それもかなり踊り慣れているようだった。素早いステップと身体の動き。ユーロビートのリズムにぴたりと一致している。嵯峨はダンスには詳しくなかったが、李秀卿の動きにはたちまち魅了されてしまった。フロアにいた人々も同じだった。李秀卿の周りには、ギャラリーが集まりはじめていた。

変わった女だった。李秀卿の正体に関しては、嵯峨は美由紀の主張を信じていた。李秀卿が韓国のカウンセラーとはとても思えない。北朝鮮の人民思想省なるところから派遣された人間、そうみるのが筋なのだろう。しかし、たとえそうであったにせよ、なんとふしぎな女なのだろう。攻撃的でありながら友好的なところもかいまみせ、混沌《こんとん》としているようで純真でもある。孤立を好んでいるようで、連帯を重んじているようにも思える。相反する意識をいくつも並存させている女、かといって多重人格のような自己矛盾はない。そんな女だった。

「嵯峨くん」美由紀は小声でいった。「どう思う?」

「どうって、なにが?」

「明日のカウンセリング……どうしたらいいと思う?」

嵯峨は迷いながらいった。「それは、きみがきめることだよ。いや、それは彼女が指摘したように、自由という名の責任の放棄みたいな言いぐさだな。僕としては、きみが午前の予定を変えてでも少年と両親に会い、納得いくまで話し合いをつづけるべきだと思う。両親が邪悪な性格であるという偏見にとらわれずに……。きみ自身も、それを望んでいたんだろう?」

美由紀は黙っていた。戸惑いの表情はしばらくつづいた。だが、やがて表情に決意のいろが表れた。小さくうなずくと、椅子から立ちあがった。

「どこへ？」と嵯峨はきいた。

「わたしも踊ってくる」美由紀はそういうと、ふらついた足どりでダンスフロアへと向かっていった。

あんなに酔っていてだいじょうぶなのだろうか。嵯峨が心配しながら見守っていると、美由紀はギャラリーの人垣をかきわけて李秀卿に近づいていった。依然として素晴らしいダンスを披露しつづける李秀卿の前に、美由紀は立ちつくした。李秀卿と視線が合ったのが、嵯峨の位置からもみてとれた。

美由紀はふいに、李秀卿とは異なる動きでリズムに乗った。手足の機敏な動き、しなやかな躍動感。美由紀の身のこなしは、李秀卿に負けず劣らずプロのダンサーのようだった。そういえば、美由紀はカウンセラーになってから運動不足を解消するためにダンスを始めたといっていた。週に二回、都内のダンススクールに通っているとも聞いた。

美由紀が加わって、ギャラリーはさらに沸いた。美由紀と李秀卿はダンスを競っているようにも、ただふたりで楽しんでいるようにもみえる。

嵯峨が呆然とみつめていると、背後で蒲生の声がした。「女ってのはわからんな」

振りかえると、蒲生がグラスを片手にテーブルに近づいてきていた。

「ああ、蒲生さん」

蒲生は椅子に腰をおろし、タバコをくわえた。「だが、どちらにとってもよかったのかもしれんな」

「どういうことですか？」

「あのふたりだよ」蒲生はタバコに火をつけ、煙を吹き上げながらいった。「美由紀と李秀卿。どちらも友達が多そうにはみえないだろ。だがああしてみると、ふたりの息はぴったりだ」

「彼女たちが友達になるっていうんですか？」嵯峨は驚きながらも、苦笑した。「元自衛官と、北朝鮮の人間が？」

「どっちも似たもの同士だよ。そうだろ？」

嵯峨は踊るふたりの女をみつめた。おたがいに視線を合わせようともせず、ひたすらリズムに乗って疲れ知らずに踊りつづけるふたり、そのようすをただ見守った。

そう、あのふたりは似たもの同士だ。嵯峨はぼんやりと思った。美由紀は、ああいう特殊な相手にしか心を開くことができない。そして俺は、決して彼女の友達にはなりえない。嵯峨は、心のなかでひそかにそうつぶやいていた。

明かり

倉石は、真夜中の東京カウンセリングセンターにひとり居残って、部長執務室のデスクにおさまっていた。椅子の背もたれに身をあずけ、足はデスクの上に投げ出していた。ネクタイを緩めてワイシャツのボタンをはずし、手にはブランデーグラスがあった。書棚の後ろに隠してあったものだった。

きょうは帰る気にはなれない。この歳《とし》にして独身だ、帰ったところで、部屋の風景が変わるにすぎない。そう決めこんで、さっさと酒を飲んでしまった。飲酒運転をしでかすわけにはいかないのだから、今夜はここに泊まるしかないだろう。

昼間、所長の岡江粧子と話したあと、気分がすぐれなくなった。頭のなかで絶えずもやが渦巻いている気がした。所長の経営至上主義が理解できなくもない自分、かといって現場のカウンセラーへの思いやりを捨てきれない自分。そのふたつの自我の狭間《はざま》をさまようちに、悩みはとてつもなく大きなものへと変わっていった。

組織を維持していくためには、部長である倉石は岡江に従わねばならない。おとなしく職務に従事していれば、来年には取締役に加わることができそうだ、そんな展望もみえはじめていた。女医を務める根岸知可子《ねぎしちかこ》との離婚にともなう慰謝料の分割払いもまだ残っている。昇給を望んでいないといえば嘘になる。

しかし、この職場自体、多くのカウンセラーが相談者《クライアント》に対し親身になって尽くしているという、個々の努力のうえに成り立っているものだ。そんななかで、あっさりと管理側に鞍替《くらが》えすることがあってもよいものだろうか。自分も長年、現場での臨床をつづけてきた。カウンセラーの喜びは報酬だけではないことも充分わかっているつもりだ。そんな自分は、いったいどのような立場に置かれるべきなのだろう。

自問自答をくりかえすうちに、夜もふけてきた。卓上の置時計に目をやる。午前一時すぎ。そろそろソファに横になるか。隣りの応接室を借りればいいだろう。

そう思ったとき、廊下に足音がした。ガードマンの巡回はさっきあったばかりだ。倉石は身を凍りつかせ、耳をそばだてた。

隣りの応接室のドアが開く音がした。荒々しい足音、ひとりではなくふたりのようだ。男の声が聞こえた。「そこに横になるといい。水、持ってこようか?」

聞きなじんだ声だった。嵯峨だ。ほどなくして、もうひとりの声も聞こえてきた。女の声だった。

「いらない。あ、でも頭痛薬があったらお願い」

岬と嵯峨か。倉石は戸惑いながらも執務室をでると、暗闇に包まれた廊下を足音をしのばせて歩いた。隣りのドアは半開きになっていた。ドアの陰に身を潜めるようにして、なかを覗いた。

なぜ自分はこそこそ隠れようとしているのだろう、倉石はそんな疑念を抱いた。部長職の人間が居残りしているところを、部下にみられて困るということはない。ただ、自分はあきらかに酒臭い。ここ数時間、ずっとひとりで飲んでいたのだ。そのことを部下に知られるのはまずい。

ところが、嵯峨たちも似た状況にあるらしかった。岬美由紀はソファに横になり、嵯峨の上着をシーツがわりにしている。顔は真っ赤で、髪はくしゃくしゃに乱れている。一見して、酔っ払っているとわかる。嵯峨のほうも酒が入っているようだが、美由紀よりはしっかりしているようすだった。嵯峨は疲れたようにテーブルに腰をおろし、ため息をついた。寝そべった美由紀をちらと見やると、床に視線を落とした。

嵯峨は力なくいった。「酔っ払っているときには、頭痛薬より胃腸薬だよ」

「気持ち悪くはないの」美由紀は仰向けに寝たままぶつぶつといった。「ただ、なんだかぐるぐる回ってる。ぶぁーっと部屋が回ってる」

倉石は思わず噴き出しそうになった。ぶぁーっと部屋が回ってる、か。岬美由紀の言葉とはとても思えない。

しばし沈黙があった。嵯峨は頭をかきむしり、無言でうつむいていた。

やがて美由紀が口を開いた。「ここ、どこ？」

「二十階の応接室。東京カウンセリングセンターの」

「……いつの間に、ここに来たの？」

やれやれ、というように嵯峨は身体を起こした。「いまタクシーで来たじゃないか。ふたりとも酒飲んでるから、運転はできないし」

「メルセデス、置いてきちゃったんだっけ？」

「美由紀さんのクルマなら、きょうはここの駐車場に置きっぱなしだったろ？　僕のクルマもだけど。蒲生さんのクラウンで出かけたんじゃないか、忘れたのか？」嵯峨はまた、ため息をついた。「帰ったらさっそくクルマの心配か。ああ、そうだ」

嵯峨はズボンのポケットをまさぐると、折りたたんだ紙片をとりだした。美由紀に近づき、それを手渡すと、またテーブルのほうへ戻っていった。

美由紀は仰向けになったまま、受け取った紙をぼんやりながめていたが、やがてたずねた。「なにこれ？」

「蒲生さんからのプレゼント」嵯峨がいった。「明日にでも、渋谷警察署の交通課にその紙を提出しろってさ。特別罷免《ひめん》状とかいってたな。犯人を追ってる刑事とかが交通違反したときなんかに、ちゃんと事情があったってことでその書面がでるんだって。美由紀さんも、それ提出すればこないだの交通違反、帳消しになるってさ」

美由紀は無表情で紙をみつめていた。「帳消し?」

「そう」嵯峨は伸びをした。「防衛庁の元キャリアって、そんな扱い受けるんだね。噂《うわさ》には聞いてたけど、そこまで制度化されてるとは思わなかった」

「これを、蒲生さんが?」

「うん。さっき別れる前に、僕にあずけてきた」

「別れる前って?」美由紀はふいに目を見張り、天井をながめまわした。「そういえば蒲生さんは? それに李秀卿はどこ?」

「まいったな。クラブをでたところで別れたじゃないか。沙希成瞳さんは蒲生さんが送っていったよ。美由紀さんも、さよならっていったろ?」

「覚えてない」美由紀は横になったまま、まぶしげに顔を手で覆った。「いわれてみれば、そんなふうだったような気もするけど」

「飲み慣れない酒をがぶ飲みするもんだから、記憶が飛んじゃったんだよ」

「ピッチ角六十度、フルアフターバーナーって感じ」美由紀はうわずった声でひとりごとのようにいった。「強烈なG。なんか気持ち悪《わる》」

「ほら。やっぱり胃にきてる。バケツ持ってこようか?」

「いい」美由紀は紙片を顔の上に置いた。眠りに落ちたかのように静かになった。

嵯峨はテーブルから腰を浮かすと、美由紀の向かいのソファに座った。

しばし時間がすぎた。

押し殺したようなうめき声が、美由紀から漏れた。

どうしたというのか。倉石は思わず部屋のなかに足を踏み入れようかと思ったが、それより早く嵯峨が立ちあがった。

嵯峨はきいた。「美由紀さん。どうかしたの。気分でも悪いの」

うめき声は、しだいにはっきりとした感情を伴いつつあった。美由紀は泣いていた。顔を覆った紙片の下から、泣き声が聞こえてきた。

美由紀の震える声が告げた。「李秀卿のいったとおりだわ」

「なにが？」嵯峨はきいた。

「わたしは恵まれてる。甘やかされてる。交通違反さえ見逃される立場にある」

嵯峨は立ちつくしていたが、やがてまたソファに腰をおろした。「せっかくもらったんだから、使えばいいよ。特典みたいなものだから」

「わたし、どうしたらいいの」美由紀の声からは、いつものような自信に満ちた響きは微《み》塵《じん》も感じられなかった。「ぜんぶ、あの女がいったとおり。わたしはこの世の中の、すべてのひとを救うわけにはいかない。でもカウンセラーとしては特別扱いされる。ほかのひとにできないことができるとみなされてしまう。どうしたらいいの。本当は、何もできないも同然なのに」

倉石は衝撃を受けた。岬美由紀がそのような悩みを抱いているとは、いままで考えたこともなかった。

だが、嵯峨は驚きのいろをみせなかった。穏やかで、どこか希望のこもった温かい声で、嵯峨はいった。「たぶん、美由紀さんは考えすぎだよ。自分が特別な能力を持った存在であり、それだけ素晴らしい成果を上げようと思ってる。それは正しいんだけど、ひとりでやることには限界がある。でも、僕らのことも信頼してほしいな。カウンセラーは、きみひとりじゃないんだよ」

美由紀は沈黙していた。しばらく経って、ようやく紙片の下から目もとだけをのぞかせた。潤んだ目で嵯峨をみていった。「でも……」

「たしかに僕や朝比奈、それにこの職場のカウンセラーのほぼ全員は、美由紀さんのような才能にも恵まれていないし、司法や行政への実際的な権限も持っていない」嵯峨は静かにいった。「だけど、ひとりでも多くのひとを救いたい、そういう思いはみんな同じだよ。美由紀さんからみれば、僕らは政治的にできないことが多すぎる立場にあるかもしれないけど、でもひとたび相談者を前にすればそのカウンセリングに全力を傾けるよ。みんなで頑張れば、よりよい社会になる。そうは思わない?」

美由紀は戸惑いがちにつぶやいた。「じゃあわたしは、どうすれば……」

「僕らみたいにふつうの、まだ社会的に立場の強くないカウンセラーたちが、世間の偏見や権力の抑圧を受けず、公正に全力で働けるような世の中にすること。それは、美由紀さんみたいに権限を持ったひとにしかできないよ。美由紀さんが僕らカウンセラーの立場を支えてくれたら、より多くのカウンセラーが働くことができ、より多くの相談者が救われることになる」

「わたしに、特殊な立場でいろって？　ふつうのカウンセラーじゃなく？」

「美由紀さんはふつうのカウンセラーじゃないよ。それはれっきとした事実だ。その事実は受け入れるしかない。それより、いま持ってる権限を、カウンセリングという精神療法全般の向上のために生かしてほしいな。政治家だとか検事だとか警官だとか、権力風を吹かせたがる連中に負けない、強い立場にカウンセラーがなれれば……。僕らは現場でひとりひとりのカウンセリングに努力する。美由紀さんは、出世してより強い権限を持って、僕らのために道を切り開いてほしいな」

また沈黙がながれた。

美由紀は天井を仰いでいた。ぼんやりとした目をしながら、つぶやいた。「カウンセラーみんなのために、か……」

「そう」嵯峨はうなずいてから、冗談めかせていった。「そのあかつきには、カウンセラー全員の交通違反が帳消しになるぐらい、たくさんの罷免状をもらってきてほしいな。ああ、もちろん交通違反は悪いことだけど、なかには理不尽なものも、運が悪かったりっていうのもあるから……」

嵯峨はどこまでも優しい男だった。倉石は、嵯峨のそんな性格をよくわかっていた。嵯峨は、美由紀の悩みについても気づいていたにちがいない。その答えも、真剣に考えたうえで美由紀に告げたにちがいなかった。

澱《よど》んでいた美由紀の目にふたたび光がやどったように、倉石にはみえた。

美由紀は顔を覆っていた紙片を手にとると、びりびりと破いた。それを紙ふぶきのように宙に撒《ま》きながら、微笑していった。「そんな書類、この部屋が満杯になるぐらいもらってきてあげるわ」

嵯峨が笑った。「そう。その意気だよ」

倉石はドアの陰に身を潜めたまま、ひそかに衝撃と喜びを同時に感じていた。答えはここにあった、そう思った。驚くべきことに、倉石の今後についての答えは部下の嵯峨からもたらされた。

嵯峨は美由紀の将来について口にした。だがそれは倉石にも当てはまった。倉石は美由紀のように、元国家公務員としての権限を有しているわけではない。が、この東京カウンセリングセンターにおいて、管理側の人間になりつつあった。カウンセラーとして何十年も働いてきた自分が、現場を離れる。そこにどんな意味があるのか。いまの嵯峨の言葉によって、ようやく悟ることができた。

自分は、彼ら若いカウンセラーたちのために働くのだ。至極当たり前のことだが、いままではわからずにいた。だが、いまははっきりとわかる。

感謝する。応接室で笑いあうふたりの部下、とりわけ信頼を寄せている嵯峨に対して、倉石は心のなかでそうつぶやいた。足音を立てないよう注意しながら、ゆっくりと執務室へと引き返していった。

消失

蒲生は夜の明治通りにクルマを走らせていた。中古のクラウンのヘッドライトは寿命が近いのか妙に暗いが、この片側三車線の道路は立ち並ぶビルのネオンや街路灯のおかげで明るく照らしだされている。

やはり節約にもほどがある。頼りない手ごたえのステアリングを切りながら、蒲生はぼんやりそう思った。不況のせいで国家公務員の給料は当分のあいだ据え置かれることが決定的となり、恐れをなした蒲生はローンの返済を減らすためにジャガーを手放した。しかし、悔やむべきは身分不相応な高級輸入車に手をだしたことではなく、性能を考慮せずにクルマを選んだことだろう。ボディの大きさの割りに居住空間の狭いジャガーは家族にも不評を買った。一般道路でのエンジン音はうるさく、高速道路でも揺れがひどかった。すなわち、乗り心地のよさがどこにもないクルマだった。まず妻が乗るのを嫌がり、つづいて息子の和也も離れていった。妻と息子にしてみれば、苦しい家計をかえりみずに贅沢品《ぜいたくひん》を購入した身勝手な父親ということになるのだろう。実際にはそんなつもりはなかった。休日に家族そろって優雅にドライブする、そんな理想を実現化するために大きな外車がほしかった。蒲生のなかにあったのはそれだけだった。が、クルマに対する予備知識のなさが裏目にでた。

うまくいかねえな。蒲生はクラウンを走らせながら、そうひとりごちた。

そのとき、助手席の李秀卿がふいにたずねてきた。「なにがうまくいかない？」

蒲生はびくっとした。そうだ、助手席に同乗者がいた。それも、最も警戒すべき要注意人物が。

「べつに」そういいながら、蒲生は自分の気の緩みを呪《のろ》った。残業つづきで疲れているにせよ、目下監視中の女の存在を忘れるとはなにごとだろう。容疑者や参考人の護送《ごそう》では、こんな気分になったことはいちどもなかった。ところがいまは、いつしか公私の時間の区別がなくなり、うっかり状況を忘れそうになっていた。やはり、プライベートで使用するクルマを仕事に持ちこんではいけない。だが、これは上の命令でそうしていることだ。李秀卿が公には犯罪者というわけではない以上、警察車両に乗せるわけにはいかない。あくまで、本人の同意のうえで警察が護衛および案内役を買ってでている、そんなたてまえを崩すわけにはいかない。

自分のやる気のなさは、そのばかげた仕事内容のせいもあるのではないか。蒲生はそんな思いにとらわれていた。助手席のこの女が北朝鮮の人民思想省の人間であることは明白な事実だ。そんな女を、気にかけないふりをしながら充分気にして付きまとう、ただそれだけの仕事。女のほうも、こちらがすべて承知のうえで手だしできないことがわかっている。奇妙な緊張関係。それが、蒲生と李秀卿のあいだにあるすべてだった。

だがそれも、長くても明朝までだろう。外務省はさいわいにも素早く韓国当局の協力を得ることができたという。李秀卿が北朝鮮の人間だという裏付けがとれるまで、あと半日とかからないだろう、さきほど蒲生はそう連絡を受けた。それまで李秀卿から目を離さない。命令が下れば、身柄確保。蒲生の行うべきことははっきりしていた。それだけに、標的が目の前にいながらにして手がだせないもどかしさがつのった。

　原宿の交差点にさしかかった。信号は赤だった。蒲生はゆっくりと減速させ停車させた。ジャガーはどんなにブレーキの回数を分けようと最後はいわゆるカックン・ブレーキにならざるをえなかったが、このクラウンはスムーズに停《と》まる。中古といえども日本車の性能はたいしたものだった。

　李秀卿がいった。「この次の信号を左折だ」

　蒲生は横断歩道を行き交う人々の流れをながめながら、ため息まじりにいった。「渋谷区の代々木上原のマンション住まいか。長期滞在許可に住民登録まできっちり済ませ、すぐに入居先をみつけた。まともな外国人でもそううまくことは運ばなかったりするもんだ」

「まともな外国人とはどういうことだ。わたしはまともだ」

ふん。蒲生は苦笑ぎみに鼻を鳴らした。「深い意味はないさ。ただ手回しがよすぎると思ったんでね。状況が整いすぎていて、非のうちどころがない。まるでどっかの国からきた潜入工作員みたいにだ。そうは思わないか」

「昨今の工作員はそこまで完璧《かんぺき》な身元をつくりあげていない。人民武力省偵察局の経費削減もあって、偽装のプロセスは簡略化されている。危機管理の甘い日本に入国するなど、そのていどで充分だ」李秀卿はあわてたようすもなくつけくわえた。「これは告白などではなく、あくまで世間話だ。朝鮮民主主義人民共和国の人間ならそういうだろう、という想像のうえで語ってみたことだ」

「わかってるよ」蒲生は吐き捨てた。まるでパソコンの取扱い説明書のように、くどいぐらいの注釈をもって責任回避をはかろうとする。このソフトのプログラムを使用して、いかなる不具合がでようともメーカーは関知しません、承知のうえで使用したあなたの責任です、というあれだ。李秀卿のいいまわしも同様だった。たとえ刑事の蒲生がしっかりと耳にしたことでも、戯言《ざれごと》にすぎないと即座に念を押されれば、証言としての効力など皆無に等しくなる。李秀卿はそういう民主主義国家の法の弱点を承知のうえで、蒲生を弄《もてあそ》んでいるにちがいなかった。

信号はまだ赤だった。角のビルの側面に据えつけられた大型スクリーンに、映画のビデオソフト発売のCMが流れていた。中学生同士が殺し合いをするという、問題作として名を知られた映画だった。

李秀卿がいった。「バトル・ロワイアル、だな」

「知ってるのか」蒲生は意外に思った。ゲームセンターをみたことがないほど外国文化に疎いはずなのに、最近の日本映画を知っているとは。

「この映画は朝鮮民主主義人民共和国でも上映されている」

「北朝鮮で?」蒲生は驚いたが、すぐに状況が呑みこめた。「おおかた、日本の中学校の実状を描いた映画として公開されてるんだろ。むろん日本の著作権者には無断で上映している。そうだろ?」

「当然だ」李秀卿はあっさりといった。

人民思想省なる部署の考えそうなことだ。これを鵜呑《うの》みにした北朝鮮の一般市民は、日本にいけば自由があるなどとは夢にも思わなくなるだろう。

そのとき、ふとした疑問が蒲生のなかにうかんだ。

「なあ」蒲生はステアリングの上においた手で、大型スクリーンを指差した。「あんたは、日本の中学校がこの映画のとおりだと思ってるのか?」

「ちがうというのか」

蒲生は押し黙った。信号が青になった。クラウンを微速で発進させた。

李秀卿が人民思想省の人間であることは確かだが、その李秀卿も情報を制限され、事実を歪曲してとらえざるをえない環境に置かれている。そうにちがいなかった。そうでなければ、日本や韓国の実状を知る人民思想省の職員たちが次々と北朝鮮を脱出し、亡命してしまうだろう。李秀卿の頭のなかには北朝鮮政府のプロパガンダによってつくりあげられた日本がある。こうして蒲生と同じ視点で原宿の街並みを眺めていても、李秀卿の視界には蒲生の認識とはまったく異なる日本が映っているにちがいない。

蒲生は運転しながらきいた。「あんたが抱いている日本の印象と、実際の風景にギャップを感じないか？　あんたの祖国でつたえ聞いた情報はねじ曲がっていたと気づかないか？」

「ねじ曲がってなどいない」李秀卿の声のトーンはあいかわらず淡々としたものだった。「人民思想省は情報を制限するが、つくりかえたりはしない。日本のニュースはそのままつたえられている」

「そのまま？　なら、たとえば最近はどんなニュースが報じられた？」

「各地で小中学生が刃物の犠牲になった。子供を虐待死させる親があいついで逮捕された。無責任な警備のせいで花火大会の客が将棋倒しになり、幼い子供たちの命が奪われた。そのうえ市当局は茶髪の若者のせいにした。日本のナショナリズムを強化し朝鮮民族を貶《おとし》める事実歪曲の歴史教科書が編纂《へんさん》された。平和を訴えているはずの政府がアメリカの戦略ミサイル防衛構想に同意する姿勢をみせた。地球温暖化防止の合意事項だったはずの京都議定書を、みずから放棄してアメリカにへりくだった。石器を埋めて原人がいたようにみせかけた。どこか間違っているか？」

「まあ、大筋ではあってる」蒲生は口ごもった。「それで、日本にどんな印象を持ってる？」

「子供が死ぬのをなんとも思わず、なにかをしでかしてはかならず嘘の上塗りをする人々の住む国。この認識も、どこかに間違いがあるか？」

ぐうの音もでない、蒲生はそんな気分に陥った。北朝鮮の人民に日本を嫌わせるには事実を歪曲する必要はない、ただニュースをそのままつたえればいいということか。むろん、文化やテクノロジーの面で人々を魅了するような情報は制限されているのだろうが、こうしてあらためて悪いニュースばかり聞かされると、本気で日本がいやな国に思えてくる。

「でもな」蒲生はどうしても反論したい衝動を抑えられなかった。「北朝鮮だって干ばつ、飢餓のせいで人々は苦しんでるっていうじゃねえか。子供が泥水を飲んだりとか」

「貧しい民の悲劇はどこの国でもおなじだ。だからよりよい社会に変えていかねばならない」李秀卿の鋭い目が、じろりと蒲生の横顔をにらみつけた。「蒲生刑事も、批判されてしかるべきだ」

「おれがか？　どうして」

「酒ばかり飲んで、注文した食べ物をほとんど残した。飢えたる民のことを考えたことがあるのか?」

蒲生は首をかしげてみせた。「ああ。そういうひとたちのことを考えると、食べ物も喉《のど》を通らなくなるんでな」

李秀卿の目が険しさを増した。

「冗談だよ」蒲生は笑いを凍りつかせながらいった。「日本にあふれかえっているのは、食べ物と発音の悪い英語だけだ。それ以外にはなにもない。少なくとも、偉大なる金正日総書記のもとでは、犯罪者は厳しく罰せられ、集団は美しく統率される」

蒲生はそれ以上はなにもいわなかった。その代わり北朝鮮にゃ自由がないじゃねえか。そんなふうに再度水を向けたところで、反撃の狼煙《のろし》にもならないことは目にみえていた。日本にも自由はない。個人の生命は幼くして奪われ、集団としても統率がとれず犠牲者がでる。

まあ、いい国に生まれていないのは百も承知さ。蒲生は心のなかでひとりごちた。

クルマは代々木公園近くで暗い路地に入った。代々木上原に抜けるには、これが近道だ。やはりヘッドライトが暗く視界は狭いが、この路地も一キロ足らずだ、なんとかなるだろう。蒲生はそう思いながら、加速しようとした。

ふいに李秀卿が告げた。「停めてくれ」

「なに？　ここでか？」

「そうだ。停めろ」

蒲生はちらとサイドミラーに目をやった。紺色のセダンが尾けてくる。覆面パトカーだった。いちおう援護はいる。李秀卿が暴れ出しても、自分はひとりではない。蒲生はそのことを確認したが、まだアクセルは緩めなかった。

「停めなかったらどうする？」蒲生はきいた。

「わたしの身元が確定してもいない段階で、そのような行為は拉致《らち》監禁にあたると思うが」

蒲生は舌打ちした。まったく、この女にはかなわない。

スピードを落として、なるべく明るい街路灯の下で左に寄せて停まった。サイドミラーをみると、後続の覆面パトカーも距離をおいて停車したのがわかった。

李秀卿はジャケットのポケットからタバコをだした。みたことのない銘柄だった。パッケージには朝鮮語が書かれている。

蒲生はため息をついて、助手席側のパワーウィンドウをさげた。「タバコを吸うなら、煙は外にだしてくれ。臭くなると家族がいやがるんでな」

李秀卿はタバコを一本くわえ、蒲生をみた。「ちゃんと駐車の操作を行ったほうがいいぞ」

蒲生は妙な気がした。クルマには乗り慣れているはずなのに、一瞬どのように操作するのかわからなくなる、そんな自分を感じていた。まるで初心者だ。チェンジレバーをみた。D《ドライブ》に入っている。クルマがずるずると前方に動きだした。蒲生はあわててブレーキを踏んだ。

まだ駐車措置をしていないのにブレーキから足を離してしまった。とんだへまだ。苦笑しながら、助手席に目をやった。

とたんに、凍りつくような寒気にとらわれた。

助手席にいたはずの李秀卿がいない。肩が触れ合うほど接近してすぐ隣りに座っていたはずの女が、あとかたもなく消えている。

ほんの一瞬、目を離したすきに。

あわててチェンジレバーをP《パーキング》にし、サイドブレーキを引いた。後部座席をのぞきこんだが、そこにも人影はなかった。助手席のドアに手をのばした。ロックされている。物音ひとつしなかった。わずかに開いたウィンドウから抜けだすことは不可能だ。

妙な香りが漂っている。甘酸っぱい、アンズの匂《にお》いに近い。李秀卿のつけていた香水の匂いだろうか。

ドアを開け放ち、転げ落ちるように車外にでた。ひっそりとした住宅街の静寂さが辺りを包んでいた。クルマのボディの周囲をまわったが、誰もいなかった。この付近に物陰らしきものはない。身を潜められるところは、どこにもない。

まばゆい光に照らしだされ、蒲生は顔をそむけた。後続の覆面パトカーだった。蒲生がクルマから飛びだしたので、なにごとかとライトを点灯したのだろう。

頼みの綱は彼らだけだ。蒲生は祈るような気持ちで覆面パトカーへと駆けていった。

パトカーから私服の刑事が降り立った。顔なじみだった。驚きのいろをうかべながらたずねてきた。「どうしたんですか?」

その反応に、蒲生はしてやられたことを悟った。「いま李秀卿が車外にでるのをみなかったか?」

「車外に?」刑事は眉をひそめた。「いえ、降りられたのは蒲生さんだけでしたよ」

焦燥感のなかで、蒲生は思わずむせそうになって喘《あえ》いだ。こんなばかなことがあってたまるか。

「そんなはずはない」蒲生は刑事に怒鳴った。「なにか異常事態に気づかなかったのか。不審者が立っていたとか、不審なクルマが接近していたとか」

「いいえ、なにも」刑事はたじろぎながらいった。「そちらのほうは、どうだったんです。いったいなにがあったんですか」

蒲生は押し黙った。なにも言葉にすることはできなかった。

そう、なにか起きたら真っ先に気づかねばならないのは俺のほうだ。李秀卿はタバコを吸おうとした。煙は外にだせといって、窓を開けた。そのとたん、李秀卿は煙のごとく蒸発してしまった。それが、自分の体験したすべてだった。

「近辺の捜索を手伝え」蒲生は刑事にいった。「ああ、まて。応援を要請しろ」

「応援ですか。でもいったいなんとつたえれば……」

「李秀卿がいなくなったんだ！　誰でもいい、手があいている人間をすべて寄越すようにいえ！」

蒲生はそう叫んで、駆けだした。エンジンがかかりっぱなしの、無人のクラウンに向かって走った。

と、またしても凍りつくような思いが襲った。足がとまった。

前方のクラウンには人影があった。運転席に誰かが乗っている。女だ。李秀卿の後ろ姿がみえている。

しまった。そう思ったときには、クラウンは急発進していた。クラウンは路地を駆け抜け、たちまち小さくなっていった。

「まずい」蒲生は覆面パトカーに駆け戻った。「追うぞ。ぐずぐずするな」

刑事が不本意な顔をした。蒲生は一喝した。さっさとクルマをだせ。

後部座席に乗りこみながら蒲生は思った。この刑事の気持ちもわからないではない。すべて俺の落ち度だ。それも、信じられない失点だった。さっき、あの女はいなかった。たしかに行方《ゆくえ》をくらましていた。いったいどうやって消え、どこに隠れていて、どう現れたのだろう。そんな疑問が頭のなかを渦巻く。同時に蒲生は、言い知れない焦燥感に駆られていた。李秀卿の正体に関する裏付けが外務省でとれる直前、逃亡された。それも、蒲生の自家用車、まだローンの残ったクラウンで。

降格処分ていどですまされる問題ではない。

日本はそれほどいい国ではない。そんな印象だけを残して、李秀卿は消えた。

耳をつんざくサイレンのなかで、蒲生は前部座席のシートにしがみつくように前のめりになり、ひたすら叫んだ。飛ばせ、逃がすな。飛ばせ。それしかできなかった。ただひたすら、叫びつづけた。

家族

岬美由紀はさわやかな青空の下、東京カウンセリングセンターの中庭を歩いていた。けさは気分がいい。それは否定できない。午前中、あの相談者の少年と両親に面接した。彼らはきのうまでとはうって変わって、すなおに美由紀の言葉に耳を傾けてくれるようになっていた。むろん親のエゴや、子供の無気力ぶりはあいかわらず感じられる。が、いままでのような強い反発はみられなくなっていた。できることなら子供を快方に向かわせたい、そんな親心が随所に感じられた。これならしばらくカウンセリングをつづける意義がある、美由紀はそう感じたし、少年と両親も賛同してくれた。

だが美由紀は、感じられる状況の変化を手放しで喜べなかった。たしかに少年の両親は、きのうの李秀卿の電話によって心を動かされたのかもしれない。しかしそれはわずかなものだ。カウンセリングセンター側が毅然たる態度で次回の面接を要請してきた、したがってカウンセリングを受けやすくなった、そのていどのものでしかないだろう。本当に変わったのは美由紀のほうだった。美由紀は、少年の両親に対する嫌悪感が、自分の偏見でしかなかったことを認めざるをえなかった。両親は美由紀の想像ほど邪悪な衝動を持っているわけでもなく、ただ子供のためを思っていてもわが身可愛さは抜けきらないという、どこにでもいる親にすぎないということが、ようやく理解できるようになっていた。反社会的人格障害、そこまで極端なものの見方をしていたことも、いまとなってはお笑い種《ぐさ》だった。いや、そんなふうには済ませられない。まさしく後悔の念でいっぱいだった。

子供を持つ親の心理が、百パーセント理解できるわけではない。美由紀はそんな自分を知った。理由はあきらかだ。わたしはまだ結婚も出産も経験していない。だから一般に流布している観念をもってその立場を想像しようとする。ところが、その想像はしばしば行きすぎになるのかもしれない。親は子を守るためいざとなれば命までをも投げだすものだ、そういう信念は変えたくはないが、一分一秒たりとも子供のことを忘れてはならないのだという思いこみは、実際の親には当てはまらないのかもしれなかった。親も人間である以上、社会のさまざまな構造のなかで多面的に生きている。家庭のなかの顔もあれば外での顔もある。自分の気持ちにすなおに従えないこともあれば、あらゆる状況に反発してでも我を通したくなることもある。それが、ふつうの人間というものだ。

わたしは親というものに対して厳しい目を向けすぎてきた。美由紀はそんな自分を悟った。自分の判断が狂った理由は、自分自身が親というものにそういう極端なまでの期待と理想を抱いているからにほかならなかった。表面上は厳しくても、じつは温かい親。どんなときにも子供のことを気にかけてくれる親。それこそが本当の親であり、そうでない親がいるとすれば理解不能な存在であり、したがって本質的に邪悪な人々だと決めつけるという極論に至っていたのだろう。

それはひるがえって親に対する自分の甘え、美由紀自身の甘え以外の何物でもなかった。美由紀は、自分がある面で著しく未成熟であることを認識せざるをえなかった。親子の問題については、わたしはまだ子供も同然だ。親というものをどうとらえるか、そのための充分な時間が与えられないうちに、美由紀の両親は逝《い》った。ゆえに親への想いは、その時点で凍りついたまま、成長にともなう変化から取り残されていた。

心理学に取り組むことは難しい。親も相談者《クライアント》と同じく、ひとの心を持つ人間であるがゆえに難しい。そのことは、決して忘れるべきではないだろう。

それにしても、とふと足がとまった。中庭のケヤキの木々をみあげた。気のせいか、葉が潤いを失いつつあるように思える。蟬《せみ》の声もきょうはほとんど聞こえない。秋はすぐそこまできているのだろうか。穏やかさを増した風を頬に感じながら、美由紀は考えた。

李秀卿はなぜ、美由紀に救いの手をさしのべたのだろう。あの相談者の両親に電話をかけたときのぶっきらぼうで乱暴な言い方には、どれぐらいの計算があったのだろう。あのように単刀直入に呼びかければかならず両親はまたカウンセリングセンターを訪れるという確信があったのだろうか。それとも、たんに苛立ってああいう行為をしでかしただけなのだろうか。

風にわずかに流された髪をかきなでて、美由紀はその思いを頭から追い払おうとした。どうせ、考えてもわからない。李秀卿というとらえどころのない女を理解するには、まだ情報が不足している。それに、彼女が美由紀たちのもとにとどまっているからといって、友好的だと判断するには早計すぎる。昨晩は蒲生の監視があった。警察の目が光っているうちは、彼女もおとなしくしていた、それだけかもしれないのだ。

ただ、李秀卿の意図はどうあれ、美由紀は救われた。一歩前進した。そのことだけは礼としてつたえるべきだろう。美由紀はそう思っていたが、今朝はまだいちども李秀卿の姿をみていなかった。さっき催眠療法I科のオフィス前を通りかかったが、彼女はいなかった。

さまざまな思考や感情が頭のなかに渦巻くうちに、美由紀はわずらわしさを覚えはじめた。きのうの酒がまだ残っているのかもしれない。ため息をつき、歩きだした。

そのとき、背後から男の声がした。「あのう、岬科長」

振りかえると、II科の若い職員が立っていた。

美由紀はきいた。「なに?」

「科長に来客です」

「来客?」美由紀はたずねかえした。「相談者じゃなく来客なの? 誰?」

「ええと、星野昌宏《まさひろ》さんという方で」

美由紀は身体に電気が走るのを感じた。拉致された星野亜希子の父親。瞬時に、美由紀は困惑した。星野昌宏になんの報告もできない自分がいた。彼は、李秀李秀卿から少しでも娘のことが聞き出せたかどうか、そのことが気になってここまで赴いたにちがいない。だが美由紀は、李秀卿から情報をひきだすどころか、翻弄《ほんろう》され、あまつさえカウンセリングの手助けさえ受け、礼を述べようかと思っていたのだ。

すぐいくわ。そういいながら、美由紀は動揺していた。星野昌宏にどう答えたらいい。そんな戸惑いが胸をしめつけた。


中庭から、別館ビルの向こうへと抜けると花壇に囲まれたテラスがある。ひまわりが咲き誇っていた。そろそろ時期も終わりかと思ったが、まだ元気そうだった。

テラスのベンチに歩み寄る美由紀の足が、ふととまった。星野昌宏は、ひとりの中年の女性を連れていた。薄いベージュのスーツを着た、痩《や》せた小柄な女性だった。ふたりはひとつのベンチの左右の端に、距離をおいて座っていた。たがいに会話も交わさず、顔もそむけあっていた。だが、美由紀の目にはなぜかふたりが連れ合いだとわかった。

「星野さん」美由紀はゆっくりと星野昌宏に近づいていった。「こんなところまでわざわざご足労いただきまして、どうも」

「ああ、岬さん」星野昌宏は跳ね起きるように立ち上がった。期待に目を輝かせ、満面の笑みで美由紀を迎えた。「どうしてもじっと待っているわけにはいかなかったもので。家内も、ぜひご挨拶《あいさつ》したいというので」

美由紀は女性に目をやった。夫がいうほど、妻のほうは前向きなようには見うけられなかった。ひたすら困惑の表情を浮かべていた。それでも美由紀に対して期待を抱かずにはいられない。そんなふうに思えた。背すじを伸ばして会釈をした。「忍《しのぶ》と申します。このたびは、夫の無理なお願いを聞いていただきまして……」

昌宏は、戸惑いがちに頭をかきながらいった。「妻のほうも、岬さんにご協力いただけることを当初から歓迎しておりまして。是非に、と申してましたて」

きのうまでの美由紀なら、この夫婦の態度にわずかながら苛立ちを覚えたにちがいなかった。失踪した娘の行方についての問題だというのに、この夫婦はたがいにいかにも相手がいい出したかのような口ぶりで責任をなすりつけあっている、そうみえる。ある意味では、こちらに対して失礼に思えなくもない。だがそれは誤解だと美由紀は感じた。夫婦はふたりとも、傷つくことを恐れている。これまで会ってきた外務省など政府筋の人間たちがそうであったように、岬美由紀がまたしてもこの夫婦の期待を裏切ったときに備えて、あらかじめショックを和らげようとしているのだ。自分はもともと期待していなかった、妻あるいは夫がいい出したから今日はやってきただけなのだ、と。

そう、その心がまえは、間違ってはいない。美由紀はそう思った。わたしは彼らを喜ばすことのできる情報を持ちえていないのだから。

「それで」昌宏はたずねてきた。「なにか進展はありますか」

内心待ちきれないといったようすの星野夫妻の顔をみるにつけ、美由紀の気持ちは沈んでいった。静かに口を開いた。「まだ調査中です。わかりしだい、きっとご連絡しますので」

数秒のあいだ、夫妻の顔にはまだわずかに和らぎが残っていた。だがそれはすぐに失望のいろへと変わっていった。これまでにも何度も経験したであろう失意。美由紀はふたりに、それをまたしてももたらさざるをえなかった。

「そうですか」昌宏はため息まじりにつぶやき、うなだれた。ゆっくりとベンチに座った。

妻の忍のほうは、風に揺れるひまわりに視線を向けた。落胆に耐えようとする横顔。美由紀はひどくいたたまれなくなった。

「あの」美由紀はうわずった自分の声を聞いた。「李秀卿なる人物と接して、まだ二日しか経っていません。しかし彼女とはしだいに多くの会話が交わせるようになってきましたし、いずれ肝心な情報も聞きだせるかと思います」

「いずれ、ですか」昌宏は硬い顔をしてたずねてきた。「李秀卿という女は、まだこれからも日本に滞在を？」

この東京カウンセリングセンター勤務になっていると告げたら、夫妻は血相を変えるにちがいない。直接会って、刺し違えてでも娘のことを聞き出そうとするだろう。美由紀はそれについては伏せることにした。「ええ。長期滞在になる見通しです」

昌宏は忍のほうをみた。忍はちらと夫に視線を向けたが、なにもいわずまた花壇をみやった。

風に吹かれ、樹木が枝葉をすりあわせてざわめきあう。しばし時間がすぎた。

美由紀はふたりの抗議の声を待った。こんな状況だ、ヒステリックになってもしかたあるまい。そう思っていた。ところが、夫妻は無言のままだった。ただ失意に包まれるばかりだった。

やがて、ようやく昌宏が口を開いた。辛《つら》そうな表情だが、穏やかな口調だった。「そのう、時間がかかることは承知してました。待ちきれなかったもので、申し訳ありません……」

「いえ……」美由紀はつぶやいた。それ以外、言葉を発することができなかった。

「じつはですね」昌宏は、失望感を払拭《ふっしょく》するように微笑をうかべていった。「こちらからも参考になるかと思って、亜希子の写真をお持ちした次第で」

「娘さんの?」美由紀はきいた。

昌宏はうなずき、忍をみた。

忍は困惑ぎみに視線をそらしていたが、やがてためらいがちに小脇に抱えていたアルバムをさしだした。

昌宏はそれを受け取り、美由紀に開いてみせた。「写真はたくさんあったんですが、亜希子が大きく写っている写真となるとこれぐらいしかなくて。それに、幼いころの写真なんか役に立たないかもしれないし、姿を消す直前の十三歳の写真も、いまから四年も前のものですしね……。でも李秀卿という女から記憶をひきだすのに、なんらかの手がかりになればと」

「お借りします」美由紀はそういってアルバムを手にとった。

最初のページは赤ん坊が写っていた。驚いたように目を見開いた、丸顔の赤ん坊が畳の上に座って玩具《おもちゃ》をいじっている。

忍が戸惑いがちに、初めて言葉を発した。「それは、その、参考にならないと思いますが……」

「ええ」美由紀は忍に微笑してみせた。「でも、亜希子さんの暮らしぶりを知っておくことは、おおいに参考になります。それによって亜希子さんの意志の強さや、性格を知ることができます」

実際には、それを知ったところでどうなるものでもない。亜希子は北朝鮮に捕らわれている身だ。家出少女を捜索しているのではない。彼女の性格を知ることはさして重要ではない。それでも、なにかを期待させる気休めを口にせざるをえなかった。

忍も浮かない顔をしていたが、小さくうなずいた。

赤ん坊のころの写真は数枚あった。なかでもはっきりと顔がわかるものは、まだ若い両親に抱かれて三人で写っている写真だった。赤ん坊特有のむすっとした表情とは対照的に、両親の顔は輝いていた。子供を授かったときの感激が、そのまま写真に表れていた。つづいて、三、四歳のころの写真。いろとりどりの服を着せられ、母親に手をひかれて外出しているところ。遊園地での記念写真。そして幼稚園入園。小学校入学。

ありきたりのアルバム写真の一枚一枚に、ひとりの人間の人生が刻まれている。美由紀はしだいにその重みを痛感するようになった。これらの写真が撮られたとき、本人も両親も、過酷な運命が待ちうけていようとは想像もしていなかった。あるのはただその時々に即した笑顔、泣き顔。こうしてひとりの人間が成長していく。両親と、多くの人々に支えられながら。

忍がおずおずといった。「亜希子は、小さいころから活発な子でした」

しばしの沈黙のあと、昌宏がつぶやいた。「よく外出したよな」

「ええ」忍は力なく微笑した。「幼稚園も休みになると、毎日外にでかけたがって」

沈黙に耐えきれなくなったのだろう、夫妻は想い出話を始めた。美由紀はふたりの辛さを察しながら、穏やかにいった。「亜希子さんは、外でどういう遊びを好まれました?」

「それがね」忍は困惑のいろをのぞかせた。明るく会話することに罪深さを感じる、一瞬の気の迷いだった。娘に対して申し訳ないと感じる心だろう。だが、悩んでいてもしかたがないと思ったのか、あきらめの表情を漂わせながらいった。「亜希子はとにかく外を走りたがるんですよ。原っぱやグラウンドや、とにかくどこでも広い開けた場所をみつけたら駆け出して、楽しそうに黄色い声をあげてはしゃぎながら走りつづけるんです」

昌宏はうなずきながらいった。「小さいころは活動的で、男の子みたいなところもありました。いつだったか、幼稚園にあがる前だったと思いますが、おとなになったら何になりたいかを聞かれて、いつもウルトラマンと答えてて……」

「そう」忍は懐かしそうに笑った。「あれには不安になったものでした。いつになったら女の子らしくなってくれるのか、と」

美由紀はふっと笑った。「多くの女の子を持つご両親が同じ悩みを抱えてますよ」

「そうなんですか」忍がきいた。

「ええ」美由紀はうなずいた。「娘はおとなになったらウルトラマンになりたいといってる、そういえばやんちゃ好きで男の子みたいな性格だ、ひょっとして……とかね。よく相談にお見えになる方がいます。でもそれは心配ありません。たいていの場合は、幼い子に対しての問いかけ方に問題があるんです。おとなになったら、ではなく、大きくなったらなんになりたい、そういうきき方をするでしょう。子供はその〝大きくなったら〟という言葉を額面どおり受けとって、文字どおり巨人になったらという意味だと解釈してるんです。だから、子供にとって巨人になるというのはウルトラマン。子供はなんの疑問も持たずにそう答える、ただそれだけです」

昌宏も笑った。「なるほどね」

場の空気が、わずかながら和んだ。それを感じながら美由紀はいった。「でも小さなころに活動的だったことは間違いないですね。三歳までの時期に、それだけの活発さを持っていたのはいいことですよ。意志の強さが育っているでしょうから、ささいなことではめげないはずです」

忍が不安のなかに、かすかな希望のいろをのぞかせていった。「そうでしょうか」

「ええ、そうです」美由紀は語気を強めていった。内心は、こんなことばでしか両親を安心させられない自分に嫌悪を感じてもいた。

小学校高学年に至って、亜希子はかなり女の子らしくなっていた。ピアノコンクールの写真、学芸会の写真。友達の多い、明るい少女だったことがわかる。いつも笑顔だった。自宅で撮った写真も多く、両親と一緒に写っているものもかなり見うけられた。

ところが、美由紀はふと違和感を覚えた。小学五、六年のころの写真のあと、ふいに中学の制服を着ている亜希子の日常風景に変わっていた。そのリラックスしたようすから、入学直後の写真ではなさそうだった。

美由紀はきいた。「小学校時代は、このお弁当を持ってる写真で終わってますね。そのあと、半年ぐらい間があいているように思えますけど」

ええ、と星野は戸惑いがちにいった。「その弁当を持ってる写真なんですがね……」

忍が、肩を落としたようすでつぶやいた。「亜希子が初めてつくったお弁当なんです。家庭科の実習でいろいろ習ってきたらしくて、お父さんに、って。明るく笑ってるでしょう？　朝早く起きて、せっかくつくったんだからって、わたしを無理やり起こして撮らせたんですよ。記念にって」

「いい話ですね」美由紀はいった。

「でも」昌宏はうつむきながらいった。「亜希子は部活があるので朝早く出かけなきゃならなくて、私はそれより遅く起きていたので……亜希子から直接、弁当を受け取ることができませんでした。忍から渡されて、あとで亜希子にも礼をいおうと思ったんですが……」

昌宏はそこで言葉を切った。美由紀はうながした。「それで？」

亜希子の父親はおずおずといった。「その日、会社ではいろいろ多忙なこともあって……昼食は外でとらねばならなかったんです。取引先とのつきあいもありましたし。で、弁当はそのまま持ち帰ってしまいました。亜希子には悪いと思ったんですが、一日経《た》った弁当を食べるわけにもいかないので、捨ててしまってね……。亜希子に『お弁当どうだった』と聞かれて『おいしかったよ』と答えました。でもそのあとで、生ごみと一緒に捨てられていた弁当の中身を、亜希子がみつけてしまって……」

忍がいった。「顔を真っ赤にして、怒って、泣き叫んでましたよ。それから何か月も口をきいてくれませんでした。ようやく打ち解けたのは、亜希子が中学にあがってからでした」

そうですか。美由紀はつぶやいた。ほかに、なにもいうことができなかった。ふつうの家族なら、長い年月を経たのちの昔話として笑いあえるような、家族のエピソードのひとつ。それがこの両親にとっては、苦痛をともなった想い出になっている。ほかにも、娘を少しでも悲しませたり怒らせたあらゆる出来事が、ふたりにとって後悔の念となって重くのしかかっているにちがいない。

亜希子はしかし、中学に入ってふたたび活発さを取り戻していた。少なくとも、写真として残されていない半年間の両親との確執は微塵も感じられなかった。キャンプにでかけた川辺の風景で、亜希子は父親とも母親とも明るく触れ合い、学校では部活にも友達づきあいにも励んでいた。音楽室らしき教室で、賞状を手にした記念写真もあった。

昌宏はそれを指差した。「ブラスバンド部だったんです。県の大会で優勝しましてね」

満面の笑みをうかべた亜希子。彼女の中学生活は充実したものだったにちがいなかった。

アルバムの最後のページには、ほかのものより大きくプリントされた一枚だけが貼《は》られていた。キャミソールにジーンズ姿の亜希子が、クルマのボンネットの上で座ってポーズをとっている。早朝か夕方か、日差しはオレンジがかっている。

「それが」昌宏はかすかに震えのある、低い声でいった。「四年前、海岸にでかける直前の写真です。それから一時間と経たないうちに、娘は姿を消してしまいました」

カメラに笑顔を向ける亜希子。そこには、これから襲うであろう悲劇の予兆などどこにも見うけられない。

自分が父親のためにつくった弁当が生ごみとして捨てられているのをみたとき、彼女はどんなに悲しんだことだろう。美由紀はぼんやりと、そんなことを思った。それでも亜希子は、両親に対する愛情と信頼を失うことはなかった。親子はいつまで経っても親子なのだ。その血の絆《きずな》は不変だった。十三歳になり、父とドライブにでかける朝、このような無邪気な笑顔が彼女にはあった。

美由紀がF15のコクピットにおさまって不審船の上空に達していながら、なにもできずにいたそのあいだに、この少女は暗い船底で壁をかきむしり、大声をあげて泣いていた。そのまま言葉もわからない、すべてが異質な国へと連れ去られた。四年がすぎた。この少女にはどれだけの苦痛があっただろう。そして、なぜそんな苦しみを背負わねばならなかったというのだろう。両親にしてもそうだ。なぜ娘を連れ去られねばならなかったのか。なぜ四年ものあいだ、娘の安否を気遣って胸を痛めねばならなかったというのか。

「岬さん」昌宏はため息をつき、静かにいった。「この写真が、参考になれば……」

そうはいっても、ふたりは写真をただ参考のためだけに届けにきたわけではないのだろう。美由紀は思った。ふたりは娘の人生を知らせたかった。美由紀に、そして李秀卿に。ごくふつうの、ささやかな幸せとともにあった家庭。亜希子はそんななかで育った、ひとりの少女にすぎないのだ。ひとりの人生は、生命は、ある意味ではいかなるものよりも重い。それを両親同様に感じとってほしかったのだろう。

娘が失踪《しっそう》してから、妻は私と口もきいてくれない。昌宏はそういっていた。事実、ここでもふたりはたがいに会話らしきものを交わさず、視線をあわせることもほとんどない。にもかかわらず、少なくともここへはふたり一緒にやってきた。

ふたりにとって、娘の存在がどれだけ重要なのか。いまさら問いただすまでもなかった。

美由紀はアルバムを閉じ、夫妻にたずねた。「これ、お借りできますか」

忍はなにもいわなかった。昌宏のほうはうなずいていった。「どうぞ」

感謝します、と美由紀はいった。「全力をあげます」

三人のあいだに沈黙がおりてきた。風だけが吹き抜けた。

その沈黙は、会話すべきことが尽きたことを意味していた。

昌宏は腰を浮かせた。「ではこれで……。ぜひ、吉報をお待ちしています」

忍のほうはまだ身を硬くして座っていたが、昌宏にうながされると、ゆっくりと立ちあがった。背を向けかけて、また美由紀に向き直った。

忍は美由紀をじっとみつめた。いまにも泣きだしそうな顔でいった。「できれば、遠くにいる亜希子にお弁当をつくって届けてあげたいわ……せめてそれぐらいできれば、と思います……」

行こう、と昌宏が声をかけた。忍はためらいがちにうなずくと、夫とともに立ち去ろうとした。

昌宏はもういちど振りかえった。美由紀に小さく頭をさげ、それから背を向けた。落胆のいろを漂わせた背中を丸めて、妻とともにゆっくり歩き去っていった。

美由紀は黙ってその姿をみつめていた。テラスから来客用通路へと消えていくふたりの背を、見送りつづけた。

風が強さを増した。ひまわりとともに、美由紀の髪も風に吹かれて揺らいだ。顔にかかる髪をなでて払いながら、美由紀は息が詰まるほどの胸の痛みに耐えた。

あのふたりは、亜希子という少女の両親だ。あのふたりこそ本当の親だ。やはり親とは、いつでも、いつまでも子供のことを想いつづけるものなのだ。美由紀は決して間違ってはいなかった。親が子に注ぐ情愛は、どんな状況だろうと捻じ曲げられたり途絶えたりするものではない。

わたしはなにをしていたのか。李秀卿に説教を受けてわずかでも納得した気になるなんて、とんだ茶番だ。彼らはひとつの家庭の幸せを壊したのだ。粉々に打ち砕いたのだ。李秀卿はそれを承知で、なんら真実を明かそうとせず、この国にのさばっている。断じて許されることではない。

そう、わたしがやるべきことははっきりしてる。美由紀は両手のなかのアルバムに目を落とした。この家族に、幸せを取り戻すこと。それが、わたしのやるべきことのすべてだ。

また、しばらく時間が経過した。どれくらい経ったか、自分でもさだかではなかった。ただ、風だけを頰《ほお》に感じていた。吹きつける風の緩急の落差のなかをたたずんでいた。そんななかで、どう行動すべきか、どう判断すべきか、考えがうかぶのをしばし待った。

どうすればいい。李秀卿から真実を引き出すためにはどうしたらいい。

「お嬢さん」ふいに、イタリア語訛《なま》りの低い男の声が背後から飛んだ。「ずいぶんと悩んでおられるようですな。私がカウンセリングしてさしあげましょう」

美由紀はうんざりして振り返った。予想どおり、ちぢれた短い黒髪、禿《は》げあがった額、黒々とした眉にぎょろ目の濃い顔つきがそこにあった。太りぎみの身体は、いまは白衣に包まれている。

「ダビデ」美由紀は嫌悪感を隠さずにいった。「なにしに来たの。不法侵入で訴えるわよ」

「一般人が出入り自由の東京カウンセリングセンターなのにか？」ダビデはあの意地の悪い笑みをうかべて周囲をみまわした。「いやあ、きれいなところだな。一時は北朝鮮のテロリストに吹っ飛ばされたんじゃないかと思って心配してたが、どうやら無事だったみたいだ」

「皮肉はよして」美由紀はダビデの身につけた白衣をながめた。「なんなの、その恰好《かっこう》。人民軍から精神科医にでも転職したの？」

「そうだ。きみ担当のな」

美由紀は怒りを覚えた。こんな男にかまっている暇などない。

「急ぐから失礼するわ」美由紀は背を向けて立ち去ろうとした。

「まちたまえ、悩める子羊よ」ダビデは美由紀の前にまわりこんだ。「名カウンセラーのダビデが悩みをきいてしんぜよう。みのもんたに電話するよりは頼りになるぞ」

「牧師や占い師とカウンセラーを混同しないで」美由紀はため息をつき、追い返すための口実を探しだすためにたずねた。「あなたがどれくらい頼りになるっていうの？」

「計り知れないくらいだ。メフィスト・コンサルティングは全知全能の神に代わり、歴史をつくりだしていく存在なのだからな」

「じゃあ勝手にやっててくれる？　わたしにかまわずに」美由紀はまた歩きだそうとした。

ダビデは美由紀を押しとどめた。「まあ待てよ、岬美由紀。そんなにカッカしないで、気を落ちつかせるために読書でもしたらどうだ」

「読書？」

ダビデは白衣のポケットから一冊の文庫本をとりだした。小説のようだった。題名は

『千里眼』となっている。

　美由紀はダビデの差し出した本を受け取った。「なによこれ」

「弊社はあらゆることから利益をつくりだす。優秀な食肉加工業者が、豚は鳴き声以外すべて金にできると言ったようにだ」

　美由紀はぱらぱらとページを繰った。たちまち、頭に血が昇るのを感じた。「これって……」

「そう。東京湾観音事件を小説化したものさ。メフィスト・コンサルティングの情報収集力はすばらしいものがあるだろ？　こんなに面白い記録を金に替えない手はないんで、日本の出版社にネタを売った。知らなかったか？」

　美由紀はダビデをにらみつけた。「わたしに無断で……」

「おいおい。読めばわかるとおり、固有名詞はぜんぶ変えてあるんだぜ？　それに国家機密にかかわる部分や複雑な政治事情は簡略化してある。そこのとこ、ちゃんとぎりぎりの線で抑えたわれわれの努力も買ってほしいもんだな」

　一部を拾い読みしたあと、美由紀はダビデに本を突き返した。「表現が単純すぎるわ。文学的な醍醐味《だいごみ》に欠ける作品よね」

「わかってないな、岬美由紀さん。こいつは大衆娯楽小説として売ってるんだぜ？　だいたい、日本の小説ってのは私小説の要素が強すぎて演劇的要素に欠けてるんだよ。読みやすく、場面をイメージしやすく、気軽に楽しめる。マジョリティに受けようと思ったらそれさ。このシリーズは二百万部売ってるんだ」

「ひとの人生を根掘り葉掘り、無断で記載したうえに、勝手な解釈を混在させた俗悪本にすぎないわ」

「ひでえな。この本はきみの事件が載った週刊誌の記事よりはずっと深い解釈がなされてると思うぞ。二足歩行ロボットにわきの下をくすぐられてるところなんか興奮するし。もっとも、こういう描写は団鬼六にでも書かせたほうがうまいと思うんだが……」

美由紀の怒りは頂点に達した。「そこをどいて!」

ダビデはやれやれといった顔をして、本をポケットにしまった。「ひとをセクハラハゲ呼ばわりするなんて失礼だぞ」

「そんなことはいってないわ」美由紀はいらいらしながらいった。「これ以上、わたしにつきまとわないで」

「なんでそう邪険にする? 私は、弊社グループが強力かつ広範囲におよぶ情報網を有していると主張したかっただけだぞ」

美由紀は口をつぐんだ。

たしかに、メフィスト・コンサルティングなら北朝鮮の一連の動向を把握していてもおかしくはない。目の前にいるこの男は、拉致疑惑の真実を知っているのだろうか。星野亜希子がどうなっているのか、すべてお見通しなのだろうか。

ダビデはにやりとした。「やっと私の存在価値がわかってきたようだな。そう、われわれはすべてを知っている。きみが千里眼ならわれわれはさしずめ万里眼、億里眼ってところだ」

「だからなによ」美由紀はダビデを頼りにしようとする衝動を完全に頭から閉めだそうときめた。「あなたたちに頭をさげて救いを求めるぐらいなら、死んだほうがましだわ」

「きみはそれでいいかもしれんな。だが星野亜希子さんはどうなる？」

美由紀は立ちすくんだ。黙ってダビデを見返した。

ダビデは高慢さをあらわにしていった。「弊社の意向により、歴史の風向きはなんとでも変わる。北朝鮮政府と人民思想省は国民のマインドコントロールに自信を持ってるみたいだが、われわれはさらにその上をいく。世界的規模でな。すなわちその気になれば、誰を生かすも殺すもわれわれしだいということになる」

美由紀は立ち去りたい衝動に駆られたが、それを抑え、ダビデにたずねた。「星野亜希子さんは北朝鮮にいるの？」

「さあねえ。それをきみに教えるのは、すでに歴史を動かすことになるからな」

美由紀はまた怒りを燃えあがらせた。「教える気がないなら、なぜ思わせぶりな態度をとるの」

「人間を見守るのは神様の使命なんでね」

「なら、下界に口出しせずに黙ってて」

「ああそうとも。黙ってみてるよ」ダビデはにたにたと笑いながら腕組みをした。「神様は見た。きみはいま、星野亜希子の両親の気持ちに触れて、またしても李秀卿に対する怒りに駆られているな」

「彼女に対してじゃないわ。でも、北朝鮮政府が拉致に関わったなら……」

「六本木での失敗をもう忘れちまったのか？　せっかくきみに教訓をあたえてやったのにな」

美由紀のなかで心が揺れ動いた。ダビデの詭弁を鵜呑《うの》みにする気にはなれない。メフィスト・コンサルティングは神でもなければ頼りにできる存在でもない。むしろ悪魔以外のなにものでもない。が、ダビデの言葉は妙に心にひっかかる。

自分はむやみに北朝鮮を敵視しているのだろうか。闘争の道を選ぶことによって解決を急ごうとしているのだろうか。そしてそれらは、間違っているのだろうか。

李秀卿ら人民思想省を悪の集団とみなすことは正しくないかもしれない、ダビデはそう示唆している。だが、メフィスト・コンサルティングの意図がどこにあるかもわからない。彼らの言葉に乗せられて李秀卿への追及をためらうと、かえって状況が悪くなる、そんなこともありうる。

混沌とする思考のなかで、鼓膜に届く響きに意識を向けるまで時間がかかった。岬科長。そう呼ぶ声がする。女の声だ。ぼんやりとそう思った。

はっとわれにかえった。振りかえった。朝比奈が血相を変えてこちらに駆けてきながら叫んでいる。「岬科長！」

「どうしたの」美由紀はきいた。

「すぐI科のオフィスに来てください」朝比奈が怒鳴った。「沙希成さんの件で、警察から緊急の連絡が……」

「すぐいくわ」美由紀はいった。ふと、ダビデに目をやった。

ダビデはとぼけた顔で肩をすくめた。「私は見てるだけだ」

その飄々《ひょうひょう》とした態度が神経を逆撫《さかな》でする。しかし、いまはもうこの男に腹を立てている場合ではない。

美由紀は駆けだした。亜希子の両親からあずかったアルバムを片手に走った。朝比奈は美由紀とともにオフィスへと駆け戻ろうとしていた。が、美由紀の足のほうが速かった。朝比奈を抜き去り、本館へとひたすら走った。

李秀卿が動いた。なにかをしでかした。がむしゃらに疾走しながら、美由紀は思った。もうわたしは迷わない。躊躇もしない。手をこまねくのはもうたくさんだ。メフィスト・コンサルティングが神を気取って傍観し、ときおり邪魔な手を差し伸べるつもりなら、それでかまわない。わたしはわたしの次元でできることをやるだけだ。星野亜希子の両親を、これ以上悲しませてなるものか。あの女からすべてを引き出してみせる。星野亜希子を救いだしてみせる。それが自分のやるべきことのすべてだ。そのためだけに、わたしはいるのだ。

未来

催眠療法Ｉ科オフィスの扉に手をかけたとき、嵯峨敏也は室内から岡江粧子の絶叫ともいえる金きり声が響いてくるのを耳にした。

「冗談じゃないわ」岡江は叫んでいた。「これ以上、面倒を持ちこまないで」

嵯峨は一瞬ためらったが、廊下で立ち聞きする趣味はなかった。ここは自分のデスクがあるオフィスなのだ。失礼します、そういって扉を開け放った。

室内にいる全員の目が、こちらに注がれた。Ｉ科の職員たちが遠巻きに囲むなか、岡江と倉石、それに蒲生がオフィスの中央に立って顔をつきあわせているところだった。一見して、緊迫した雰囲気だとわかる。

嵯峨はそれでも、臆《おく》することはなかった。もはや、自分のなかに迷いはない。なにか問われれば、その答えは揺るぎようのないものとして自分の口から発せられるはずだ。

沈黙のなかを歩いていった。壁ぎわに移動した自分のデスクではなく、李秀卿用として新たに置かれたひとまわり大きなデスクへと向かった。周囲の注視を感じながら、嵯峨はそのデスクに座った。

座ると同時に、岡江が冷ややかにいった。「嵯峨科長。そこでなにをしてるんですか」

「べつに」嵯峨はいった。「ここは、私のデスクです」

岡江は苦い顔をした。「そこは……」

「私のデスクです」嵯峨はくりかえした。「沙希成瞳、いや李秀卿が私に譲りました。科長が座るべきデスクだとね」

岡江はめんくらったようすで、倉石にたずねるような顔を向けた。倉石のほうは肩をすくめるばかりだった。なぜか倉石には、ヒステリックな岡江とは対照的に余裕が感じられた。

「嵯峨科長」岡江粧子は苛立ちをあらわにしていった。「とにかく、こっちに来なさい」

デスクの上の書類を整頓《せいとん》してから、嵯峨はゆっくりと立ちあがった。岡江と倉石に歩み寄っていった。

蒲生はややうつむきかげんで、上目づかいにこちらに視線を向けている。なにか落ちこむような事態があったのだろうか。

嵯峨がそう思ったとき、蒲生が口を開いた。「李秀卿が逃亡した。俺のクラウンごと……」

「クラウン?」嵯峨はきいた。

「ああ。まあ、クルマは今朝がたみつかった。新潟県内に乗り捨ててあった……。李秀卿は行方不明だ」

　岡江がぴしゃりといった。「うちは関係ありません」

「だから、なぜそうなるんです」蒲生は不満そうな顔を岡江に向けた。「李秀卿はここの職員だったんですよ。あなたはこの職場の管理責任者でしょう。雇用していた人間が刑事責任に問われた場合、あなたは捜査に協力する義務が……」

「法的にきちんとした手続きを経てもらえれば別ですけど、うちはボランティアじゃないの。なんの意味もなく警察に協力できると思いますか?」

　なんという言いぐさだろうと嵯峨は思った。東京カウンセリングセンターは何度も警察の世話になっている。職務上のこととはいえ、蒲生が尽力してくれたことも数限りなくあった。それを無視して一方的に協力を拒む。岡江の態度はおとなのやることではない、嵯峨はそう思った。

　嵯峨は蒲生にきいた。「李秀卿さんに対しては、警察は正式に捜査の着手を?」

「ああ」蒲生は岡江を横目でみながら、嵯峨にうなずいた。「外務省が、韓国との交渉によって李秀卿の身元をうかびあがらせた。むろんカウンセラーの研修生だったというのはまったくの嘘と証明された。実際には、北朝鮮の……」

「蒲生さん」岡江はひときわ高い声で蒲生を制した。「あなたもプロなら、こんなところで捜査内容をぺらぺらしゃべるべきじゃないでしょう。報告は、警視庁の捜査本部にでもいって行ってください。うちを巻きこむのはお門違いというものです」

「そうでしょうか」その言葉は、倉石が発したものだった。

岡江は凍りついたように押し黙り、倉石のほうをみた。信じられないといった表情で、岡江はいった。「あなたまでなにをいうの」

倉石は困惑ぎみに咳《せき》ばらいをして、嵯峨をちらとみてからいった。「法的な強制力はともかく、われわれは警察に協力するのが筋ではないかと思いますが。なにしろ、そもそも外務省政務官から依頼を受けたのが、ほかならぬ岬科長だったという点は見逃せませんし」

岡江は無言のまま、倉石をにらみつけていた。返答に困るというより、直属の部下に裏切られた、そのショックのほうが大きいようだった。

沈黙が続いたまま、しばしの時間がすぎた。廊下にあわただしい足音がした。

扉が開いた。美由紀が、つづいて朝比奈が飛びこんできた。

岡江は美由紀を一瞥《いちべつ》すると、不満そうに視線をそらした。

美由紀は息をきらしながら、室内を見渡した。緊迫した空気はすぐに肌で感じたらしかった。緊張の面持ちで、美由紀は蒲生に近づいていった。

「美由紀」蒲生は眉間にしわを寄せ、低い声でつぶやいた。「韓国側の回答によると、李秀卿は北朝鮮人民思想省の優秀な人材とみられ、何度となく韓国に潜入。韓国国内に北朝鮮支持者を増やすための心理工作を施す作戦を指揮。最高幹部のひとりである〝加藤太郎〟こと雀鳳漢《チェホンアン》の右腕。要注意人物だそうだ」

　嵯峨は驚きを感じなかった。まるで砂に水が染み込むように、すべてを抵抗なく受け入れられる自分がいた。なにが起きても意外ではない、そんな気持ちが支配していた。

　だが、と嵯峨は思った。李秀卿が日本文化に疎いようにみせていたのは、芝居だったのだろうか。いや、とてもそうは思えなかった。彼女は真に別世界から来たように思えた。とはいえ、そんな感覚がなんの意味を持つのだろうかと嵯峨は感じた。彼女があらゆる心理学的知識に長《た》け、心理戦をしかけるために日本に来たのなら、いかにそう思えようとも保証はない。事実、嵯峨は彼女に好感を抱きつつあった。それすらも、彼女のしかけた罠《わな》だったかもしれないのだ。

　李秀卿と初めて出会った、あの公園の出来事を思い出す。午後三時すぎ。子供の声。彼女はそのなかにたたずんでいた。美しかった。花のようだった。

　すべては計算し尽くされた出会いだったのか。だとすれば、なんの意味があったのだろう。そしてふいに、きのうになって姿を消した。そこにはどんな理由が隠されているのだろう。

　李秀卿に寄せていた信頼が裏切られ、粉々に砕かれたことに、嵯峨は寂しさと悲しさを禁じえなかった。が、一瞬のちにはそれを頭から消し去った。甘い夢をみることばかりが、大切なわけではない。そう思い直した。

いずれにしても、このまま彼女のことを捨て置くことなどできるはずもない。

だが、岡江が甲高い声をあげた。「とにかく、この件についてこれ以上もめるのは遠慮します。さあみんな、さっさと仕事に戻って」

美由紀の目が光った。哀しさと怒りのいりまじったその目が岡江に向けられた。「テロリストの可能性のある人間を野放しにしろというんですか？　李秀卿が一時的にせよ、なぜ東京カウンセリングセンターに滞在しようとしたのか、その理由もつきとめないいま？」

岡江は鼻を鳴らした。「そんなのは警察の仕事でしょう」

「だから」美由紀はいった。「警察に協力すべきではないでしょうか。李秀卿は拉致された日本人について、多くのことを知っているはずです。彼女の尻尾《しっぽ》を握れば、苦しんでいる多くの人々が救われることに……」

「それはほかでやって！」岡江はいった。

が、美由紀の冷ややかな視線を感じ取ったのだろう、岡江はあわてたように付け足した。

「でも、いいこと？　あなたはうちの科長なのよ。職務を放棄することは許しませんからね。あなたの社会的影響力を考えたことがあるの？　多くの相談者《クライアント》が、あなたを頼りにしてきているのよ」

美由紀は言葉に詰まったようすだった。相談者。そのことを持ちだされると、カウンセラーは折れるしかない。嵯峨は岡江の周到な罠に気づいていた。岡江は、美由紀にこの件への関与を断念させることによって、全職員の抵抗を押さえつけるつもりにちがいなかった。美由紀の影響力は世間に対してというより、この職場内に向けられたもののほうがはるかに大きいからだった。

美由紀には守らねばならないものが数多くある。そしてそれらは常に大きすぎる。ひとりが背負うには、あまりにも重すぎる。それゆえ、荷を降ろして休むことは許されない。美由紀は黙りこんでいた。岡江への反発をあらわにしながら、なにもいえないようすだった。

だが、誰かが蒲生に協力しなければならない。それは間違いのないことだった。

「蒲生さん」嵯峨は、迷うより早く申しでた。「僕が捜査に協力します。僕は四年前に奇妙な出来事を経験している。李秀卿とも、〝加藤太郎〟とも出会っている。おそらく事態は、僕に関わっているか、もしくはきわめて身近なことのはずです」

蒲生は黙って嵯峨をみつめた。その目には困惑のいろがうかんでいた。

たぶん蒲生は嵯峨の雇い主の反応を憂慮していたのだろう。岡江は、その予測されたとおりの反応をしめした。「ばかをいわないで。うちを辞めるつもりなの」

「ええ」嵯峨はあっさりといった。自分でも意外に思えるほど、自然に言葉がでた。「そうするしかないのなら、そうします」

「嵯峨くん！」美由紀が驚いたようすでいった。「どうして、そんなことを……」

「いいんだよ」嵯峨は穏やかにいった。「誰かが、李秀卿の跡を追うために蒲生さんに協力しなきゃならない。それがなにをしでかすかわからないし、事実、拉致された人々の苦しみを思えば、それを解決するため努力する人間がひとりでも多くいるべきじゃないか。

この職場にいて、それができないというのなら、いさぎよく退職するよ。もともと、採用試験自体に問題があったんだ。いまさら、どうということもないよ」

美由紀はあわてたように、悲痛な顔で訴えた。「嵯峨くん、ひとりでそんな重要なことを決めないで。嵯峨くんがそうするのなら、わたしも……」

「だめよ！」岡江はぴしゃりといった。「そんなことは許しません」

岡江の真意は、嵯峨には手にとるようにわかっていた。美由紀を欠いた東京カウンセリングセンターがいかに世間への訴求力を失うか、そのことを恐れての発言だろう。しかし、嵯峨もべつの意味で美由紀の辞職は望んでいなかった。

「美由紀さん」嵯峨はいった。「美由紀さんは、ここに残らなきゃ。きのう約束したろ？僕らカウンセラー全員の地位向上のためにも、美由紀さんはフリーランスになっちゃいけないんだよ。ここで力を高めてくれないと……」

美由紀はなにかをいいかけたが、言葉にならないようすで口をつぐんだ。美由紀の瞳は、かすかに潤んでいた。

正しいことをしようとしても、できない立場。その苦しさと辛さはよくわかる。嵯峨はそう思った。だからこそ、美由紀にはその立場を改善するべく力を発揮してもらわねばならない。ひととの軋轢《あつれき》に苦しみ、汚れるのは自分のような人間で充分だ、嵯峨はそう思っていた。

岡江は歯ぎしりした。「東京カウンセリングセンターを辞職して、カウンセラーをつづけていけると思うの？　わたしにはあなたの臨床心理士資格を剝奪《はくだつ》する権利があるのよ」

「かまわないよ」嵯峨はふっと笑った。「資格がなきゃカウンセラーを営んじゃいけないって法律はない」

岡江はめんくらったようすだったが、凍りついた笑いをうかべた。「巷《ちまた》のいかがわしい無資格カウンセラーの仲間入りをするつもり？　そんなので相談者が来ると思うの？」

「いまさらほかの職業になんか就けっこない。だからカウンセラーをやります」嵯峨はそういって、立ち去りかけた。「資格なんかいらない。僕は正しいことができるカウンセラーになりたい。それだけです」

歩き去る嵯峨に、誰も声をかけようとしなかった。呆然としているというより、息を呑んでいた。嵯峨のあまりにも急な決断に、冷静な分析が可能な人間はひとりとしていないのだろう。国内最大のカウンセリング機関。そこに入所して、充分な給料を得て、辞めたいなどといいだす人間がいるとは考えられない、嵯峨はそんな常識を破ったのだ。

だが、その常識こそが忌《い》むべきものだったのだ。嵯峨は思った。組織のなかに目立たぬように没し、波風が立つことを望まず、解雇されまいとびくつく。そんなものは健全ではない。少なくとも、嵯峨の望んだカウンセラーの姿ではない。

扉にさしかかろうとしたとき、呼びとめる声があった。「嵯峨」

意外にも、倉石の声だった。嵯峨は足をとめ、振りかえった。

倉石は硬い顔をして歩み寄ってきた。嵯峨の前に立つと、腕組みをしてじっと嵯峨をみつめた。

「嵯峨」倉石はいった。「ひとりだけでカウンセラーをつづけるのは大変だろう。私も力になろう」

嵯峨の驚きより早く、岡江の声が耳をつんざいた。「なんですって?」

倉石は岡江に向き直った。「私も嵯峨と同意見です。体制や権力を恐れて結局はなにもしない、それはカウンセラーを自称する人間のすることではない」

「部長」嵯峨はつぶやいた。

やはり倉石は、初めて出会ったころから変わっていなかった。厳しさと険しさを漂わせた顔、神経質そうな口ぶり。それでも、嵯峨に対しある種の揺るぎない信頼を寄せる父親のような面影があった。

嵯峨はこみあげてくる嬉しさを感じながら、倉石にうなずいた。

「嵯峨科長」朝比奈が声をあげた。「それなら、わたしも追随します。一緒に行かせてください」

「朝比奈、でもきみは……」

「ご心配なく」朝比奈は嵯峨に近づいてくると、にっこりと微笑《ほほえ》んだ。「ニュービートルはローンじゃなく一括払いで買ってますから。それにこうみえても、蓄えはあるし」

嵯峨は戸惑った。朝比奈まで巻きこみたくはなかった。それでも朝比奈は、けっして雰囲気につられて同意をしめしたわけではなさそうだった。嵯峨にとっての彼女は、そんな無責任な部下ではありえなかった。朝比奈ははっきりと自分の思いを口にしている。嵯峨と一緒に働くために、この栄誉ある職場を辞めようとしている。

嵯峨はにやりと笑った。「勝手にしたら？」

朝比奈も笑いかえした。「そうするわ」

嵯峨は室内を見渡した。職員たちは立ちつくして、嵯峨たちを見守っている。

その視線を察したのか、岡江がわめいた。「ここで冷静さを欠いて同調するようでは、カウンセラーなんて務まりっこないわよ。わかるでしょう。とにかく冷静になって」

彼らの同意までは求めまい。使命感はひとそれぞれなのだ。

嵯峨はそう思いながら、蒲生にいった。「さあ、行きましょうか」

蒲生がうなずき、歩きだした。そのとき、美由紀が口を開いた。「まって」

嵯峨は美由紀をみた。

美由紀は視線を床に落とし、困惑した表情をうかべていた。その視線が嵯峨をまっすぐにとらえた。美由紀は告げた。「わたしも行きます」

嵯峨は驚いた。「でも……」

「嵯峨くん、あなたとの約束はちゃんと守るわ」美由紀は毅然《きぜん》たる態度でいった。「でもそのためには、ここにいるのが最善とは思わない。あなたや倉石部長や、朝比奈さんたちと一緒にいたほうがいいもの」

室内はざわついた。辺りを包む空気が変わった。

美由紀が辞意を表明した。他の職員に対する影響は計り知れないものがあった。

「やめて!」岡江はあわてたようすで、美由紀の前に立ちふさがった。「あなたまで辞めてどうするつもり。あなたはここにいてこそ力が発揮できるのよ」

「そうは思いません」美由紀はいった。「腐敗政治に代わって新しい力が生まれることは、よくあることです。では、失礼します」

呆然とたたずむ岡江のわきを通りすぎて、美由紀は嵯峨のほうに歩いてきた。

「美由紀さん」嵯峨はきいた。「本当に、いいの?」

「ええ」美由紀は微笑してうなずいた。「ありがとう、嵯峨くん。あなたのおかげで、なにが正しいか知ることができた」

嵯峨は美由紀をみつめた。美由紀も嵯峨をみつめかえした。

そう、正しいことはわかっている。嵯峨はそう思った。必要なのはただひとつ、一歩を踏みだす勇気だけだ。

美由紀は蒲生と視線を交わし、笑みを投げかけた。蒲生もにやりと笑いをかえした。幾多の困難を切り抜けてきたふたりにふさわしい、無言の意思の疎通だった。

「いくか」倉石が、いとも簡単にいってのけた。「荷物はあとで送ってもらえばいい」

嵯峨は歩きだした。美由紀、倉石、朝比奈、蒲生。彼らが、ともに歩きだした。

誰もが気づいていたのだろう。ここに自分の希望はないと。そして、進むべき正しい道を探す、その一歩を踏みだしたかったのだろう。

同僚たちに感謝しながら、嵯峨は廊下を歩いた。誰もが、なにもいわずに歩いた。

岡江の悲痛さのこもった声だけが、廊下を響いて追いかけてきた。「退職金は払わないからね！」

美由紀は嵯峨や倉石、朝比奈らとともに東京カウンセリングセンターの玄関前にたたずんだ。季節にそぐわぬやわらかい日差し、穏やかな風。庭の樹木が揺れる。ついいましがた起きたばかりの、I科のオフィスでの騒動を忘れそうになる。

「よかったな」倉石は、ざわめく木々をみつめながらいった。

嵯峨がきいた。「なにがですか?」

「これで、心おきなくひとに救いの手がさしのべられる。道ばたで出会っただけのホームレスだからといって、敬遠する必要もなくなる」

そのとおりだと美由紀は思った。東京カウンセリングセンターでは、相談者《クライアント》として訪ねてきた人間以外への救済を禁じていた。すべてはあくまでビジネスだった。そこにはかえって、カウンセラーにとって重荷になる原則が存在していた。救うかわりに、金をとれという原則が。

しかし、これからはなにものにも束縛されることはない。自分の意志で進んでいける。歩みは遅くとも、確実に前へ前へと進んでいける。

つぶやきとともに、朝比奈がいった。「これから、どうなるのかな」

嵯峨が眉をつりあげて、朝比奈をみやった。「もう後悔か? 戻ってもいいんだよ」

「誰が後悔してるなんていった?」朝比奈はふくれっ面をしてから、大仰に両手を振り上げた。「倉石部長のおっしゃるとおり。こんな解放された気分は初めて」

倉石が物憂げにいった。「私はもう部長じゃない」

嵯峨は笑った。美由紀をみた。美由紀も笑いかえした。だが、嵯峨の横顔に翳《かげ》がさしていることに、美由紀は気づいていた。

嵯峨は、美由紀には残ってほしかったにちがいない。権威ある東京カウンセリングセンターを辞めてほしくなかったにちがいない。それが嵯峨との約束を果たすことになるからだ。嵯峨はカウンセラーとして頑張り、美由紀はカウンセラーという職そのものの地位向上のために尽力する。彼との約束では、そうなっていた。

だが美由紀は、自分の気持ちに逆らうことはできなかった。やはり現場のカウンセラーになりたかった。自分が心理療法の分野だけでなく、特殊な立場を有していることは否定できない。しかし、だからといって相談者と対話し、みずからの力で彼らに幸せをあたえていく、その喜びを放棄することはできなかった。

李秀卿の捜索も、星野亜希子救出のための努力も、組織から離れて動けば、かえって活動範囲が広がるはずだ。本庁の蒲生が仲間である以上、情報の収集もあるていどは可能になる。メフィスト・コンサルティングの妨害を逃れるにも、フリーの立場に近づいたほうが地下に潜りやすく便利なはずだった。

「嵯峨くん」美由紀はいった。「ごめんなさい、勝手についてきてしまって。でも、ここを離れても自分は、嵯峨くんが期待したようなことを実現できると思うの。少なくとも、その努力をすることだけは忘れはしないわ」

嵯峨は美由紀をじっとみつめた。そうだね。そういって微笑した。

やはり、まだ胸にひっかかるものがある。嵯峨の笑顔はどこか物憂げだった。美由紀に失望している、それは間違いないだろう。

しかし、美由紀は決意の炎を燃やすことで不安を打ち消そうとした。これまでも何度も、人生の岐路に立たされるたびに燃やした闘争心だった。自分は情熱を感じることにしか力を注げない。かといって、過ちを犯すつもりはない。

嵯峨の視線を感じた。美由紀はきいた。「なに?」

「いや」嵯峨はいった。「べつに」

嵯峨は倉石につづいて歩きだした。玄関前の階段を降りはじめた。

胸にぽっかりと開いた空虚さを残しながら、美由紀はしばしそれをみつめていた。

頭を振って、美由紀は消極的な考えを追い払った。いまさら、なにを迷うことがある。わたしには進むべき道がある。ならば脇目もふらず、一心に歩まねばならない。自衛官時代からいままで一貫して心に潜ませつづけた信念がある。苦しんでいるひとを救うこと。決して目をそむけてはいけない。ただそれだけだった。

美由紀は歩いた。嵯峨や朝比奈、信頼できる同僚たちとともに歩いた。庭園の噴水に反射した陽の光が、通行する誰かの腕時計に跳ねて、美由紀の視界にまぶしさをもたらした。美由紀は目を細めながら、その光が、自分たちを導く新しい希望であるかのように感じていた。

そのとき、ふいに背後でささやく声がした。ダビデの声だった。

「本当にそれでいいのか？」

美由紀ははっとして振りかえった。

背後には誰もいなかった。ダビデの姿は、どこにもなかった。

そら耳か。妙な胸さわぎを覚える自分を意識しながら、美由紀は階段を下っていった。

第二章　二〇〇一年、九月

憂鬱

「蒲生」男の声がした。「おい、蒲生」

窓にしきりに降りかかっては流れ落ちる雨をながめていた蒲生誠は、はっとわれにかえった。デスクについていた頬づえをひっこめて、立ちあがった。

険しい顔の管理官が目の前に立っていた。「どうかしたのか。なにをぼやっとしている」

「はあ」蒲生の視界のなかで、空虚さに身を委ねていた時間がしだいに現実へと戻りつつあった。警視庁、捜査一課の刑事部屋。雑然としているのか片付いているのか、そのどちらともとれる奇妙な空間。ひっきりなしに鳴る電話の音、さしたる緊急事態でなくとも忙しく立ち働く職員たち。いつもとおなじ光景だった。

蒲生は、そうした仕事好きのキャリア組のなかではあきらかに浮いていた。だからこの管理官も顔をしかめて俺をみているのだろう、まだ眠っているような頭の片隅で、蒲生はぼんやりと思った。

管理官はいった。「所轄か派出所にでも天下りしたいのか」

「いえ」蒲生はいった。寝起きのように、言葉は喉《のど》にからんだ。

「それなら、もうすこしきびきびとしろ。一時には、捜査本部に行けと命じてあったろう」

蒲生は腕時計に目をやった。一時を十分ほどまわっている。「ああ。もうこんな時間ですか」

「しっかりしろ。たるんでるぞ」管理官はそれだけいうと、一瞥《いちべつ》をくれて立ち去っていった。

捜査本部だと。いったいなんの捜査だというのだ。蒲生は心のなかでひとりごちた。たしかに捜査一課の刑事たちは、このところ都内で頻発した凶悪事件の数々を掛け持ちで担当するのに忙しい。ただひとり、蒲生を除いては。

蒲生が出向を命じられている捜査本部は、ふつうの刑事事件とは一線を画する特異なものだった。警視庁の威信をかけた重大な任務、蒲生の直属の上司はそう告げた。国際問題に関わるデリケートかつ重要な責務を負うことになる、厳かな態度でそういった。しかし、蒲生はそれがうわべだけのものだと気づいていた。

イスラム原理主義者の過激派が、アメリカをテロの標的にしているという噂があり、なかでも本土から離れていて狙いやすい日本や韓国のアメリカ大使館に触手を伸ばす可能性が高い、政府筋がそのように分析したという。これを受けて警視庁は捜査本部を設置、大使館周辺の警戒にあたることにした。蒲生はその大役を仰せつかった刑事のうちのひとり、形式上はそういうことになっている。

だが、蒲生にはわかっていた。ようするに左遷の一歩手前、給料泥棒に適当な仕事をみつくろってくれただけ、それが現実だと気づいていた。李秀卿を取り逃がしてから、蒲生は減給処分を受け、主要な事件の捜査からはずされることになった。半月ほどのあいだ、この部屋に詰めて書類整理の仕事と電話番ばかりに従事してきた。そしてつい先日、トップダウンで面倒なだけの仕事が捜査一課に降りてきた。テロが起きそうだという風評だけが根拠の、アメリカ大使館警護。テロの犯人となる疑いのある人物がいないかどうかの捜索。すなわち、無意味とわかっていながら捜査一課がこなさねばならない雑務のうちのひとつにすぎなかった。誰がやってもおなじ仕事。捜査一課で捜査本部をつくった、そのゼスチャーを体現することのみを目的とする仕事。そんな仕事の面子《メンツ》に、蒲生は駆りだされたのだった。

だいたい、イスラムの過激派がいまさら駐日アメリカ大使館など標的にするものか。これまでにも、もっと大規模なテロを実行に移してきた連中が、いまさらインパクトの薄いターゲットを選ぶなど、考えにくい。過激派のテロ自体、もうニュースでは日常茶飯事の扱いになっている。テロリストたちがなにかをしでかすとすれば、もっと大きな賭《かけ》にでるだろう。それこそアメリカの中枢を狙う、イチかバチかの賭。蒲生にはそう思えたが、あいにく警視庁はこの件に関し、一介の刑事の推理など必要としてはいなかった。あるのはただ、儀式のように行事予定をこなすという義務感のみ。テロの背後関係の捜査など、あってなきがごとし。それがすべてだった。

蒲生は周囲に目をやった。近くのデスクはがらあきだった。誰もが、それぞれ担当する捜査本部に赴いている。蒲生ひとりだけが取り残されていた。

もともと親しい人間の多い部署ではなかったが、いまの蒲生はあきらかに捜査一課のなかで孤立していた。仲間と呼べる人間はひとりもいなかった。やりがいのある仕事を与えてもらえないというジレンマを感じると同時に、プライドはひどく傷ついていた。

それだけならまだいい。蒲生はハイライトを一本とってくわえると、ライターで火をつけた。椅子に腰をおろし、窓の外にまた目をやった。官庁の連なるこの辺りの陰鬱《いんうつ》な眺めも、いまは雨と霧のなかに隠れ、ほとんどみえなくなっていた。

減給はあまりにも痛い。ローン払いだけで給料がほぼ底をついてしまう。家庭を守っていくためには、なけなしの貯金を食いつぶしていかねばならない。こんな状況が一年もつづけば、とてもやっていけなくなってしまうだろう。

辞めるか、いっそのこと。蒲生はそう思った。ガードマンでもなんでも、体力勝負の仕事に昼夜問わず従事する、そのほうがよほど金になるかもしれない。そう、ひと月ほど前に東京カウンセリングセンターを辞めたあいつらのように。

美由紀たちのことを考えた。いまごろどうしているだろう。李秀卿の消息はつかめないまま、すぐに捜査は打ち切りとなり、それ以来、連絡をとりあっていない。新しい職場を開くために、彼女たちは必死で動きまわっていた。以前のように、暇な時間をみつけては蒲生の話し相手になってくれる、そんなゆとりはまったく失われていた。

就職雑誌でも読みあさるか。不況のいま、さほど金払いのいい仕事にありつけるとは思えないが、探してみる価値はある。

「蒲生」また管理官のじれったそうな声が飛んだ。少し離れたところに立ち、こちらをにらみつけている。

いま行きます。蒲生はぼそりといった。手もとの書類を、わざとゆっくりかき集めながら、蒲生は自分の思いつきに心を奪われていた。転職か。悪くない。

デスクの電話が鳴った。ゆっくりと受話器をとりあげ、耳にあてた。「はい」

「蒲生刑事。外線からお電話です」オペレーターがそう告げて、回線が切り替わる音がした。

どうせ妻だろう。そう思いながらいった。「もしもし、俺だ。なんか用か」

沈黙があった。その一瞬の沈黙だけで、蒲生は自分の予測がはずれたことを悟った。

蒲生はいった。「蒲生ですが。どちらさまですか」

また静寂があった。そして、ぽつりと女の声が告げた。「あの」

若い声だ。未成年かもしれない。蒲生の勘が緊張を喚起した。できるかぎり穏やかな声でくりかえした。「どちらさまですか」

「亜希子」女の声はいった。「星野亜希子です」

閃き

美由紀は部屋の中央に据えられた小さな円形テーブルに腰をおろし、ぼんやりとテレビに目をやっていた。映っているのは昼のニュース。音声は消してあった。すぐ隣りの部屋で、嵯峨がカウンセリング中だからだ。東京カウンセリングセンターの個室には防音設備があったが、ここは薄い壁一枚しかない。しかもエアコンの効きぐあいが悪く、カウンセリングルームとこの応接室兼事務室を隔てるドアは常時半開きになっている。静粛に。それがこの職場の常識だった。

「岬先生」向かいに座っていた朝比奈が、テーブル上にポテトチップスの袋を滑らせて寄越した。「食べます?」

袋は上部ではなく裏面の貼り合わせの部分を左右に引き裂いて開けられていた。ひとりではなく複数の人間の前に置かれるとき、ポテトチップスの袋はこのように開かれる。美由紀は手を伸ばし、一枚をつまみあげた。口に放りこむと、妙な舌触りがあった。

「しけってる」美由紀はいった。

朝比奈は笑みもなくつぶやくようにいった。「田舎あけしてあったから。このところ雨つづきで、湿気も多いし」

「なに？」と美由紀はきいた。

「なにって？　雨つづきで……」

「いえ、その前。田舎あけとか」

「そう。そういわないですか。こういう袋の開け方」

　美由紀は思わず苦笑した。さしておかしくもないが、笑えた自分にほっとした。「俗ないい方だけど、わたしが知っているのは〝パーティーあけ〟っていう呼び名で……」

「上品ですね」朝比奈はうつろな目をしながら、缶コーヒーをひと口すすった。「うちの学校には、そんなハイカラな言葉はありませんでしたよ」

「それ皮肉？」美由紀はたずねた。

「べつに」朝比奈はテーブルにうずくまるようにして、顔を伏せた。「ああ。ヒマなの嫌い」

　そのとき、玄関の扉が開いた。賃貸のこの部屋は、外に面した扉と狭い靴脱ぎ場がなんの囲いもなく、壁ぎわに存在している。扉が開け放たれると、雨の音が聞こえてきた。少し肌寒い空気も流れこんでくる。

　濡れた上着姿の倉石が、傘をたたみながら部屋にあがってきた。いつもどおりの浮かない顔でつぶやいた。「ただいま」

朝比奈は、ここに引っ越してきた当初のように立ちあがることもなく、ただ顔だけをあげていった。「おかえりなさい、部長」

「部長か」倉石は鼻で笑い、上着を脱いでハンガーにかけ、本棚に吊るした。「いったいなんの部なんだ?」

「あ、すみません」と朝比奈。「所長でしたね。渋谷カウンセリング研究所の」

倉石はため息をついた。「この辺りで2LDKの部屋を使ってる民間療法の診療所自体、そうはないんだぞ。たいてい1DKかそこらなんだから」

「ここ、わたしの棲家《すみか》も兼ねてるんですけど」朝比奈の目が美由紀に向いた。「岬先生の豪華マンションは、この近くでしたっけ」

「もう引き払ったわ。家賃払えないもの」美由紀はまずいとわかっているポテトチップスをまた、口に運んだ。「いま代々木上原の狭い部屋に住んでるけど、高いわよね。わたしもここに来ようかしら、なんてね」

「大歓迎」朝比奈がけだるそうに笑った。「朝の掃除とか、ひとりだとたいへんだし。あ、お風呂は向かいのスーパー銭湯ですけど」

「ただの銭湯じゃないだけましね」美由紀はそういって、読みかけのドイツ語の医学書に手を伸ばした。これ以上無駄に時間を費やすと余計に気が滅入ってくる。

倉石はテーブルのわきを通りすぎ、部屋の奥へと向かった。この診療所唯一のデスクは、所長の倉石のものだった。まだ整頓されないままデスクに山積みになっている書類の向こうから、倉石の声が聞こえた。「いっそのこと休業にでもするか」

朝比奈がいった。「ディズニーシー、オープンしたことだしね」

美由紀は本から顔をあげた。「お金かかるわよ」

「いいじゃない。お酒も飲めるっていうし」朝比奈は歌いだした。「酒が飲める、酒が飲める、酒が飲めるぞ……」

ふいに咳《せき》ばらいが聞こえた。カウンセリングルームから嵯峨が顔をのぞかせていた。

「すみません。いまカウンセリング中なんで……」

朝比奈が口をつぐんだ。

美由紀はいった。「ごめんなさい」

嵯峨は特に腹を立てたようすもなく、すぐにそのまま、カウンセリングルームのなかに戻っていった。

「嵯峨先生って」朝比奈が小声でささやいた。「なんか、輝いてるね。ひとりで」

美由紀は戸口に目をやった。ちょうど美由紀の座っているところから、嵯峨の横顔がみえる。嵯峨は、一時間ほど前にやってきた相談者《クライアント》の言葉にしきりにうなずいていた。背すじを伸ばして座り、常に笑顔を忘れず、時折控えめに意見をさしはさみながら、カウンセリングをつづけている。

そう、たしかに生き生きとしている。美由紀はそう感じた。ここに来てからというもの、美由紀は理想と現実のギャップに戸惑うばかりだったが、嵯峨はそうでもないようだった。一日に数人しか訪れない相談者《クライアント》、それも初回の無料面接ばかりで通院の契約をしてくれない人間ばかりだというのに、嵯峨は真剣にその声に耳を傾け、アドバイスをほどこし、必要に応じて催眠療法も行っていた。

嵯峨の横顔は、悩みを抱き、救いを求めてやってくる相談者たちと接することができる喜びに満ち溢《あふ》れている、そんなふうにみえた。

ある意味では、嵯峨はエリートのための職場とされていた東京カウンセリングセンターなどより、このつましい診療所のほうが性にあっているのかもしれなかった。体裁ばかりを重んじたあの職場では、彼の才能は開花されなかったのかもしれない。美由紀にはそう思えた。それぐらい、ここでは嵯峨のカウンセリングは光っていた。相談者は、たとえ自分の悩みが心理療法を頼りにする類いのものではないと気づいたあとも、嵯峨にていねいに礼をいい、満ち足りた顔で去っていくのが常だった。嵯峨のカウンセリングは、ごくふつうの生活を営む人々と価値観を共有した、きわめて一般的なものだった。嵯峨は、どこにでもいる青年が話すような口調で、親しく相談者と接し、権威的な性格をまったくみせることなく、終始相談者の友達として会話をしているようだった。多くの人々にとってそれは、自己治療用のカリキュラムの実践を重んじたエリート然としたのカウンセリングよりも、ずっと身近で安心できるものにちがいなかった。

このような嵯峨の努力が実を結べば、そうした一般の人々に評判が広がり、この診療所にも多くの相談者が訪れるようになるかもしれない。が、そこまでいくには数年はかかるだろう。それに、もっと由々しき問題もある。

美由紀は音声のないテレビをみつめていた。全国各地で多発する親による幼児虐待、強盗、ひっきりなしに列島を訪れる台風、株価。そうした情報はいまや美由紀にとって、現実ではあってもどこか遠い世界の出来事のように思えてならなかった。政治も経済も、美由紀のすごす毎日からはかけ離れていた。刑事・民事いずれの事件にからむこともなくなった。いまにして美由紀はようやく、ある意味、企業に籍を置くことがいかに司法や行政の信頼を得る助けとなっていたかを知った。東京カウンセリングセンター、催眠療法II科長。その肩書がなくなったいま、美由紀はたんなる民間療法診療所の職員のひとりと化していた。あれだけ美由紀を悩ませていた〝特殊な筋からの依頼〟は、ぴたりと来なくなった。まるで吹いていた風がふいに途絶えたようだった。

以前の自分には使命感があった。だがその使命感がどのようなものだったかは、実感として思いだすことはできなくなっていた。言葉に表そうにも明確ではない、そんな抽象的な概念と化していた。

ようするに自分は、もっと大きな力で民衆を救うことを夢見ていた。だが現実には、ひとりではなにもできない自分を悟る結果となった。このところの経緯を考えると、ただそれだけのことのように思える。美由紀は、それ以上自分の悩みについて分析するのを放棄していた。考えたところで、どうなるものでもない。それより、日々の暮らしを支えていくことで手一杯だ。そう、多くのひとにとっての生活とは、こういうものだったのだ。

本当にそれでいいのか。あのとき、耳もとでダビデの声が囁《ささや》いた。そう思えた。その言葉が、いまになって美由紀の頭のなかで反響しつづけていた。

「おつかれさまです」朝比奈の声がした。

美由紀はわれにかえった。朝比奈は立ちあがり、カウンセリングルームからでてきた相談者を迎えていた。

青白い顔をした、痩せた婦人だった。けさ嵯峨は、ペットの犬が死んだことにショックを受けている主婦が相談にくる、そんなふうにいっていた。さっきこの部屋をたずねてきたばかりのころには、顔面蒼白《そうはく》で、いまにも倒れそうなぐらい足もともふらついていたが、いまはいくらか元気を取り戻したようだった。

スーツ姿の嵯峨が婦人を送りだしながらいった。「じゃ、気をつけて。落ちこんでるなと思ったら、窓を開けて新鮮な空気をいれること。いいですね」

「わかりました」婦人はささやくような声でそういって、かすかに笑った。「やってみます。では」

美由紀も立ちあがり、婦人に会釈した。婦人は軽く頭をさげると、靴脱ぎ場でハイヒールを履き、外にでていった。

相談者の足音が遠ざかると、倉石が嵯峨にきいた。「どうだった？」

「どう……って」嵯峨はきょとんとした顔で応じた。「典型的なペットロス症候群ですね。症状としては軽度です。亡くなった愛犬は、飼い主だったあなたの心がかき乱されるのを望んでいるでしょうか。そういってあげたら、割りと早くふっきれたみたいでした」

嵯峨の言葉は満足そうだった。しかし、倉石はじれったそうにいった。「そうじゃなくて、ほら、あの……」

「ああ」嵯峨は小さくうなずいた。「通院はありません。自宅で、ゆっくり静養するといってました。そのほうがいいと、僕も思いましたし」

倉石はため息をつき、デスク上の本の山の向こうに沈んでいった。朝比奈も同様に、落胆した顔で腰をおろした。

嵯峨は頭をかき、気まずそうにいった。「ごめんね。稼ぎにならなくて」

「いいのよ」美由紀はいった。

嵯峨は室内の沈黙に表情を曇らせながら、テーブルに歩み寄ってきた。ポテトチップスの袋に手を伸ばし、一片をとって口に入れた。それを嚙み砕きながらつぶやいた。「これ、しけってるね」

「そう?」朝比奈はぶっきらぼうにいった。「気づかなかった」

しばらく沈黙がながれた。美由紀は医学書に目を落とした。文面をみつめたが、どうも頭には入ってこない。ただながめていた。

自分は有意義な時間をすごしているといえるのか。前に進んでいることになるのだろうか。この日々が無駄かどうかを考えることは、必然的にひと月前の判断が妥当なものだったかどうかを自問自答することにつながる。すなわち、東京カウンセリングセンターを辞めたのは正解だったのだろうか。あれが間違いだったとするのなら、不満を感じながら生きていた毎日が正しかったことになる。本当に、そうなのだろうか。

どれくらいの時間がすぎたのか、美由紀にはわからなかった。ただドイツ語の文面をながめていた。その空虚な時間のなかに、嵯峨の声が飛びこんできた。「美由紀さん!」

緊迫した声の響きさえ忘れかけていたような気がする。美由紀は顔をあげた。

嵯峨はテレビに駆け寄っていた。食い入るように画面をみつめている。

美由紀は立ちあがり、嵯峨に歩み寄った。テレビには依然としてニュースが流れていた。見慣れない男性の顔写真が映っている。痩せ細った三十代後半ぐらいの、神経質そうな顔の男。頬と額に痣《あざ》がある。

「嵯峨くん」美由紀はきいた。「このひとが、どうかしたの?」

「音声は?」嵯峨は朝比奈を振りかえった。

朝比奈はあわてたようにテーブルからリモコンをとりあげると、ボタンを押した。すぐにニュースキャスターの声が室内に響き渡った。

「……で、外務省の横領疑惑の三人目の逮捕者となります。同容疑者は、前の逮捕者と同じ手口で官庁に対し水増し請求を行い、約六億円をだましとっていたとして……」

美由紀はいった。「どうやら、また外務省スキャンダルの容疑者が捕まったみたいね。嵯峨くん？」

嵯峨の返答はなかった。ただ呆然として、青ざめた顔でテレビをみつめていた。身体を震わせ、額にはうっすらと汗がにじんでいた。

美由紀のなかに緊張が走った。嵯峨がこのような反応をしめしたのは二度目だ。最初は、長崎のハウステンボスで李秀卿の写真を目にしたときだった。四年前に起きた不条理かつ不可解な状況。それを思いだしたからだった。

「嵯峨くん」美由紀はたずねた。「どうしたの。だいじょうぶ？」

朝比奈と倉石の目が嵯峨に向けられていた。ふたりとも、異常な気配を察して不安げな顔をしている。

嵯峨はなおも無言だった。ひたすら身を震わせていた。体勢を崩し、倒れこみそうになるほどだった。

美由紀は嵯峨の肩をつかんだ。「しっかりして。いったいどうしたっていうの」

「いまのひと」嵯峨は怯《おび》えた目で美由紀をみた。「僕は会った。四年前に……」

「四年前?」美由紀は鈍い思考を喚起させようと努力した。しばらくして、やっとおぼろげに記憶の断片がうかびあがった。「四年前って、例の〝加藤太郎〟こと雀鳳漢や、李秀卿と会った当時のこと?」

「そうだよ。そう」嵯峨は興奮したようすでまくしたてた。「そのとき僕は、もうひとりの男に会ってる。椅子に縛られていて……〝加藤太郎〟の尋問を受けてた。〝加藤太郎〟は、その男に朝鮮語でなにかをたずね、僕はその男が嘘をついているかどうかを判断させられた」

「じゃあ、その男ってのが……」

嵯峨はうなずいた。「いまの容疑者……そっくりだ。いや、間違いなく本人だ……そうか、これで全部あの時のこと思い出したよ」

美由紀は考えをめぐらそうとしたが、こうした事態から少しのあいだ遠のいていたせいで思考も推理もなかなか動きだしてはくれなかった。美由紀はじれったさを感じながら、情報の分析に集中しようとした。

北朝鮮人民思想省の大物〝加藤太郎〟こと雀鳳漢が身柄を拘束していたのは、外務省で横領を働いた疑いのある人物だった。その男はいまになって警視庁に逮捕されたが、雀鳳漢は四年も前に彼の取り調べを行っていたことになる。だが、なんのためだ。日本国内の不祥事に、なぜ北朝鮮の人民思想省が首をつっこんでくるというのだろう。だいち、なぜ朝鮮語で尋問したのか。雀鳳漢は嵯峨に対しては日本語で話しかけていたのだから、日本語は理解できるにちがいない。なぜ嵯峨の力を借りようとしたのかも謎のままだ。

美由紀は黙って嵯峨をみつめた。そして、呆然とたたずんでいる倉石と朝比奈に目をやった。

忘れかけていた緊張感が身体のなかを駆けめぐる。美由紀はそんな自分を感じていた。自分は、かつての社会から切り離されたと思っていた。が、いまも時代の流れはひとつ、あのころと地続きのままなのだ。いまも李秀卿は地球上に存在し、どこかでなにかを行っている。

なにかが動きだしている。そう思えてならなかった。

美由紀はポケットから携帯電話をとりだした。記録されている電話番号から、捜査一課の蒲生の名をさがす。この番号に電話するのもひと月ぶりだ。ボタンを押しながらそんなことを思った。美由紀としては、もっと長い歳月が流れたように感じていたのだが。

呼び出し音が三回でつながった。咳きこんだような蒲生の声が応じた。「もしもし」

「蒲生さん？　美由紀です。おひさしぶりです」

「ああ、美由紀か。ちょうど電話しようと思ってたところだ」

たぶん、蒲生の息子の和也についてだろう、美由紀はそう察しをつけた。美由紀は和也の家庭教師を仰せつかっていたが、東京カウンセリングセンターを辞めてから欠勤をつづけている。申し訳なく思ったが、いまはそれより急を要することがある。

美由紀はいった。「蒲生さん、捜査二課のほうにも知り合いがおられましたよね？　外務省スキャンダルの最新の逮捕者について、詳しいことをうかがいたいんですけど」

「外務省？」蒲生の声には怪訝《けげん》な響きがこもっていた。「まあ、そんなことはたやすいことだが……それより、どうしてもきみにつたえたいことがあってな」

美由紀は動揺した。和也のことではなかったようだ。どうやら〝千里眼〟とまで呼ばれた自慢の能力さえ錆《さ》びつきつつあるらしい。

「なんです？」美由紀はきいた。

「会わせたいひとがいるんだ」と蒲生はいった。

ヒント

陽が落ちた。もっとも、こんな厚い雲に覆われた日では、空にはたそがれのかけらもなかった。小雨がぱらつきつづける陸橋の歩道で、美由紀は傘をさしてたたずんでいた。近くに立っている嵯峨は、無言で橋の下を見おろしていた。操車場を行き来する貨物列車を、ただぼんやりと目で追っていた。傘はさしていなかった。美由紀は何度も自分の傘に入るようにすすめたが、嵯峨は従わなかった。

嵯峨がひどくおちつかない気分であることは明白だった。むろん美由紀も同様だった。こうしてたたずむ一分一秒が、とてつもなく長い時間に感じられる。陸橋をクルマが走り抜けるたび、蒲生がやってきたのではと身構えてしまう。

だが、まだ待ち人は現れなかった。

時計に目をやる。午後六時三十七分。約束の時間を七分まわっている。

その時間の超過を意識したとき、美由紀はふいにさっきの蒲生の言葉が非現実のように感じられた。まさか、そんなことが容易に起こりうるはずがない。勘違いか、別人ということはないだろうか。あの蒲生にかぎってそんなミスをしでかすとは考えにくいが、それにしても、にわかには信じがたい情報だった。美由紀のほうをみて、あきらめを漂わせた顔でいった。

嵯峨も同じ気がしたらしい。美由紀のほうをみて、あきらめを漂わせた顔でいった。

「たぶん、なにか間違った情報なんじゃ……」

言葉に詰まった。嵯峨は美由紀の肩ごしになにかをみつめて、立ちすくんでいた。

美由紀は振りかえった。ふいに、身体が凍りつくような衝撃を受けた。

傘をさして歩み寄ってくる蒲生。その手に引かれてくるのは、十代の少女だった。赤いセーターに、ジーンズのスカートを身につけ、スニーカーをはいている。服装こそちがっていたが、顔はまぎれもなく、星野亜希子にちがいなかった。

亜希子は無表情だった。蒲生が立ちどまると、亜希子も静止した。なにもいわず、ぼんやりとした目を美由紀に向けていた。

美由紀はしばし立ちすくんでいた。北朝鮮に連れ去られた少女。四年の歳月が経過していた。その彼女がいま、都内の一角にたたずんでいる。まるでなにごともなかったかのように。

「星野……」美由紀は、現実感を伴わない自分のつぶやく声を聞いた。「亜希子さん?」

亜希子はうなずかなかった。焦点も、美由紀に合っていないかのようだった。ただ無言のまま立ちつづけていた。

蒲生が頭をかきむしりながら、ささやくようにいった。「記憶がねえんだ」

「え」と、美由紀は思わず声をあげた。

嵯峨が亜希子に近づいた。片膝を地面についてかがむと、亜希子の顔をじっとみつめた。星野亜希子さん。そう呼びかけた。やはり返事はない。嵯峨は人指し指を立てると、亜希子の目の前でゆっくりと左右に動かした。

記憶喪失の原因を探ろうとしているのだろうと美由紀は思った。心因性か器質性か、視覚や聴覚の認識力反応をみることでおおよその見当がつく。

美由紀は蒲生にきいた。「いったい、どこで……」

「それがな」蒲生は硬い顔をしていた。「新潟の歯科医師の家にいた。監禁されてたんだろう。四年間ずっと」

監禁。まさか、とても信じられなかった。美由紀は言葉を詰まらせながらいった。「そんな、どうして……。あの朝、北朝鮮の不審船に拉致されたはずじゃ……」

蒲生は首を振った。「不審船や潜水艇についてのことは知らん。その辺りのことは、きみの専門だったろう。だが、ほかの状況すべてを考慮して、この星野亜希子さんは四年前、その歯科医師に拉致され、監禁されつづけた。そうみて、間違いないと思うんだ」

亜希子は依然として無表情のままだった。嵯峨が亜希子の顔の前で手を振っても、眼球ひとつ動かさない。

「どうしてですか」美由紀は思わず声を張りあげた。「星野昌宏さんの話では、海岸でいきなり姿を消したという……」

蒲生はうなずいた。「そう。煙のように消えた。父親が一瞬目を離した隙《すき》にな。正確には、停車中にふとブレーキに置いていた足の力を緩めてしまい、クルマが動きだしたので、それを停めようとしてわずかに目を離した。たったそれだけの時間に、この娘さんは姿を消した。俺の目の前から、李秀卿が消えたときも同じだ」

「なら、なおさら北朝鮮のしわざだと疑ってみるべきでしょう。李秀卿が同じ方法で逃げおおせたというのなら……」

「美由紀」蒲生は美由紀に比べてあきらかに冷静だった。「フィリタミンという薬品を知っているか」

フィリタミン。美由紀は遠い記憶のなかにしまわれたリストのページを繰った。友里佐知子の病院に勤務していたとき、主だった薬品名については学んだことがある。美由紀はいった。「歯周病に効果があるとされる薬品で、歯茎《はぐき》の腫《は》れと出血を抑制する効果がある。モルヒネとは違って痛みを和らげる効果はない。筋弛緩《きんしかん》の反応も少ないのが特徴。大量に投与すると意識喪失の危険性あり……」

「それさ。どんな匂《にお》いがするか知ってるか？」

「たしか……甘酸っぱいアンズのような匂いだったと思いますけど」

「そのとおり。俺は李秀卿が助手席から姿を消したとき、その匂いをかいだ。後続のクルマに乗ってた公安の奴も、あとでたずねてみるとその匂いをかいだ気がするっていうんだ。はっきりそんな匂いを残すほどのフィリタミンが、車内に霧状に散布されたんだとしたらどうする？」

嵯峨が顔をあげて答えた。「一、二分は意識が飛ぶね。ただし、神経を麻痺《まひ》させる類いのガスを吸いこんだときとは違って、筋弛緩は起きない。つまり気を失っているあいだにも、身体の力が抜けないんだ」

美由紀のなかでひとつの思考がおぼろげにかたちをとりはじめた。「気を失ってもぐったりすることがないと、目が醒めたあと自分が気を失っていたという実感を得にくくなる」

「そうだな」蒲生はうなずいた。「だから、俺には李秀卿がいきなり消えたようにみえた。だが実際には、フィリタミンによる意識喪失の時間があったんだ。李秀卿は俺を、硬直状態のまま思考停止させて、そのあいだにまんまと逃げおおせた。この娘が父親の前から姿を消したのも、同じ手を使われたんだろう」

嵯峨が蒲生にきいた。「その歯科医師ってのは？」

蒲生は懐から手帳をだし、ひらいた。「練馬修司《ねりましゆうじ》、四十六歳、独身。強制わいせつと婦女暴行の疑いで三度ひっぱられてる。女の患者に薬品を投与して、いたずらをはたらくんだとさ。歯科医ならフィリタミンを大量に持ってる。海岸でみつけた可愛い子をさらおうとしたってんなら、つじつまが合う」

美由紀は納得がいかなかった。「そのつじつまが問題なのでは？　李秀卿が歯科医を犯人に仕立てあげたのかも」

「まあ、その可能性も否定はできんな」蒲生は手帳をしまいこみながらいった。「ただな、この星野亜希子さんは今朝方、歯科医のもとにやってきた女性に助けだされたといってるんだ。そのへんだけは、記憶のなかに断片的に残っているらしい。亜希子さんはその女性と別れたあと、ひとりで俺のもとに電話してきた。番号は、その女性からつたえ聞いていたらしい」

「女性って」美由紀はつぶやいた。「まさか……」

蒲生はしばし自分の顎をなでまわしていたが、やがて上着のポケットから一枚の写真をとりだした。李秀卿の顔写真、捜査用のものだった。それを亜希子に示しながらたずねた。「なあ。きみがけさ会ったってのは、このひとか？」

亜希子はしばし沈黙したまま写真をながめていたが、やがてこくりとうなずいた。

美由紀は混乱していた。いったいなにがどうなっているというのか。美由紀は蒲生に、思わず大声でまくしたてた。「そんなはずありません。李秀卿が星野亜希子さんを助けだしたっていうんですか。亜希子さんをさらったのは歯科医師で、北朝鮮の不審船は関係なかったというんですか。あの李秀卿が、ですか。フィリタミンで蒲生さんを失神させて逃亡した、李秀卿がですか」

「美由紀、おちつけ」蒲生は片手をあげて美由紀を制した。「彼女がおびえているだろ」

星野亜希子は、嵯峨の陰に身をひそめるようにしていた。嵯峨は困惑ぎみに美由紀をみつめていた。

「ごめんなさい」美由紀はため息まじりにいった。自分の気をおちつかせようと躍起になった。だが、まだ合点がいかない。すべてが仕組まれた罠《わな》、そんなふうに思えてならない。

だが、と美由紀は思った。すべてが李秀卿による偽装で、星野亜希子が北朝鮮に拉致されていたのだとしたら、なぜひょっこりと国内に姿を現したのだろう。どうやって入国し、なんの理由があって放免されたというのか。

美由紀は腰をかがめた。星野亜希子と同じ高さの目線で語りかけた。「亜希子さん。わたし、あなたのお父さんを知ってるわ。あなたのお父さんに、あなたを捜してくれって頼まれたの。……いままで、本当はどこにいたの。答えて」

亜希子は、わずかに怯えのいろを漂わせながら、無言のままたたずんでいた。

「むりだよ」嵯峨が暗い表情でいった。「四年間も監禁されつづけた恐怖による心因性の記憶障害。それだけじゃない、薬物を何度も投与されたんだろう。思考が混乱している。記憶が失われているわけじゃないが、呼びだす手段がみつからない状態になっている」

美由紀は愕然とした。なんの表情もうかばない、マネキンのような亜希子の顔をみているうちに、美由紀のなかに亜希子の四年間を奪った人間に対する怒りが燃えあがった。北朝鮮か、歯科医師か、いずれにせよ拉致監禁した犯人は、彼女をモルモットのように弄《もてあそ》び、記憶喪失に追いこんだのだ。非人道的な行為、決して許されることではない。

美由紀は立ちあがった。苛立ちがあった。怒りをぶつけるべき対象が曖昧《あいまい》、それゆえに苛立っていた。「蒲生さん。歯科医師が犯人だったとして、なぜ李秀卿は逃亡を？　しかも、歯科医師と同じくフィリタミンを使ったのはなぜでしょう。偶然の一致とは、とても思えませんが」

「こんな考えは甘いかもしれねえが」蒲生は指先で額をかいた。「俺にゃ、李秀卿がヒントをくれていたような気がしてならねえんだ」

思わず、美由紀は笑った。こんな状況なのに笑いがこぼれた。ばかげている。その思いが笑いの衝動を引き起こした。「ヒントですって？　李秀卿が？」

「可能性はなくはないだろ」蒲生はいった。

美由紀は背を向けた。これ以上、蒲生とも嵯峨とも視線を合わせたくはなかった。陸橋の手すりに寄りかかり、ゆっくりと移動するコンテナ貨車を見下ろした。

あの李秀卿が。ありえない。四年前のあの朝、北朝鮮側はミグを発進させ、海上には潜水艦を浮かべて戦争さながらの態勢で臨んできたではないか。日本人を連れ去ることが目的でなかったとしたら、あの北朝鮮の兵力はなんのために投入されていたというのだ。不審船、そこから新潟の海岸に向かっていき、また引き返していった潜水艇。あれらはなんのために存在したというのだ。

風が吹いた。冷たい雨が顔に降りかかった。ディーゼル機関車の汽笛が、陸橋の下で響きわたった。

美由紀は、嵯峨の声を背に聞いた。「でも蒲生さん、この星野亜希子さんを、こんなところに連れてきてだいじょうぶなんですか？　入院措置は？」

「それなんだが、な」蒲生の声には戸惑いの響きがこもっていた。「じつはまだ、本庁のほうにも連絡してねえんだ」

美由紀は驚いて振りかえった。「じゃあ、蒲生さんが単独で？」

「ああ。俺のもとに電話があってから、どこにも知らせてない。きみたち以外にはな」

「どうして」美由紀はきいた。

「考えてもみろ」蒲生は気まずさと頑固さを交互にのぞかせながらいった。「この娘は北朝鮮にさらわれたことになってる。少なくとも、そう信じる向きは多い。そうだろ？　拉致が事実とすれば、この娘は北朝鮮から帰されてきた初めての人間ってことになる。外務省やらなんやら、寄ってたかってこの娘から調書をとろうとするだろう。記憶喪失が本物かどうか、あらゆる方法で調べようとするだろう。だがな……」

蒲生は沈黙した。その目が、星野亜希子に向いた。

そのさきは、聞かずとも理解できる。美由紀はそう感じた。わずかに瞳を潤ませた、無表情の少女。十三歳から十七歳までの空白の四年間。その彼女の身に突然降りかかった不幸に同情するよりも、関係機関はより重大かつ、国民的な関心事項である拉致問題の真相にせまることに重きを置くだろう。両親と会わせてはくれるだろうが、家に帰ることはしばらくのあいだ許されまい。取り調べを受けるあいだ、彼女はまたしても恐怖と孤独に苦しめられることになる。そして例によって、独断と偏見に満ちた精神科医の診断や検察の圧力によって、身勝手な判断がでっちあげられるにちがいない。彼女は洗脳を受けている可能性がある。記憶のどこかに北朝鮮の機密事項が隠されているかもしれない。星野亜希子は、半永久的に取り調べを受けつづけるだろう。北朝鮮の拉致問題が、別の局面で解決をみないかぎり。

蒲生はいった。「少なくとも、記憶を取り戻す専門家なら、俺の知り合いに信頼できる連中がいるからな……」

「だれ?」と嵯峨がきいた。

蒲生はめんくらったような表情をうかべ、じれったそうに手を振りながらいった。「おまえらだよ。わかるだろ?」

嵯峨は口をつぐんだ。星野亜希子と蒲生をかわるがわるみて、最後に美由紀をみた。嵯峨は静かにいった。「そういうことなら、全力を尽くそう」

「いいの？」美由紀は嵯峨にきいた。「重要参考人を隠避した罪に問われるかも」

「いいさ」嵯峨は物怖じするようすもなくいった。「この娘が、国家権力とやらにでっちあげや決めつけの診断を受けるのを黙って見すごせるもんか。……僕がやるよ。美由紀さんは、知らなかったってことにすればいい」

美由紀はあわてていった。「勘違いしないで。わたしはそんなつもりでいったんじゃないのよ。もちろんわたしも、嵯峨くんと一緒に……」

「いや。いいんだ」嵯峨の澄んだ目が、まっすぐに美由紀をとらえた。

美由紀は黙った。なぜか、言葉を口にできなかった。

嵯峨はいった。「美由紀さん。前に僕がいったこと、覚えてくれてる？　美由紀さんは僕らカウンセラーのために、より強い力を世の中に対して発揮してくれなきゃ。そのためには、こんなことで経歴に傷をつけちゃいけないんだ。……だろ？」

美由紀は、胸を締めつけられるような気がしていた。嵯峨は常に、美由紀の立場が危うくならないよう、細心の注意を払ってくれている。それなのに、自分はどうだろう。くよくよ悩んでばかりではないか。

わたしも嵯峨と一緒に、星野亜希子の記憶を取り戻す努力をしたい。だが、嵯峨のいうことはわかる。わたしは特殊な立場にある。それは否定できない。いざというとき、彼らを救えるだけの政治的余力を、わたしは残しておかねばならない。

「嵯峨くん」美由紀は震える声をしぼりだした。「慎重にね」

「わかってるって」嵯峨は微笑していった。「さあ、亜希子さん。行こうか」

嵯峨が軽くうながすと、亜希子は歩きだした。おぼつかない足どりだった。

ふと、美由紀は亜希子のスカートのポケットに目を奪われた。紙片がはみだしている。

手を伸ばし、その紙片をつまみとった。

亜希子が立ちどまり、無表情のまま振りかえった。

美由紀はきいた。「これ、あなたの?」

亜希子はなにも答えなかった。身じろぎひとつしない。

蒲生があわてたように、李秀卿の写真をふたたびとりだした。「このお姉さんのか?」

しばし間があって、亜希子は小さくうなずいた。

美由紀はくしゃくしゃに丸まった紙片をゆっくりと開いた。

蒲生がきいた。「なんだ、それ?」

「封筒だわ」美由紀はいった。「JAI、日本エア・インターナショナルの封筒。航空券を買ったときに、なかにチケットを入れて渡される。……たぶん李秀卿が捨てた封筒を、亜希子さんが拾ったのね」

封筒のなかには何も入っていなかった。だが……。

美由紀は封筒を破き、内側を露出させた。JAIの封筒はリサイクル紙を使用している。

チケットカウンターは通常、炭素カーボン・ジェットプリンタを用い、搭乗日時や座席番号を印刷されたチケットはその場ですぐに封筒におさめられる。封筒の内側には、印刷文字が写りこむことが少なくない。

空にかざして、透かしてみた。陽の光はわずかだが、充分読みとれる。

美由紀は読みあげた。「JAI242便、成田発ニューヨーク行き。きょうの朝八時に発った便ね」

「じゃあ」蒲生は封筒をひったくり、食い入るようにみつめた。「李秀卿はアメリカに？」

美由紀は、無言のままたたずむ星野亜希子をみた。この少女の記憶を取り戻すことが嵯峨の役目なら、わたしは別の次元でこの少女を救わねばならない。権力、駆け引き、国益。あらゆることが星野亜希子の身を危険にさらそうとするだろう。それを防ぐためには、真相を知るしかない。そのためには、李秀卿を捕らえねば。

「美由紀」蒲生が横目でじろりとにらんだ。「またなにか、単独行動をしでかそうってんじゃないだろうな」

「べつに」美由紀は肩をすくめてみせた。自然に笑いがでた。「ただ、倉石所長もそろそろ休業にしようかっていってたしね。この機にアメリカ旅行ぐらい、こなしておこうかな」

日没

嵯峨は窓の外をみた。渋谷駅前の夜景がひろがっている。平日のせいか人通りも少ない。きのうから降りつづいた雨のせいで路面は濡れているが、いまは傘をさしている人は見当たらない。

湿気はなく、陽が落ちてからはこの季節にしては肌寒かった。嵯峨はカーテンを閉じ、カウンセリングルームに向き直った。もともと和室の部屋にカーペットを敷き、洋風にしただけの部屋。折り畳みの椅子が二脚あるほかは、なにもない。東京カウンセリングセンターの至れり尽くせりの設備とは、まるでちがう。

しかし、椅子に座っている少女にとっては、この部屋の雰囲気は悪くないようすだった。星野亜希子は一時間ほど前、部屋に入室するなりいった。いい部屋ですね。嵯峨が苦笑ぎみに、そうかな、というと、なんだか、昔住んでた部屋に似てるような気がする、亜希子はそういった。それ以上思い出そうとすると、わからなくなるらしい。嵯峨は焦らないようにつたえ、とりあえず椅子に座るように指示した。

「嵯峨先生」朝比奈から借りた白のセーターとジーンズに着替えた亜希子は、静かに口をひらいた。「質問は、もう終わりですか」

「ああ、そうだね」嵯峨は手にしていたクリップボードに目を落とした。一時間のあいだ、亜希子の記憶をチェックするためにさまざまな質問を試みた。拉致されていたとみられる四年間は意識的に思い出そうとしない傾向があり、四年よりも前のことは、家族についても友達についてもなにも想起できない。それが、いまの星野亜希子のすべてだった。

「これ以上の部分については」嵯峨はいった。「催眠療法を行ってみないとね」

「催眠？」亜希子はきいた。「眠っちゃうんですか」

「いいや」嵯峨は笑った。「テレビや映画の印象だと、催眠術にかかって、意識が飛んで、知らないあいだに自分が歌手だと思いこんで歌いだしたり、踊りだしたり……そんなものだと思われてるよね。でもあいにく、そんなふしぎなことはできないんだ。僕が超能力者かなにかにみえるかい？」

亜希子は目を丸くして嵯峨をみた。微笑して、首を横に振った。

「だろ？」嵯峨は肩をすくめてみせた。「催眠っていうのは、ひとを操ったりするわざじゃないんだ。そういうのはぜんぶ、誤解だよ。意識もあるし、自分がどこにいるかもわかってるし、なにをしているのかもわかっている。……ただ、思いだせないことが思いだせるようになるんだ」

「ほんとに？」亜希子は顔を輝かせた。

うん。嵯峨はそういった。本当は確証はない。催眠はあくまで、相手の理性を鎮めて無意識を表出しやすくするというものでしかない。確実にひとの記憶を取り戻せる、そんなふうに主張するカウンセラーがいたとしたら、もぐりだろう。東京カウンセリングセンターの臨床心理士だったころには、嵯峨はそういう無認可のカウンセラーの魔術師的な主張を批判していたものだった。ところがいまや、権威づけを失うと、そのようないい方でもしないかぎり相談者が積極的な姿勢をみせてくれなかったりする。立場が変わると、価値観も変わる。嵯峨はそのことを痛感していた。

「オーケー。じゃ、楽にして」嵯峨は穏やかにいった。「機材も薬もいっさい使わないよ。ただ、僕の声だけに耳を傾けてくれればいい」

「ちょっとまって」亜希子が、かすかに困惑のいろを漂わせていった。「わたしの……お父さんと、お母さんは？」

嵯峨は口をつぐんだ。亜希子がじっと嵯峨をみつめている。嵯峨も、亜希子をみかえした。

さきほどの質問では、亜希子は両親のこともどんな家に住んでいたかも思いだせないという話だった。亜希子が辛そうな顔をしたので、嵯峨はそのことについてたずねるのをやめた。しかしいま、亜希子のほうから両親について知りたがっている。

「きみは」と嵯峨はいった。「ご両親に会ったら、それが本当の自分のお父さんとお母さんだとわかるかな？」

亜希子は無言でうつむき、しばし考えるそぶりをした。やがて、顔をあげないままいった。「わからない。会ってみないと」

嵯峨は戸惑った。両親に会わせるほうが手っ取り早いのだろうか。いや、蒲生刑事の話では、いまはまだ両親につたえるべきではないということだった。

星野亜希子は四年間、練馬修司という歯科医師に拉致され監禁されていて、李秀卿によって解放された。蒲生が知り得た情報ではそういうことになっている。蒲生の話が本当だとするなら、本庁および新潟県警にそのことをつたえ、両親に知らせるのになんの躊躇《ちゅうちょ》する必要はないはずだ。

だが問題は、ここに北朝鮮問題がからんでいることだった。役人たちに星野亜希子の身柄を委ねられない、蒲生のその機転によって、彼女はいまここにいる。蒲生は刑事として、重大なルール違反を犯していることになる。だが嵯峨は、蒲生の直感を支持していた。政府機関が派遣してくる冷徹な精神科医の類いに、彼女を渡せるものか。いらぬ恐怖心を抱かせて、精神状態をより悪化させるのがおちだ。少なくとも自分は、司法機関との関わりにおいてそのような苦い経験を何度かしたことがある。嵯峨はそう思った。

なにより、蒲生が本庁に真実を打ち明けられないのは、亜希子を犯人のもとから救いだしたのがほかならぬ李秀卿だという情報のせいだった。彼女は蒲生のもとから逃亡し、なぜ星野亜希子を解放したというのか。本庁はそれを知りたがるにちがいない。嵯峨も、真実を知ることに興味がないわけではなかった。だが、いまはそれよりも、星野亜希子の記憶を取り戻したかった。

それがカウンセラーの務めだ。そう思った。

「亜希子さん」嵯峨は声をかけた。「顔をあげて」

青白い顔の亜希子が、嵯峨をじっとみすえた。栄養のある食事をとらなかったのだろう、ひどく痩せている。潤んだ大きな瞳の下に、くまができている。その疲労感が痛々しかった。

「じゃあ」嵯峨はいった。「催眠を、試してみようか」

嵯峨はポケットに手を入れ、催眠誘導に使うペンライトをとりだした。

とたんに、亜希子の顔がこわばった。震える手をのばし、嵯峨のペンライトを遠ざけようとした。

「どうしたの」嵯峨はつぶやいた。「まだなにもしていないよ」

「いや」亜希子は怯えた顔で、椅子ごとあとずさろうとした。「いやなの」

ペンライトを怖がっている。嵯峨は、すぐにそれをポケットに戻した。「わかった。これはしまっておくよ。いい？」

亜希子はまだ、恐怖心に包まれた顔で嵯峨のポケットの辺りをみつめている。

ペンライトに怯えたのか。いや、そうではない。なにか器具のようなものを自分に差しだされること自体に恐怖したのだ。亜希子を監禁していた歯科医師はおそらく、薬品のほかにもあらゆるものを亜希子に試したにちがいなかった。四年間、彼女は怯え、震えつづけた。いつ果てるとも知れない恐怖にとらわれていた。

リラックスさせねばならない。嵯峨が信頼に足る人間であることをつたえられれば、それに越したことはない。だが、初対面である以上、それはなかなか難しそうだった。それでも催眠誘導を受けさせる心がまえをつくらせねばならない。自分の記憶を取り戻すことに、興味を持たせねばならない。

権威ある東京カウンセリングセンター職員ならば、訪れる相談者《クライアント》は最初からあるていど自分を信じてくれた。いまはそれはない。やはり、あの手を使うか。嵯峨は、予習してあった方法を試みることにした。

「亜希子さん」嵯峨は穏やかにいった。「僕はきみが辛くなるようなことはいっさいしない。痛いことも、苦しいことも、絶対にしない。でも僕は、きみの記憶を取り戻せる。それだけの力を、持ってるんだよ」

亜希子はまだ震えていたが、目にはかすかに光が戻った。ささやくような声でいった。

「でもさっきは、特別な力を持っているわけじゃないって」

「ああ」嵯峨は内心、困惑していた。説明としては、さきほど口にしたことのほうが正しい。しかしいまは、亜希子の興味を喚起するために、若干いかさまめいた口上を必要とする。

自分がさも特殊なことができるかのように吹聴し、ひとを惹《ひ》きつけようとする無認可のカウンセラーのやり口を、東京カウンセリングセンターでは問題視してきた。嵯峨はいま、みずからそれを実行せねばならなかった。しかたがない、ほかに方法がないのだから。

嵯峨はいった。「特別な力か。僕にはあるよ」

亜希子は目を見張った。「ほんとに?」

言葉だけでなく、さらに駄目押しが必要だった。ほとんどいんちき宗教と変わらないあしきカウンセラーのやり方を、以前にテキストで読んだことがある。カウンセリングの前に、まず手品をみせるのだという。そうすると相手はそれが超能力であるかのように錯覚し、興味を抱くため、カウンセラーの言葉に耳を傾けるようになるのだという。

嵯峨はいままでの人生において手品など知らなかったし、超能力に関するテレビ番組もろくにみたことがなかった。だから、人々がそのような非現実的な現象にどのような反応をしめすのかもわからなかった。それでも、こういう場末の診療所のカウンセリングにおいては、悪い見本に学ぶことも必要だと思い、デパートで奇術用品をいくつか買ってあった。

ちょっと待って。嵯峨はそういって、部屋の隅にある収納扉を開けた。いざやるとなると、ずいぶん恥ずかしいことだ。それでも、それなりに練習した。

スプーン曲げやコインをとりだすのは気がひける。そのような金属製の小道具は、またしても亜希子を怯えさせてしまうかもしれない。これだ、と思い、直径五センチほどの赤いスポンジボールを二個とりだした。

亜希子の前に戻ると、嵯峨はスポンジボール二個を手渡した。「よくみて」

嵯峨はそのうちひとつを右手にとった。それを左手に渡す。とみせかけて、じつは右手に隠し持ったままにする。左手は、さもボールを握ったかのように握りこぶしにする。

亜希子の目は、左手のこぶしをじっとみていた。よしよし、うまくいってるぞ。嵯峨は心のなかでつぶやいた。亜希子は、嵯峨が左手にスポンジボールを握っていると信じている。

「ここで、もうひとつを……」嵯峨は亜希子の手にあるもう一個のボールを、右手の指先でつまみあげた。じつは右手のなにげなく曲げた指のなかには、さっきのボールを隠し持っている。スポンジなので小さく潰れるのだ。嵯峨はその二個のボールを右手のなかで合わせ、くしゃくしゃに丸めた。亜希子は一個のボールだと思っているが、じつは二個のボールだった。それを亜希子にさしだした。「これを握って」

二個のボールが膨れ上がらないうちにすばやく亜希子の手に握らせた。

嵯峨は得意げになっている自分に気づいた。こういうのもなかなか楽しい。そう思いながら、自分の左手のこぶしにふっと息をふきかけた。左手をひらく。ボールは消えている。

「え」と亜希子は驚いた。

「手をあけてごらん」嵯峨はいった。

亜希子は手を開いた。一個だったはずのボールが、二個になって転がりでた。

「すごーい」亜希子は目を見張って笑った。無邪気な笑顔だった。見た目は実年齢どおり十七歳という印象だが、心は十三歳のままとまっているのだろう。

嵯峨も笑った。なにより、うまくいったことに安堵《あんど》して、自然に笑いが漏れた。

亜希子はしばらく笑いつづけた。目にうっすらと涙がうかぶほど笑った。それを指先でぬぐいながら、亜希子はいった。「ほかにも見たい」

嵯峨は困惑した。「じゃ、次は催眠をやるってことで」

うん。亜希子はそういって、椅子に座りなおした。

どうも妙な感じだ。悪いカウンセラーの見本にあったように、これで亜希子が嵯峨を超能力的な権威とみなすようになったとは思えない。ただひとしきり手品を楽しんだ、それだけのことのようにも思える。スポンジボールという、緊張感のない小道具のせいだろうか。それとも自分に責任があるのか。やはり自分は、そんなカリスマ性を漂わせようとしたところで不似合いなのだろうか。嵯峨はそう思った。なにをやろうとしても健全にならざるをえない、その性格が、時として失敗を生む。

しかしいまは、失敗ではなく別の意味で成功したようだった。亜希子は心をなごませ、嵯峨の催眠療法を受ける気になったのだから。

嵯峨は恐る恐るペンライトをだした。亜希子は、もう怯えはしなかった。

「よし」嵯峨はいった。「じゃ、楽に座って。穏やかに呼吸しながら、この光をじっとみて」

ペンライトを点灯させた。亜希子は背もたれに身をあずけながら、光を注視している。

「だんだんまぶたが重くなる」嵯峨は穏やかにいった。「重く、重くなってきます」

じつは、この催眠の導入部分は、本当の暗示による反応ではない。光の点をずっとみつめていれば、やがて疲れが生じてきて、目を閉じたいという欲求が起きる。だから目が閉じていくのだが、催眠を受けている側からしても、なるほどいわれたとおりに目が閉じていく、と納得感が生じるため、以降の暗示を受け入れやすくなるのだ。

結局は本当の催眠誘導法も、あるていどの〝だまし〟を必要とするものだ。嵯峨はそのことを、なぜかいまはひときわ強く実感していた。東京カウンセリングセンター、催眠療法I科長の肩書があったころから、嵯峨はこの方法を使っていた。それが科学的プロセスなのだと自分にいいきかせながら、じつはやっていることは〝だまし〟にはちがいなかった。それが健全な療法につながるのだといえば聞こえはいいが、催眠療法は最初、〝だまし〟から入るのだ。

ただ、それを自分で意識していなかった。自分は、権威に逃げていたのだ。嵯峨は胸にかすかな痛みを覚えた。以前の自分はシステムの一部にすぎなかった。相談者に対する言葉も、療法も、決められたままをこなしているだけだった。だから自分は傷つかなかった。自分の責任を追及されなかった。催眠誘導法の導入部分が、相談者をだますことから始まっていても、そのことを深く考えなかった。

いまこうして組織と切り離され、個人という立場になってみて初めてわかる。自分のひとことは重い。そのすべてに、相手に対する責任がある。カウンセラーならば、なおさらだ。

まぶたが重くなる。重く、重くなる。嵯峨は、ゆっくりとしたペースでその言葉をくりかえした。

責任も重く、重くなる。嵯峨はそんなふうに実感していた。

ほどなくして、亜希子の目は閉じた。寝顔のようにやすらかな表情だった。昔の人々が、こういうプロセスの表面上だけをとらえて、催眠術を眠らせる技術だと思いこんでいたのも、ある意味で合点がいく。

僕は、この少女が毎晩、このように穏やかな寝顔を浮かべられるようにしなければならない。それが自分の責務だった。自分は蒲生のルール違反に荷担している。法に背いている。それが正しいと信じているからだ。嵯峨は自分にいいきかせた。この少女の記憶を取り戻す。どんなに困難だろうと、絶対に。

摩天楼

日本はいま真夜中のはずだ。青空の下、ロウアーマンハッタンを駆け抜けるイエローキャブの後部座席におさまりながら、美由紀はぼんやりと思った。時差ぼけで眠い。本来なら、もう就寝の時刻だ。かつて、国家公務員だったころの出張は旅客機の座席もファーストクラスだった。ベッドのように横たわることのできるシートで、ぐっすり眠って活動時間を調整することができた。しかし、きょうのように格安航空券で渡米した場合はそうもいかない。狭いエコノミークラスの座席、しかも隣りの中年男の大きないびきと歯ぎしりの音によって、十時間以上も不眠を強いられてしまった。

ぼうっとした意識のなかで、窓の外に目をやった。左手には立ち並ぶ摩天楼群のなかに、天にも届くようなツインタワーが並んでそびえ立っているのがみえる。世界貿易センター《ワールドトレード》ビルだ。右手には緑豊かなバッテリーパークがみえる。マンハッタンの最南端に位置するこの公園は、世界貿易センタービルを建設する際に掘り出された土を活用した埋め立て地の上に築かれている。それゆえに、まだ樹木も新しく、広大な敷地内はセントラルパークよりずっと美しかった。雨の多いニューヨーク、晴天の日。気候も穏やかだった。

車外の風景は申しぶんなかったが、イエローキャブの運転の荒さはあいかわらずだった。碁盤の目状に区画整理されたマンハッタンの道路は銀座や札幌をはるかに上回る混雑ぶりで、運転マナーもよくなかった。美由紀の乗るこのタクシーの運転手はイタリア系移民らしく、ずっとイタリア語訛《なま》りの英語で携帯電話に向かってしゃべりつづけている。電話の相手は妻のようだった。きょうの帰りは遅くなる、仲間たちと飲むのも仕事のうちだ、子供は外で遊ばせろ……そんな話を延々とつづけていた。美由紀が行き先を指示したとき、オーライと返事したきり、いちども美由紀には話しかけてはこなかった。

まあいい、と美由紀は思った。この陽気なおしゃべりもラジオと思えばさほど耳にうるさくはない。東京のタクシーで演歌を聞かされつづけるよりはましだ。

そろそろ目的地だと思ったとき、運転手が電話を切った。電話の向こうの妻に投げかけるよりは、いくらかていねいな言葉づかいで話しかけてきた。「このすぐさきですよ。リバティ島へのフェリーは、チケット買わないと乗れませんけどね」

ありがとう《サンキュー》。美由紀はそういいながら苦笑した。到着寸前になって急に世話焼きになる、これもニューヨークのタクシーにおなじみの光景だった。支払いの際に、チップだけはしっかりと受け取るためだった。

運転手は公園の入り口近くでクルマを歩道に寄せようとしたが、警官が近づいてきて手で追い払うゼスチャーをした。運転手はわざわざ窓から身を乗り出し、ファック・ユーと叫ぶと、アクセルをふかして数十メートルを走り、そこで急停車した。

振りかえった運転手の顔は笑っていた。「十四ドル九十五セント」

美由紀はむりやり笑顔をとりつくろって、二十ドル札を渡した。お釣りはいいです、そういってクルマを降りた。

「お気をつけて」運転手はそういいのこし、上機嫌で走り去っていった。

美由紀はため息をついた。陽気で短気。アメリカ人の多くは、そのひとことに集約される。事実、そう思えてならない。

バッテリーパークのなかを歩きだした。息をはずませながら、ヘッドフォンステレオをつけたジョガーが通りすぎていく。犬を連れて散歩する老人。金髪で青い目の、人形のように愛らしい赤ん坊を乗せたベビーカーを押して歩く主婦。観光シーズンのピークもすぎて、土産物売りはやや暇そうにしていた。

平和だった。ここ数年、アメリカ経済は日本のバブル期のように好景気になっていた。最近になってやや翳《かげ》りをみせはじめたといっても、まだ雇用と給与の不安は大きくはなかった。犯罪が激減したのもそのせいだろう。深夜の外出や地下鉄に乗ることが危険といわれていた時代とは、うって変わった静寂さが辺りを包んでいた。ニューヨークはいまや、東京より安全な地域であるのかもしれなかった。

初老の男たちと子供たちがのんびりと釣り糸を垂らす港沿いを歩いた。リバティ島にたたずむ自由の女神のシルエットがはっきりとみえている。いい天気だった。霧が濃くなると、この距離でも女神像がみえなくなることが多い。きょうは、この辺りを航行する船にとってもありがたい日だろう。

美由紀はリバティ島に渡るつもりはなかった。目当ての観光案内事務所をめざしてひたすら歩いた。ハドソン川に面した堤防のすぐ近くに、フィデラルホールを模したコンクリート造りの事務所施設があった。美由紀は歩み寄ると、通用口の前に立つガードマンに英語で告げた。ミサキといいます、リチャードソン氏はおられますか。

ガードマンは怪訝《けげん》そうな目つきもせず、ちょっと待てといって通用口を入っていった。ほとんど待つことなく、額の禿《は》げあがったワイシャツ姿の男性が現れた。

「ああ、あなたがさっき電話をくださった、ミサキさんですか」リチャードソンは明るく話しかけてきた。もっとも、この明るさはアメリカ人にとっては平均的なものであり、むしろ事務的という範疇《はんちゅう》に入るのだろう。美由紀はそう感じた。

三時間ほど前、美由紀はケネディ国際空港に着くやいなや、航空会社のカウンターに駆けつけてJAI242便で渡米した東洋人女性のことについてたずねた。職員は当然ながら奇妙な目で美由紀をみかえしたが、美由紀はその女性について民事上の裁判で自分の証言をしてくれる重要な人物で、訳は話せないが行方をさがしている、と告げた。自分の演技力のなさに不安は覚えたものの、こういういい方が一般的なアメリカ人に対して効果的だと思って、はったりの賭にでたのだった。訴訟が身近な問題となっているアメリカ人には、法的な事情によって運命を左右される個人の辛さを理解してくれるむきが多い。深い事情をきかず、個人的な協力を得やすいという点で、民事訴訟沙汰に陥っているという主張は役に立つ。何年も前の幹部候補生時代に教官から雑談としてきいた情報だったが、いまでも充分に有効なようだった。職員は美由紀のみせた李秀卿の写真に、躊躇《ちゅうちょ》するようすもなく知っていることをおしえてくれた。ああ、ミス・リン・ウェイのことですか。中国、新華社通信の記者の。リバティ島の取材許可を得るにはどうしたらいいかとおたずねになったので、バッテリーパークの観光案内事務所を紹介しておきましたよ。

李秀卿はたんにアメリカに逃亡したというわけでなく、またしてもなんらかの周到な工作をはたらこうとしていることは疑いの余地はなかった。いともあっさりと各国の入国管理局のチェックをパスしているところをみると、やはり李秀卿ひとりのなせるわざではないだろう。〝加藤太郎〟こと雀鳳漢、そして人民思想省の支援があるにちがいない。

ゆっくりと近づいてきた子供たちの自転車が通りすぎるのを待って、美由紀はリチャードソンにきいた。「新華社のミス・リン・ウェイのことですけど……」

「ああ」リチャードソンはリバティ島のほうに手を振った。「きのう来ましたよ。あの島で、自由の女神の取材を行うっていうんで、許可の印鑑を押しました」

「リン・ウェイは、どれくらいのあいだ島に？」

るとかで」

「夕方おそくまでいましたね。同伴のカメラマンが、夕陽のマンハッタンを写真におさめ

「カメラマン?」

「そう。やはり中国系で、太った初老のひとでね」

雀鳳漢にちがいなかった。嵯峨が四年前に遭遇したときと同様、ここでも李秀卿と雀鳳漢はふたりで行動しているものとみられる。

ここらで芝居のひとつも必要だろう、そう思って美由紀は軽い口調でいった。「ひと足遅かったな。わたしも取材に同行する予定だったのに」

「お気の毒ですな」リチャードソンは肩をすくめた。「ご友人に会われたいのなら、世界貿易センタービルのほうにおられるかもしれないですよ。のぞいてみては?」

美由紀のなかを緊張が駆け抜けた。が、表面上は平静をつとめながらいった。「世界貿易センタービル? リン・ウェイはそこに?」

ええ、とリチャードソンはあっさりと答えた。「きのう立ち去りぎわに、あすは一日、あのビルのオフィス階の記者室で缶詰だってこぼしてたからね」

どうもありがとう。美由紀は礼をいうと、すぐに踵《きびす》を返して歩きだした。意識せずともそうしていた。

「ああ、お嬢さん」リチャードソンが呼びとめた。「世界貿易センターへは、バスがでて

ますよ。乗り場は……」
「いえ、だいじょうぶです。歩いていきますから」美由紀はいった。ニューヨークのバスの路線は複雑だ。該当するバスを探すより、歩いたほうが早い。なにより、世界貿易センターのツインタワービルはどこからでもみえる。見失うはずがなかった。

日本海側の海は殺伐《さつばつ》とした印象がある。夜ともなればなおさらだった。とりわけ、この新潟の海岸は肌寒さも手伝ってか、ひどく寂しげな雰囲気に包まれている。ひとけもなければ、海岸沿いの車道を往来するクルマもほとんどない。海上には船舶の光もない。事件の整理で出張を命じられた北海道の小樽港も、しんと静まりかえった寒々しいところだったが、この新潟の海には負ける。

蒲生誠は、車道に寄せて停めたクラウンのボンネットに腰をおろし、タバコの火をつけようとした。ライターの炎が風に揺らぎ、たちまち消されてしまう。上着の襟を立て、手で覆いながら火をつけた。ハイライトの味も、妙に無味乾燥に感じられてくる。自然に囲まれていながら、心を打つものがなにもない景色。ただ日本海の上を運ばれてくる、潮の香りを含んだ冷たい北風が身体をひやすのみ。

心まで寒くなる。蒲生はひとりごちて、タバコを投げすてた。

星野昌宏がクルマを停めたのはこの辺りだった。娘の亜希子がはしゃぎまわっていたという海岸も、眼下に見渡せる。物陰はひとつもない。どうみても、拉致を決行するのに適当な場所とは思えない。

だがそれは、李秀卿が姿を消したあの代々木公園近くの路上もおなじだった。ここまで開けてはいないが、突然姿を消して逃げおおせられる場所には、とても思えなかった。あのときの李秀卿と同じくクスリを使ったか。フィリタミンによる緊張性の意識喪失とやらで、時間の感覚までも喪失し、意識を失っていたという実感もなく、それゆえ娘が連れ去られたことにも気づかず、いきなり消えたようにみえた。神隠しのように。そういうことになる。

常識で考えれば、北朝鮮の李秀卿がその方法で逃亡したのだ。この海岸での失踪事件も、北朝鮮がらみと考えるのが筋だろう。しかし蒲生には、どうもそう素直に信じられずにいた。

なぜ李秀卿はわざわざ、あんな手口で自分の前から消えてみせたのか。もし星野亜希子をさらったのが彼女同様に北朝鮮の人間だったとしたら、わざわざ同一グループの犯行だったと宣言しているようなものではないか。蒲生のもとから逃亡する方法は、ほかにいくらでもあった。逮捕されていたわけではないのだ、代々木上原のマンションに着いてから抜けだしたほうが、よほど効率がいいはずだった。

東京から新潟に向かうあいだ、李秀卿の真意がどこにあったのかを考えた。答えはまだみつからない。ただ、李秀卿のおかげでわかったことがある。ふいに娘が目の前で姿を消したという星野昌宏の供述は、どこか絵空事のような気がしてならなかった。ところが実際にフィリタミンによる意識喪失を体験してみると、星野昌宏の供述にぴったり当てはまることがわかる。李秀卿はそのように、経験しなければ理解しえない薬物の効果を蒲生に教えてくれたのでは。そんな気がしてならない。

李秀卿が真犯人を示唆し、星野亜希子を救いだしたうえで、どこかに消えていった。そういうことになる。

蒲生はふっと笑った。ばかげている。李秀卿がそんなボランティア精神に富んだ女には思えない。そこには別の背後関係や事情が渦巻いていたのだろう。短絡的に物事を考えて、結論を急ぎすぎてはいけない。

ともかく、くだんの歯科医師をあたってみねばならない。蒲生は顔をあげ、右手をながめた。車道沿いにぽつりぽつりと位置する、駐車場つきの建物。理髪店、少し離れて郵便局、さらにその向こうに、一階部分を歯科の診療所に改築してある二階建ての民家がある。窓の明かりがみえる。練馬歯科。看板にはそうある。

星野亜希子がさらわれたのは北朝鮮ではなく、目と鼻の先にあったあの歯科医の家だった。にわかには信じがたい話だ。しかし、なにごとも自分の目で確かめてみないことには、いっさいを受け入れる気にはなれない。

風が強まった。車道沿いに、歯科医の診療所に向かって歩いた。まだ九月だというのにやけに冷えこむ。そう思いながら手を、ポケットに突っこんだ。

携帯電話が鳴った。懐からとりだし、液晶表示をみた。捜査一課のデスクからだった。電源を切り、また懐に戻した。きょうは駐日アメリカ大使館の警護とやらをすっぽかしてきている。星野亜希子を美由紀たちにあずけたことも報告していない。かまうか、と思った。どうせ、みすみす李秀卿に逃げられたような刑事に、ろくな役割を与えようとはしないだろう。それならひとりでやったほうが手っ取り早い。なによりいまは、自分の個人的興味が優先している。李秀卿はなぜ姿を消したのか。そのわけを知りたい。

星野亜希子は失踪当時、十三歳だった。いまは十七歳。四年間。蒲生の息子の和也は、ちょうどそのあいだの年齢だった。長い四年間だ、親にとっても、本人にとっても。その時間を他人に奪われた。親はどんな心境だったろう。蒲生にしてみれば、わが子の消息も安否もわからない状況など、一日すら耐えられるはずがないと思っていた。それが四年もつづくと、心はどのように変化していくのだろう。しだいにあきらめていくのか、それともよりいっそう再会したいという欲求がつのるのか。

波の音とともに、緩急の落差を生じさせる風のなかを歩いた。歯科医の家は、すぐ目の前に迫っていた。

恐怖

ブロードウェイを北に、ウォール街のなかを歩いた。ニューヨーク証券取引所の前には観光客の姿もみられたが、ほとんどの歩道や車道はがらんとしていた。天を突くようなビルの谷間でも、歩道はゆったりとした広さを誇っていて、ちょっとした公園のようにベンチが並び、屋台がでている。世界の金融ビジネスの中枢であるわりには閑散とした印象を受ける。それだけゆとりがあるのだろうと美由紀は思った。学生のころ、観光でここを訪ねたときには、路地に潜む強盗に気をつけろとさかんに釘をさされたものだったが。

超高層ビルと、植民地時代の古い建物が混在する街並みを歩いた。路地に面したビルはいずれも当たり前のように五十階、六十階の高さで、石畳の地面にはいっこうに陽の光が落ちない。やや肌寒さを感じる暗がりを歩いた。厳かなたたずまいのトリニティ教会を通りすぎたとき、日本語のガイドブックを片手に歩くふたり連れの女性をみかけた。観光だろう。やはり、いまやニューヨークは安全を絵に描いたような街と化している。

交通量の多い車道にでた。みあげると、ツインタワーは目前にあった。横断歩道を渡って、世界貿易センターのエリアへと入った。

歩道沿いには買い物帰りの人々のタクシー待ちの列ができている。黒人と東洋人のポーターが、要領よくイエローキャブを停めては客から一ドル札を受け取っている。帰りは、ここからタクシーでホテルに向かえばいいだろう。

世界貿易センターはツインタワーだけでなく、さまざまな複合施設を有する七つのビルを総称していて、その敷地はやはり広々とした公園のような様相を呈していた。石畳の階段をあがると、カフェテラスやベンチが並ぶ空間にでた。色とりどりの花が植えられた花壇。鳩が群れをなしている。地球儀をかたどったオブジェの周囲には高々と噴水があがる。午後のひとときをここでぶらついてすごす老夫婦の姿がある。ビジネスマンだけでなく、すべてのニューヨーカーにとっての洒落《しゃれ》た憩いの場だった。

美由紀はツインタワーを見上げた。百十階建て、東京タワーを百メートル近く上回る高さ。壁面の窓ガラスは網状のワイヤーで強化されているため、ふつうの高層ビルのような透明感はない。たぶん、展望階以外のフロアでは、内部から外をながめることはできないのだろう。ほとんどがオフィス・フロアだ、眺めは必要あるまい。

ツインタワーの頂上付近を見上げつづけるうち、美由紀は奇妙な感覚にとらわれた。超高層ビルをしげしげと眺めること自体、そうあることではないのだが、いまはなぜか胸騒ぎを覚える。風に吹かれ、雲が流れていく。そのせいで、ビルが傾いていくような錯視におちいる。子供のころは、煙突や塔を見上げてはこのような錯覚が起きることを意識した。

が、この歳《とし》になってあらためて体験してみると、どこか情緒が不安定になっていく自分を感じずにはいられない。

考えすぎだ、美由紀はそう思った。このところ、広大な景色を眺めることとも、空を見上げることとも無縁の生活を送ってきた。違和感の理由はそのあたりにすぎないだろう。

李秀卿。会えるかどうかわからないが、自分の目的は彼女ひとりなのだ。

ツインタワーの南棟、二号棟の一般者用入り口に向かった。穏やかな日射し、頬をなでていく風。遠くで、子供のはしゃぐ声。豊かな国の静かな一角、平和な午後の時間。そのなかを、美由紀は歩いた。

「いや!」星野亜希子は目を閉じたまま、大声をあげて両手を振りかざした。「やめてよ。やめてってば!」

嵯峨はあわてて駆け寄ろうとした。だが、手が届くより前に亜希子はバランスを崩し、椅子が後方に倒れた。亜希子はカーペットの上に投げ出されるように倒れた。

「亜希子さん」嵯峨は助け起こそうとしてひざまずいた。「だいじょうぶ?」

だが亜希子は、嵯峨の手をふりほどいた。うっすらと開いた目からは、涙があふれていた。恐怖心に満ちた顔で、泣きじゃくりながらあとずさった。やめて。やめて。やめて。

嵯峨は呆然として、そのようすをながめていた。相当強烈な精神的ショックを受けている。

ドアが開く音がした。嵯峨はふりかえった。倉石、そして朝比奈が部屋に飛びこんできた。

朝比奈が駆け寄ってきた。「どうしたんですか。亜希子さん」

嵯峨は朝比奈を手で制した。亜希子に触れようとすると、彼女を怯えさせることになる。

「嵯峨」倉石が咎《とが》めるようにいった。「なまなましいイメージがよみがえるほど、深い催眠状態に入れたのでは……」

「ちがいます」嵯峨はいった。「彼女とは意識的に対話していましたし、幻視や幻聴が生じるほどの深いトランス状態には誘導していません。ただ、最近あったことを思いだしてくださいといったら、怯えたんです」

亜希子はまだ泣きじゃくっていた。部屋の隅まであとずさると、うずくまるようにしてうつむいた。

倉石がいった。「よほど強い恐怖心を抱いていて、記憶を頭から閉めだそうとしているんだな。ちょっと思い出そうとしただけでも、恐ろしくなってしまう」

嵯峨は倉石を振りかえった。「だいじょうぶです。僕がやりますから」

倉石は怪訝な顔をした。「まかせてはおけんな。あんなに怯えさせて……」

「いいえ」その声を発したのは星野亜希子だった。震える声で、ささやくように告げた。

「嵯峨先生に……」

嵯峨は振りかえった。亜希子は怯えてちぢこまりながらも、嵯峨のほうをじっとみつめている。

嵯峨は、亜希子の信頼を感じとった。わずかなものかもしれないが、亜希子はたしかに、自分に信頼を寄せている。そう思った。

亜希子に近づいた。床に投げだされた、亜希子の震える手。その手をとって握りしめた。

「亜希子さん」嵯峨はいった。「思いだすのがいやなことは、無理に思いださなくてもいいんだよ」

亜希子はまだ泣いていたが、少しずつ平静さを取り戻していた。

「無理にじゃない」亜希子はつぶやいた。「すごくいやなことがあった。だから怖くなった」

亜希子のいわんとしていることはわかる。嵯峨はそう感じた。恐怖心は、まだいっこうに薄らぐことなく脳裏に焼きついている。故意に思いだそうとしなくても、たえず亜希子の心を脅かす。嵯峨は催眠誘導で、亜希子がそれを意識するきっかけを与えた。ふだんなら、理性で閉め出してしまうはずのその恐怖の記憶を、トランス状態にあった亜希子ははっきりと意識した。

深い催眠状態のように、幻覚に近い明確なイメージを想起したわけでなくても、ただ理性が少し鎮まっていただけで、亜希子は事件の記憶にはっきり向き合ってしまった。それだけで、恐怖心がよみがえったのだ。

嵯峨は迷った。いま想起した恐怖について、きいておくべきだろうか。それとも、避けて通るべきか。

いや。記憶を取り戻すためには、少しずつ恐怖にも打ち克《か》っていかねばならない。壊れものをあつかうような姿勢では、相手はしだいに殻に閉じこもってしまう。いちど開いたはずの心の窓が、また閉じていってしまう。

嵯峨はきいた。「いま、なにに怯えたの」

朝比奈が驚いたようにいった。「嵯峨先生!」

むりもない。ふつう、臨床心理士ならこのようなたずね方はしない。相手の不快感を喚起するような質問はいっさいご法度だ。だが嵯峨は思った。自分はもう、有資格者のカウンセラーではない。

無頼漢《ぶらいかん》ぶるつもりはない。ただ、今までよりもっと自由にやりたいだけだ。嵯峨はそう思いながら、くりかえしたずねた。「なにが怖かった?」

亜希子はかえって、おちつきを取り戻していくようにみえた。低い声でつぶやいた。

「ひげそり、みたいなの」

「ひげそり?」

「うん」亜希子はうなずいた。「さわると、びりっとくる」

　倉石が嵯峨にささやいた。「スタンガンだろう」

　嵯峨は亜希子にきいた。「それが、なぜ怖いの」

「いつも、びりっとくる」亜希子はまた震えだした。「身体のあちこちに……当ててくる。おじさんが」

「おじさんって、歯科医のひと？　歯のお医者さん？」

「うん。そんな場所だった。ひげそりみたいなのが、いつも、びりっとくる」

「逃げられなかったの？」

「手錠とか、はめられてたから。逃げようとすると、怒るし。また、びりっとするやつを……おじさんはいつも、それをみて笑って……」

　亜希子の目に、みるみるうちに涙が膨《ふく》らんでいった。それが表面張力の限界を超えたように、こぼれて流れ落ちた。

　嵯峨は亜希子の頭をそっとなでた。「よし、わかった。もうそのことは、思いださなくていいよ。そのことと、ずっと前の記憶を取り戻すことは関係ない。安心して」

　亜希子は両手で顔を覆った。うずくまって泣く亜希子をみつめながら、嵯峨は言葉を失っていた。

　心のなかに、静かに燃えあがる怒りがあった。星野亜希子はやはり、歯科医師のもとに監禁されていた。スタンガンでの悪戯《いたずら》のみならず、精神的にも肉体的にもさまざまな苦痛を与えられつづけたのだろう。永遠に続くかのような拷問《ごうもん》の日々のなかで、家族の記憶は遠ざかり、思いだすことも困難になってしまったにちがいない。薬物投与が、さらにそれに拍車をかけている。

一日で戻る記憶ではない。嵯峨はそう思った。

「おちついて、亜希子さん」嵯峨はいった。「きょうはこれぐらいにしよう。もう休むといい」

「これぐらいって?」亜希子は涙をふきながら、たずねた。「わたし、まだなにも……」

倉石が口をさしはさんだ。「ゆっくりやらなきゃならないんだ、こういうことはね。あせっちゃいけない。毎日少しずつ、時間をかけて……」

ふいに、亜希子は立ちあがった。倒れた椅子を戻しながら、嵯峨にいった。「もう少し、やってください、あの、手品じゃなくて……」

「手品?」朝比奈が眉をひそめていった。

「催眠だね」嵯峨はいった。怪訝そうな目でみる朝比奈と倉石を無視して、亜希子にきいた。「いいの?」

亜希子はうなずいた。「早く、思いだしたい。なにもかも」

十三歳のまま成長を阻まれ、十七歳になってしまった少女。その空白の四年間。星野亜希子は、本来の自分を取り戻そうと懸命になっている。

少しずつだなんて、悠長なことはいってはいられない。嵯峨はそう思った。

「わかった」嵯峨は亜希子に微笑《ほほえ》みかけた。「催眠療法をつづけよう」

亜希子はおちつきを取り戻していた。椅子に座り、嵯峨の言葉を待つようにじっとみつめてきた。

倉石が苦言を呈した。「嵯峨」

「部長。いえ、所長」嵯峨は倉石を振りかえった。「僕にまかせてください」

「だが、カウンセリングは原則的に……」

「それは東京カウンセリングセンターの原則でしょう」嵯峨は声を荒らげたが、次の瞬間、口をつぐんだ。自分の言葉は重い。そのことを認識しながら、静かにいった。「責任はすべて僕自身がとります。所長も朝比奈も、なにも見なかった、なにも知らなかったことにしてください。……僕が勝手にやったことです」

「そんな」朝比奈が首を振った。「そんなふうに見捨てておけるわけないじゃない」

倉石が片手をあげて、朝比奈を制した。嵯峨をじっとみつめた。

嵯峨は、真正面から倉石をみた。尊敬すべき上司。その多くの年輪が刻まれた険しい顔をみすえた。いまは、ひくわけにはいかない。なにをいわれようと。

「よし」倉石はうなずいた。「まかせる」

朝比奈がうわずった声でいった。「所長。でも……」

「いいんだ」倉石はきっぱりといった。「私たちはもう規則に縛られてはいない。すべて自分で責任を持つんだ。それでいいだろう」

嵯峨は倉石をみつめていった。「感謝します」

倉石はしばらく嵯峨の顔をみかえしていた。やがて、それ以上はなにもいわずに踵をかえした。まだ不満げな朝比奈をうながして、部屋をでていった。

嵯峨はため息をついてたたずんだ。責任がしだいに重くなる。孤独、その言葉の意味を感じはじめていた。

「嵯峨先生」亜希子がつぶやいた。

嵯峨は亜希子をみた。怯え、震えながらも、一縷《いちる》の希望にすべてを賭けようとしている少女。その顔をみつめた。

自分もひとり、星野亜希子もひとり。嵯峨の心のなかで、そんな声が響いた。

「つづけよう」嵯峨はペンライトを手にとり、亜希子に歩み寄った。

亜希子はにっこりと微笑んだ。姿勢を正し、嵯峨のかざすペンライトの光にみいった。

監禁

　蒲生は診療所の扉を押し開けた。診療時間は終わっているはずだが、扉は開いていた。待合室には誰もいなかった。

　どことなく埃《ほこり》っぽい待合室だった。蒲生はかがんで、靴脱ぎ場に並んだスリッパを指先でなでた。スリッパにまで埃が積もっている。そうでないスリッパはひとつかふたつだけだ。ほとんど患者が来ない診療所。来たとしても日にひとりかふたりていど。そんな経営状況がみてとれる。

　付近一帯で聞きこみしてみたとおりの歯科医らしいな、蒲生はそう思った。

　小さな受付のカウンターにも誰もいない。奥の診療室から、ドリルやエアスプレーの音も聞こえてこない。いま現在、患者はひとりも来ていないらしい。

　それにしては妙だ。蒲生は受付カウンターに目を向けながら思った。

　そのとき、あわただしく階段を降りてくる音がした。白衣を着て、帽子とマスクで顔を覆った男がひとり、待合室に入ってきた。ひょろりと痩せた小柄な男だった。男は足をとめ、玄関口にたたずむ蒲生に目を向けてきた。戸惑ったように誰もいない診療室をちらとのぞき、また蒲生をみた。

蒲生のほうに歩み寄ってきながら、神経質そうな上目づかいでじっとみつめてきた。蒲生がなにもいわずにいると、男はため息まじりに、小声でささやくようにきいた。「診療?」

蒲生はめんくらっていた。医者は愛想がないものと思っていたが、ここまで迷惑そうに応対されたのは初めてだった。時間外だというのに、白衣を着ているのも気になる。

「いや」と蒲生はいった。「ちょっとおたずねしたいことがありましてね」

男は蒲生をみつめたまま動かなかった。まばたきをした。それから、やはり小さな声でつぶやいた。

「手短にどうぞ。忙しいんで」

「忙しい?」蒲生はわざと診療室をのぞきこむようなしぐさをしてみせた。「来客がいらっしゃるので?」

男はまた黙って蒲生に目を向けていたが、やがて、やや声量を大きくしていった。「あなた、誰です」

「申し遅れました。警視庁の蒲生といいます」

男はぴくりとも動かなかった。身じろぎひとつしなかった。前科者だ、警察を目の前にしてもいまさら動揺しないのもうなずける。だが、蒲生は男のなかにより根深い事情が潜んでいる気がしてならなかった。まるで、予期していたかのように顔いろひとつ変えない。

男がなにもいわないので、蒲生は咳ばらいしていった。「あなたが、ここの院長の練馬修司さんですか。まあ院長といっても、あなたひとりしかおられないようですがね」

男はしばし静止していたが、やがて帽子をとり、マスクをはずした。いやに大きな口だった。歯並びも悪い。患者と接する立場だというのに身だしなみに注意を払っていないのか、鼻毛が伸び、無精髭《ぶしょうひげ》がはえていた。それを気にしているようすもない。ただやぶにらみの目で蒲生をじっとみていた。

クロだな。蒲生は直感的にそう思った。心にやましいことがない人間の目つきには思えなかった。

蒲生はしばらく、練馬という男の顔を観察していた。カウンセラーなら表情筋の動きについてとやかくいうところだろうが、刑事である蒲生は長年培ってきた勘を頼りにするしかない。それも、表情とは別のところに注意を向けるのが常だった。男の額にはうっすらと痣ができていた。まだ新しい。

「その痣は？」蒲生はきいた。

練馬は額に手をやり、ぼそりといった。「ドアにぶつけまして」

「ふうん。それはお気の毒」蒲生はそういったが、練馬が嘘をついているのはあきらかだった。どうみても棒状のもので殴られた跡だ。

ここに星野亜希子が監禁されていて、李秀卿が彼女を助けだすためにやってきた。そのときにつけられた傷かもしれない。そう思うのは、発想が飛躍しすぎているだろうか。

「練馬さん」蒲生は頭をかきながらいった。「あなた、あまりご近所の評判がよくないですな。女の患者さんの身体に触れたりして、一一〇番通報されたりしたんですって？」

「勘違いですよ」練馬はふいに苦々しく、歯をむきだしにして吐き捨てた。「それに、ずっと昔のことです」

「そう。四年以上前ですね」蒲生は頭をかいていた手をおろし、練馬とまっすぐ向かい合った。「妙ですな。四年前まで結構ひんぱんに痴漢行為の疑いをかけられていたのに、この四年間はぱたりと途絶えていた。反省して、心をいれかえたってことですか」

練馬の目に敵愾心《てきがいしん》がやどった。ふんと鼻を鳴らしていった。「痴漢行為なんかしてないっていってるでしょう」

蒲生はその言葉を無視した。また診療室のほうをながめた。「ちょっと奥、みせてもらっていいですか」

だが、練馬はとっさに蒲生の前に立ちふさがった。いままでの緩慢な動作が嘘に思えるぐらいの、機敏な反応だった。「なんの容疑で、どんな令状をお持ちですか」

やれやれ。蒲生はため息をついた。ちかごろ、こういういらぬ知恵をつけた犯罪者が増加して困る。以前に連行されたとき、弁護士に入れ知恵されたのだろう。

「心配ないですって」蒲生は大仰に笑いながらいった。「診療室をみるだけですよ。患者さんにはみせるんでしょう、診療室。そこだけしかみませんから」

練馬は訝《いぶか》しそうに蒲生をみていたが、やがて退いていった。「どうぞ。でも、なにも触らないでくださいよ」

どうも。蒲生はそういって靴を脱ぎ、スリッパをはいて診療室のドアに向かっていった。

診療台がひとつあるだけの、狭い部屋だった。一見して、ここの部屋の機材も埃をかぶっているのがわかる。薬品棚は開け放たれ、多くのビンがワゴンの上にだされている。整理整頓という言葉を知らない歯科医らしい。

キャビネットに置かれた十四インチのテレビがつけっぱなしになっている。夜の映画放送のコマーシャルが流れていた。ブルース・ウィリス主演、シックス・センス。今晩九時、ご期待ください。

蒲生は練馬を振りかえった。「診療室でテレビをみてたんですか？　いくら暇とはいえ、おかしな趣味ですね」

「ここの片付けをしていたんです。手持ち無沙汰なんで、テレビでもつけておこうかと」

「ああ。なるほど。ながら族ってやつですか。というか、そんなのはもう死語でしょうね」蒲生はそういいながら、診療室の奥にもうひとつドアがあるのに気づいた。

「そこは物置ですよ」練馬がいった。

蒲生はドアを指差した。「なかをみていいですか」

「刑事さん」練馬は腕組みをした。「いったいなにを捜してるんですか。捜査なら、ちゃんと令状を提示していただかないと」

「いえね」蒲生は懐に手を入れた。令状はない。だが、一枚の写真をとりだした。星野亜希子の写真だった。「この娘、知ってますか」

練馬は写真を一瞥《いちべつ》した。「みたこともない」

「ほんとですか。よくみてください」

「みたことないっていってるでしょう」

「変だな」蒲生は写真をしまいながら、ぞんざいにいった。「会ったかどうかきいてるんじゃないんだよ。知ってるかどうかってきいてるんだ。新潟に住んでるのなら、そこらじゅうに貼りだされた星野亜希子の写真をみているはずだろう。四年間も行方不明で、情報を求めるビラがあちこちに配られてるんだから。でもあんたは一見して、みたこともないといった。なぜそういいきれる？　最初からつっぱねようと心にきめていたんじゃないのか？」

「なにをいってるんだか」練馬は怒りのいろをうかべた。「さっぱりわかりませんね」

「四年前にそこの海岸でさらった星野亜希子を、ずっと監禁してた。ところが、殴りこんできたある女に持っていかれた。あんたはどういう事情かもわからずびびったが、逃げだすと疑われるので、おとなしく刑事が来るのを待っていた。知らぬ存ぜぬでおしとおそうとした。そんなところじゃないのか」

「令状は?」練馬は忌々《いまいま》しそうにいった。「令状がなければ不法侵入ですよ、刑事さん」

蒲生は心の奥底で怒りの炎が燃えあがるのを感じたが、あくまで顔にはださなかった。しかし、自然に手がでた。練馬の白衣の胸ぐらをつかんで引き寄せた。

「なあ歯医者さん」蒲生は顔をくっつけんばかりにしていった。「あんた、自分が頭がいいと思ってるだろう。世の中は複雑すぎて、こんな田舎の町にも大勢の住人がいるから、警察だろうが検事だろうがひとりひとりの細かいことまで目を配れない。だから出し抜くのは簡単だ、そんなふうに思ってるよな。婦女暴行をエスカレートさせる確信犯のお定まりの甘えってやつだ。ところが世の中そうでもねえんだ。いつの間にかおまえのケツの毛の本数まで調べあげている人間がいるかもしれねえぜ。そこんとこ注意しときな」

蒲生は練馬を突き放した。練馬はあとずさり、診療台に軽くぶつかった。身をちぢこまらせながら、怯えた目つきで蒲生をみつめた。

「邪魔したな」蒲生はそういって、診療室をでた。

待合室に戻ると、受付カウンターが目に入った。そうだ、さっき気になったことがある。カウンターに歩み寄ろうとしたとき、練馬が駆け寄ってきた。ふたたび、蒲生をカウンターに近づけまいと立ちふさがった。

蒲生は練馬をじろりとにらんだ。「保険証がひとつ置いてあるな。患者が来てるのか」

「あれは」練馬は言葉に詰まりながらいった。「患者が忘れていったものだ」

「なら、連絡して取りにくるようにつたえたらどうだ。保険証なら住所氏名書いてあるだろ」

「当然、もう連絡した」

「ああ、そうかい」蒲生はにやりと笑ってみせた。「じゃ、みせてもらえるか」

「医師は、患者のプライバシーについて守秘義務がある」

蒲生は苦笑した。なにが守秘義務だ。だが、令状がなければ無理強いができないのも、ある意味で事実だった。

蒲生は練馬に背を向けた。靴をはき、扉を開けた。「また来る」

返事も待たずに蒲生は扉を叩きつけた。外にでた。冷凍室に飛びこんだような寒さが蒲生を包んだ。この時期にしてはずいぶん冷える。

あの男は間違いなくクロだ。ああいう歪んだ性格の知能犯には、過去に何度となく会っている。だが、証拠もなくひとりで強引な捜査はできない。所轄に捜査を要請するべきかもしれない。

いったん所轄の警察署に向かおう、そう思いながらクラウンに向かった。暗闇に包まれた海、そこから吹きつける風。そのなかで歩を進めながら、蒲生は李秀卿がどんな女なのか、おおまかな正体を感じとりつつあった。

練馬修司は歯科診療室の窓から、双眼鏡で外をのぞいていた。蒲生という刑事が乗ったクラウンが、海岸沿いの道路を走り去っていく。

しゃくにさわる奴だった。だが、ひとりの刑事が寄越されただけ、それも令状なしという状況を思えば、さほど事態は切迫していないと考えられる。

おそらく、あの患者のふりをして診療室に入り、突然暴れだした謎の女は警察関係者ではないのだろう。女は二階に駆けあがり、星野亜希子を連れ去っていった。腹立たしかった。警察に通報されるかもしれないと覚悟したが、女は証拠を押さえていったわけではないのだ、知らぬ存ぜぬで通せるだろう。そう思っていた。そしてその予測は当たった。あの無能な刑事がひとり、差し向けられただけだった。そして刑事は、尻尾を巻いて退散していった。愚かなやつ。警視庁から来たということは、東京から飛んできたわけか。ご苦労なことだった。

練馬は窓を閉め、双眼鏡をほうりだした。棚からジャック・ダニエルズのビンをとり、一気にあおった。

こんなものでは酔えない。ペットをかまって気晴らしするか。そう思いながら、奥のドアに向かった。

テレビが陽気な音楽を流している。練馬はテレビがきらいだった。幼稚なバラエティ番組をみると背筋が寒くなる。ただ、物置のペットが低く唸《うな》るのを、カモフラージュするためにつけておいただけだった。

リモコンを手にとり、テレビを消した。案の定、物置のドアからまだ唸る声が聞こえる。眠ってはいないらしい。

思わず笑いがこぼれた。もうひとくちウイスキーをあおってから、ビンを床に置く。白衣のポケットから鍵をとりだし、ドアに向かった。鍵を開け、ドアノブを引いた。

一メートル四方の床面積しかない物置に、星野亜希子に代わる新しいペットがおさまっていた。痩せた女だった。年齢は二十一歳、名前は秋本霞《あきもとかすみ》と保険証に書かれていた。練馬修司好みの小顔でボーイッシュな短いヘアスタイルの女。ぱっちりと見開いた大きな瞳は涙に濡れている。うすくて魅力的な唇は、いまは残念なことに粘着テープの下に隠されてしまっている。

下着以外の洋服ははぎとっておいた。後ろ手に縛り、足かせもつけておいた。星野亜希子を最初に家に迎えたときよりはおとなしい。従順になるのも早いだろう。

練馬は物置の戸口によりかかり、霞を見下ろした。怯えとともに、理解不可能な事態に遭遇した驚きのいろがうかがいとれる。それがなによりも愉快だった。練馬は虫歯の治療にきたこの女の前で、ぱちんと指を鳴らすと同時に、フィリタミンを嗅《か》がせたのだった。

この女にとっては、練馬が指を鳴らしたとたんに物置に閉じ込められてしまったように感じられたにちがいない。魔法使いとしか思えない。その驚きを察するだけでも愉快だった。練馬は笑った。

霞は低く呻きながら、身体をよじっていた。いい眺めだった。芋虫のように、物置から這い出そうとした。

「こら」練馬はいった。「勝手にでるなよ」

練馬は霞の腹を蹴った。霞は唸ってうずくまった。

あの刑事がやってきたのを聞きつけて、逃げられる希望を感じとったにちがいない。従順なペットになりつつあったのに、なんという余計なことをしてくれたのだ。顔を思いだすだけでも、むかついてくる。ウイスキーぐらいではおさまらない。

霞は泣きだした。身を震わせ、くぐもった声で泣いた。

やれやれだ。このていどのことで泣きだしたのでは面白くない。反応のバリエーションにとぼしくなるではないか。もっと耐性をつけさせねば。

練馬はデスクのひきだしから、スタンガンをとりだした。最近通信販売で買ったばかりの、強力なものだった。電流の刺激に慣れつつあった亜希子のために買ったものだけに、初回からこの霞という女に使っていいものか悩む。が、まあいいだろう。

亜希子に逃げられたときには落ちこんだが、きょうの昼すぎに、こんな上玉が転がりこんでくるとは幸運だった。住所は千葉市となっている。旅行にでもきているのだろうか。ちかごろは、この土地に不案内な人間しか来診に訪れない。若くて、ペットにしがいのある女となるとまずもっていない。だが、きょうはそんな幸運に見舞われた。これでしばらくは退屈せずに済む。

物置の前にかがみこみ、スタンガンを霞の背中にあてた。霞はびくついた。まだだ。練馬はにやついた。しばらくじらさねばならない。

数秒がすぎた。スタンガンのスイッチを入れた。霞は悲鳴をあげてのけぞった。ガムテープで口をふさがれているせいで、それは動物じみた唸り声に聞こえる。それこそが練馬の趣味だった。

あのくそ刑事。くたばるがいい。どこかで、なんの楽しみもないまま忙しく立ち働き、過労で死ぬがいい。そう、どいつもこいつも死ねばいい。みんな死ね。

練馬はスタンガンを霞につづけざまに浴びせた。霞は泣きながらのたうちまわった。練馬は大声で笑った。きょうは祝祭だ、新しいペットを迎えた記念すべき日だ。朝まで祝おう。自分以外に誰もいないこの世界で、自分は王だ。王はすべてをコントロールできるのだ。

甲高く、ひきつった自分の笑い声を聞いた。その笑い声とともに、練馬はスタンガンのスイッチをしきりにひねりまわした。

アンテナ

岬美由紀はツインタワーの中二階ホールに足を踏みいれた。そのとたん、困惑に包まれた。

吹きぬけの広大なホールの一角で、列をなしている人々の姿がある。展望階に昇るために、チケットを買い求める列だった。チケットを買った客は税関のようなセキュリティチェック用のゲートを通り、直通のエレベーターで展望階までノンストップで運ばれる。つまり、オフィス階へ向かう術《すべ》はない。エンパイア・ステート・ビルの場合は展望階までいくつかのエレベーターを乗り継ぐために、途中階で抜け出すこともできるだろうが、ここではそれも不可能だろう。

オフィスへ向かう人々は、みな通行証を胸につけオフィス階用のエレベーターに向かっていく。ガードマンの数も多く、チェックも厳しい。みたところ、外来の客はフロントで訪問先へ電話を取り次いでもらい、迎える人間と連絡がとれないと入場を許されないようだった。

記者を装った李秀卿の消息をたずねるだけなら、訴訟の事情があるとか知人の間柄だとかその場しのぎの言い訳も通用するだろう。だが、このような場合はさすがに見すごされることはあるまい。かといって、フロントで堂々と新華社のリン・ウェイを呼び出したのでは、危険を察した李秀卿に逃亡される恐れがある。

考えあぐねたあげく、美由紀はチケットの列に加わることにした。なかに入らねばなにも始まらない。ブロンドの髪の婦人の後ろに立った。列の消化は早く、すぐにチケットを買うことができた。

セキュリティのゲートをくぐるとき、美由紀は妙な気配を感じとった。ガードマンだけでなく、警官の数が多い。むろん、以前の爆破事件以来警備は増強されているのだろうが、それにしても十数人の警官がゲートを見守る状況は尋常ではない。

なかで事件でも起きたのだろうか。それにしては警官たちの表情は硬くない。おそらく脅迫文でも届いたのだろうと美由紀は思った。アメリカの富の象徴ともいえるこの建物なら、一年を通じてさまざまな地下勢力から脅しを受けているにちがいない。以前、防衛庁のお偉方がいっていた。東京都庁がひと月に十通。総理府が三十通。総理官邸が五十通。匿名の脅迫文は常にそれだけ送られてくるものだ、と。

列にしたがってエレベーターに乗った。高速エレベーターは音もなく扉を閉じると、かすかな振動を残して上昇を始めた。日本のどの超高層ビルのエレベーターよりも速度を感じる。ダイビングで急浮上したときのような耳鳴りが起きる。

エレベーターの内部に漂う特有の緊張感、静寂。誰もが息を殺して上部の表示階をみつめる。みるみるうちに百七階に達し、エレベーターが停止した。扉が開くと、人々は明るいフロアへと流れだした。

展望室だった。ショップやレストランが並ぶアーケード街の様相を呈し、四方の壁はすべて全面にガラスを張り巡らせてある。ここも広々としているせいで、混雑はほとんどない。

美由紀は窓に近づいた。東側の景色らしい。イースト川にブルックリン橋、ロウアーマンハッタンの全域が見渡せる。どのビルよりも高い。うっすらとかかる雲も下にみえる。空中散歩の名がふさわしい眺めだった。

壁づたいに一巡したが、やはりオフィス階へ向かうエレベーターの扉は見当たらなかった。ショップのあいだの通路になにげなく歩を進めると、行く手はいかにも業者専用の通用口になっていた。厨房《ちゅうぼう》では二人のコックが忙しく立ち働いていたが、美由紀は表情を変えることなく、ちょっとオフィスへの近道を通らせてもらうのだ、そんな自然さをつとめながら抜けていった。

開け放たれた扉の向こうに達すると、生ごみの悪臭が鼻をついた。積み上げられたダンボール箱のせいで、通路は極端に狭く、歩きづらくなっている。あれだけ美しかったフロアも一歩なかに入るとこのような光景がまっている。

ふと、ちかごろ報じられた新宿歌舞伎町のビル火災を思いだした。脱出経路が確保されていなかったせいで四十人以上が犠牲になった。だが、おそらくこのビルにかぎって大規模災害はありえないだろう。美由紀はそう思った。築百年を誇る高層ビルの立ち並ぶマンハッタンのなかで、世界貿易センタービルは比較的新しく、防災設備も万全と聞く。消防のはしご車はむろん届かない高さだが、天井のいたるところにスプリンクラーがある。消防専門のスタッフも五階おきに配置されているという。

通路を抜け、非常階段に達した。狭い階段が、一定の長さごとに踊り場をはさんで下へ下へと延びている。ゆっくりと降りながら、美由紀は思わず苦笑した。やはりわたしは女らしくはないのかもしれない。初めて訪れた場所の内装に目を奪われるのが女、真っ先に非常口を気にするのが男。性別の性格分析ではそのように区分されている。自分はあきらかに後者だと美由紀は思った。この非常階段をみつけだすのは早かったが、展望階のフロアの装飾をどれだけ覚えているかといえば、ひどく自信がなかった。

階段を降りつづけた。九十階まで来たが、誰ひとりすれ違う者はいなかった。このあたりで、フロアにでてもいいだろう。踊り場の防火扉を押し開けた。

静寂に包まれたオフィスのフロアだった。往来するビジネスマンがちらと美由紀に視線を投げかけたが、注視するようすはなかった。

展望階にくらべるとずっと薄暗かった。外の明かりが差しこまないせいだった。窓ガラスはあるにはあるが、張り巡らされたワイヤーが鉄格子のように外の景色をさえぎっている。そういえば、フロア内の広い通路には、柱がまったく見当たらない。外壁を強固にすることで、柱をなくす近年流行《はや》りの建築法だった。最近では日本の高層ビルにもこの方法が使われているが、ここまで柱のないフロアは実現できていない。日本は地震が多いせいで耐震性が問題になる。アメリカでも西海岸ではこうはいかないだろうが、ニューヨークでは心配ないのだろう。

立ちどまり、各階の案内図に目をやった。プレス専用フロア、つまり外来の記者たちの詰め所は五十一階にある。オフィス階専用のエレベーターに乗りこんだ。展望階直通のエレベーターよりは狭かった。あのエレベーターに乗った観光客たちはほとんど無言だったが、ここで美由紀と一緒に乗り合わせた若い白人のビジネスマンたちは、大リーグのマリナーズの活躍について陽気におしゃべりをしていた。毎日のようにこのオフィスビルに詰めていれば、高速エレベーターに対する恐怖心などかぎりなくゼロに近いものになっていくのかもしれない。四百二十メートルという気の遠くなるような高度にも、なにも感じなくなっているにちがいなかった。

五十一階にでた。東京都庁とはちがって、記者会見用の広いスペースがあるわけではなく、ほかのオフィス・フロアと同様に小分けされた事務室のドアが通路に面して並んでいるだけだった。不便なことに、それぞれの部屋に詰めている新聞社やテレビ局の名がドアに表記されていない。ただ部屋番号が刻まれているにすぎなかった。

報道各社のプライバシーとか、セキュリティとか、理由は少なからずあるだろう。美由紀は苛立ちを覚えた。李秀卿が記者になりすましたわけだ。オフィスのなかに閉じこもっていれば、人目にさらされることもない。

通路をしばらく歩いた。それにしても、本当に崩落の危険がないのかと心配になってくるほど、柱のない空間がひろがっている。人類の英知か。だがいまは、建物に対して心配や関心を抱いている場合ではない。見つける方法を考えねば。

通行するビジネスマンに新華社のオフィスの場所をきこうかとも思ったが、やはりそうする気にはなれなかった。李秀卿が、リバティ島からずっと同一の偽のＩＤを用いているとは考えにくい。足がつかないように、ここではまた別の誰かになりすましているだろう。しかし、こうしてただ漫然と歩いているだけで鉢合わせするとは思えなかった。このビルでは五万人もの人間が働いているのだ。

手はないのだろうか。美由紀は、ワイヤーに覆われた窓辺に歩みより、手すりに肘《ひじ》をついた。

ふと、窓辺に小さなパラボラアンテナが並んでいるのに気づいた。衛星放送受信用のものだった。窓の外にだせないせいで、ワイヤーのきわどい隙間から衛星に向けて微調整してあるのだろう。報道各社のオフィスにつながれているらしく、いずれのアンテナにもオフィスの部屋番号がふってあった。総理官邸や国会議事堂の記者センターでも、これと同じものを見かけたことがある。

整然と並んだパラボラアンテナの列を、しばし眺めた。やがて、美由紀のなかでひとつの思考がおぼろげにかたちをとりはじめた。

ひょっとして……。

美由紀はフロアを振り返った。足早に歩きだした。

そう、間違いない。美由紀は確信した。李秀卿は間違いなく、ここにいる。

「よくきいて」嵯峨は亜希子にささやきかけた。「これから数を逆に数えていきます。あなたの年齢を逆に数えていきます。あなたはそれにつれて、若く、若くなっていきます」

亜希子は椅子に座って目を閉じ、安らかにくつろいでいるようにみえる。だが、嵯峨にはわかっていた。彼女はほとんどリラックスしていないし、催眠も深まってはいない。なによりも、首の力が抜けていない。弛緩性《しかんせい》のトランス状態に入ると、ひとはまず首の力が抜けてうなだれる。亜希子の顔は、まっすぐ前を向いたままだ。

しかし、それは嵯峨が意図的に行っていることだった。亜希子の催眠を深めようとは思っていなかった。催眠を深めるには何日にもわたってくりかえし誘導することが不可欠だし、なにより、はっきりとした変性意識状態《アルタード・ステーツ》が見うけられるほど催眠状態が深まる被験者は、だいたい五パーセントから十五パーセントていどしかいない。そして星野亜希子は、あきらかにその少数派には該当しない。催眠そのものに、なんらかの特異的効能を求めることなどは非現実的だった。

それでも、相手が嵯峨の言葉に意識的にでも従ってくれることで、擬似的な暗示の効力は発揮される。なにかを思いだしてくださいといわれれば、ふつうの状態でそういわれるよりは、いくらか素直に従いやすくなる。それだけの条件さえあれば充分だ、嵯峨はそう考えていた。結局は、記憶を取り戻すのは亜希子自身の問題だ。彼女が自分で糸口をみいださねばならない。

「十三歳」嵯峨はあえて、彼女が拉致される前の年齢から始めた。「十二歳。十一歳。十歳。九歳。八歳。七歳……」

亜希子は目を閉じたまま、眉間にしわを寄せていた。ふつう、催眠状態が深まった状態で行われる〝年齢退行暗示〟はもっと自発的にイメージが浮かぶにまかせるが、彼女の場合はほとんど覚醒《かくせい》状態に近い。なにかを思いだそうとするのなら、意図的に努力しなければならない。それでも、なにもうかんでこない。そういう苦難の表情だった。

なんとか、思いだすきっかけだけでもつかみたい。嵯峨はそう願っていた。

「六歳」嵯峨はいった。「さあ、自分が六歳だと思って。想像して、そうなりきってみてください。どこにいて、なにをしているか。自由に想像してください」

催眠が深まっていない以上、くどいぐらいにイメージを喚起するよう指示をして、なにかが触発され閃《ひらめ》くのを待つしかない。

だが、亜希子は困惑した顔のままだった。なにも浮かばないらしい。目を閉じたまま、首を振った。

嵯峨はいった。「思いだそうとしなくてもいいんだ。ただ想像するだけなんだよ。自分は六歳、小学校に入ったばかり。そう想像して、どこにいるか、自由に思い描いてごらん」

亜希子の表情が、わずかながら和んだようにみえた。亜希子はつぶやいた。「部屋……」

「部屋？　どんな部屋？」

「んー」亜希子はうす目をあけた。「わかんない。ここみたいな部屋」

嵯峨は内心、落胆を禁じえなかった。だがそれを態度にださないよう努めた。「オーケー、目を閉じて。ここみたいな部屋ってことは、和室かな。ここは天井も壁も和室のつくりだからね。けっこう古い部屋だね。……亜希子さんは、いま六歳。小学校一年生。それだけ強く、想像してごらん」

亜希子はまた、当惑したような顔で目を閉じ、首をもたげた。

嵯峨は思わずため息をついた。これでは記憶の断片にアプローチするだけでも、相当な日数がかかるだろう。東京カウンセリングセンターのように、脳波を測定したり心電図をとったりすることもできない。相談者《クライアント》に最適のタイプのカウンセラーを選出して、バトンタッチするという自由もない。お手上げだった。

ふと、嵯峨は亜希子の手もとに気をとられた。亜希子は、膝の上においた両手の指先を動かしている。

手持ち無沙汰にそうしているのかと思った。だがよくみると、親指だけを膝の上に斜めにあてて、人差し指、中指、薬指、小指の先はきちんとそろえている。両手ともにそうしている。気づくと、足もわずかに動かしている。右足を前にだしてぴくぴくと上下させ、左足は引いている。

「亜希子さん」嵯峨は声をかけた。「いま、なにを思いうかべているの？」

「え」亜希子は呆然とした顔になった。またうっすらと目をあけた。「さあ。べつに」

「六歳の自分。それを思い浮かべてた？」

「うん。……っていうか、そうなろうとしてたけど……なんだか、よくわかんない」

「六歳の自分がなにかをしてる、それは頭にうかばなかった？」

「……べつに」

「どういう場所にいるって感じだった？」

亜希子は首をかしげ、おずおずといった。「やっぱり、この部屋みたいな部屋」

そう。嵯峨はつぶやいた。

亜希子の返答は取るにたらないものばかりだった。催眠は深まらず、具体的なイメージの想起もない。意識的にはなにも感じていない。だが、あの手の動きはどうだろう。少なくとも亜希子は、六歳の自分になろうと懸命に努力した。意識の表層は理性によって掻《か》き乱されているが、下意識はその断片にアプローチしたのかもしれない。習慣的な動作を喚起したのかもしれない。

いや、まて。まだ早計すぎる。嵯峨は思った。結論を急いだところで、問題は解決できない。

そのとき、妙に隣りの部屋が騒がしくなった。薄い壁の向こうで、玄関の扉が開く音がした。どうも、という倉石の声がした。すぐに、あわただしい足音と、男と女の声が入り混じって響いてきた。女のあわてたような声、男の低く唸るような声。なにを話しているのかはわからないが、喧騒はしだいに大きくなっていった。

倉石の声が近づいてきた。「まってください。いまはまだ……」

嵯峨はふりかえった。とたんに、ドアが開いた。

四十代後半ぐらいの痩せた男が、血相をかえて部屋に飛びこんできた。頭髪は薄く、白いものが目立っている。オールバックにかためてあったようだが、いまは乱れて前髪がひとふさ垂れ下がっている。ネクタイは曲がり、上着はしわだらけになっていた。男は目を剝《む》いて室内を見まわし、すぐに亜希子に目をとめた。大声で叫んだ。「亜希子！」

男が駆けこんでくると同時に、四十歳前後の女がその向こうに姿を現した。化粧やヘアメイクを施す時間も、ほとんどなかったらしい。よそいきらしいワンピースのドレスと不釣り合いな、寝起きのように乱れた髪のまま、必死の形相でドアから駆けこんできた。その肩越しに、当惑顔の倉石がみえる。

ふたりが誰なのか、嵯峨はすぐに見当がついた。星野昌宏と忍。亜希子の両親だった。

「亜希子！」忍が、夫よりひときわ大きな声で叫んだ。

亜希子は呆然として両親をみた。催眠誘導を施されていたとはいえ、ほとんど覚醒状態に近い亜希子は、意識ははっきりしているはずだった。それでも、唐突に現れた両親にただ動揺するばかり、そんなようすだった。

忍はそれにかまわず、ひざまずいて亜希子を抱きしめた。亜希子の顔を抱き寄せ、頬ずりした。忍の目にたちまち涙があふれ、頬を流れ落ちた。

「亜希子、よかった」忍は泣きながらいった。「本当によかった」

父親の昌宏は背後にまわり、妻と子を一緒に抱き寄せた。大きくなって。昌宏はそういっていた。温かい家族の再会の風景。あくまで両親にとっての。

ただひとり、亜希子だけが、無表情のままだった。顔はみるみるうちに険しくなった。母に頬ずりされるたび、その顔が歪む。そのましかめっ面になっていく。

嵯峨は戸惑い、しばし途方に暮れていた。立ちつくしたまま、四年ぶりに両親に出会いながら、なんの反応もしめさない亜希子をみつめていた。

やがて、少しずつ現実が呑みこめてきた。嵯峨は倉石をふりかえった。倉石は戸惑いがちにうつむき、頭をかいていた。

「部……いや、所長」嵯峨はいった。「ご両親に報《しら》せたんですか」

ああ。倉石は若干気まずそうにそうつぶやいたが、とりたてて問題があるとは思っていない口ぶりでいった。「さっきご両親から岬美由紀あてに電話があってな。彼女は不在だといったんだが、娘さんのことを聞いてくるんで……その、本当に心配してたんで、気の毒に思ってな」

嵯峨はため息をついた。ドアを入ってきた朝比奈が、当惑したようすで嵯峨をみつめた。嵯峨は朝比奈を見返しながら、もういちど大仰にため息をついてみせた。

「まいったな」嵯峨はつぶやいた。

亜希子。忍の声のトーンが、しだいに変わりつつあった。喜びに満ちた声でなく、疑念と不安の響きが混ざりあっていく。「亜希子? 亜希子!」

昌宏があわてたように前にまわりこんで、亜希子の両肩をつかんで揺さぶった。「亜希子、どうしたんだ。お父さんだよ。おい」

亜希子は、人形のように無言のまま、両親をかわるがわる眺めていた。

朝比奈が、嵯峨にきいた。「ご両親に知らせることに、なにか問題でも?」

「いや、そうじゃないんだが」嵯峨は額に手をやった。

蒲生が嵯峨と美由紀に亜希子の身をあずけたあと、立ち去りぎわにいった言葉が気になっていた。このことは誰にも知らせるな。両親にもだ。蒲生はそういっていた。

彼がそういうからには、理由があったのだろう。これは北朝鮮問題に結びつく国家の一大事とみなされている。おそらく、亜希子の両親のもとには、監視の目とまではいかないまでも、国側がなんらかの注視を行っている可能性があったのではないか。嵯峨は政府機関や警察機構について詳しくはなかったが、その直感は外れていないように思えた。両親に知られたということは、すぐに関係機関につたわる。じきに、外務省や警察から関係者が事情聴取におとずれるだろう。

嵯峨は戸惑っていた。どうすればいい。だいいち、両親から実の子を引き離す権利が、嵯峨たちにあったのだろうか。むろん、そんなものはない。あるのはただ、嵯峨と蒲生が同時に感じ得た、経験に基づく勘でしかない。お上に亜希子を引き渡してはいけない、連中が亜希子の精神状態に配慮してくれるとは思えない、そういう勘だった。

取り調べは後回しにすべきだ。彼女の記憶が戻るまでは、地道に根気づよく治療をつづけるべきだ。だが連中は配慮してはくれまい。

嵯峨のなかに警戒心がこみあげてきた。思わずつぶやいた。「ここにいるとまずい」

朝比奈がきいた。「まずいって、どうして？」

「スーツ姿のいかめしい顔をした連中がやってきて、亜希子さんを連れ去ってしまう。それがまずいっていうんだよ」嵯峨は考えをめぐらせた。自分は亜希子からなにかを引きだせたといえるのか。彼女が口にしたのは、この部屋のような部屋に対するおぼろげな記憶、指先のかすかな動き。百歩ゆずってそれらが真の手がかりだったとすれば、だが。

昌宏がいった。「さあ亜希子。帰ろう」

そうね、と忍も同意した。「おいしいシチューをつくってあげるから。好きだったでしょう、クリームシチュー。きのこが入ってる……」

だが、亜希子は母親の手をはらいのけた。

「亜希子！」昌宏がいらだったようにいった。「どうしたというんだ、おい」

嵯峨は亜希子に歩み寄っていった。亜希子はあきらかに怯えていた。両親が差し伸べる手に恐怖していた。

「あの、いいですか」嵯峨は亜希子の両親にいった。「亜希子さんは記憶を失ってらっしゃいます。監禁されていた最近のことはいやでも覚えているようですが、それ以前となるとまったく思いだせないようです。自分の親の顔も、です」

亜希子の父母は息を呑んだ。嵯峨の顔を呆然とみつめ、それから亜希子に目をやった。

父母の反応は、嵯峨の予想したとおりだった。そんなはずはない、昌宏は怒ったようにいった。亜希子の手をとり、むりに引っ張った。「いこう。こんなところに、これ以上いる必要はない」

亜希子は腰をひき、激しく抵抗した。真っ赤な顔で泣きじゃくり、椅子にしがみついた。

「亜希子、来るんだ」昌宏は声を荒らげた。

嵯峨は声をかけた。「お父さん、あの……」

「いいから」昌宏は怒鳴った。「あなたはだまっててくれ」

「そういうわけにはいかないんです！」嵯峨は思わず、声を張りあげた。

　亜希子の両親は凍りついた。目を丸くして嵯峨をみた。亜希子も泣きやんで、静止して嵯峨をみつめている。

「いえ、あの」嵯峨は困惑しながらいった。「四年ぶりに再会したのですから、気がはやるのもわかります。でもここは、彼女の精神状態に配慮しなければならない。心ってものは、複雑にからまった糸のようなものです。力ずくで引っ張っても、いっそう結び目が固くなるだけです。ここは、彼女の記憶を取り戻すことを第一に考えないと」

　星野夫妻は黙りこんで嵯峨をみていたが、やがて顔を見合わせた。忍が戸惑いがちに、かすかに笑みをうかべていった。「それなら、なおさら家に帰ったほうが……。この子の部屋も四年前のままにしてあるし、いろいろ思いだすことがあるかも」

「だめです」嵯峨はいった。「あなたたちの自宅には、おそらく警察かなにかが張りついているでしょう。亜希子さんを連れ帰ったら、その場で事情聴取されるか、どこかに連行されるにきまってます」

「あのう」昌宏は、どこか訝しげな表情で嵯峨をみつめながら、静かに切りだした。「先生……ええと、なんとおっしゃるのか存じあげませんが……」

「嵯峨です」

「ああ、そうですか。嵯峨先生。私は事情をよく呑みこめてないんですが……。四年間、いろんなところに相談して、この子は北朝鮮にさらわれた可能性が高いと聞かされていた。まあそれはいいです、戻ってきてくれたのなら、どこにいたとしても。ただね、私は外務省のひとの紹介で、岬美由紀先生に相談したんです。東京カウンセリングセンターの、岬美由紀先生にね」

嵯峨は倉石をみた。倉石は困ったようすで、床に視線を落とした。

昌宏は小言のようにつづけた。「岬美由紀先生の判断、あるいは東京カウンセリングセンターのどなたかの判断をあおぎたいと思うんですが……その、よくわからないんですが、先生がたは東京カウンセリングセンターとつながりのある方々ですよね？　事情を説明していただきたいと思うんですが」

朝比奈がおずおずといった。「ええと、わたしたちは元東京カウンセリングセンターの職員で……岬先生はいま外出中で……」

「外出中？」昌宏は眉をひそめた。「岬美由紀先生もこちらにおいでになるのですか。いつごろ戻られますか」

昌宏の目は室内を見渡した。まるで、ここに岬美由紀がやってくるとは信じがたい、そんなふうに訝しがっているようだった。

「その」朝比奈は咳払いした。「渡米してらっしゃるので、まだ数日はかかるかと」

亜希子の両親は当惑したようすで顔を見合わせた。忍が告げた。「じゃあ、岬先生がお戻りになるまで、亜希子はうちのほうで……」

「困ります」嵯峨はいった。「亜希子さんの治療を優先しないと……」

昌宏は怒ったようにいった。「いいかげんにしてくれ。嵯峨先生、でしたね。私がお願いにあがったのは岬先生です。あなたじゃない」

嵯峨は口をつぐんだ。倉石と朝比奈の視線が自分に向いた、それを背に感じた。

胸もとにナイフを突きつけられたような感覚。そんな緊張感を嵯峨は味わった。自分は試されている。いまがその瞬間だと思った。自分は冷静でいられるのか。こみあげてくる怒りに対処できるのか。両親に向かって声を荒らげる、あるいはなにもかも投げだす。それも悪くないとささやきかけようとする自分もいる。だが、いまは自制せねばならない。自分を自制できるのか。次の瞬間には、怒りにわれを忘れるのではないか。そんな自問自答が頭のなかを支配した。

数秒のあいだ、嵯峨は自分のなかに注意を向けていた。そして、急速に鎮まっていく自分の心を感じていた。

冷静だった。自分はなにも感じてはいなかった。燃えあがりつつあったはずの怒りは、いまはもうくすぶってもいなかった。むりに自制しているわけでもない。ただ、すべてを呑みこんでも、まだ冷静でいられる自分がいた。

あるがままを受け入れよう、嵯峨はそう思ったにすぎなかった。それだけで、自分を信じられる気がしてくる。

「岬美由紀先生、ね」嵯峨は思わず微笑した。穏やかにいった。「たしかに彼女には、僕にない力があります。人間としても数段上でしょう」

昌宏が口をつぐんだ。嵯峨の反応が意外だったらしい。

嵯峨にはわかっていた。この夫婦は、本当の意味で美由紀の指示を仰ぎたいと思っていたわけではない。ただわが子を連れ帰りたいだけなのだ。美由紀ならそれに賛同してくれるだろう、勝手にそう思いこんでいるふしもある。美由紀が反対したのなら、やはり抗議しようとするだろう。夫婦のなかにある気持ちはひとつだけだ、亜希子を取り戻したい。そしてそれは、嵯峨にもよく理解できる。

「岬先生は立派です」嵯峨は自分にいいきかせるようにつぶやいた。「学生時代にも優秀、世にでてからも優秀。エリート街道まっしぐら。そしてカウンセラーになった。ある意味では、天下りしていまの職業に就いたって感じです。さまざまな知識を持っているし、勇気も正義感もある。多くのひとに信頼されてる。人脈もある。僕なんか、比較にならないでしょう」

星野夫妻は戸惑ったようすだった。この場で劣等感を披露されてはかなわない、そんなふうに感じはじめているようだった。

嵯峨はしかし、卑屈になるつもりなどなかった。「ただし僕は、岬先生はまだ、カウンセラーとして未成熟だと考えます」

その言葉に、昌宏は驚いたようすだった。「未成熟？」

「ええ。決して批判しているわけではありません。ただ、カウンセラーとしての経験を積んだ年月が、まだ短いというだけです。むろん彼女は僕よりずっと広い範囲で活躍できる素質を持っています。北朝鮮問題とか、僕がとうてい手の届かない世界でも立ちまわれるひとです。でも僕は、ひとには適材適所というものがあり、彼女のいまのスタンスは、まさにそうしたオールラウンド・プレイヤーとして真価を発揮するものだと思います。外交官とも口がきけるし、警察の親友もいるし、カウンセリングもできるし、一見彼女に不可能はないように思える。千里眼という渾名《あだな》は、それゆえつけられたのでしょう。あなたちが、最初に信頼を寄せたのが彼女というのもうなずけます。彼女はそれだけ魅力的だし、その場にいたら誰も無視できないほどの存在感を放っているのですから。個人では手のつけようのない大問題の場合、彼女はおおいに頼りにできると感じますし、実際、頼りになります。僕は美由紀さんと約束したんです。僕もカウンセラーとしてがんばっていくから、美由紀さんにはもっと高い次元でがんばってくれとね。でも」

嵯峨は言葉を切った。亜希子の父母が黙ってきいているのを確認して、つづけた。「いまは、事態は美由紀さんの次元ではなく、僕の次元にあると思います。亜希子さんはここにいる。ただ、記憶を失っている。いまなにが重要だと思いますか。僕には、亜希子さんの記憶を取り戻す以外に、優先されることなどないと考えます。亜希子さんはここにいて、カウンセラーとして学んできた僕がいる。……僕なりに、人生のすべてを捧げてきたつもりです。いま、亜希子さんの記憶を取り戻すことができるエキスパートを探すのなら……僕の右に出る者はいないと信じます。ここで僕ががんばらなきゃ、美由紀さんに合わせる顔がありません」

嵯峨はしばし黙った。ふいに、公私混同した自分の言葉づかいが気になって訂正した。「岬先生、でしたね。すいません」

昌宏と忍は、いずれもぽかんとして嵯峨の顔をみていた。あまりにはっきりした主張ゆえに、どう答えていいのかわからなくなっているのだろう。

倉石が静かに付け足した。「私も同意見です。それに、嵯峨は決して自慢したり、おおげさにものをいったりする人間ではありません。そのことだけは、どうかご理解ください」

室内に沈黙がながれた。誰も言葉を発しなかった。亜希子も、固唾《かたず》を呑んでことの成り行きを見守っていた。祈るような顔で、おとなたちの下す結審を待っていた。

やがて、昌宏が口を開いた。「嵯峨先生。あなたは、亜希子の記憶を取り戻す自信が？」

嵯峨は迷わなかった。迷っているそぶりなど、決してみせてはならないと思った。ええ、とうなずいた。「すでに、糸口はつかんでいます」

「ほんとに?」忍は目を見張った。「糸口というと、どんな?」

直感を口にしてはいけない、東京カウンセリングセンターの職員ならその原則を知っている。真っ当なカウンセラーなら、絶対に守り抜かねばならない原則。だが、いま嵯峨はそこから踏みだそうとしていた。自分にはもう頼りにできる後ろ盾も肩書もないのだ。すべて自分できめる。自分の言葉で、相手に思いをつたえる。

そう、間違ってはいない。嵯峨はそう思った。経験を積んだカウンセラーとしても、ひとりの人間としても、この直感が正しいと信じる。

「亜希子さんは」嵯峨はいった。「六歳のころ、ちょうどここのような部屋でピアノを弾いていた。しかも、ちゃんと教わっていた。親指の角度を水平にせず、やや斜めに鍵盤にあてること。人差し指、中指、薬指、小指の先をまっすぐにそろえること。右足をペダルにかけ、左足は少し引くこと。実践派の弾き方ですね。それを教わったはずです」

昌宏は呆然としていた。部屋のなかを見渡し、そのような光景に見覚えがあるか頭のなかをさぐっているようすだった。

その答えがでるより早く、忍がいった。「わたしです……わたしが教えたんです、この子に。ピアノを。ピアノの弾き方を……」

忍は身を震わせ、興奮しきっていた。夫のほうも目を大きく見開いて、嵯峨にいった。

「妻はピアノの先生だったんです。亜希子にも教えていた。そうだ、いとこの家だ、当時近所に住んでいた下高井戸の」

忍はあわてたようすで亜希子の手をとり、詰め寄った。「亜希子、わかる？　お母さんがピアノを教えたでしょう。幹子おばさんのうちで……。弾いたでしょう、おぼえてる？」

だが、亜希子は当惑していた。またしても怯えながら、椅子ごと退こうとした。

嵯峨はいった。「お母さん、どうかおちついて。……その幹子おばさんの家には、当時の部屋がありますか。ピアノは？」

昌宏が少し考えてから、顔をあげていった。「あります。築何十年も経ってる、古い木造家屋ですが……ピアノはなかなか動かせないんで、そのままにしてあるはずです」

嵯峨は倉石をみた。「そこならたぶん、警察や官庁がらみの人間の目も届かないでしょう。亜希子さんのためにも、行ってみる価値はあります」

「あのう」忍が怪訝な顔でつぶやくようにきいた。「警察のひとに……ばれてはいけないんですか？」

嵯峨は亜希子の両親をみた。一瞬、困惑がよぎる。この両親にまで負担をかけるのはまずいのではないか。

だが、嵯峨は決意していった。「彼女の記憶を取り戻すために、そのほうがいいと僕は思います。警察の事情聴取は、彼女がおちついてからでもかまわない」

昌宏が声を張りあげた。「警察に黙って行動してるってことですか」

そうです。嵯峨はいった。「すべては僕の責任です。なにが起きようと、僕が責任をとります」

亜希子の父親は戸惑っているようすだった。亜希子のほうをみてたずねた。「なあ、亜希子……。どうしたい。嵯峨先生にまかせる気があるのか？」

まだ父親を認識できない亜希子は、怯えたまなざしでちらと昌宏をみやった。その目がじっと嵯峨をみつめた。潤んだ瞳、それが嵯峨に向けられている。

やがて、昌宏がいった。「わかった。先生を信じましょう」

嵯峨は、緊張からふいに解き放たれた気がした。重い責任がのしかかってきている、それでも嵯峨は自由を感じていた。自分をみつめる少女、その記憶を取り戻す。自分はそう宣言した。カウンセラーとして、人として、絶対になし遂げねばならないこと。自分はいまそういう責務を背負った。捨て鉢になるつもりはない。今度こそ投げださない、背を向けて逃げることはしない。それが自分の生きる証だ。嵯峨はひとり静かに、決意の炎を燃えあがらせていた。

再会

美由紀は無機的な白い壁に囲まれたオフィスの中央で、ソファに身をうずめてテーブルの上のファイルを手にとった。報道機関の出向用オフィスにしては、デスクもなければ書類棚もない。がらんとした部屋のなかに、古びた応接セットがあるだけだった。もっとも、美由紀はいまさら驚いたりはしなかった。壁ぎわに転がっている怪しげな機材こそが、この部屋に唯一不可欠な設備なのだ。旧式の旧ソ連の通信装置。いまどき実戦じゃ絶対にお目にかからない、ベトナム戦争時代の代物《しろもの》さ、幹部候補生学校の電子通信技術の授業で、教官がうんざりしながら付け加えた、それとまったく同じ型のものだった。

ファイルのページを繰った。朝鮮語と乱数表。工作員の小道具としては、ひどく古臭いものに思える。いまどきこんな暗号で通信を行っているのは北朝鮮とアラブゲリラぐらいのものだろう。

しばらく時間がすぎた。ドアの鍵が開く音がした。部屋の主が帰ってきたらしい。

ドアが開き、部屋のなかに入ってくる足音がした。家具も調度品もない室内で、美由紀の姿はすぐに目にとまるはずだが、足音はそれに気づかないようすでしばし歩を進めてきて、美由紀の数歩手前に至って初めて驚いたように立ちすくんだ。

美由紀はファイルから顔をあげず、つぶやいた。「別れもいわずに去っていくなんて悲しすぎない？　沙希成瞳さん。ここではリン・ウェイと呼んだほうがいい？　それとも、本名の李秀卿のほうがいいかしらね」

息を呑む気配があった。美由紀は顔をあげた。記者にふさわしいチャコールグレーのスーツを着た李秀卿が、こわばった表情で美由紀を見下ろしていた。

「岬」凍りついた身体をかすかに震わせながら、李秀卿はつぶやくようにいった。「なぜ、ここに？」

美由紀は不意打ちが成功したことを悟った。李秀卿はあきらかに、美由紀がやってくることを予測できていなかった。おそらく、思考のすべてを現在の任務についての計算にまわしていたにちがいない。

ファイルを置き、美由紀はゆっくりと立ちあがった。李秀卿を真正面から見据えた。

「今度はアメリカで、なにを企んでいるのか、教えてくれる？」

李秀卿は腕を組み、しばし美由紀の顔を見つめていたが、やがて表情のなかに冷静さが戻ってきた。ふんと鼻を鳴らしていった。「企み？　あいかわらず、人聞きの悪いことをいう女だ。岬。わたしがなにをしたと？」

「新華社の記者を装って世界貿易センタービルに潜入した。その前には、日本に不法滞在のすえ逃亡。誉《ほ》められたことじゃないと思うけど」

「おまえもここに来たからには、正直者を貫いているわけではあるまい」李秀卿は指先で頬をなでながら、床に視線を落とし、しばし考えるそぶりをみせた。やがて顔をあげて、美由紀にたずねた。「このビルを嗅ぎつけるまでは容易だったろう。だがこの部屋は、どうやって探しだした？」

「わたしの力じゃないのよ。嵯峨くんの記憶のおかげでね」

「嵯峨？　彼がなにを？」

「四年前、世田谷の〝加藤太郎〟が潜伏していた屋敷。嵯峨くんは玄関先で、ある物体に目をとめた。それがどうしても、妙な感じがしてならなかった。その理由はいまになってわかったといってたわ。衛星放送のパラボラアンテナは、静止衛星の位置をしっかりととらえていなければならない。当時の東京で受信できた衛星放送は三つ。BSが北西、CSパーフェクTVが西北西、ディレクTVが南南東。ところが加藤太郎の屋敷のアンテナは、南に向いた玄関からみて真正面、つまり真南に向いていた。嵯峨くんは住宅街を歩いていて、ひとつだけ妙な角度を向いているパラボラアンテナの存在が、胸にひっかかっていたのね」

李秀卿は黙っていた。しばし視線をそらしてから、また鼻で笑った。「東京からみて、真南に位置する衛星か。おまえはそれを知ってたのか」

「日本で官庁づとめの役職にでも就けば、国際社会の常識のひとつとして教わるわよ。ロシアの通信静止衛星ピョートル。アメリカのGPSが一般化する前に、旧ソ連がワルシャワ条約機構の連絡網として使用するために打ち上げた衛星ね。通信網のひとつは、北朝鮮にも割り当てられている。現在でも稼動中のものは三機。それぞれアメリカ、アジア、ヨーロッパ上空にある。アジアのものは東京からみて真南。ちょうど赤道上空にある。そして、アメリカ上空のピョートル衛星は……」

李秀卿はうなずいた。もう笑ってはいなかった。「北北東にある。その位置にはアメリカのテレビ放送用衛星はないはずなのに、ひとつだけそちらを向いているパラボラアンテナがあった……か」

「そのとおり。この部屋につながれているアンテナだった。李秀卿。あなたと雀鳳漢が、北朝鮮の人民思想省本部と衛星通信で連絡をとりあって、なんらかの工作を働いていることは明白だわ」

「だとしたら、どうする?」李秀卿はかすかに口もとをゆがめた。「わたしを捕らえるのか。わたし同様にオフィス・フロアに不法侵入している、日本のカウンセラーにすぎない女性が」

美由紀は、今度こそ挑発には乗るまいと決めていた。「いいえ。わたしは真実が知りたいの。星野亜希子さんがふいに帰ってきた。いったいなぜなの。答えて」

李秀卿は、あからさまに落胆のいろを漂わせながらいった。「なんだ、そんなこともわからないのか。パラボラアンテナに着目する観察眼を有しておきながら、単純な事実ひとつ理解できないとは」

「言葉遊びではぐらかされるつもりはないの」美由紀は李秀卿に歩み寄り、低くいった。「エコノミークラスに乗ったせいで寝不足でいらいらしてるの。早く答えてくれないかしら」

「脅すつもりか」李秀卿は肩をすくめた。「感謝されこそすれ、脅し文句を受けるとはな」

「感謝?」

「そう。わたしはおまえたちのために、星野亜希子を救いだしてやったんだぞ。変態歯科医師にかくまわれていた少女を……」

「偽装はやめて。歯科医師による拉致が本当だったとして、あなたがそれを知りうるはずはないでしょう。だいたい、四年前の九月二十四日、新潟の海岸に潜水艇が出没して、不審船が逃亡していった事実、あれはどう説明するの。あなたたちは亜希子さんを北朝鮮に連れ去った。それがまぎれもない真実よ」

「おまえたちがそう信じて疑わない。そのことだけが真実だ」李秀卿は苛立ちをあらわにした。「われわれは、日本政府が四年前の星野亜希子の失踪事件について、わが偉大なる朝鮮民主主義人民共和国が関与しているという疑いを持っていることを知った。だから独自に調査し、星野亜希子の行方をつきとめ、解放した。それだけだ」

「そのために蒲生さんから逃れたというの？ ごていねいに、フィリタミンのヒントまで残して、歯科医師を疑えとほのめかして姿を消した。でもね」美由紀は李秀卿をにらみつけた。「そんな突拍子もない話、納得いくはずもないわ」

そのとき、ふいにしわがれた男の声がした。「無理もないだろう。きみらにとっては唐突すぎる話だからな」

ドアを押し開けて、ひとりの初老の男が入室してきた。黒のスーツに黒のネクタイ、薄くなった白髪にはていねいに櫛《くし》を通し、とろんと目尻のさがったブルドッグのような顔は何者をも恐れない勇気の持ち主にも、ただ疲れきっているだけのようにもみえる。

美由紀は一歩退いた。ふたりを相手にした場合、距離をおかねば隙が生じる。

男は李秀卿と並んで立った。李秀卿は男に軽く頭をさげただけで、また美由紀に向き直った。

美由紀は男の正体を察していった。「あなたが雀鳳漢ですか。日本で行動するときには常に〝加藤太郎〟を名乗っていた」

「いかにも」雀鳳漢は無表情のままうなずいた。「きみが生まれるずっとまえから、日本ではそう名乗っていた」

李秀卿が微笑した。美由紀には意味不明の笑いだったが、おそらく歴史の深さで優位に立っていることを誇示した雀鳳漢の言葉によって優越感を抱き、思わずこぼれた笑みだろう。美由紀はそう思った。

美由紀はため息まじりにいった。「ベテランの工作員だったというわけね」

雀鳳漢は眉ひとつ動かさなかった。「われわれは工作員ではない。人民思想省の人間だ」

「ふうん」美由紀は、自分を罠にかけるようすをみせないふたりの敵の出方に、油断ならないものを感じながら、あえてすました顔をつとめていた。「その人民思想省の人間が、なんで国益になりもしない行動をしたっていうの」

李秀卿は怒りをのぞかせた。「国益にならない行動などしない」

雀鳳漢が李秀卿を横目でみた。咎《とが》めるような目つきだった。李秀卿は、ふたたび頭を垂れて黙りこんだ。どうやら、ふたりのあいだには揺るぎない上下関係が存在するらしい。

「岬美由紀といったな」雀鳳漢は美由紀をじっとみつめた。「人民思想省の活動員を指揮する人間が、私ひとりでないことは気づいているな?」

活動員。工作員ではなく活動員か。ものはいいようだ。そう思いながら美由紀はうなずいた。「太郎はいるが次郎と三郎はいない。あるいは四郎がいる。そんな連絡網をみれば、あなたに匹敵するリーダーが少なくともほかに三人いることがわかるわね。嵯峨くんの電話を受けた連絡係が、そんな言い方をしてた。工作員からの電話連絡だと思いこんで……」

李秀卿が声を張りあげた。「われわれは……」

「ああ、失礼」美由紀は軽くいった。「活動員だったわね。とにかく、日本人を装って潜伏している人民思想省の活動員は、少なくとも四班に分かれて行動している。怪しまれないためにも、連絡は日本語」

「さよう」雀鳳漢は小さくうなずいた。「四年前の九月二十四日、第四活動班の活動員が日本を脱出することになっていた。いわゆる〝加藤四郎〟の配下だ。彼らは、日本の外務省汚職を調査し、横領着服の疑いのある官僚を拉致する任務を負っていた。その尋問は、われわれ第一班が請け負った」

美由紀はふいに心拍が速まるのを感じた。北朝鮮、人民思想省の大物。その口から語れる、日本国内での隠密行動。政府閣僚も、まだ知り得ていない情報にちがいなかった。もっとも、その信憑性《しんぴょうせい》に疑問がつきまとうことは否定できない。

美由紀はいった。「嵯峨くんがその尋問の現場につきあわせられたといってたわ。どうして人民思想省が外務省の横領犯を取り調べる必要があるの」

李秀卿が口をさしはさんだ。「愚鈍な日本政府は最近に至るまで気づかなかったが、あれは外務省最大の横領着服だった。三人の容疑者が合計二十億円もの公金を横領していたのだからな。容疑者のひとりは、横領が発覚するまでのあいだ、外務省の機密費の莫大な出資は、対北朝鮮政策によるものだと政府閣僚に告げていた。詳しいことは、機密に関わるので公表できないと申し添えてな」

雀鳳漢はあからさまに軽蔑のいろをのぞかせた。「日本では都合が悪くなるとなんでもわが朝鮮民主主義人民共和国のせいにしたがる。そこでわれわれは容疑者を捕らえ、いちはやく尋問にかけたのだ」

美由紀は疑念を禁じえなかった。「日本の警察にかわって容疑者を処罰しようとしたってこと？」

「日本の官憲はあまりに動きが遅すぎるのでね」雀鳳漢はふっと笑った。「この横領犯のような偽証の積み重ねによって北朝鮮脅威論が高まり、自衛隊の軍備増強につながったりしたら事だからな。われわれが動いたのだ。あの容疑者は韓国への留学経験もあったし、朝鮮語がわかる。だからわれわれの国の言語で尋問した。そのほうが嘘が見抜きやすい。甘い日本の政府関係者とちがい、われわれの怖さは充分わかっているだろうからな」

「嵯峨くんを尋問に立ち会わせたのはなぜ？」

「民族と心理の密接な関係については知っているだろう？　言葉の解釈に反応する微妙な表情筋の変化、目の動きなどは、その民族の風習や個人の生い立ちなどによって差が生じる。われわれは日本語を学習したが、嘘を見破るための微妙な条件については、日本人の行動パターンをいまひとつ理解できていないところがある。そこで日本人の専門家を立ち会わせた。それが、たまたま嵯峨という男だったわけだな」

美由紀は雀鳳漢にあらためて敵意を抱いた。「嵯峨くんが反抗したからといって、危害を加えるなんて間違ってるわ」

李秀卿はため息をついた。「だからその後は手当をし、無事解放した。ああいう国家間のデリケートな事態では、個人の全面協力が得られない場合、こちらとしてもなんらかの手を打つ必要性はある。しかしそれは嵯峨がそうだったように、殴打とそれにともなう失神ていどのものだ。日本政府がさかんに喧伝するように、われわれは非協力的な人間をすぐに抹殺したり処刑したりするわけではない」

「それはどうも」美由紀は肩をすくめてみせた。「それで、尋問を受けた容疑者は自白を?」

「ああ」雀鳳漢はうなずいた。「彼には警察に行ってすべてを話すよう命じた。彼はいわれたとおりにしたが、官庁の大規模な汚職とあって警察の捜査には四年の歳月がかかった。つい最近になってようやく逮捕状がでたようだな。まったく、もどかしいにもほどがある」

美由紀は油断なく雀鳳漢を見据えながらきいた。「星野亜希子さんの件についても、説明してほしいんだけど」

「第四活動班が外務省汚職者拉致の任務を達成し、新潟の海岸から脱出しようとしていた矢先のことだ。活動員のひとりが、海岸でひとりの少女が連れ去られるところを目撃していた。父親はすぐ近くのクルマのなかにいたが、薬物で一時的に気を失わされていたとのことだった」

美由紀はいった。「それを目撃したのに、助けなかったの？　あなたの活動員は？」

「私のではない」雀鳳漢は険しい顔をした。「第四班、すなわち〝加藤四郎〟の配下に当たる人間だ」

李秀卿がたまりかねたようにいった。「岬。その時点で、星野亜希子を救う義務がわれわれにあると思うのか。それこそ、おまえたちの国内問題だろう。日本の警察がしっかりしていれば済むことだ。いや、それ以前に、未成年の少女を拉致すること自体が大きな犯罪だという意識を、国民全般にしっかり浸透させる教育方針をとるべきだ」

美由紀は反発を抱かずにはいられなかった。「偉大なる金正日にも、そういう意識を浸透させるべきだわ」

「この！」李秀卿は美由紀に詰め寄ってきた。「いわせておけば……」

「李！」雀鳳漢が怒鳴った。「やめろ。短気で子供じみた日本人的思考の挑発に乗るな」

李秀卿ははっとして、凍りついた。美由紀をにらみつけながらも、それ以上はなにもいわなかった。数歩さがって、また雀鳳漢に一礼した。

美由紀は雀鳳漢をみた。「短気で子供じみてて悪かったわね」

「きみらもわれわれに対しては、侮蔑に等しい見方をしているだろう」雀鳳漢はかすかに敵愾心をのぞかせながらいった。「とにかく、第四班は脱出の準備にとりかかった。北朝鮮の偽装船が日本の領海に侵入、潜水艇が活動員らをピックアップする予定だった。ところが、その脱出計画の進行中、予期せぬハプニングが起きた……」

美由紀は少しずつ事情を把握できている自分を感じはじめていた。日本側は昭和五十年代の拉致事件の再来ととらえた。日本海に自衛隊の包囲網を張った……」

雀鳳漢があとをひきついだ。「朝鮮民主主義人民共和国政府は、第四班活動員の脱出を阻む日本側の大規模な反撃ととらえ、これに対抗すべくミグ機や潜水艦の発進を命じた。第四班は無事逃れたが、のちの情報収集により、日本側がこの一件をわが国による星野亜希子拉致事件とみなし、非難していることを知った」

「じゃあ」美由紀は李秀卿をみた。つぶやきのように漏れる自分の声を聞いた。「今回、あなたが日本に来たのは……」

「いいや」李秀卿は首を横に振った。「星野亜希子が誘拐《ゆうかい》された件は、おまえたち日本人の問題だといっただろう。わが国は関係ない。わたしは、偉大なる金正日総書記のご子息にあらせられる金正男氏の日本訪問を手助けする役割を負っていた」

「訪問？」美由紀はいった。「密入国でしょ」

李秀卿はいっそう表情を険しくした。「日本政府側が訪問の申し入れを無視しつづけていたから、そのようなかたちになったのだ。ともかく、入国管理局に捕まったとき、わたしはなんとしても金正男氏がお逃げになる手筈を整えねばならなかった。わたしは日本側が星野亜希子失踪に関心を抱いていることを利用し、金正男氏を解放させると同時に、わたしが脱出するための時間稼ぎにつなげようとした。すると日本側は、おまえたち東京カウンセリングセンターの職員を寄越してきた。それは、わたしが以前に隠れ蓑に使った数多くの職場のうちのひとつでもあった。わたしは戸籍の問い合わせを要求し、外出の許可を得て、最終的に脱出に結びつけた」

美由紀は内心、激しく動揺していた。信じられない。信じたくない。心のなかでそう叫びつづける自分がいた。なによりも、もし李秀卿のいったことが本当なら、わたしは自衛隊を辞めることもなかったではないか。だが、もうひとりの自分がささやきかける。彼女の目をみろ。すべては真実だ、と。

その思考は、自衛官ではない、カウンセラーとしての自分のものにほかならなかった。だが、本当に信じていいのか。甘すぎるのではないか。こんな考えが浮《う》かぶこと自体、自分の意志は弱体化してしまっているのか。

いや、もうひとつの可能性がある。成長。

カウンセラーとして、わたしは成長しているのだろうか。

しばし時間がすぎた。美由紀が考えているあいだ、李秀卿は黙っていた。

やはり、李秀卿の告白は嘘とは思えなかった。目がそう告げている。たんなる直感ではない、カウンセラーとしての知識と経験がその判断を下したのだ。彼女なら、たしかにそのように次々と降りかかる事態に臨機応変に対処し、機転をきかせて脱出へと結びつけるだけの能力を有しているだろう。だが、なぜこの期《ご》におよんで、美由紀にすべてを打ち明けるのか。それが疑問だった。

「李秀卿」美由紀はたずねた。「あなたはいま、日本国内での犯罪をみとめたわけね？　不法入国、不法滞在、それに偽証の数々を」

だが、李秀卿はこともなげにいった。「そのとおりだ。わたしは偉大なる朝鮮民主主義人民共和国、人民思想省の李秀卿だ。わが国の法律にしたがう。日本の法律に、したがう必要はない」

美由紀のなかで怒りが再燃した。「国際法ってものは知らないの？」

「知らんな」李秀卿は前髪を指先で弄《もてあそ》びながらいった。「おまえたちこそ国際法を知らないのか。ロシアが北方海域のサンマ漁業を認めたのに、わが国や大韓民国に漁業権が譲渡されるととたんに反対する。北方領土を返してほしいからロシアには媚を売るが、われわれは見下すのか。あれなど……」

「やめておけ」雀鳳漢は手をあげて李秀卿を制すると、美由紀に歩み寄ってきた。「岬美由紀。わが国と日本というふたつの民族間に存在する溝が、この場で埋まることなど期待してはいない。歴史を紐解けば、われわれは日本に対し腸《はらわた》が煮えくりかえることばかりだ。むろん、きみらにも言いぶんはあるだろう。たがいに主張したいことは山ほどある。だがここでは、人として話をしようじゃないか」

「人として?」美由紀は雀鳳漢をみた。北朝鮮の政府関係者から発せられるには、意外に思える言葉だった。

「そう、人としてだ」雀鳳漢はちらと李秀卿を振りかえった。「一か月ほど前、李は日本の警察の手を逃れてすぐ、われわれに連絡してきた。人民思想省本部にだ。われわれはすぐ日本脱出の手筈を整えようとしたが、李はしばらくまってくれといった。理由をたずねると、李はこう答えた。星野亜希子を救出すると……」

美由紀は凍りついた。時間が静止するように感じていた。

視界に映る李秀卿の横顔。その横顔は、これまでの彼女とはちがっていた。うつむき、孤独さを漂わせた彼女の顔は、都会の街角でみかけるごくふつうの女性と、なんら変わるところがなかった。ナショナリズムの虚勢は鳴りをひそめ、静かな人生の一片をのぞかせたひとりの女性以外の何者でもなかった。

だが、美由紀が視線を注ぐうちに、李秀卿の目がこちらを向いた。また険しい表情に戻った李秀卿がいった。「なにをみている? 断っておくが、おまえの期待するような安っぽいヒューマニズムがわたしのなかに芽生えたのだと思っているのなら、大間違いだぞ。

だいたい、日本映画に描かれるような安手のヒューマニズムにはへどがでる」

美由紀は困惑して、雀鳳漢に目をやった。

雀鳳漢はため息をついた。「われわれは日本語を映画で勉強するからな。これは正直にいうが、日本映画が面白いと思ったためしはない」

「文化の違いね」美由紀は外れつつある論点を修正しようと、ひとことで片付けた。

李秀卿がいった。「わたしは脱出したついでに、日本国内で自由に動けることを利用して、わが国へのあらぬ疑いのひとつについて潔白を証明しようとした。それゆえに、星野亜希子拉致事件を解決しようとしたまでだ」

美由紀は李秀卿にきいた。「星野亜希子さんを拉致した犯人は……目星はついていたの？」

「人民思想省の組織力を見損なうな。第四活動班が目撃した犯人のモンタージュ作成は早期に行われていた。四年前、すでにわれわれは誘拐犯が誰であるかを特定していた」

「四年前……」美由紀はつぶやいた。「その時点でわかっていたのなら……亜希子さんはこんなに長く捕らわれてはいなかった……」

「おまえたちの問題だ」李秀卿は語気を荒くした。「逆にいうなら、おまえたちの警察は四年間もなにをしていたのだ？　勝手にわが国を疑っておいて、ろくに捜査もせずに、ひとりの少女を見殺しにしてきたんだぞ」

美由紀は反論しようとした。だが、できなかった。言葉が声にならなかった。

李秀卿の主張は正しかった。日本国内の犯罪。だが、容疑者扱いされた外国の関係者は、それによって迷惑をこうむる。ところが、その疑いを晴らす機会を日本政府は外部の人間には与えない。それが結果的に非協力態勢を生む。相互の信頼関係を遠ざける。

しかし、と美由紀は思った。震える声でつぶやいた。「わたしたちが北朝鮮を疑ったのは……昭和五十年代に人々を拉致しているから。ほかにも、たくさんのテロリズムを実行に移しているから……。北朝鮮が疑いを持たれるような行為をしていなければ、こんなことにはならなかったわ」

「それは」李秀卿がきっぱりといった。「おまえたちの国も、だろうが」

美由紀は思わず目を閉じた。その反論は予測できていた。それゆえに、胸に突き刺さる思いがした。

雀鳳漢がいった。「岬美由紀、もうわかっていると思うが、日本も過去に嘆かわしい行為の数々をはたらいているだろう。過去のみならず、それは現在もつづいている。きみらはアメリカと手を結び、アジアに強大な軍事力を展開させている。原子力発電所も数多く建設している。それらについては、わが朝鮮民主主義人民共和国になんら事情を説明しようとしない。一方で、わが国が防衛のためにミサイル開発をしたり、発電所建設のために原子力の研究施設を築こうとすると、すぐに核ミサイルを配備するかもしれないといって喧嘩ごしになる。きみらは自分たちが正しく、わが国が間違っていると信じこんでいる。悲劇はそのために起きる」

「でも」美由紀は声をしぼりだした。「たとえ北朝鮮が日本の自衛隊を脅威に感じたり、原子力発電所は核施設かもしれないという疑いを持ったりしても、それらはすべて誤解よ。あなたたちは、日本や韓国で実際にテロ活動を起こしているじゃないの。十人もの罪のない人々を、拉致したじゃないの……」

沈黙がおりてきた。三人は無言のまま、みつめあった。

やがて、雀鳳漢が口をひらいた。「岬美由紀。われわれとて、わが国政府の意向のすべてが正しいとは思っていない」

「まって」李秀卿があわてたようにいった。「偉大なる金正日総書記の指導に誤りなど……」

「まあおちつけ」雀鳳漢は、おだやかに李秀卿を制した。「いずれわかる」

李秀卿は不服そうな顔をしたが、言葉を呑みこんだ。

雀鳳漢は美由紀に向き直った。「李はまだ若い。国をでて、海外の活動を始めるようになって四、五年は経つが、まだわが国の実状を正確にとらえているとはいいがたい。日本やアメリカの文化や風習についても、誤解や曲解だらけだ。わが国の人民にとっては、それはごく当たり前のことだが……」

李秀卿は黙ってうつむいていた。思いあたるふしがないわけではない、そう顔に書いてあった。

「しかし」雀鳳漢はいった。「李もしだいに理解しつつある。日本やそのほかの国同様、わが国の政策にも誤りはある。その過ちもいずれは正していかねばならない。そのためにはまず、心の問題を正すことだ。心は国境を超える。人民思想省は、その役割をこそ仰せつかっているんだ」

「心?」美由紀は問いただした。意味がよくわからなかった。

「そう、心だ。憎しみは心から生まれる。愛情もそうだ。われわれは心を科学する。対立や友情の本質となる心という分野を分析し、必要とあらば外国へ赴いてでも……まあすなわち、密入国するわけだが……研究し学びえたあらゆる能力と技術力を駆使して、問題の解決にあたる。国益はむろん無視できない。だが、国のために対外的な破壊活動を行うわけではない。むしろ逆だ。わが偉大なる朝鮮民主主義人民共和国のために、国の内外で平和建設のために動く。それがわれわれだ。工作員でなく活動員という名がふさわしいというのは、そういう意味だよ。ま、おかげで人民軍とは、方針をめぐって口論になることも少なくないがね」

美由紀は、心を揺さぶられている自分を感じずにはいられなかった。まさに頭を殴られたような衝撃だった。

なぜそこまでの衝撃を受けるのだろう。自問自答した。すぐに答えはでた。

自分が進むべき道、それは漠然としていて、いつも抽象概念にすぎず、とらえどころのないものだった。心理学のエキスパートになっても、その技術をどう活用すればよいのか、明確にならなかった。なにが人々のためになるのか、そして自分のためになるのか。なにもわからずにいた。

しかしいま、はっきりとわかったことがある。そう、彼らは進んでいる。心理学を科学としてとらえることはもちろん、その〝科学〟を平和利用する、そこまで進化しているのだ。人民思想省は、そのための機関なのだ。

政策は国によってまちまちだ。北朝鮮も紆余《うよ》曲折《きょくせつ》を経て、近代化への波のなかで平和を維持しようとしつづける。内乱を防止するために人々にひとつの統一された思想を持たせる。日本ではそれを〝洗脳〟と呼ぶ。だが彼らにとっては、それはひとつの平和維持のための手段だ。それが正しかったのかどうかは、数十年後の歴史の判断に委ねられる。

わたしは決して彼らと同じことをやりたいと思っているわけではない、美由紀はそう思った。人民思想省のやり方にはなお疑問も残っているし、なにより北朝鮮政府の軍拡の方針と一党独裁の体制、鎖国主義、そして人民に対する〝洗脳〟など、支持できないことだらけだ。だが、美由紀の心を揺さぶる事柄がひとつだけある。人民思想省。心理学という科学の積極的な平和利用。受け身で、規則に縛られるカウンセラーではなく、あらゆる面で持てる力を駆使して心理戦を仕掛け、勝利する。心理戦の段階で勝てば、対立は起こらない。

人命尊重という意味でも素晴らしい理念だ。もしすべてが、本当だとしたら。

そう、まだすべてを信じられるわけではない。美由紀の勘はそのように告げていた。だいいち、彼らがなぜアメリカに潜入し、ここでなにをはたらこうとしているのか、まだあきらかにはなっていない。

美由紀はつぶやくようにいった。「あなたたちは、ここでなにを……」

質問を察したように、雀鳳漢はうなずき、腕時計に目をやった。「よかったら、一緒にくるかね」

李秀卿が驚いたようすで、雀鳳漢に抗議した。「反対だ。日本人の元国家公務員を同伴させるなど……」

「アメリカ政府の人間ではないのだ、支障はあるまい」雀鳳漢はいった。

李秀卿は納得いかないようすだった。「人民思想省本部の認可は?」

「いらんよ」雀鳳漢は笑った。無邪気な笑いだった。「私が判断した。私の裁量でな」

それだけいうと、雀鳳漢は背を向けてドアに歩いていった。

李秀卿は美由紀をみつめた。いつものごとく、敵愾心が目に宿っていた。だが、いまは別の感情も混在しているように思える。それがどんなものかは、美由紀には読みとることができなかった。

「邪魔をするなよ」李秀卿はそういって、雀鳳漢につづいてドアに向かっていった。

美由紀は、どことなく不思議な思いに支配されていた。彼らが敵である可能性は極端に低くなった。寝首をかこうとしているのなら、この場でふたりそろって背を向けたりはしないだろう。

だが、と美由紀は思った。彼らはなにかをしでかそうとしているのだ。彼らにとっては正義でも、美由紀の目からみればまったく異なることなのかもしれない。そうなった場合、自分はどうしたらいいだろう。彼らとアメリカ、どちらの側に立てばいいのだろう。

動揺を抑えきれなかった。めまいを感じながら、美由紀は歩きだした。雀鳳漢が開け放ったドアを、李秀卿につづき、美由紀もゆっくりとくぐっていった。

ピアノ

タクシーから降り立ったとき、星野忍は緊張のあまりに身をちぢこまらせた。街路灯はなく、辺りは暗かった。立ち並ぶ民家の窓から漏れるおぼろげな光だけが唯一の光源だった。下高井戸を走る環状線も、この路地からはずいぶん離れている。ひっそりとした静けさだけが辺りをつつんでいた。

猫が頭をもたげ、走り去っていく。子供のころ、よくこの辺りで日が暮れるまで遊んだ。そのことを、忍は思い起こしていた。あのころ、忍の母は暗くなっても家に帰ってこないわが子を捜して、自転車に乗ってこの辺りにやってきた。忍はそんな母の心配も知らずに、わざと物陰に隠れてなかなか姿を現さなかった。母は忍の姿をみつけると、微笑むときもあれば、叱りとばすこともあった。同じことを繰り返しているだけなのに、毎回異なる反応をしめす母がふしぎだった。

いまになって母の心がわかる。同時に、胸が痛む。忍は、いまは亡き母を想った。もっとやさしくしておけばよかった。あんなに困らすんじゃなかった。そんな思いが忍のなかを駆けめぐった。

肌寒さを感じた。身を震わせていると、背後から上着を羽織らされた。夫の昌宏の上着だった。

ふたりを降ろしたタクシーが走り去っていく。昌宏は忍をちらとみて、たずねた。「寒いか」

「ええ」忍はいった。

「早くなかに入ろう」昌宏は目の前の木造家屋をみあげた。「嵯峨先生と亜希子は、もう着いてるだろうな」

忍は、古い小さなコンクリート製の門の前で立ち尽くした。二階建ての家屋は、子供のころみたよりもずっと小さくみえる。幼なじみだった夫のいとこの家、忍もよく遊びにきていた。幹子とは、よく喧嘩もした。絶交しても、次に会ったときにはなにごともなかったように仲良く遊んだ。昌宏がうまく仲を取り持ってくれたからかもしれない。

亜希子と同じぐらいの歳だった。自分の母は、忍がいま感じているようなわが子との距離を感じることがあっただろうか。娘が遠くにいってしまう。自分との接点をなにもかも失ってしまう。そんな恐怖心を抱いたことがあったのだろうか。

昌宏が玄関に立ち、呼び鈴を押した。すりガラスの向こうに明かりがみえていた。ほどなく、錠がはずれる音がして、扉が開いた。

幹子が顔をのぞかせた。しばらくみないうちに、ずいぶん変わっていた。老いた。しわが増えて、髪形もごくありきたりの主婦のようになっていた。それでも、大きく見開いた丸い目は昔と変わらなかった。幹子は大仰なほど声を張りあげていった。「忍ちゃん。おひさしぶり」

やはり昔と変わらない。忍は苦笑しながらいった。「こんばんは」

昌宏が幹子にいった。「急なことで申し訳ない。さっきも電話したとおり……」

「ええ」幹子は大きくうなずいた。「亜希子ちゃんと、その、嵯峨先生でしたっけ？　もうお見えになってますよ。さ、中へどうぞ」

忍は緊張しながら、昌宏の背につづいて入っていった。ここには何度も訪れたはずなのに、なぜかいまは、ひどく恐ろしい場所に足を踏みいれたかのように感じられる。

玄関には嵯峨の靴と、亜希子のスニーカーがきちんと並んで置かれていた。はやる気持ちをおさえながら、忍は靴をぬいであがった。

まるで旅館の女主人のように廊下を先導しながら、幹子はいった。「亜希子ちゃん、大きくなったわね。ほんと、昔にくらべて、ずっとおとなっぽくなって」

昌宏が歩きながらいった。「その話はあとで」

忍は、そういった昌宏の気持ちが手にとるようにわかった。いまは娘のことを軽々しく話す気にはなれない。たとえ世間話でもだ。そんな気分が全身を支配していた。

実際、亜希子と別々のクルマに乗車して移動するだけでも、ひどく不安に思えてならなかった。嵯峨にそのように勧められたから従ったものの、亜希子がふたたびどこかに行ってしまうような気がして、心配でならなかった。こうして、亜希子のもとに向かう時間ももどかしくてしかたなかった。

台所の奥が食堂、その奥が居間。歩きなれた廊下をただひたすら歩いた。外はこぢんまりとしてみえたが、なかの広さは子供のころ感じたのと大差ないように思える。最も奥に位置するピアノ部屋につづく廊下が、ひどく長く感じられた。

突き当たりのドアは開いていた。そこをくぐると、昔のままの世界がひろがっていた。幹子の父親の書棚が四方の壁を覆いつくしている。床は褐色のカーペット。そのなかに、小さな家庭用のピアノがひとつ置かれている。亜希子は、その前に座っていた。まだ鍵盤の蓋《ふた》を開けてもいなかった。ただ戸惑いがちに、身を硬くして座っていた。

亜希子がいてくれただけで、忍は安堵の気持ちに満たされた。胸の奥にほのかな温かさがひろがっていく。その場に両膝をついてしまいそうなほど、力が抜けていく自分を感じた。

「だいじょうぶか」昌宏がきいた。

「ええ」忍はいった。

だが、忍の感じた温かさはふたたび冷えこみつつあった。ピアノの前に座っている亜希子。その表情には、あいかわらずひとかけらの感動もうかんではいなかった。ただ疲労を漂わせながら、場違いな雰囲気に尻《しり》ごみしている、ひとりの少女にすぎなかった。

嵯峨が忍に近づいてきた。「お母さん。亜希子さんがピアノを弾いていたのはこの部屋に間違いありませんか」

はい、そうです。忍は答えた。

嵯峨は、あきらかに困惑していた。「物の配置が変わったり、内装替えをしてあるところは?」

忍は辺りをみまわした。自分の知るかぎり、なにもかも昔のままだ。

昌宏がいった。「二十年前からずっと変わらないと思いますが、それがなにか?」

嵯峨はため息をついた。「亜希子さんはなにをみても無反応だ。まるで見覚えがないといってます」

「そんな」忍は絶句した。

「なにか思い出すきっかけになればと考えたんだが」嵯峨はそういいながら、室内を見渡した。「ほかに、亜希子さんが小さかったころの思い出につながるものは?」

忍は考えた。自分の家のほうならともかく、この幹子の家で亜希子がしていたこととい うと限られてくる。いちど台所で手伝いをしていたのを記憶している。それから庭の掃き掃除もしていた。だがほとんどは、この部屋でピアノを弾いていたという印象しかない。

忍が教えるとおりに、亜希子はピアノを覚えていった。上達は早かった。ほどなく亜希子は、ひとりで練習に興じるようになった。

「あとは」忍はいった。「やはり、ピアノぐらいしか思いあたりません。ピアノを弾けば、なにか思いだすかも」

嵯峨はちらとピアノを振りかえってから、忍に向き直った。「あのピアノに、ふつうのピアノとちがう特徴かなにか、ありますか」

「ええ、あります。音がずれているんです。高音のほうのラとシが半音ずつずれている。黒い鍵盤のほうが、まともなラとシに近かったりします。安いピアノには、まれにあることですけど」

幹子が苦笑した。「安いピアノって、また身も蓋もない」

「ごめんね」忍は笑った。少しは緊張が和らぐ気がした。「だからこのピアノで弾いているとき、高音のラとシを弾くことになったら、黒い鍵盤を叩くようにおしえましたけど」

嵯峨が忍にきいた。「亜希子さんは、そのラとシの代わりに黒い鍵盤を使うという弾き方に慣れてましたか?」

「はい。それはもう。いつだったか、学校の音楽室で弾こうとしたときに、無意識のうちにラとシの白い鍵盤ではなく、黒いほうを叩いてしまうといってましたよ」

「無意識にね」嵯峨は目を輝かせた。「それなら可能性がある。習慣化していたことなら、それが思いだすきっかけになるでしょう」

嵯峨は亜希子のほうへ戻っていった。ピアノの蓋を開けて、鍵盤を亜希子に指し示した。

「これ、なんだかわかる?」

亜希子はしばし間をおいて答えた。「ピアノ」

「そう、ピアノ」嵯峨はうなずいた。「亜希子さんは、なんでピアノを知ってるの? どこで見た?」

沈黙がさっきよりも長引いた。亜希子は眉間にしわを寄せていった。「わかんない」

そう。嵯峨はそうつぶやいた。人差し指で鍵盤に触れ、ド、レ、ミ、と音をたてた。

「これ、なんの音かわかる?」

「ド、レ、ミ。かな」亜希子はつぶやいた。

「そうだよ、ド、レ、ミ。自分で叩いてごらん」

亜希子はこわごわと手を差しだした。人差し指を伸ばし、ドの鍵盤を押した。はっきりとした、ドの音がでる。亜希子は疑わしげな顔をしながら、レ、ミ、ファと鍵盤を叩いていった。困惑したように嵯峨をみる。

嵯峨はうながした。「つづけて」

亜希子はいわれるとおりにした。ピアノの音階が一音ずつ鳴り響く。ソ、ラ、シ……。

忍は鼓動が速くなるのを感じていた。ピアノを弾く亜希子を固唾を呑んで見守った。もうすぐ、問題の箇所に近づいてくる。高音のラとシ。亜希子の人差し指が、どんどんそちらに近づいていく。

半音のちがい。そこに娘はなにかを感じてくれるだろうか。ここで練習していたとき、何度もそのずれた音が気になっていたはずだ。ついには忍の勧めどおり、黒い鍵盤を代わりに使うことを受け入れた。それで弾きこなすのが癖になっていた。だから学校では、いつも間違って弾いてしまうといって、亜希子は腹を立てるようになった。お母さんのせいだよ。口をとがらせてそんなふうにいっていた。

あれだけ覚えこんだことだ、忘れるはずがない。半音ずれたラとシ、それを思いだせば、この部屋のことや、家のこと、母親である自分のことも思いだしてくれるにちがいない。いや、きっと思いだす。忍はそう信じていた。

ピアノの音はつづいていた。高音のミ、ファ、ソ……。

いよいよだ。忍は祈りながら、亜希子を見守った。

ラ。あきらかに、半音高いラ。亜希子は指をとめた。

室内に沈黙がおとずれた。嵯峨も、無言で亜希子をみつめている。

亜希子はもういちど、ラの鍵盤を押した。やはり、ずれた音が鳴り響いた。

つづいて、シの鍵盤を押した。これも半音ずれている。そしてド。あきらかに、一定の音階のつながりではない。

亜希子はじっと鍵盤をながめていた。

が、その手をひっこめてうつむいた。なんの感慨もこめられていない声でつぶやいた。

「へんな音」

嵯峨の表情が曇った。亜希子に顔を近づけ、問いただした。「亜希子さん。どうかしたの」

「べつに」

「べつにって、いま、へんな音とかいったろう? どうしてへんな音が鳴ったのかな」

「さあ」亜希子は首をかしげた。あっさりとした口調でいった。「ピアノがくるってる」

「くるってる?」

「うん」亜希子はうなずいた。それ以上興味なさそうに、視線をそらした。

忍は衝撃を受けた。このうえない絶望と孤独感が押し寄せた。

立っているのもやっとだった。膝が震えだした。忍はこみあげてくるものを抑えて、部屋を駆けだした。

「忍?」昌宏が声をかけた。

だが、忍は立ちどまらなかった。廊下を小走りに駆けていき、やがて、膝が落ちるにまかせ、へたりこんだ。同時に、涙がとめどなく溢れた。

胸に痛みがひろがる。刺すような痛みだった。辛かった。あまりにも酷な状況だった。

あの部屋で、あのピアノを弾いてもなにも感じない。くるってる、よそよそしい言葉づかいでそういった亜希子の横顔。かつてのあの日々はなんだったのだろう。娘のすごした毎日、たしかにあったその時間が、あの子からはすっぽりと抜け落ちている。心は空っぽのまま、なにも残っていない。

足音が聞こえた。昌宏だった。夫は近くにひざまずいた。「忍……」

「ほっといて」忍はいった。涙をこらえようとしても、果てしなく流れ落ちてくる。どうしたらいいかわからない。自分は混乱している。四年間、夢にまでみた娘との再会。しかし、状況は予想とはあまりにもちがっていた。亜希子は変わってしまっていた。はるか遠くまで離れていってしまった。

昌宏が忍を抱き寄せた。その腕のなかで忍は泣いた。子供のように泣きじゃくりつづけた。

情愛

岬美由紀は、世界貿易センタービル北棟の四十階にいた。ここはオフィス階に勤務するビジネスマンの共用スペースで、レストランやレクリエーション・ルーム、仮眠室などが軒を連ねている。美由紀はそのなかの、通路に面したヨーロッパ風のカフェテラスでテーブルについていた。天井には青空が描かれているが、むろん屋内だった。ここも窓の外はワイヤーで覆われ、自然の眺めを目にすることはできない。

テーブルには雀鳳漢と、ふてくされた表情の李秀卿が同席していた。ふたりとも、ひとことも喋《しゃべ》らなかった。いったん南棟のビルの一階まで降りて、この北棟のエレベーターを上がってくるまで、わき目もふらずただ黙々と移動しつづけた。

李秀卿が美由紀を足手まといに感じているのはあきらかだった。事実、美由紀のほうもなぜ雀鳳漢が同行を許したのか、美由紀を部屋に監禁しておかないのかふしぎに思えてならなかった。無言のまま、テーブルの上のコーヒーカップに目を落としている初老の紳士。いったいなにを考えているのだろう。美由紀はぼんやりとみつめながら、そう思った。

周辺には午前の仕事を始める前のビジネスマンたちが、同僚と茶を楽しんでいた。日本の喫茶店のようにここで商談をする人間はいないようだった。気さくな会話と笑い声が飛び交う。陽はささないが、ここにもロウアーマンハッタンの平和な時間が流れている。

そのとき、ふいに男の声がした。「待たせたな」

美由紀は顔をあげた。二十代後半、美由紀や李秀卿と同じぐらいの歳の東洋人男性が、スーツ姿でたたずんでいた。色白で、やせた面長の顔つきはいかにもこのビルに勤務する東洋系のビジネスマンといった風情を漂わせている。

男の視線は李秀卿に向いていたが、顔をあげた美由紀と目を合わせると、たちまち困惑した表情に変わった。男はたずねた。「このひとは？」

「岬美由紀」李秀卿は、頬づえをついたまま面白くもなさそうにいった。「日本の自衛隊、元幹部候補生」

「日本の……」男は顔をひきつらせた。

「まあ座れ」雀鳳漢がいった。「丁虎山《チョンホサン》。人民思想省第一活動班の同志だ。丁、こちらの岬さんはわれわれの計画に同行することになった」

「同行？　なぜですか」丁虎山は目を丸くした。七三に分けた髪形は、韓国あたりの青年実業家のようにもみえる。育ちがよさそうな外見、それがアメリカでの計画に派遣された理由だろう。美由紀はそう思った。

李秀卿はグラスに入ったコーラをひとくちすすり、ため息まじりにいった。「雀鳳漢班長の気の迷いだな」

「皮肉はよせ」雀鳳漢は、さして気分を害したようすもなくいった。「心配はいらん。岬は口外しないだろう」

李秀卿と丁虎山の目が美由紀に向いた。そしてふたりとも、無言のまま目をそらした。

美由紀はぞっとするような寒気に包まれた。口外しない、それはどういう意味だろう。命を奪うという意味だろうか。だが、それならばこんなに人目につく場所に移動することはないはずだ。

雀鳳漢はじっと美由紀をみつめ、つぶやくようにいった。「怯えておるようだな。われわれがきみに危害を加えるとでも？　そんなつもりは毛頭ない。私は、きみを信頼しておる」

美由紀は驚きを禁じえなかった。なにを根拠に、わたしを信頼するというのか。

「班長」李秀卿は大仰に顔をしかめた。「この女に信頼を寄せるなど酔狂がすぎる。だいたい、そんなことがなんの得になる」

ウエイターが近づいてきた。丁虎山が完璧《かんぺき》な発音の英語でいった。ペリエウォーター。

雀鳳漢が李秀卿にいった。「そんなに嫌そうな顔をするな。人民思想省での活動規範を忘れたか。他国に潜入しているあいだは、顔をしかめたり口論をしてはいけない。ちょっとした諍《いさか》いは目をひく。顔を覚えられる確率が高まる。それを忘れたわけではなかろう」

「顔をしかめてなんかいない」李秀卿はコーラをさらにひとくち飲んでからいった。「このコーラが、なんだか妙にまずかっただけだ」

「ほんとか」丁虎山がいった。「ダイエットコークなんじゃないのか」

雀鳳漢がおもむろに李秀卿のグラスをとりあげ、口に運んだ。しばらく味わうようにして飲みくだすと、軽いげっぷとともにいった。「ああ。ダイエットコークだ」

「ダイエットコーク？」李秀卿は眉間にしわを寄せた。「飲むと痩《や》せるのか？」

雀鳳漢は丁虎山と顔を見合わせ、笑いあった。雀鳳漢はいった。「あとで岬におしえてもらえ」

李秀卿は不満そうな顔で美由紀を一瞥すると、コーラをひったくった。それを飲みながら、しきりに味を分析するように舌なめずりをした。

美由紀はただ呆然とそのようすをみつめていた。人民思想省の三人の対話。それは、日常どこにでもある風景となんら変わることはなかった。冗談をいい合い、笑い合っている。当然のことかもしれない。たとえ軍人だとしても、いつも硬い顔をして戦術のことばかり話し合っているわけではないだろう。まして、彼ら人民思想省は軍部ではない。むしろたんなる公務員に近いのかもしれない。北朝鮮といえば上司への絶対服従が義務づけられている印象があったが、彼らにそんな態度は見うけられなかった。李秀卿は班長である雀鳳漢に服従していることはたしかだが、意見をいう自由が与えられているようにみえる。だが、それは人目にさらされた場所のせいかもしれなかった。さっき個室にいたときには、雀鳳漢は何度も李秀卿の意見を咎め制止していたのだ。

「それで」雀鳳漢がじろりと丁虎山をみた。「ターゲットと思《おぼ》しき人物は?」

丁虎山は、なにげない口調を維持したまま答えた。「向こうのグッズショップの辺りをうろついてる。アラブ人、三十代後半。この季節なのにコートを着てる。いまのところは、まだ行動にでる気配をみせていないが……」

雀鳳漢が腕時計に目をやった。「だが、そろそろ動きもあるころだ」

李秀卿がグラスを置いた。「一緒に見にいく」

「頼む」と、雀鳳漢はうなずいた。

李秀卿と丁虎山が席を立った。李秀卿は美由紀をちらとみた。美由紀も李秀卿を見かえした。

だが、李秀卿はなにもいわず、背を向けて立ち去った。

ふたりが歩き去っていくと、雀鳳漢は美由紀にささやきかけた。「悪く思わんでくれ。ああみえても、優秀な生徒だ。ただ、受動時代が長すぎた」

「受動時代?」美由紀はきいた。

「わが国政府の意向に沿って、チュチェ思想を信奉し、国を妄信する期間。それをわれわれは、受動時代と呼んでいる」

「つまり、あなたたち人民思想省のマインドコントロールに疑いもなく従っている期間ってことね」美由紀はわざと棘《とげ》のあるいい方をした。「北朝鮮の国民なら、一生そういう状態のままじゃないの？」

「地方の農民などはそうだ。そのほうが働くにも効率がいいし、やりがいも湧《わ》く。ただ、政府の主要な機関に就職する人間は、その受動時代を卒業し、現実を学ばねばならない」

「受動時代卒業とともに、外国に亡命したくなるのでは？」

「そういう連中もいる。だがほとんどの人民は、現実を知ってもわが国のために尽くそうとする。最終的には、本当の意味での愛国心によって国は支えられるんだ。そうは思わんかね」

「さあ」美由紀は、ナショナリズム談義には興味はなかった。「李秀卿のことだけど、受動時代が長かったってのは？」

「あの子は親を亡くしていてね」雀鳳漢はコーヒーをひとくちすすった。「家族の愛を受けられなかったぶん、小さなころから勉強熱心だったらしい。わが国においては、労働階級で勉強熱心というのは、それだけチュチェ思想の信奉者になるということだ」

雀鳳漢の言葉はおだやかだった。なぜか耳を傾けていたくなる、頭のなかに染み入ってくる、ふしぎな声だった。

美由紀は苦笑してみせた。「あなたはそんな李秀卿を、目覚めさせたいとでも思ったとか?」

雀鳳漢は、一瞬顔を凍りつかせた。コーヒーカップの立ち昇る湯気を、じっと目で追っていた。やがて、その表情がふたたびやわらいだ。「ある意味では、そうかもな。真実に気づき、ただそれでも、真実に幻滅することなく、国のために働く一人前の女性になってくれれば。そう思っている」

すなわち、現実を知っても国を捨てて亡命することなく、愛国心を宿し、国の繁栄のために尽力する人間になってほしい。雀鳳漢は李秀卿に対し、そう願っていることになる。

「あなたは」美由紀は静かにきいた。「彼女の、親代わりだとか?」

ふん、と鼻を鳴らして雀鳳漢は太った身体を揺さぶった。「彼女はたんに、私の下に配属されてきた部下だ。ただし、彼女のそういう身の上を知ればこそ、育ててやりたいと思う心情も生じる。上司というものは、そんなものだろう」

「そうですか」いまひとつぴんとこない感じがする。美由紀はそう思った。

そんな美由紀を、雀鳳漢はみつめた。「きみもご両親を亡くしてるんだろう」

「李秀卿に、聞きましたか」

「ああ。だが、きみがそこまで立派に成長したのは、両親に代わってきみを育ててくれた上司のお陰だ」

上司。美由紀は思わず額に手をやった。誰のことを指すのだろう。自衛官時代の仙堂空将か。東京カウンセリングセンターの倉石部長か。いずれも、親代わりだったという印象など、かけらもなかった。

雀鳳漢は目を丸くした。「ほう。思い当たるふしがないかね。そうだ、李秀卿から聞いた話を総合すると、きみが慕っていた刑事とやらが、その立場に当たるのかもしれないな」

「蒲生さんが?」

「そう。ある意味で家族、ある意味で恋人のようなものだろう」

まさか。美由紀はあわてて否定した。「蒲生さんはいいひとですけど……妻子持ちですし」

ふっ、雀鳳漢はそのように笑っていった。「まあいい。私の李に対する態度も、似たようなものだといいたかっただけだ。親子や兄弟、夫婦といったものとは別の種類の情愛。それが存在することを、否定する気はないだろう?」

雀鳳漢は、どこか東洋人らしくないところを秘めていた。美由紀にはそう思えた。愛を語るというのは、日本人のみならず東洋人全般が不得手とするところだ。アメリカ人のように、さらりとものをいうことができない。

美由紀が黙っていると、雀鳳漢が物憂げにいった。「じつはな。李秀卿を金正男氏に同行させたのは、私の差し金だ。いや、きみが考えるような、大それた企みがあったわけではない。金正男氏は東京ディズニーランドに行きたがっていた。李にも、ぜひ行ってもらいたかったんだ」

「東京ディズニーランドに、ですか」

「そうだ」雀鳳漢は冗談とも本気ともつかぬ笑いをうかべていた。「そこへ行けば、李の勉強になると思ってな」

「勉強というと、アメリカの大衆文化を理解するとか、そういうことですか」

雀鳳漢は答えなかった。だがその沈黙によって、なんとなく答えはちがっているように感じられた。

「さて」雀鳳漢はにやりと笑い、腰をうかせた。「そろそろ、あのふたりと合流しようか」

美由紀は立ちあがった。カフェテラスの出口に向かっていく、雀鳳漢の大きな背中をみつめた。

親子、夫婦、兄弟とは別の情愛。雀鳳漢のその言葉が、妙に美由紀の心を揺さぶった。

自分はそんな感情を経験したことがあるだろうか。ぼんやりとそう思った。

脅迫

玄関の扉の外に、あわただしい足音が聞こえる。倉石はデスクにおさまったまま、その扉をぼんやりとながめた。思わず、つぶやきが漏れた。「おいでなすった」

テーブルにうつぶせて居眠りをしていた朝比奈が顔をあげた。朝比奈は寝ぼけた顔で壁の時計をみあげた。

つられて倉石も、その時計に目をやった。夜の十一時をまわっている。こんな夜更けに、ご足労なことだ。

扉をノックする音が響いた。チャイムが何度も連続して鳴った。そしてまた、扉を叩く音がする。

朝比奈が腰をうかせた。だが、彼女が出迎えるよりはやく、倉石は大声でいった。「開いてますよ」

ノブが回転し、扉がおずおずと開いた。顔をのぞかせたのは、倉石にとって見知らぬ男だった。年齢は五十歳から六十歳といったところか。頭の白さは倉石の比ではなかった。質のいい紺のスーツを身につけているが、身体は太りぎみだった。眉間に深い縦じわをきざみながら、男はいった。「外務省政務官の八代《やしろ》といいます」

倉石は立ちあがらなかった。緩めているネクタイを締めなおす気にもなれない。どんなに偉い役人だろうと、いまは営業時間外なのだ。それに訪問の理由も察しがついている。

「岬先生なら留守です」倉石はいった。「それに嵯峨先生もいませんよ、ここには」

八代が眉をひそめた。同時に、倉石にとって聞き覚えのある婦人の声が聞こえてきた。

「じゃあ、どこにいるのかさっさとおしえてくれる?」

倉石は苦い気分で戸口をみつめた。八代を押しのけるようにして、岡江粧子が姿を現した。こんなときでも、念入りに化粧をほどこし、いつも歌舞伎を観に行くときに好んで着るハートフォードのベージュのスーツを身につけている。

朝比奈があわてて立ちあがった。もう東京カウンセリングセンターの職員ではないというのに、一種の職業病だ。そう思いながらも倉石は、居心地の悪さを感じて視線をそらしていた。岡江に真正面から見据えられると、どんなに肝にのすわった男でも不安にさいなまれる。

「倉石部長」岡江は厳かにいった。「いえ、もう部長じゃないのよね。倉石さん。ここはいったい何? 渋谷カウンセリング研究所ですって。いったいどんな権限があってこのような診療所を開こうと思ったの」

「権限なんか必要ありません」倉石は苛立ちをおぼえながら、立ちあがっていった。「カウンセラーを務めるのに資格も免許もいりません。臨床心理士というのはあくまで公の基準としてつくられた資格制度で、それがなければ看板を掲げられないというものでもないですし」

「ずいぶんな意見ね」岡江はこわばった笑みをうかべていた。「研究所ってことは、あなたが所長になるの」

ええ。倉石はあっさりといった。「おたがい、所長同士ってわけです」

岡江の顔がいっそうひきつった。「こんな間借りのスペースを研究所と呼んで広告をうつこと自体、詐欺に等しいわ」

「どうしてですか」倉石は反抗心を燃えあがらせた。「岡江卓造氏が最初に東京カウンセリングセンターを創《はじ》めたときにも、こんなものだったはずですよ」

「規模はね。相談者数は当時から桁違《けたちが》いだったけど。ここは比べものにならないでしょうよ」

「儲《もう》からないという意味ではおなじでしょう。岡江卓造氏はほとんど相談料をもらわなかった。われわれもそうです。良心的なカウンセリング施設なら儲かるわけがない。まして、心の病に苦しんでいる人々からビルの建設費をまきあげるなんて、お笑い種《ぐさ》です」

自分の経営方針を露骨に批判され、岡江は憤ったようすだった。「あなた、ずいぶん変わったのね。ひと月ほど前まではもっとおとなしくしてたじゃないの。給料ほしさに部長の椅子にしがみついてたんでしょう？　それが状況が変わったからといって、前の職場を否定できると思うの？　あなたはいつからそんなに偉くなったの？」

「偉くなんかありません。ただ、自分の信念にしたがっているまでです」

岡江はふんと鼻を鳴らした。「くさい台詞《せりふ》ね。まあいいわ。こんな場末の診療所、学会の基準外で対象外だし。私の関わっている世界とはちがうわ。それより、手っ取り早く用件を済ませないとね」

「賛成ですな」倉石はそういって、椅子に腰をおろした。

その態度に腹を立てたのか、岡江は目つきを険しくした。「組織を外れたからといって、社会のモラルやルールに反していいことにはならないはずよ。礼儀も守ってもらいたいわね。だいいち、警察に捜索願がでている未成年者をかくまうなんて、立派な犯罪だと思うけど。ちがう？」

「あなたには関係のないことだと思いますが。たしか自分でもそうおっしゃってたでしょう？」

岡江は怒りをあらわにした。「とにかく、さっさと星野亜希子さんを、こちらの外務省の方に引き渡してちょうだい。それから、嵯峨先生にも事情をききたいとおっしゃってるわ。すぐ手配なさい」

倉石は、わざと悠然とした手つきでデスクの上の葉巻をとった。「お断りですな」

「なんですって」岡江は怒鳴った。

八代が、岡江を手で制してから倉石にいった。「事情はどうあれ、こちらの指示に従っていただけないと困りますな。へたをすると未成年者略取、誘拐の罪に問われますよ」

「はて」倉石は葉巻を弄《もてあそ》びながらいった。「外務省の方が、どうやって星野亜希子さんの居所を知ったんですか。ご両親に連絡しただけで、まだ警察にも通報していないはずですが」

「だから」八代は声を荒らげた。「その通報しないってことが問題だというんです」

「答えになってないでしょう」倉石は葉巻を放りだした。「なるほど、北朝鮮問題とか、日本国内で逃亡した李秀卿の件がありますからな。星野さんの家を見張っておいでだったんでしょう。通信傍受法も成立しているいま、電話の盗聴ぐらいやってのけたのかもしれませんな。私がご両親に話したのがいけなかった。まったく、壁に耳ありとはこのことですな」

八代が険しい顔で口をつぐんだ。図星だな、と倉石は思った。

岡江を担ぎだしたのも外務省の判断だろう。岬美由紀と連絡がとれない、それで焦ったにちがいない。岡江にしてみれば、岬を失って以来ぱたりと途絶えていたお上とのパイプラインを復活させるいい機会ということになる。それで協力したのだろう。

倉石は背もたれに身をあずけた。「そんなに心配なら、蒲生刑事にでもたずねられたらどうですか」

八代は顔をしかめた。「彼の行方は警察のほうで捜している。彼も警察官の身でありながら、この件について上に報告しようとしない。あなたたちと同調し、司法機関に反旗をひるがえしているのだろう」

岡江が叫んだ。「どういうつもりなの！　いったいどんな理由があって、星野亜希子さんという十代の少女の未来を奪おうとするの。彼女および両親を犯罪に巻きこんでいいはずがないでしょう。よく考えなさい」

岡江お得意の論点の挿《す》げ替えだった。子供の未来を奪っているのがほかならぬわれわれだと断罪している。冗談ではない。倉石はきっぱりといった。「十代の少女の未来を考えればこそ、彼女をあずかったんです」

「どういうこと？」岡江は腕組みした。

「所長ならわかるでしょう。何度も経験したじゃないですか。心の病をわずらう、すぐにでもカウンセラーの助けを必要とする人々。そんな人々が、なんらかの事件と関わっていたというだけで、警察やら何やらが土足でずかずかと踏みこんでくる。法では取り調べが優先するとかいって、そのひとの精神状態も考えず、閉所に連れていき詰問をする。結果はどうなりますか。精神状態の悪化。いままでにもみてきたでしょう。万引きした疑いがあるというだけで警察に連れていかれ、神経症がひどくなって分裂病にまで至った女性。

裁判の重要な証人としてむりやり出廷させられ、あれこれきかれるうちに、緊張に耐えられなくなって飛び降り自殺した少年。ほかにも大勢いる。いずれもひとつの人生、ひとりの人間の命が奪われている。そんな例が多々ある。東京カウンセリングセンターは、そういう人々を高圧的に取り調べの場に連行しようとする権力から守ってあげるべきじゃないんですか。それをあなたは、報酬やコネを得ることを最優先に考え、相談者の身柄をあっさりと引き渡してばかりいた。私はそんなのはご免だといってるんです。カウンセラーは苦しんでいるひとを救うべきなんです。それ以外になにがあるっていうんですか！」

岡江は凍りついていた。倉石を見つめたまま、じっと立ちすくんでいた。

八代は咳《せき》ばらいした。「倉石さん。事実があきらかになれば、あなた自身も即逮捕ということになる可能性さえありますよ。その辺りのことも、踏まえておっしゃっているんでしょうな」

「むろんです。すべて私の責任です」倉石はいった。

岡江は、その倉石の言葉にぴくりと反応した。岡江の目が朝比奈のほうをみた。「あなたはどうなの、朝比奈さん？」

朝比奈はうつむき、緊張に身体をこわばらせていた。かすかに震えた手に、怯えがみてとれた。

倉石はあわてて岡江にいった。「この件についてはすべて私の責任です」

「そうはいかないわ」岡江が甲高い声でいった。「知っていて知らぬふりをした全員に罪が及ぶ。そうでしょう、八代さん？」

「まあ、そうですな」八代はうなずいた。「誘拐の片棒を担いだ、そうみなされてもしかたないでしょう」

岡江は朝比奈をみつめていった。「朝比奈さん。あなたは、長崎の実家にいるご両親に仕送りをしているんだったわね。刑が確定しなくても、逮捕された時点で新聞には容疑者扱いされて、顔写真が載るわよ。それをみたご両親の気持ちが想像つかないの？」

倉石が声をかけた。「朝比奈」

朝比奈は手で顔を覆った。身を震わせ、押し殺した声で泣きだした。

倉石は自分の失敗をさとった。朝比奈は、倉石が思っていた以上に責任を痛感している。倉石はひとりの身だ、だが朝比奈はそうではない。

「岡江所長」朝比奈は顔を覆ったまま、ささやくような声でいった。「亜希子さんは、親戚の……下高井戸の家に」

八代は岡江の顔をみた。さっそく問い合わせる、そういって懐から携帯電話をとりだし、踵をかえして廊下を駆けていった。

岡江はしばし戸口にたたずんでいた。泣いている朝比奈を一瞥し、次いで倉石をみた。冷ややかな視線。それが数秒のあいだ、倉石に向けられていた。倉石も、その顔をみかえしていた。

やがて、岡江はなにもいわずに戸口を離れた。八代が立ち去ったほうに、足早に向かっていった。

しばし時間がすぎた。

朝比奈が顔をあげた。涙に濡れた、赤くなった目で倉石をみた。ごめんなさい。朝比奈はつぶやいた。

「いいんだ、きみのせいじゃない」倉石はいった。

正しいと信じることが行えない。そんなことばかりが頭をもたげる。東京カウンセリングセンターを離れてはみたものの、自分にはまだなんの力もない。倉石は苛立ちを覚えた。嵯峨の力になれない自分自身が、情けなくてしかたがなかった。

凪

グッズショップ近くの窓ぎわに、李秀卿と丁虎山が立っていた。ビジネスマンとOLが立ち話している、そんな雰囲気を漂わせていたが、事実はちがっている。ふたりがショップの軒先を見張っていることは、美由紀にも一見してわかった。

雀鳳漢に連れられて、美由紀はふたりのもとに歩み寄っていった。雀鳳漢が李秀卿にきいた。「どこだ?」

李秀卿は視線を床に落としたまま、ショップのほうを指差した。雀鳳漢が振りかえった先を、美由紀は目で追った。

オフィス階だけにショップには土産物の類いではなく、事務用品や雑貨が並んでいた。店内には三人の客がいたが、うちふたりは白人だった。もうひとり、ちぢれた長い黒髪の浅黒い肌の男は、丁虎山の報告どおりこの季節に似つかわしくないコート姿だった。カシミア製で、冬物のようだ。男の体型は小柄なほうだが、コートは大きめだった。服の下になにかを隠し持っている可能性は充分にあった。

男の顔がこちらを向いた。雀鳳漢が視線をそらしたのと同時に、美由紀も気づいていないそぶりをした。

男はあきらかにアラブ系だった。額に汗が光っているのが、美由紀の立つ場所からもはっきりと見てとれた。目を剝き、黒々とした瞳が光っている。獲物を狙う虎のような目つきだった。

雀鳳漢が美由紀を振りかえり、ささやくようにきいた。「どう思う？」

事情がなにもわからないだけに、美由紀に把握できることは少なかった。それでも、思いつくままにいった。「汗をかいているのにコートということは、脱げないわけがあるんでしょう。それに、瞬きが極端に少ない。買い物をしている最中は誰でも瞬きが減少する傾向がありますが、それは陳列された商品に興味を抱いている場合にかぎられます。しかしあの男は、測量計からペイントマーカー、両面テープ、カメラフィルムの棚という、なんの脈絡もない商品の棚を行き来して、しかもどれにも注視する姿勢をみせない。買い物とは別の次元でトランス状態に入っていると考えられます」

雀鳳漢は小さくうなずいた。その顔が李秀卿のほうに向き、なにごとか目でうながした。

李秀卿もうなずいていった。「中等度トランスから夢遊トランスのあいだといったところだろう。目を開いている状態でも幻視が発生する可能性があり、後催眠暗示の効力も発揮される」

丁虎山も同意見のようだった。「脳波的にはアルファ波の周期が長く、すでにシータ波も断続的に現れていると推察されるな」

美由紀はいった。「こんな白昼に、そういう脳波の状態に至るのなら、自律訓練法や禅によって宗教的にくりかえしトランス状態を深めるトレーニングを経ているはずよ。それも緊張性のものね。弛緩性のリラクゼーション主体の宗教なら、あんなに力んではいないはずだわ」

李秀卿が軽蔑したような目で美由紀をみた。「いまさら教わらなくても、周知の事実だ」

雀鳳漢が咳ばらいした。「李。われわれは任務の内容を知っているが、岬はまだ知らない。隣人には知識を与えることも必要だろう。それが、自分にとって知識を得る布石になるかもしれないだろう」

まわりくどいいいまわしだった。だが李秀卿は、苦々しい表情をうかべながらも雀鳳漢の指示にしたがった。美由紀をみていった。「イスラム原理主義者の過激派が、このビルをターゲットにしているという情報を、偉大なる朝鮮民主主義人民共和国政府がつかんだ」

美由紀はわざと皮肉をこめていった。「リビアやアフガニスタンにミサイルを売り飛ばしている北朝鮮なら、当然知り得る情報でしょうね」

李秀卿はみるみるうちに怒りに満ちた顔になった。「聞く気があるのかないのかどっちなんだ」

「李」雀鳳漢がとがめた。「声が大きい」

通りかかったビジネスマンの何人かが振りかえったが、グッズショップのアラブ人が気づいたようすはなかった。李秀卿は安堵と困惑の入り混じった顔で雀鳳漢に一礼したあと、美由紀に怒りのこもった目を向けた。

美由紀はきいた。「北朝鮮がなんでアメリカを守る必要があるの？」

「わからんのか」李秀卿は声を低くしていった。「ニューヨークが大規模テロに見舞われたら、世界経済は混乱する。それは避けねばならない」

美由紀はさほど意外にも思わなかった。さっき説明を受けた人民思想省の方針からすれば、北朝鮮が軍事面で国交のある中東の国から大規模テロの報《しら》せを受けた時点で、それを阻止するために動くことは充分考えられることだった。北朝鮮はいま、諸外国からの経済支援なしには国を存続できないほどの危機に瀕している。世界の景気悪化はすなわち瀕死の状態にある北朝鮮を、崩壊に追いこむことにもなりかねない。もっとも、李秀卿はそのような消極的な考えで任務に臨んでいるわけではあるまい。美由紀はそう思った。彼女はもっと気高き理想、北朝鮮の人民と政府のために、世界を救うのだという使命感に燃えているにちがいない。

美由紀は、目の前にいる三人の朝鮮人に対し、もはや反感をほとんど抱いていない自分に気づいていた。人民思想省という部署そのものを好きになることはできないが、少なくともこの三人は、祖国の平和のために、海外で命がけの任務に従事することにためらいをみせない。北朝鮮政府のマインドコントロールのなせるわざ、そう評する人間もいるかもしれない。だが、暴力や混乱を回避するために心理学的知識を駆使して立ち向かおうとする彼らの勇気そのものは、どうしようもなく正しいのではないか。

イスラム原理主義か。美由紀はつぶやいた。「すると、一九九八年の大使館爆破事件と同じ一派が？」

「おそらくはな」雀鳳漢がいった。「ウサマ・ビンラディンの率いる勢力だろう」

なるほど、と美由紀は思った。グッズショップをうろつく男の目つき。あれだけ深いトランス状態に至ったまま、いささかも覚醒するようすをみせないということは、それだけ強烈なカリスマに魅せられていることになる。ナイロビとダルエスサラームの合衆国大使館を爆破。二百六十三人が死亡、重軽傷は五千人以上という惨事を引き起こした急進的な組織。クリントン政権はアフガニスタンとスーダンに大規模な報復攻撃をしかけた。ビンラディン側が、さらなる報復テロを計画したとしてもふしぎではない。

だが、美由紀にはひっかかることがあった。「あんな怪しい服装のまま、セキュリティゲートを通ってビルに立ち入ったのかしら。ボディチェックも受けずに？」

李秀卿が苛立ったようすでいった。「アラブゲリラは怪しまれることを恐れない。ビンラディンの一派ならなおさらだ。ガードマンや警官に呼びとめられでもしたら、どこであろうとその場で自爆する。そんな腹づもりだ」

美由紀は納得がいかなかった。「服の下に武器か爆弾を隠していたのなら、金属探知器やX線で発見されるはずよ」

丁虎山が首を横に振った。「きょう初めてビルに立ち入ったわけじゃないのかもしれん。怪しまれないよう、部品を少しずつ小分けして運びこみ、ビルのどこかで武器または爆弾に組み立てたのかもしれない」

美由紀はいちおううなずいた。しかし、まだ腑《ふ》に落ちなかった。丁虎山のいうとおり、テロリストが部品を運びこんでビルのなかで組み立てるという可能性は、充分にありうるだろう。事実、かつての恒星天球教のテロでも同じ方法が用いられていたのだ。だが問題は、たとえ部品の段階で持ちこむにしても、火薬類に関しては相当な危険量のものを搬入せざるをえないはずだ。それなら、最近開発された炭素X12火薬探知器にひっかかるだろう。まさか、火薬類まで原料の段階から持ちこむわけではあるまい。ビルのどこかでこっそりそれらを調合して火薬を作るなど、できようはずがない。

いかにもアラブのテロリストという外見、しかしセキュリティはパスしている。その矛盾が、どうもひっかかる。

「ひょっとして」美由紀はいった。「あの男は囮《おとり》なのでは？　テロの標的にされているのは、もうひとつのビルのほうでは？」

雀鳳漢の目が光った。だが、李秀卿はうんざりしたように首を振った。「欧米人的な発想だな。日本人なら、いかにも考えそうなことだ。おまえはイスラム原理主義者の心理についてなにを知っている？　連中がハイジャックや爆破テロで白人に変装するようなことが、いちどでもあったか？　彼らは堂々と素顔をさらし、アラブ人であることをテロを通じて公明正大に伝えようとする。作戦のためにトリッキーな方法は使うだろう。だが、囮のテロリストという発想は持たないはずだ」

「それはわかってるわ」美由紀もひきさがることはできなかった。「彼らにしてみればテロは聖戦《ジハード》で、命を落としても天に召されると信じている。逆にいえば聖戦で命を落とさねば天国にはいけない。だから、死ぬことが約束されていない囮の立場なんかに従事する人間がいるとは思えない……。でも、変なのよ。一階のセキュリティを通って、武器や兵器を持ちこめるはずがない」

「変なものか」李秀卿が吐き捨てるようにいった。「あの男は絶対にコートの下に爆弾かなにかを隠し持っている。起爆の指令を受ける前に、なんらかの対処をしないと……」

「しっ」丁虎山が片手をあげ、緊張した面持ちでグッズショップをみた。

黒人のガードマンが、アラブ人に近づいていく。不審に思ったのだろう。ガードマンはアラブ人に声をかけた。「もしもし。ちょっとおたずねしますが……」

だしぬけに、アラブ人は身をひるがえしてショップから駆けだした。通路を歩いていた女性にぶつかった。女性は倒れたが、アラブ人は体勢を立て直した。アラブ人はガードマンの制止もきかず、全力で逃走した。

コートの前をかきあわせて、なにかを抱きかかえている。やはりコートの下にはなにかがある。だが……。

美由紀の疑念をよそに、李秀卿が走りだした。つづいて丁虎山も、アラブ人を追いはじめた。

「まって!」美由紀は叫んだ。「むやみに追っちゃだめ! あの男は爆弾なんか持ってない!」

「ばかをいうな!」李秀卿はそう吐き捨てて、アラブ人を追いつづけた。

雀鳳漢が美由紀にいった。「行こう」

しかたない。美由紀は走りだした。李秀卿と丁虎山が駆けこんでいった非常階段への通用口めざして、一気に走っていった。

悪夢

世界貿易センタービルの非常階段は狭いが、駆け上るには支障はなかった。美由紀は全力で追跡した。背後に雀鳳漢もついてきている。彼は、さすがに美由紀のスピードには追いついていない。

すぐ頭上を駆けていく足音がする。李秀卿と丁虎山だった。足音はそのふたりだけではない。もうひとりの足音も、すぐ近くに聞こえる。アラブ人だ。距離は狭まっている。美由紀は切れそうになる息を呑みこんで全力で駆け上がった。足首に痛みが走る。それでも、ペースは緩めなかった。

何階か上り、踊り場をまわったとき、美由紀の目前で李秀卿と丁虎山が倒れこむのがみえた。アラブ人に飛びついたのだ。アラブ人は仰向けに倒れたまま、李秀卿の顔を殴りつけた。李秀卿は低く呻《うめ》き声をあげのけぞったが、それも一瞬のことだった。怒りに燃えた李秀卿はアラブ人を殴りかえした。アラブ人の後頭部は床に叩きつけられた。

アラブ人は失神してはいなかった。もがいて逃れようとしていたが、ふたりが必死で押さえつけた。

駆け寄りながら、美由紀は怒鳴った。「警官を呼ぶべきよ！」

「ふざけるな」李秀卿がぴしゃりといった。「こいつから爆弾をはずすほうがさきだ」

李秀卿と丁虎山は力を合わせて、アラブ人のコートの前をはだけようとしていた。抵抗するアラブ人の手足を丁虎山が押さえこみ、李秀卿がコートを左右に引き裂いた。

美由紀は息を呑んだ。李秀卿も同様のようだった。

アラブ人はコートの下に、黒い箱型の機材を粘着テープで張りつけていた。発光ダイオードが陰鬱《いんうつ》な点滅をくりかえし、高いピッチの電子音がくりかえし鳴り響いている。

爆弾か。いや、そうではない。爆薬らしきものはどこにもない。いったい、なんなのだ。

美由紀は凍りついていた。用途のわからない薄型の機械、しかし耳をつんざくこの高い音。これは、どこかできいた覚えがある。

たしかにきいた。なにかの音だ。なんの音だ。思いだせない。

焦燥感がつのった。熟考を要する、美由紀は静止していた。

そのとき、アラブ人が大声をはりあげた。振りあげた腕には、鉄パイプが握り締められていた。

袖《そで》に隠していたにちがいなかった。危ない、美由紀がそう思ったときには、丁虎山が殴打されていた。男はなおも鉄パイプを振りかざし、李秀卿の頭部を打った。

ふたりが階段から転げ落ちるあいだに、アラブ人は跳ね起きた。美由紀を威嚇《いかく》するように鉄パイプを何度か振りまわしたあと、階段を駆け上がっていった。アラブ人の身につけた機械から発する電子音が、足音とともに遠ざかる。

美由紀は李秀卿に駆け寄った。「だいじょうぶ?」

抱き起こそうとしたが、その寸前に李秀卿は身体を起こした。額から血がしたたり落ちていた。頬には、その前に殴られたあざが浮かび上がっている。

李秀卿はよろめきながら立ちあがった。「あいつを追わないと!」

丁虎山が首を振り、ふらつきながらも立とうと懸命になっていた。李秀卿は丁虎山に手を貸し、肩をぽんと叩いた。丁虎山がさきに走りだした。李秀卿も、そのあとを追って駆けだした。

諦《あきら》めを知らない執念。美由紀は圧倒されていた。彼らに迷いは生じていない。ただ、目的だけしか視界に入っていない。その闘争本能は、美由紀が久しく忘れていたものにほかならなかった。

美由紀も駆け出した。こみあげる複雑な感情を振り払うように階段を駆け上がった。息が切れ、胸が苦しくなる。全身に痛みが走りはじめる。それでも、歯をくいしばって走った。

「開けて!」李秀卿の叫び声が聞こえた。

なにか鉄製のものががたがたと音をたてている。美由紀は全力で駆け上がった。

踊り場付近で、人がもみあっているのがみえた。丁虎山の背中だとわかった。丁虎山は、閉まりかけたエレベーターの扉を開けようと必死になっている。業務用のエレベーターだ。アラブ人はすでにエレベーターに乗りこみ、扉を閉じるため丁虎山と争っている。李秀卿が、その場に駆けつけようとしているところだった。

李秀卿が扉に手をかけた。丁虎山とともに扉を閉めまいと、懸命に押さえつけている。アラブ人は怒りの叫び声をあげ、鉄パイプを扉の隙間から突きだし、何度もふたりの身体を打った。

助けねば。そう思い、美由紀は踊り場まで駆けあがろうとした。

そのとき、美由紀の脳裏をなにかが刺激した。

なんだ。なにか考えが浮かびあがってきているのか。記憶か。推測か。判断か。なんでもいい、はやく浮上しろ。美由紀は自分の鈍い集中力を呪《のろ》った。しびれを切らし、ふたたび階段を駆け上る決心をした。

その瞬間だった。美由紀の身体をなにかが凍りつかせた。聴覚。そう、聴覚だ。聞こえている電子音。高いピッチのくりかえす音。さっき、男の近くで聞いたときにはわからなかった。音が大きすぎたのだ。いま、エレベーターの扉の向こうでぎりぎり聞こえるぐらいの微音となって反響すると、美由紀がかつて何度も耳にした音とうりふたつだった。

ビーコン・シグナルの音。飛行機の航空管制のために必要な信号音。そこにはどんな意味がある。美由紀はさらに階段を駆けあがりながら、必死で考えた。ビーコンの発信機。空港にある。それから航行援助施設《ナビゲーショナル・エイド》にもある。ふつう、旅客機はその信号を頼りに、航行援助施設をめざして飛ぶ。

めざして飛ぶ。

美由紀のなかに電流が走った。まさに身体を鞭打《むちう》たれたような刺激だった。そうだ。そうにちがいない。テロリストはビルに爆薬を持ちこめない。だからこの手段を用いたのだ。

気づいたときには、美由紀は李秀卿の背に飛びかかっていた。李秀卿を抱きしめるように床にねじふせた。つづいて丁虎山も制止するつもりだった。だが、丁虎山は、滑りこむように扉の向こうに消えていった。アラブ人に襲いかかり、殴りあいを始めたのが、閉じていく扉の向こうにみえた。

「だめ!」美由紀は叫んだ。「その男と一緒にいちゃだめよ! エレベーターから出て!」

美由紀は、閉じる寸前の扉に手を伸ばそうとした。しかしそのとき、李秀卿が暴れて美由紀の腕のなかから逃れようとした。

「きさま!」李秀卿は憎悪のこもった声でわめいた。「なにをする!」

李秀卿が美由紀につかみかかった。美由紀は床に引き倒された。

そのとき、エレベーターの扉は閉じた。

ってしまった。美由紀は呆然とした。アラブ人と丁虎山を乗せたエレベーターは上昇していく。

「助けなきゃ！」美由紀はそういって立ちあがった。追いつけるとは思えない、それでも捨て置けなかった。階段を駆け上がろうとした。

ところが、李秀卿の手が美由紀の足首をつかんだ。美由紀は前のめりに転倒した。階段に顎をぶつけた。手足にも鋭い痛みが走った。

「まて」李秀卿が怒りをあらわにしていった。「なぜ邪魔をした。アラブ人を逃がした」

美由紀は、燃えあがるような怒りを感じた。気づいたときには、大声で怒鳴っていた。「ばか！　このばか！　まだわからないの？　あの男が胸につけていたのは爆弾なんかじゃないわ！　ビーコン・シグナルの発信機よ！」

李秀卿が呆然とした。表情を凍りつかせ、つぶやいた。「ビーコン……」

「そうよ！　それがどういう意味かわかるでしょう！」叫ぶうち、美由紀のなかに悲しみがこみあげた。視界が涙で満たされていく。その向こうにゆらぐ李秀卿の顔をみつめながら、美由紀は怒鳴りつづけた。「旅客機が突進してくる！　ハイジャックされてるんだわ！　ハイジャック犯はシグナルを目標にしてる……突っこんでくる！」

足音が近づいてきた。雀鳳漢が息を切らしながら上ってきた。ようやく追いついたのだ。雀鳳漢は青白い顔でたずねた。「丁虎山は？　アラブ人は？」

その瞬間、突如縦揺れが襲った。直下型大地震のような突き上げる振動だった。コンクリート製の壁が大きく歪曲し、轟音《ごうおん》とともに天井に縦横のひびが走った。一瞬にして砕けた天井が、青白い火花を伴って落下してきた。

李秀卿の悲鳴が聞こえた。美由紀はとっさに身体を起こし、倒れている李秀卿をかばった。なぜそうしたのかはわからない。意識せずともそうしていた。背に、容赦なく降り注いでくる大小の硬い破片があった。なにかが激しく背骨を打ち、なにかが突き刺さった。吐き気とともに、口のなかに血の味を感じた。それでも落下物はやまなかった。石のような塊が美由紀の後頭部を直撃した。頭が割れたかのような痛み。いや、本当に割れたのかもしれない。そう思いながら、意識が急速に遠のいていった。目の前が真っ暗になった。

追憶

「十一歳」嵯峨は、ピアノの前で目を閉じて座っている亜希子にいった。「十歳。九歳。八歳」

だしぬけに、亜希子が目を開けた。困惑したような顔で嵯峨をみた。

「どうしたの?」と嵯峨はきいた。

「全然、なにも浮かばない」亜希子は泣きそうになりながらつぶやいた。「九歳とか、八歳とかいわれても……全然そんな気がしない」

亜希子の両親は、ふたりとも落胆のいろをしめした。傍《かたわ》らでみている彼らにとっては、催眠誘導そのものがあるていど神秘的なものにみえたにちがいない。ひょっとして奇跡が起きるかも、そんな思いで見守っていたにちがいなかった。だが亜希子が目を開け、なんら特殊なことが起きていないことを知ると、肩を落とさずにはいられないのだろう。

嵯峨は気にしていないという表情をつとめながら、亜希子に微笑みかけた。「心配しなくてもいいんだよ。催眠ってのは前にもいったとおり、なにも不可思議なことが実感できるわけじゃないからさ。ただ、自分で想像するんだ。小さいころに戻ったって、想像すればいいんだよ」

「想像もできない」亜希子は声を震わせた。「なにも浮かばない」

嵯峨は黙りこんだ。催眠が深まらないことも重大な問題であることは否めなかったが、それよりも亜希子の決意が揺らぐのが怖かった。亜希子に記憶を取り戻したいという欲求がなければ、偶然による記憶の回復に期待しなければならない。それではいつまで経ってもなにも思いだせないこともありうる。

玄関先のほうがなにやら騒がしかった。嵯峨は顔をあげた。星野昌宏と忍も、怪訝な顔で廊下を振りかえっている。

やがて、幹子の声が近づいてきた。ちょっとなにするんです、勝手にあがらないでください。

複数の足音。それもふたりや三人ではない、もっと大勢いる。亜希子がびくついて、椅子の背もたれから身体を起こした。

心配しないで、と嵯峨は亜希子に声をかけた。「黙って、座っていればいい」

真っ先に部屋に入ってきたのは、外務省の八代政務官だった。あのとき同行していた職員の姿もある。そのほかにも、いかめしい顔のスーツ組がぞろぞろと狭い部屋に立ち入ってきた。

嵯峨は驚き、立ちすくんだ。男たちの背後から現れたのは、岡江粧子だった。岡江は背広の男たちと同様の仏頂面で、部屋の壁ぎわに立った。

「所長」嵯峨は呆然としてつぶやいた。「なぜここに」

「自分がいちばんよくわかっているはずでしょう、嵯峨先生」岡江は冷たい口調でいった。

突然の来客に、星野夫妻はただ唖然《あぜん》としてたたずんでいた。

「星野昌宏さん」八代政務官が、眉間を指先でかきながら歩み寄っていった。「困りますな。娘さんがお戻りになったのなら、まずわれわれに知らせていただかないと」

「はあ」昌宏は当惑のいろをうかべていった。「でも娘は……亜希子は、いま記憶が……」

「うちで精神科医を手配します。まずは状況が状況ですので、取り調べを」

忍が目を見張っていった。「取り調べ？　どういうこと？　亜希子はちゃんと無事にここに……」

八代はじれったそうに首を振った。「いろいろ背後関係を調べねばならんのですよ。まずは、話のできるところにお連れします。ご両親も、一緒にどうぞ」

そのとき、男たちをかきわけて、倉石が顔をのぞかせた。「嵯峨」

倉石の背後に、朝比奈もついてきていた。いまやごくありきたりの日本家屋のなかは、身の置き場もないほど混み合い、ひしめきあっていた。

ただ一か所、亜希子が座るピアノの周囲だけは、ぽっかりと空間ができていた。

八代は星野夫妻にいった。「警視庁の人間も来てます。あなたたちが捜索願をだされたんでしょう？　なら、ちゃんと最後まで手つづきをしていただかないと」

昌宏が戸惑いがちにいった。「もうしばらくまっていただけませんか。いま、こちらの嵯峨先生にいろいろとご尽力いただいていて……」

八代はため息をつき、嵯峨に向き直った。「先生。勝手な真似をなさらんでください。だいいち、われわれが相談を持ちかけたのは岬美由紀先生です。あなたじゃない」

全員の目が嵯峨に向けられた。射るような目つき。槍《やり》のように突き刺さる視線の痛みを感じていた。

だが、嵯峨は恐れを感じてはいなかった。亜希子に向き直った。「亜希子さん。外野はほっといて、記憶を取り戻すためのことをつづけよう」

「嵯峨先生！」岡江が怒鳴った。「これ以上皆さんに迷惑をかけることはやめなさい！」

「所長！」倉石が割って入った。「さっきもいったように、嵯峨を責めるのは間違っています」

「あなたはひっこんでて」岡江が歯ぎしりした。

嵯峨は、亜希子が怯えきっているのをみてとった。亜希子は両手で耳をふさぎ、うつむいて震えている。まったく見知らぬ人々に囲まれ、なにも思いだせない孤独にさいなまれている。恐怖心は想像を絶するほど大きなものに膨れあがっているにちがいない。

八代が嵯峨にいった。「法的にみて、あなたのやっていることは公務執行妨害だけでは済まされませんぞ。その子をこれ以上辛い目に遭わせるわけには……」

「辛い目?」嵯峨は八代をみつめた。思わず声を張りあげた。「辛い目ですって? 冗談もほどほどにしてください。あなたたちに、いったいなにがわかるっていうんです。ひとの心を理解できないどころか、思いやることさえないくせに。あなたたちは法に従って行動してる、そういう大義名分があるかもしれない。でもそれが、この子を苦しめているとわからないんですか。彼女は親の顔も思いだせないんですよ。四年間もずっと閉じこめられ、暴力を振るわれ、恐怖に震えていた。それが精神状態にどんな悪影響を及ぼしたか、論理的に説明できる人間がここにいるんですか。彼女の記憶喪失がどういったプロセスによって発生し、元の状態を取り戻すためにどのような方法をとるべきか、具体的に提案できる人間がいるんですか。専門家の立場でいわせてもらいますが、いまあるこの状況自体が彼女の精神状態を悪化させる以上、あなたたちの従っている法律は間違っています。あなたたちは、心の病という苦しみがどのように生じ、どのように癒《いや》されていくかわからない、それゆえに悩んでいるひとの心に平気で土足で踏み入ってくる。地雷があることも知らずに突き進んでくるのと同じです。四年も監禁された彼女の身になれば、五分や十分待てないってことはないでしょう。もしあなたたちがこれ以上妨害するのなら、僕はあらゆる手段をもって、あなたたちを告発しますよ。亜希子さんを回復不能にした罪を問いますよ。あなたたちに反論できますか、なにも知らないのに! 少しはだまっていてください！」

嵯峨は息切れしなかった。一気にまくしたてたが、呼吸は乱れなかった。

室内はしんと静まりかえっていた。大勢の人間がひしめきあっているとは思えないほどの静寂に包まれていた。ただ、異様に暑かった。嵯峨は額の汗を感じた。

岡江がじれったそうに周りをみている。誰かが嵯峨を咎めてくれるのを待っているのだろう。あいにく、誰もなにもいわなかった。そして岡江自身も記憶喪失症についてそれほど詳しくはないはずだ、意見はできまい。嵯峨はそう思った。

奇妙な沈黙のなか、嵯峨は亜希子に歩み寄った。

亜希子はまだ手で耳をふさいで、うつむき震えていた。

「亜希子さん」嵯峨はその手にそっと触れた。「だいじょうぶだから、話を聞いて」

嵯峨はじっと亜希子をみつめた。亜希子も嵯峨をみかえした。やがて、亜希子が両手を膝の上におろした。

「さっきのつづきだ」嵯峨は笑いかけていった。「六歳になるといっても、実感が湧かない。そのことが辛く思えるんだね。でも、いいかい。六歳というのは、幼稚園を卒園して、小学一年生になるぐらいの年齢だ。小学校って、なんだかわかる？」

しばし間があった。亜希子はつぶやいた。「わかる」

「じゃ、小学生だったころの自分は思い出せる？……思い出せないね。でもきみは、なぜ小学校って言葉の意味を知ってたんだろう。それはきみが、以前にちゃんと小学校に通ってたからだ。そのように、どこで知ったかはわからないけど、身についている知識がある。その知識の範囲内で、想像すればいいんだよ」

亜希子は嵯峨をじっとみつめ、こくりとうなずいた。

「よし」嵯峨はいった。「ちょっと目を閉じてごらん。深呼吸して。小学校を思い浮かべてごらん。どんな小学校でもいい、自分の通ったものかどうかなんてかまわない。ただ漠然と思い描くんだ。きみはランドセルをしょってそこに通う一年生だ。本気で、自分がそうだと思えなくていい。ごっこ遊びのように、自分から想像と遊ぶつもりになってみるんだ。いいね」

亜希子は目を閉じたまま、うなずいた。

ちょっとまってて。そういって、嵯峨は亜希子の両親のもとに歩み寄った。

室内の人々が息をひそめて嵯峨を注視している。岡江はいかにも苦々しい表情をうかべている。八代は、腕時計に目をやっている。気が済むまでやらせておけばいい、その後はなんの問題もなく亜希子の身柄を確保できる。そういうシナリオを頭に描いているのだろう。

嵯峨は忍にささやいた。「たぶん、最後のチャンスだと思います。六歳のころの亜希子さんだと思って、当時と同じようにピアノの弾き方を指導してください」

忍は目を丸くした。「わたしが、ですか」

「そう。昔と同じようにです。催眠状態は深まっていなくても、亜希子さんは意識的に六歳になりきろうとしています。とっかかりは、ふとした無意識のなかで生まれるものです。僕の経験上の勘ですが……。やってくれますか」

忍は、困惑と怯えの入り混じった目を周囲に向けた。これだけの視線を受けながら、責任ある役割を与えられるのは相当なプレッシャーにちがいない。その目が、夫の昌宏に向いた。

昌宏は忍をじっとみつめ、小さくうなずいた。

忍は決意に満ちた目で、嵯峨をみつめた。「やります」

嵯峨はうなずいた。では、お願いします。そういった。

ピアノのほうに向かう忍をみつめながら、嵯峨は思った。亜希子は六歳という年齢を意識したとき、ピアノを弾く指づかいをした。理性の皮膜に覆われた本能の断片が顔をのぞかせたのだ。それだけ印象に残っているのなら、突破口になりうる。起死回生の風穴を開けるポイントは、ほかには考えられない。

地獄

岬。

岬！

呼ぶ声がする。誰の声かもすぐわかった。李秀卿だ。それはわかっている。意識も戻ってきている。なのに、息が吸えない。苦しかった。肺に穴があいてしまったのだろうか。視界も真っ暗だ。美由紀は息を吸おうと必死になった。呼吸しろ。息を吸うんだ。吸え。

ふいに目が開いた。胸に空気が入ってきたのを感じる。意識もはっきりと戻った。そう認識した。

暗闇のなかに、自分をのぞきこむ李秀卿の顔がみえる。瞳が潤んでいた。

とたんに、吐き気がこみあげた。内臓のすべてが飛び出しそうになるほどの苦痛。美由紀は跳ね起きた。硬い床だ。そのうえをのたうちまわった。うつ伏せになったとき、美由紀は激しく吐いた。嘔吐《おうと》されたもののなかに赤い血が混じっているのが、暗闇のなかでもみてとれた。

自分の嘔吐物の強烈な臭いに、我慢がならなくなった。美由紀は身体を仰向けにしようとした。が、力が入らない。身体を浮かせることもできず、美由紀は脱力した。顔ごと、嘔吐したものがひろがる床にべちゃりと音をたてて倒れこんだ。

岬。李秀卿がそう声をかけて、美由紀の身体に手をかけた。仰向けに抱き起こそうとしているのはわかるが、触れられただけでも激しい痛みが全身を襲う。美由紀は悲鳴をあげていた。涙が頬をこぼれ落ち、喉の奥に溜《た》まった血が霧状に吐き出されるのをみた。

「少し我慢しろ」李秀卿がいった。少しどころではない、まさに全身が引き裂かれるような痛みだ。それでも、李秀卿は手を放さなかった。ついには美由紀を仰向けにした。

同時に、わずかながら呼吸が楽になった。美由紀は深く息を吸いこんだ。空中に砂が舞いあがっているらしい。口のなかにざらざらしたものが入ってくる。

だが、なぜか酸っぱい臭いは消えなかった。自分の嘔吐物の臭いだけではないな、美由紀はそう思った。酸性の臭い、それは、人間の体内にあるものが外にでていることを意味している。それも強烈な臭いだった。周囲いっぱいにたちこめている。

「李秀卿」美由紀は声をしぼりだした。「周りに、死んでるひとが？」

「ああ」李秀卿の声がぼそりと告げた。「大勢いる」

美由紀はため息をついた。吐き気がおさまらないことは、このさい無視することにした。気を散らせようと周囲に目を配った。真っ暗に思えた視界も、うっすらとオレンジ色に照らしだされているのがわかる。通常の照明は消えているが、非常灯が点灯したらしい。スプリンクラーは作動していない。警報も鳴っていない。煙か砂埃かわからないが、とにかくもやがたちこめている。その向こうに、天井の大きな亀裂がみえる。階段がねじ曲がり、鉄製のてすりが垂れ下がっている。どうやら自分はまだ、非常階段にいるらしい。

なにが起きたかはわかっていた。気を失っていたあいだにも、その思考だけは存在しつづけたように思う。

美由紀はつぶやいた。「飛行機が……」

李秀卿がいった。「突っこんだらしい。ここから二、三十階は上だろう」

「丁虎山さんは……」

「死んだな」李秀卿の声は、かすかに震えていた。「アラブ人もろとも。飛行機の直撃を受けたんだ、即死だろう」

その声には、自分もそうなりたかったという後悔の響きがこもっているように、美由紀には思えた。

だが、美由紀はまったく逆の意味で悔やんでいた。涙があふれた。いつしか子供のように泣きじゃくる自分を感じながら、美由紀はいった。「間違ってた。わたしは、間違ってた……。あのアラブ人は囮《おとり》じゃなかった。すぐ逃げるべきだった……」

なにが千里眼だ。自分のどこが千里眼だというんだ。こんなこともわからなかった。危機を事前に察するべきだった。一分でも早く気づいていたら、それだけ多くのひとが救われたかもしれない。それなのに。

なんというざまだろう。美由紀は唇を噛《か》み締めた。

「間違ってたのは、わたしもおなじだ」李秀卿が告げた。「追うべきじゃなかった。丁虎山を見殺しにした……。わたしの責任だ」

「ちがうわ」美由紀は泣きながらいった。「あなたのせいじゃない」

突っ込んだのは大型機にちがいない。一般の旅客機か貨物用の軍用機。おそらくは旅客機だろう。ビンラディンの一派は以前にも四機同時のハイジャックをやってのけた。今回も、一機ぐらい奪うのは造作もないことだったにちがいない。

一機ぐらい。いや、はたしてそうだろうか。

そのとき、耳をつんざく音が響いた。幻聴かと思ったが、ちがっていた。床が振動するほどの重低音が、甲高い音に変わっていく。空港でよく耳にする、旅客機の飛行音。それがどんどん大きくなる。意識から排除したいという欲求を無視して、鼓膜を刺激しつづける。

どんと突きあげる縦揺れがあった。腹にずしりと響く音、悲鳴も混じっていた。美由紀は身をひきつらせた。天井からまた、破片が降り注いだ。

ふいに視界を覆うものがあった。李秀卿だった。李秀卿が、自分をかばってくれている。地震のような揺れがつづいた。数秒が経過した。揺れ自体は、さっきほど大きなものではなかった。フロアの大規模な崩壊も起きていないようすだった。

李秀卿が、ほっとしたような顔で身体を起こした。

「いまのは……」美由紀はつぶやいた。

「ビルのどこかで崩落が起きたか、いや」李秀卿はいった。「飛行機の音が聞こえたな。隣りのビルにも突っこんだか」

やっぱりだ。なんということだろう。美由紀は怒りと悲しみに全身を砕かれそうな苦痛にさいなまれていた。こうしているあいだにも、次々とひとの命が奪われている。容赦のない無差別テロ。断じて許されることではない。

「起こして」美由紀はいった。

しばし沈黙があった。だが、李秀卿は美由紀のいうとおりにしてくれた。美由紀は両腕をつかまれ、一気にひきあげられた。

身体が引き裂かれるような苦痛。腕がちぎれるかと思えるほどの激痛。しかし、失われた人々の命を思えば、遠のきそうになる意識をつなぎとめることも可能だ。美由紀は歯をくいしばった。それでも悲鳴を抑えることはできなかった。涙が目から溢《あふ》れ、血がふたたび口のなかを満たしていくのを感じた。

なんとか半身は起きあがった。美由紀は口のなかに溜まったものを吐きだした。赤いしみが床にひろがった。

自分の服は、すでに血だらけになっていた。近くにしゃがんでいる李秀卿の顔も、おびただしい流血で真っ赤になっていた。たぶん自分の顔も大差ないのだろう、美由紀はそう思った。

辺りはまだ、よくみえない。霧に覆われたような暗闇の向こうで、懐中電灯の明かりがいくつか躍っているのがみえる。生存者は自分と李秀卿のふたりだけではない。ようやく、その事実を知った。

同時に、美由紀は疑念を抱いた。狭い非常階段にいたはずだ。それなのに、視界はずっと奥まで広がっている。

壁が崩落しているのだ。美由紀はそのことに気づいた。フロアと非常階段を隔てていた壁が、きれいになくなっている。階段や空調ダクトを通じて、すさまじい爆風が吹き荒れ、周り一面をなぎ倒したにちがいなかった。床には瓦礫《がれき》の山。そればかりではない、いたるところに、人体の断片が散乱している。人の腕や足がころがっている。

一歩を踏み出した。床の低くなっているところには水たまりができていた。大勢の人々から流れでた血と、壊れた水道の配管から漏れた水が混ざったものに、死体、死体の断片、死体からはみだした腸、そのほかいろいろな物体が浮き沈みしてみえる。

すぐ近くに、雀鳳漢が腰をおろしていた。呆然とした顔でうつむいていた。黒いスーツは、埃で真っ白になっている。

美由紀が近づいていくと、雀鳳漢は顔をあげた。しわだらけの初老の顔。だが、目だけは幼児のように泣き腫《は》らして真っ赤になっていた。

「阻止できなかった」雀鳳漢はつぶやいた。「失敗だ」

「少なくとも」美由紀はいった。「まだ生きてるわ、わたしたちは」

雀鳳漢はちらと美由紀をみた。まるで、すべての希望が断たれたかのような諦めのいろをうかべて、ささやくようにいった。「テロをとめられなかった。偉大なる金正日総書記に、なんとお詫び申し上げればよいのか」

美由紀のなかに、ふいに怒りがこみあげた。人民思想省のなかでは民主的な横顔をのぞかせていた雀鳳漢でさえも、こんなときに国家への信奉を心のよりどころにしようとする。

「いいえ!」美由紀はぴしゃりといった。「称《たた》えられるべきは、勇気を持ってテロを阻もうとしたあなたたちだわ。指導者なんかじゃない」

雀鳳漢は、黙って美由紀をみつめた。美由紀も、無言のまま雀鳳漢をみつめかえした。カウンセラーとしての自分はいまどうすべきだろう。雀鳳漢の精神状態に配慮し、安堵をもたらすよう努力すべきだろうか。

いや、ちがう。美由紀は思った。自分はただのカウンセラーではない。元自衛官なのだ。この局面に必要な思考はただひとつ。生き延びること。それだけだった。

こんなときだからこそ、みずからを頼りにしなければならない。美由紀は雀鳳漢の肩にそっと触れた。「さあ、行きましょう。出口を探さなきゃ」

雀鳳漢はためらうそぶりをみせたが、結局は美由紀に従い、腰をあげた。

「班長……」李秀卿が気弱そうにつぶやいた。

「心配いらん」そういった雀鳳漢の声も弱々しかった。「きっと帰れる」

雀鳳漢がふらついた。足もとがみえていないようだった。美由紀はそれを支えた。李秀卿も手を貸した。

「すまん」雀鳳漢がいった。美由紀と李秀卿に支えられ、雀鳳漢は一歩ずつ歩きだした。

どこへ向かえばいいのだろう。美由紀は非常階段を振りかえった。階段は、美由紀が倒れていた踊り場より下は瓦礫によって埋めつくされていた。業務用エレベーターの扉も大きく凹《へこ》んでいて、とても開きそうにない。

足になにかやわらかいものが当たった。目を凝らすと、仰向けに倒れた女性の死体だった。表情は、驚きにひきつったまま凍りついている。鉄骨を抱えこむようにして倒れていた。肺が押し潰されてしまったのだろう。

いつ果てるともしれない暗闇のなかを歩いた。柱がないフロアの造りが、ひどく恐ろしく思えた。ここはまるで地底の大空洞のようだ。いつ天井が落下してきて、この空間を押し潰してしまうか、わかったものではない。

ふと、瓦礫の山の向こうにひとの泣き声がする。子供の声かと思ったが、ちがう。大人の男性の声だ。

まってて。美由紀は雀鳳漢と李秀卿にそう告げて、瓦礫の向こうへと這うようにして進んでいった。両手をすりむき、爪は割れていた。だが、痛みを忌まわしいものには感じていなかった。痛みを感じるということは、まだ自分の両手は生きている。壊死《えし》してはいない。

声が近くに聞こえるところまで来た。だが、たちこめる砂埃のせいでなにもみえない。

「誰か！」美由紀は叫んだ。「誰かいるの。答えて！」

呻き声がした。そちらに近づいていくと、壁にもたれかかるようにして、ひとりの青年がうずくまっているのがみえた。白人だった。美由紀のほうをみて、ただひたすら身体を震わせている。ビル内のどこかの企業に勤めていたビジネスマンだろう。まだネクタイの結び目が緩んでいない。最初の衝撃以来、動けなくなってしまったのだろう。

「だいじょうぶ？」美由紀は手をさしのべた。

青年はよほどショックだったのか、目を大きく見開き、唇を震わせるだけだった。両手は膝をかかえこんだままだった。

美由紀はため息をついた。と、青年の手に携帯電話がにぎりしめられているのに気づいた。

「それ、貸してくれますか」美由紀はそういって、携帯電話に手を伸ばした。

ところが、美由紀の手が触れた瞬間、青年はびくついて両手を後ろにまわした。追い詰められた子供のように後ずさろうと躍起になった。

「心配しないで」美由紀はやさしくいった。自分でも意外だった。こんなときに、カウンセラーとしての自分が姿を現した。「助けを呼ぶだけだから」

緊張を抑えてやわらかく相手と接することを心がける。カウンセラーの信条にはそのようにある。常々難しいことと思っていたが、いまこの状況においてそれを実行することほど困難な課題は、そうありえないにちがいない。

青年の視線が躍った。美由紀の足もとをみつめていた。美由紀はゆっくりと振りかえり、自分のすぐ後ろに落ちているものをみた。

もうすこしで悲鳴をあげるところだった。だが、青年を怯えさせないためにも、ひるんだようすをみせてはいけない。

美由紀の踵にぎりぎり触れないていどの位置に、褐色の髪をした人間の頭部がころがっていた。性別はわからない。頭骨が砕け、白い脳が露出している。人体解剖模型でみたとおりのかたちをしていた。瓦礫の上にひろがった血の海のなかに、いくつかの身体が横たわっているのがみえる。だが、どの身体がこの頭部のものなのかは判然としない。

青年に向き直った。自分の顔はひきつっているにちがいない。それでも、笑みをうかべねばならない。

「さあ」美由紀はふたたび手をさしだした。「電話を貸してみて。ここから、一緒に出ましょう」

その言葉は、あるていど青年の心を開いたようだった。青年はためらいがちに、手を前にだそうとした。しかし、てのひらは携帯電話を強くにぎりしめたままだった。

美由紀は青年に語りかけた。「名前は？」

青年はなにも答えなかった。

「じゃあ、歳は？　何歳？」

沈黙がつづいた。青年には答える意思はあるようだが、思うように声がでないらしい。

「いい？　わたしがあなたに代わって、消防と警察を呼ぶわ。その携帯電話で話すの。そうすれば、ふたりとも助かる。いいわね？」

青年は黙って美由紀をみつめていた。うなずく代わりに、いちどだけ瞬きした。携帯電話を持つ手が緩んだ。

「借りるわね」はやる気持ちを抑え、美由紀は青年の手を握った。ゆっくりと携帯電話を受け取った。

ボタンを押した。ピッという音がする。耳にあてた。が、発信音が聞こえない。沈黙してしまっている。

ため息をついた。そうだ。世界貿易センタービルには、この周辺一帯の携帯電話の基地局があったはずだ。そのビル自体が機能を失っているいま、携帯電話が通じるはずもない。

「岬！」李秀卿の呼ぶ声がした。

美由紀は青年にいった。「行くわよ。立てる？」

手をさしのべたが、青年はただ美由紀を呆然とみつめかえすだけだった。無理に起こそうにも、身を硬くしてへたりこんでいる大人のアメリカ人を動かすのは、至難のわざだった。

「ここでまってて。かならず戻るわ」美由紀はそういって、青年のもとを離れた。

さっきよりは、いくらか身体が動くようになった。もっとも、一歩踏み出すごとに全身の関節はあいかわらず痛みによる抗議を発しつづけていた。それだけではない、横腹に響くような激痛がある。肋骨《ろっこつ》が折れているのかもしれなかった。前かがみになり、横腹をかばうようにしながら歩いた。何度も瓦礫に足をとられそうになりながら、やっとのことで李秀卿の声のするほうまで戻った。

李秀卿は、フロアの壁にもたれかかっていた。耳を壁につけ、なにか音を聞いている。そのすぐわきには、オフィス・フロア用のエレベーターの扉があった。

「なんなの？」と美由紀はたずねた。

「聞いてみろ」李秀卿がいった。

美由紀は壁に耳を当ててみた。なにかを叩くような断続的な音。それに、男女の声。かすかだが、助けを呼ぶ声が聞こえる。

「エレベーターのなか?」美由紀は李秀卿をみていった。

李秀卿はうなずいた。「閉じこめられている。乗っている最中に災害に見舞われたんだろう」

「開けないと」美由紀は周囲を見まわした。防衛庁の災害救助マニュアルにしたがって、何度か訓練をこなしたことがある。エレベーターの扉は決してロックされることはない。扉のあいだに棒状のものを差しこめば、さほど力を入れずとも開放される。

美由紀はいった。「棒を探して。なるべく丈夫なものを」

李秀卿は周囲に目を配った。そのとたん、李秀卿は一点をみつめて静止した。

美由紀は、李秀卿のみつめる方向をみた。

雀鳳漢が、ぐったりとして座りこんでいた。膝をかかえて座るそのありさまは、さっきの青年とまるでおなじだった。

「班長」李秀卿がいった。「手伝ってくれ。棒のようなものがいる」

だが、雀鳳漢はぼんやりと李秀卿に目をやると、またうな垂れた。

李秀卿は苛立ったようすで、雀鳳漢の近くに歩み寄った。「班長!」

「終わりだ」雀鳳漢は静かにつぶやいた。「もう終わりだ。私は職務をまっとうできなかった。偉大なる金正日総書記のご期待に沿うことはできなかった」

李秀卿は困惑のいろをうかべた。「反省はあとですればいい。いまは脱出することだ」

「脱出?」雀鳳漢はあきれたような顔をした。「脱出してなんになる。国に戻っても、われわれは懲戒処分を受けるだけだ。二度とこの職には戻れまい」

「班長」李秀卿がじれったそうにいった。「エレベーターに閉じこめられているひとがいる。助けるのを手伝ってくれといってるんだ」

「なんになる」雀鳳漢は一笑に付した。「いまさら何人かを助けたってなんになる。テロを防げなかったんだ。われわれは、命じられた任務をこなせなかった。失敗だ。ビル全体を救えなければ、なんの意味もない」

美由紀はきっぱりといった。「いいえ。そんなことはないわ。わたしたちはもう、仕事がどうとかいっている場合じゃないのよ。目の前に苦しんでいるひとがひとりでもいれば助ける。そのうえで、みずからも助かる道をさがす。それだけよ」

李秀卿はいくぶん当惑しながら美由紀をみた。その視線が、ゆっくりと雀鳳漢に戻る。

李秀卿はおずおずといった。「班長。わたしも岬のいうとおりだと思う。国のことはあとで考えればいい。閉じこめられているのはアメリカ人だが、命の危機にさらされ、怯えている。助けないわけにはいかない」

雀鳳漢は李秀卿をみあげた。しわだらけのその顔は、美由紀にとってもどのような感情が宿っているのか見極めるのが困難だった。雀鳳漢はただ、なにもいわずに李秀卿をみつめていた。

これ以上話しても無駄だと思ったのか、李秀卿は雀鳳漢のもとを離れ、瓦礫の山にかがみこんだ。棒状のものを探して、床を這いまわった。

美由紀は、雀鳳漢がそこまで北朝鮮政府の職務に殉ずることを誇りに思っているとは、信じていなかった。彼はもっと現実主義者のはずだ。雀鳳漢が無気力に陥っているのは、惨劇に直面した精神的な衝撃のせいだろうと美由紀は思った。雀鳳漢はしかも、自分の意志を持ちはじめた李秀卿に対して、どこか喜びを感じているようにみえてしかたがなかった。さっき雀鳳漢から聞いた話のせいでそう思えているのかもしれない。李秀卿には両親がいない。受動時代から解き放たれるのが遅く、世を知るのが遅れた。雀鳳漢はそのことを気にかけていた。彼にそういう李秀卿の親代わりをつとめる心意気があったとするのなら、いまの李秀卿の言葉は、胸に響いたにちがいなかった。

「これはどうだ」李秀卿がそういって、一本の鉄製の棒を引き抜いた。

長さは手ごろだった。平らな形状もうってつけだった。問題は耐久力だった。美由紀はそれを受け取り、曲げるべく力を加えてみた。硬い。これなら、いけるかもしれない。

李秀卿をみつめてうなずいた。李秀卿はすぐにエレベーターの扉にとってかえした。

美由紀は痛む足をひきずって扉に近づいた。鉄棒を扉のあいだにねじこむべく突きたてた。

すぐに扉は開いた。鉄棒の先で突いたぶんだけ開いた。だが、それは一番手前の扉にすぎなかった。高速エレベーターの扉は何重にもなっている。李秀卿が、手前の扉を手で左右に広げた。美由紀は骨がむきだしになった二枚目の扉のあいだに、鉄棒を差し入れようとした。だが、扉はぴたりと閉じていて隙間がない。

美由紀は頬を流れ落ちる汗を感じた。それをすばやく手でぬぐいさった。額に痛みが走る。汗ではなく、傷口から流れた血かもしれなかった。とにかく、いまはかまっていられない。鉄棒の先の角度を変え、なんとか扉のなかにねじいれようとした。

「かしてみろ」李秀卿がそういって鉄棒をつかんだ。微妙な扉の隙間、そこに鉄棒の先をあてがおうと集中力を働かせていた。

「どうなってるの」美由紀は苦々しくいった。「救助訓練で使われたエレベーターは、一枚目のほうが開けるのが難しかったはずよ。それを開ければ二枚目も自動的に半開きになる、たしかそうだったはずなのに。それとも、日本製だけなのかしら」

李秀卿が作業をつづけながら、ふんと鼻で笑った。「国民の心と同じだな」

わずかに扉の隙間に、鉄棒の先がひっかかる手ごたえがあった。美由紀は李秀卿と一緒になって、てこの要領で鉄棒を動かした。扉に隙間ができた。

李秀卿がほっとした表情をうかべた。美由紀も同様だった。すぐに、より深く鉄棒をさしこみ、もういちどてこの力をはたらかせる。だが、扉は固かった。

「どういう意味？」歯をくいしばりながら、美由紀はきいた。

「なにが？」同じく鉄棒に力をこめている李秀卿がたずねかえした。

「国民の心と同じって、どういう意味かってきいてんのよ」

「ああ」李秀卿は必死の形相になりながらも、平然とした口調でいった。「日本人の心はなかなか開かない。だがいったん開くと、あとは楽だ。アメリカ人の心の扉は、一枚目は簡単に開く。うわべだけは人当たりがいい。だが二枚目以降はそうもいかない。何枚、扉が隠されているかもわからない」

「うまい表現ね」扉はじりじりと、ミリ単位で開いているように思える。美由紀は意地になって力をこめた。「北朝鮮の人間の心はどうなの？」

「われわれのか？」李秀卿がじれったそうにいった。「知らんな」

「じゃ、エレベーターの扉は？」

「わが国のエレベーターか？」と李秀卿がきいた。

「ええ」

「開かないことが多い。階に着いたときでも」

美由紀は思わず、ぷっと噴き出した。こんなときだというのに、笑いが漏れた。

李秀卿も笑っていた。目を細めて、笑っていた。笑顔だけをみると、李秀卿はひとりの、若い女性にすぎなかった。すすに汚れ、血だらけになっていても、美しくみえる女性だった。

「開きつつあるぞ」李秀卿がそういって、また険しい顔に戻った。

「もっと端のほうを持って。そのほうが力が強く加わるわ」

美由紀は鉄棒の端を持った。李秀卿の手が、その上を覆った。温かい手だった。美由紀は李秀卿をみた。李秀卿も、美由紀をみかえした。

「いくわよ」美由紀はいった。「せえの」

満身の力をこめた。扉が動かない、そう思えた。鉄棒の耐久力も心配になってきた。だが、次の瞬間、錆《さ》びついた鉄がこすれあうような鈍い音がした。扉はずるずると横滑りに開いていった。

「開いてる!」李秀卿が叫んだ。「開いてる!」

すでに十センチほどの隙間ができていた。美由紀はいった。「鉄棒はもういいわ。あとは手で開けましょう」

李秀卿が左の扉を、美由紀が右の扉をつかんだ。身体ごと、思いきりそれぞれの方向に引いた。扉はゆっくりとしか動かなかった。

力をこめながら、美由紀は雀鳳漢のほうに目をやった。雀鳳漢はまだ呆然と座りこんだままだ。李秀卿と美由紀の声は聞こえているだろう。だが、手を貸してくれようとはしない。

かまわない。どうあっても、ここから脱する道をみつけねばならない。

美由紀は扉のなかをのぞきこんだ。扉の向こうにエレベーターの箱はなかった。がらんとしたエレベーターシャフトの空間がひろがっているだけだった。暑くはない。エレベーターシャフトは煙突と同じだ、もし階下で火災が起きていたら熱気も煙も上昇してくる。いまは、そんなようすはない。

顔を突っこんで見下ろした。縦横に走る鉄骨。みえる範囲に破損はなかった。数メートル下にエレベーターの屋根があった。一階下で止まっているらしい。

美由紀は屋根に向かって声をかけた。「誰か乗ってるの？」

驚きと、歓喜の声が聞こえた。男女の声がシャフトのなかを響いてきた。ここにいるぞ《ウィー・アー・ヒア》。八人かそれぐらいいる。助けてくれ。

美由紀は頭のなかで災害救助テキストのページを繰っていた。高速エレベーターは、数百本の鉄線を編み合わせたワイヤーで支えられ、いくつものブレーキシステムが採用されている。ショックひとつではずれることはない。ワイヤーは、美由紀から手が届きそうなほど近くにあった。

「エレベーターに降りる」美由紀はそういった。

李秀卿が顔をしかめた。「それで、どうするんだ？」

「あとで考える。とりあえずエレベーターの屋根板ははずれるはずだから、箱のなかに入ることはできるわ」美由紀はそういうと、すぐにエレベーターシャフトのなかにジャンプし、ワイヤーに飛びついた。

そのとき、建物が大きく振動した。自分の動作に反応したのか。美由紀は一瞬そう思ったが、そうではなかった。フロア全体が大きく揺れている。壁がねじ曲がりはじめた。フロアの天井が落ちてくる。壁が耐えきれなくなっている。

「李秀卿！」美由紀は怒鳴った。「早くこっちへ！　エレベーターシャフトに飛びこんで！」

李秀卿はひるんで周囲を見まわしていた。「どういうことだ？」

「このフロアが潰れるのよ！」美由紀は叫びかえした。

世界貿易センタービルは、外壁をワイヤーで強化することによって柱を少なくしている。飛行機が突っこんだということは、外壁が破壊されている。天井を支えきれず、潰れるフロアが続出するにちがいない。やがては、建物全体が崩落してしまうだろう。

「早く！」美由紀はわめいた。「早く！」

李秀卿はなにかを気にしていた。美由紀は、李秀卿の心のなかを察した。彼女は、雀鳳漢を助けようとしているのだ。

「班長！」李秀卿は怒鳴った。「班長！　こっちへ来るんだ！」

エレベーターシャフトに入った美由紀からははっきりとはみえないが、雀鳳漢はおそらく座りこんだままにちがいない。

揺れがひどくなってきた。エレベーターのなかから悲鳴が聞こえる。天井から、さらに細分化された破片が雨のように降り注ぎはじめた。

「時間がない！」美由紀はいった。「李秀卿！　あなただけでも来て！」

そういいはなった瞬間、美由紀ははっとした。そうだ。もうひとりいた。フロアの生存者は、少なくとももうひとりいる。

さっきの青年。部屋の奥でうずくまっていたひとりの若い白人。

なんてことだ。だが、いまや美由紀の身体はエレベーターシャフトのなかで宙吊りの状態だった。フロアへ飛びこもうにも、ワイヤーが揺れて安定しない。へたをすると、エレベーターの屋根の上に落下してしまう。

美由紀は李秀卿にいった。「奥にもうひとりいるわ！」

「なんだって!?」李秀卿は驚いたようすで振りかえった。

「ああ、でもだめだわ。間に合わない」美由紀がそういったとき、いっそう強烈な振動が襲った。美由紀はエレベーターシャフトのなかで激しく揺さぶられた。めまいが意識を遠ざける。背中を壁に打ちつけた。ワイヤーを離すまいと握りしめたてのひらに棘《とげ》状の鉄線が食いこみ、血がしたたり落ちていた。

李秀卿がフロア内に向かって叫ぶ声がした。「崩れるぞ！　早くこっちに来るんだ！」

彼女の声は、間違いなくあの白人に届いているはずだ。それなのに、砂煙の向こうに人影はみえない。誰も駆け出してくるようすはない。

李秀卿は絶望したように、わきをみつめていった。「雀鳳漢班長も早く……」

と、李秀卿がふいに身体を凍りつかせたのを、美由紀はみた。

「班長！」李秀卿は、悲鳴に近い声をあげて叫んでいた。

美由紀は、扉の向こうのフロアで起きていることを垣間見た。雀鳳漢が立ち上がり、フロアの奥へと向かっていく。必死で駆けていく。混乱し、逃げだしたのか。美由紀は一瞬、そう思った。

だが、ちがっていた。砂埃のなかから、ふたたび雀鳳漢がよろめきながら現れた。不自然に前かがみになっている。その理由はすぐにわかった。あの動けなくなっていた白人の青年を背負っているのだ。

李秀卿は立ちすくんでいた。その驚きは、美由紀にも手にとるように理解できた。雀鳳漢が、見ず知らずの青年を助けようとしている。ついさっきまで、任務の失敗がすべての終わりであるかのようにつぶやき、落胆の底にいたはずの雀鳳漢が。

やはり、雀鳳漢は現実主義者なのだ。人として、なにがたいせつかをわかっている男なのだ。美由紀は、いつしか祈っている自分に気づいた。早く来て。間に合って。お願いだから。

唐突に、頭上でなにかが弾けるような音がした。それが轟音となって美由紀の全身を揺さぶった。赤い光が、天井の亀裂から差しこむ。炎だ。爆発が起きたのだ。

そう思った瞬間、フロアの天井が一気に崩れ落ちてきた。

李秀卿の悲鳴が聞こえた。李秀卿はエレベーターの扉のすぐ外に立ち尽くしている。そのフロアがみるみるうちに炎に呑まれる。美由紀の目に、その地獄絵図が映った。

「来て！」美由紀は叫んだ。「李秀卿！　早く！」

だが、李秀卿は立ちつくしたまま、悲鳴をあげつづけていた。雀鳳漢が炎と崩れ落ちてくる瓦礫のなかに呑まれていくのを、まのあたりにしたにちがいなかった。

「李秀卿！」美由紀は最後の力をふりしぼり、ワイヤーからフロアに跳躍した。李秀卿の身体に抱きつくと、すぐにそのまま背中から後方に、エレベーターシャフトのなかに落下していった。それしか逃れるすべはない、そう思ったからだった。

李秀卿の悲鳴が響きわたった。エレベーターシャフトのなかにも、フロアから噴き出した炎がひろがった。髪が焦げる臭いを一瞬、嗅いだ。美由紀は身体の前で李秀卿を抱いたまま、背中から落下していった。すぐにエレベーターの屋根に、背が打ちつけられた。全身を砕くような激痛が走った。肌を焼き尽くすような熱風のなかで、美由紀はまたしても、意識が遠のいていくのを感じていた。

旋律

星野亜希子は椅子に座って、ピアノの鍵盤をみつめていた。自分が亜希子という名であること、それはなんとなく受け入れられる気がする。誰もがそう呼ぶ、そのせいで、そんな気がするというだけかもしれない。ただ、それがあきらかに自分の名前だということだけは、確信に近いものを感じていた。

夢か現実かという、判然としない感覚もない。すべて現実だと思っていた。ただ、なぜここにいるのかは、よくわからなかった。それでも、指示されたことには従う気でいた。従順になること、それは安全につながる道だと亜希子は直感的に感じていた。逆らうことは苦痛を生む。これまではそうだった。たぶん、これからもそうだろう。

なぜ大勢のおとなたちが自分を見守っているのかわからない。スーツを着た男たちが何者なのかはわからない。それがひどく不安だった。だが嵯峨は、だいじょうぶだといった。それなら、その言葉を受け入れればよいのだろう。

誰かの手が自分の手に触れた。嵯峨ではなかった。ひとりの女性だった。部屋に入ってくるなり、亜希子、亜希子といって抱きついてきた、あのひとだった。お母さんだよともいっていた。それが本当なのかどうかわからない。お母さんという言葉の意味も、どこかで曖昧《あいまい》になっている。

「亜希子」その女性がささやきかけた。言葉は喉にからんでいた。「ピアノを弾きましょうか」

ピアノ。弾く。言葉の意味はわかった。自然に両手がでた。

だが、どうすればいいのかはさっぱりわからない。

「両手を、鍵盤の上にのせて」女性はいった。「ちがうの。親指はこう」

亜希子はびくっとした。女性は亜希子の親指を、鍵盤に対してやや斜めに触れさせた。

「どうかした？」と女性はきいた。

「いえ」と亜希子は答えた。

だが、妙にびくつくことがあった。女性がいった、ちがうの、というその言葉。そこになぜか、亜希子は緊張を感じた。

「人差し指、中指、薬指、小指のさきをきちんとそろえて。ちゃんと一直線になるように」

亜希子は指先を曲げた。すなおに従える自分がいる。指示の意味が理解できる自分がいる。

「そう」女性はいった。「じゃ、ドレミファから」

すぐに指が動いた。ド、レ、ミと鍵盤を叩いた。はっきりとした音だった。

「だめよ」女性は震える声でいった。「指先がそろってない。手の外側に向かって斜めになってると、小指に重さをかけられないから」

「はあい」だしぬけに返事をした自分がいた。亜希子は驚き、女性と顔を見合わせた。

亜希子は驚きを感じた。女性は涙をうかべていた。なぜか泣いている。それでも、亜希子の顔をみつめるときに、微笑がうかんだ。亜希子も笑いかえした。さあ、つづけますよ。女性はそういった。

「右足をペダルにのせてね。左足は少し引いて」と女性。「じゃ今度は、オクターブをためして」

小指に重心をかけて黒い鍵盤を叩《たた》いた。なぜかそうしていた。続けて、中指でもおなじことをした。

女性がはっと息を呑む気配がした。「つづけて弾いて」女性はそういった。

いくつかの鍵盤を叩いた。美しい音が奏でられる。すべて決まっていることのようにも思える。亜希子の指は鍵盤を叩きつづけた。

「もっとつづけて」女性がいった。

亜希子は呆然と鍵盤を見下ろしていた。だが、静止していると感じているのは頭だけだった。手が、指先が勝手に動く。自由に、なにかから解き放たれたように鍵盤の上を躍る。

メロディがひとつの音楽になっていく。無心で弾いた。そうだ、自分はいまピアノを弾いている。弾いているのは自分だ。そう認識した。

高音にさしかかった。ラとシを避けている。指が自然に避けて、黒い鍵盤を打つ。わずかに頭の隅でそれを意識しながら弾いた。このピアノでは、いつもそうしてきた。いつも。

「亜希子」母の声がした。

手がとまった。

母の声だった。傍らにいるのはまぎれもない自分の母だ、そう認識した。驚きをともなわず受け入れる瞬間があって、次にそれを衝撃と感じる自分がいた。

亜希子ははっとして母の顔をみた。

いくぶん歳を重ねた、見慣れた母の顔がそこにあった。目を潤ませている。たちまち涙がこぼれ落ちた。母は、泣きながらくりかえした。亜希子。

亜希子は叫んだ。「お母さん!」

室内にどよめきがひろがった。亜希子は母親の忍に抱きついていた。亜希子。忍がそういって、娘を抱きしめた。

亜希子は大声で泣いた。人目もはばからず、幼児のように泣いた。

嵯峨は、呆然とたたずむ昌宏のほうに目をやった。昌宏は、目を丸くして妻と子をみていた。その視線がやっと、嵯峨のほうに向いた。

嵯峨はうなずき、目でうながした。

昌宏は、ゆっくりと亜希子に近づいていった。緊張の面持ちで、忍のそばにたたずんだ。

忍が顔をあげた。昌宏をみた。それから亜希子に視線を戻し、つぶやいた。「お父さん。わかる?」

「わかる」亜希子は泣きながらいった。「お父さん。お母さん」

「よかった」昌宏は、崩れ落ちるように両膝をつき、娘を抱きしめた。「亜希子。本当によかった。亜希子」

室内にひろがったどよめきは、しだいに嵯峨に向けられてきた。嵯峨と目が合った名も知らぬ若い男が、やった、そういって顔をほころばせた。ほかにも笑顔をみせる男たちが、あちこちで現れた。手を叩く音。それが聞こえるにいたって、嵯峨はたまらなくなった。一刻もはやくここを立ち去りたかった。

こみあげてくるものがある。こんなところで泣くのはごめんだった。嵯峨は、星野一家に気をとられている人々の合間を縫って、すばやく戸口へと向かっていった。

倉石と目が合った。倉石は嵯峨をじっとみつめていた。その深く澄んだ目が、なによりの賞賛だった。朝比奈もいた。朝比奈はぼろぼろと泣いていた。その顔をみるうち、いっそう自分も泣き出したい衝動に駆られる。嵯峨はそれをかろうじて堪え、廊下へと駆けだした。

玄関へと小走りに向かった。八代政務官が追ってくるのではと思ったが、誰もついてはこなかった。それどころではないのだろう。

嵯峨は靴をはき、玄関の扉を開け放って外にでた。路地は静まりかえり、ひんやりとしていた。黒いセダンが何台も連なって停まっている。連中の乗りつけたクルマだろう。

しばらく走った。意識せずともそうしていた。すぐに息切れし、立ちどまった。辺りには誰もいない。それを確認してから、塀にもたれかかり、手で顔を覆った。とたんに、涙があふれでた。

やった。やったのだ。どうなるかわからない、その迷いにうちひしがれることだけを恐れて、突っぱりとおした。意地を張りつづけた。すべて自分の思ったとおりだ。直感に従い、実現できると思ったことはやってみることだ。自分は経験を積んできた。そのことは、誰よりも自分自身がよく知っていた。ただ、自分で自分を信じられなくなっていたのだ。あまりにも思いどおりにならないことが多すぎて、自分は駄目な人間だと思いこんでいたのだ。

涙がとまらなくなった。おとなになってから、泣くことはあっても、はっきりと自分の泣き声を耳にしたことはなかった。だがいまは、自分は声をあげて泣いている。

すべてをやりとおした。満足だ。もうなにがあっても恐れない。たとえ、どんな処分が待っていようと。

そのとき、玄関のほうからひとがでてくる気配がした。嵯峨はあわてて涙をぬぐい、背を向けて立ち去ろうとした。自分のクルマは角を折れた先に停めてある。そこまで、振りかえらずにいこう。

「嵯峨先生」背後で呼びとめる声がした。岡江の声だった。

嵯峨は驚き、振りかえった。岡江はひとりだった。

岡江はつかつかと嵯峨の近くに歩み寄ってきた。じっと嵯峨を見据えてきいた。「逃げる気?」

嵯峨は思わず噴きだした。なぜか、笑う自分がいた。

しかし、岡江は笑わなかった。腕組みをすると、冷ややかな目を嵯峨に向けた。

「いえ、べつに」嵯峨はいった。「やっぱり戻らなきゃ、いけませんよね」

岡江はしばし黙りこんだ。視線が戸惑いがちに躍った。「まあ、いいわ。外務省の人間には、わたしから口をきいておいてあげるから」

自信のなさそうな顔とは対照的に、口ぶりだけは堂々としていた。嵯峨は苦笑し、頭をかきながらおじぎをした。そして踵をかえし、歩きだした。

「嵯峨科長」岡江の声がした。

嵯峨は振りかえった。科長。たんなるいいまちがいだろうか。

岡江は硬い表情のまま、たたずんでいた。いくらか柔らかな声で、岡江はいった。「クルマに乗ってく?」

「いえ」嵯峨はいった。「自分のクルマがありますから」

岡江は黙ってみかえすばかりだった。

嵯峨は気まずく思いながら、もういちど頭をさげた。小走りにその場を立ち去り、角を折れた。

ひとけのない路地に、ぽつりと白いカローラが停めてある。年代もののカローラ。愛《あい》嬌《きょう》のある丸いヘッドライトが、嵯峨をじっとみつめている。

嵯峨はふっと笑い、クルマに近づいた。ドアを開けて乗りこんだ。

あいかわらずオイルの臭いが充満している。なぜ運転席にまでエンジン部分の臭いが流れこんでくるのかわからない。だが嵯峨は気にしなかった。いつものことだ。むしろこの臭いが、家に帰ってきた、そんな安堵をもたらしてくれる。

キーをさしこんで、エンジンをかける。ぐっと回すのではなく、半クラッチのように途中でとめる。それが、この接触不良のイグニッションキーを作動させるこつだった。一発でかかる日もあれば、どんなに慎重にやってもかからない日もある。

キーをひねった。エンジンが鈍い音をたて、それからしだいにたくましい音へと変わっていった。一発でかかった。

ステアリングを握って、嵯峨はつぶやいた。さあ親父、俺たちも家に帰ろう。

悟り

意識が戻ってきた。美由紀は全身の激痛をこらえようと歯をくいしばった。身体が動かない。呼吸がまたしても困難になっている。激しくむせた。空中に噴き上げられる血が、顔に降りかかった。

ひんやりしている。異様に肌寒かった。感覚が麻痺しているからなのか。熱風が急におさまったからか。

泣き声が聞こえる。女の泣き声だ。痛みをこらえながら、美由紀は身体を起こした。エレベーターの屋根の上だった。すぐ近くに、エレベーターを吊り下げているワイヤーがあった。その向こうに、ひとりの女がうずくまって、身を震わせて泣いていた。李秀卿だった。

「李秀卿」美由紀は声をかけた。そちらへ近づこうとした。とたんに、激痛が走る。身体をひきずりながら、這っていった。

李秀卿。ふたたび声をかけた。震える手をのばし、李秀卿の肩においた。

ゆっくりと、李秀卿の顔があがった。流血と痣《あざ》だらけになった李秀卿の顔が、涙でさらにくしゃくしゃになっていた。

美由紀は言葉がでなかった。あの李秀卿が、赤ん坊のように泣きじゃくっている。「岬」李秀卿は泣きながら、しぼりだしたような声でいった。「班長が……死んだ。天井が崩れてきて……。火も、すごかった。ふたりとも、火だるまになって……落ちてきた天井に、潰された」

美由紀は目を閉じた。雀鳳漢と、彼が助けようとした青年。ふたりとも、助からなかった。

目を開き、頭上をみあげた。エレベーターシャフトは歪曲していた。さっきいたはずのフロア、開け放たれた扉の部分は、完全に潰れて跡形もなくなっていた。

静かだった。異様に静かだ。だが、崩落はこれで終わったわけではあるまい。ただ、なにも考えられなくなっていた。静止したような時間のなかに身をゆだねた。李秀卿の泣き声だけが聞こえていた。

いや。美由紀はなにかに注意を喚起された。またしても聴覚だった。聞こえる。人の声が。

エレベーターのなかだ。美由紀たちはいま、エレベーターの屋根の上にいる。下から、人の声がする。

美由紀は屋根の上をさすった。防災上、すぐに開く天窓がつくってあるはずだ。降り積もった灰の下に埋もれた天窓をさがした。

あった。美由紀の指先がさぐりあてた。美由紀は肘でその天窓を打った。プラスチック製の天窓は外れ、エレベーターのなかに落ちた。

エレベーターのなかを見下ろした。七、八人の男女。白人に黒人、男性に女性。いずれも、驚いた顔でこちらをみあげている。ずっとエレベーターに閉じこめられていたせいか、ビジネススタイルの服はさほど汚れてはいなかった。ただ、顔だけは涙にまみれていた。

エレベーターのなかの男女たちは呆然と美由紀を見上げていたが、やがてひとりの男性が叫んだ。「なにがあったんだ《ホワッツ・ハプン》、いったい」

美由紀は説明する気はなかった。「事故です《イッツ・アクシデント》。みなさんを助けます《ウイール・セーブ・ユー》」

「あなた《ユー》が?」女性のひとりがいった。

「ええ。しばしお待ちを《イエア・ウェイト・ア・ミニット》」美由紀はそういって、顔をあげた。

屋根とワイヤーの接続部分をみた。一般に、エレベーターのワイヤーは箱から絶対に離れないと思われているが、そうではない。防衛庁の災害救助マニュアルにもそうあった。停止したエレベーターを下ろすためにもワイヤーははずれるようになっている。マニュアルでは、救助隊のワイヤーをシャフトのなかに通し、エレベーターの屋根に固定してから、もとのワイヤーをはずし、救助隊側のワイヤーを徐々に伸ばしていって下におろすことになっていた。しかし、この場には救助隊も予備のワイヤーもない。

ただ、高速エレベーターの場合、箱を支えるのはワイヤーだけではないはずだ。側面にもブレーキシステムが……。

だしぬけに、頭上で轟音が響いた。また縦揺れが襲った。シャフトのなかで、エレベーターの箱は横方向にも揺れている。男女の悲鳴があがった。

美由紀は頭上をみあげた。シャフトのなかも崩落が始まった。鉄骨が飴《あめ》のようにねじまがっていき、コンクリートの破片が剝《は》がれ落ちてくる。両手で頭を抱えるようにして伏せた。破片が落下してきた。美由紀の身体を激しく打った。肩を脱臼《だっきゅう》したかと思えるほどの痛みが走った。崩落がいったん弱まると、美由紀は腕を動かしてみた。さいわい、肩はまだはずれてはいない。

エレベーターが落ちるほどの衝撃ではなかった。だが、もう建物全体が限界だろう。いつ、すべてが崩れ落ちてもふしぎではない。

美由紀はエレベーターのなかをのぞきこんだ。「だいじょうぶですか」

なかの人々は、砂埃にむせていた。美由紀が屋根を開けたせいでもあった。だが、そのことに苦言を呈する者はいなかった。男性のひとりがいった。なんとか、だいじょうぶだ。

「これからエレベーターを下ろします」美由紀はいった。「というか、かなり速く落ちます。このエレベーターの箱を吊り下げている、ワイヤーをはずすからです」

女性のひとりが目を見張った。「そんな……」

「心配いりません。高速エレベーターには側面に補助ブレーキがついています。緊急時のものとして、電力がいっさい通っていない状態でも、一階に到達する寸前に物理的に働いて減速し、衝突による衝撃を起こさないようになってます」

黒人の男性がこわばった顔でいった。「つまりエレベーターを……落とすのか」

「それ以外に、方法はありません」

金髪のショートヘアの若い女性が甲高い声でいった。「それより、とりあえずこのエレベーターからでることはできないの？」

美由紀はいった。「でても、行くところはありません」

これ以上、話をしている時間はない。アメリカ人たちの抗議を無視し、美由紀は顔をあげた。箱とワイヤーの連結方法にはいくつかの種類があるが、これはバルブ固定型といわれるものだった。太さ五センチ、長さ三十センチほどのバルブを水平方向に引き抜けば、ワイヤーは外れる。

美由紀はL字型のストッパーをはずした。バルブに手をかけたが、びくともしない。手の皮がすべてすりむけてしまったかのように痛みが襲う。力をこめるのは困難だった。

「李秀卿」美由紀は屋根の上にいる唯一の仲間に声をかけた。「手伝って。このバルブを引き抜くのよ」

だが、李秀卿は顔をあげなかった。身を震わせ、泣きつづけるばかりだった。

こんなときに。美由紀は苛立った。李秀卿の顎《あご》をつかみ、強引に顔をあげさせた。「李秀卿！」美由紀は怒鳴った。「力を貸してっていってるでしょう！　このエレベーターに乗ってる人々を助けだすのよ！」

「そんなことしてなんになる」李秀卿は泣きながらいった。「班長はいない。死んだ。これからどうすればいい」

「だから、このバルブを引き抜いて……」

「どうすればいい！」李秀卿は大声で泣きわめいた。「どうやって生きればいい！」

美由紀は言葉を呑みこんだ。あれだけ自立しているようにみえた李秀卿も、やはり雀鳳漢を親代わりとして認識していたのか。いや、ほかに自分を導いてくれる存在がいなかったのだろう。愛も、信頼も、心を通じ合える存在は、師である雀鳳漢しかいなかったのだろう。

公と私。すべてが渾然一体《こんぜんいったい》となった李秀卿の人生。心のよりどころもそこだけだったにちがいない。

嵯峨と交わした言葉が、美由紀の脳裏をよぎった。ふつうのカウンセラーにしかなれないけれども、僕はその道で頑張る。美由紀さんも自分の道で頑張って。おたがいに助け合おう。そんなことを、嵯峨はいっていた。

自分にしかできないことがある。自分がやらねば、誰にもやれないことがある。いまがそのときなのだ。美由紀はそう悟った。

「聞いて」美由紀は静かにいった。「あなたは、わたしに教えてくれたわ。理屈じゃなく、本当に人を助けたいと思うってこと……。どんな職務に就こうと、それは変わらない。わたしは、あなたに会って、変わったわ。成長した。それはまぎれもない事実よ」

「変わった？」李秀卿はきょとんとした顔で美由紀をみた。「わたしに会って？」

「ええ」美由紀はうなずいた。「わたしたちはいろんな意味で水と油だわ。だからこそ、おたがいに学んで、より高めあっていくことができるかもしれない。そう思わない？」

李秀卿は黙って、美由紀をみつめていた。やがて涙をぬぐいさりながらいった。「わたしの影響でおまえが成長することはありうるだろうが、その逆は成り立たない」

「まだわからないわよ」美由紀は微笑してみせた。「生き延びなきゃ、永久にわからない」

李秀卿は目を伏せた。「わたしはなにもかも失った」

「そうね」美由紀は李秀卿の肩に手をかけた。「でも、これからも失っていくの？　失わずに済ませられるものまで、なにもかも投げだしてしまうつもり？」

「だが」李秀卿の視線が、迷うように虚空をさまよった。「やっぱり、だめだ」

「どうして」

「考えてもみろ。下には大勢の警官が集まっている。軍も出動してるだろう。マンハッタンは閉鎖されているにちがいない。わたしは偽造旅券で入国した、朝鮮民主主義人民共和国の人間なんだぞ。どう考えても、見過ごされるわけがない」

美由紀は口をつぐんだ。たしかに、このビルから無事逃げおおせたとしても、ニューヨーク市警察にいったん身柄を拘束されることになるだろう。マンハッタンから脱出できたとしても、空港は閉鎖され周辺に検問が設けられているにちがいない。テロに対し国家非常事態宣言が発令されれば、李秀卿が国外に逃亡できる可能性はほとんどなくなる。

「だいじょうぶ」美由紀はいった。「あなたが当局に捕まったとしても、わたしがかならずなんとかするわ」

「おまえが？」李秀卿が目を丸くした。「いくらなんでも、日本の二等空尉にそんな権限など……」

「そうとばかりもいえないわ。アメリカにはいくつか貸しがあるもの」

李秀卿は美由紀を見つめた。美由紀も、李秀卿を見返した。

「最初から」李秀卿はつぶやくようにいった。「おまえは、ただものじゃないという気はしていた」

「あなただってそうよ」美由紀は微笑してみせた。

「だが、偉大なる……」

「偉大なる国家主席は関係ないの。この場を誰が助けてくれるの？　運命をきめるのは国や政府じゃないわ。自分できめるのよ」

李秀卿はいつものように硬い表情を浮かべた。もう泣いてはいなかった。

「自分で運命をきめるとするなら」李秀卿はきっぱりといった。「このアメリカ人たちは助ける。まだ生き残っているひとはすべて助ける。そしておまえも。……助ける」

李秀卿の瞳は輝いていた。いままで美由紀が会ったどんな女性よりも、ずっと澄んだ目をしていた。

美由紀はこみあげてくるものを感じながら、李秀卿にいった。「わたしはだいじょうぶよ。あなたの世話にはならないわ」

「どうだかな」李秀卿はかすかに口をゆがませた。「それで、これはどうすればいい」

「バルブを持って。引き抜くだけよ。落下中はエレベーターの屋根から離れないように、どこかにしがみついていてね。ブレーキは十五階ぐらいから効きはじめて徐々に強く効いていく。減速していって、一階でぴたりととまる。そのはずよ」

「本当にブレーキが効くのか?」

「壊れてなければね」美由紀の頭上で、またしても轟音が響いた。「時間がない。いくわよ」

李秀卿の手が、バルブの端をにぎった。美由紀もその上に手を添えた。エレベーターのなかに聞こえるように、英語で怒鳴った。「三つ数えるわ《オン・マイ・カウント》、しっかりつかまって《ファスン・ユア・シートベルト》。ワン、ツー……」

祈りというものが通じる、そんなときがあるのだろうか。神は心のなかにいる、その言葉にはどんな意味があるのだろう。詭弁か。そう思うことが天に唾《つば》することなのか。神の怒りに触れる。罪深き人間がこの世の生を奪われるのか。だとするのなら、世界中で死んでいく罪なき人々は、なぜ死なねばならなかったのだ。悪はなぜ、生き延びつづけるのだ。天国と地獄、そんなものは本当にあるのか。あるとするのなら、行き先は誰が決めるのか。どんな基準で判断するのか。

知ったことじゃないわ。と、美由紀は思った。

「スリー!」満身の力をこめてバルブを引いた。李秀卿とともに、引き抜いた。

ワイヤーがはずれる。それをはっきりまのあたりにした。

足もとが落ちた。フリーフォールの落下の瞬間、それとまったくおなじだった。エレベーターのなかから響き渡る悲鳴も、遊園地のそれに酷似していた。むろん、喜びをともなわないという本質的なちがいは大きかった。

耳をつんざく轟音とともに、エレベーターの箱はシャフト内を落下しはじめた。すさまじい風圧が身体を浮き上がらせる。美由紀は屋根の天窓に手をかけていた。李秀卿は、そのすぐ近くで作業時用の把っ手《とって》を握りしめているようだった。

李秀卿の身体が、逆立ちするかたちに浮き上がった。李秀卿の悲鳴が聞こえる。美由紀も悲鳴をあげていた。手に痛みが走る。エレベーターから引き離されてしまいそうだ。

落下は長く続いた。どんどん加速していく。比例して、恐怖心も増大する。ブレーキ。ブレーキはまだだろうか。このまま地面に激突するのか。すべてが終わるのか。

そう思ったとき、異音が耳に飛びこんできた。なにかがこすれるような音。これがブレーキの音であってくれ、頼む。瞬時に美由紀は祈った。

減速。美由紀はそれを感じた。たしかに感じた。同時に、身体が今度はエレベーターの屋根のほうへ引き寄せられはじめた。逆立ちしていた身体が、屋根の上に腹ばいに叩きつけられた。

風圧がやんでいく。減速している。

頭が割れそうなくらい甲高い金切り音が鳴り響いた。風圧がさがると同時に、振動は大きくなっていった。あまりの騒音に意識が遠のきだした。状況が把握できなくなってきた。ふいに金切り音はやんだ。低い、稲妻のような音が響いた。停まった。と思った瞬間、がくんと下がった。そこで、エレベーターは完全に停まった。

意識はあった。だが、手の力が抜けなかった。天窓のへりをつかんだまま、指先が動かなかった。

呆然としていたとき、誰かの手が美由紀の手首をつかんだ。李秀卿だった。

李秀卿がいった。「行こう」

美由紀はようやく、生き延びたことをさとった。指の力を抜いた。へたりこみそうになるのをこらえ、頭上を見あげた。エレベーターシャフトが、果てしなく上へ上へと伸びている。それがぐらぐらと揺れているのがわかる。

「急げ！　脱出しろ！」声がした。美由紀はエレベーターのなかをのぞきこんだ。乗っていた人々が駆け出していくのがわかる。消防士のヘルメットがみえる。一階で待機していた消防士にちがいなかった。扉を開け放ったのだ。

「さきに行って！」美由紀はそういって、李秀卿の手をひいた。

李秀卿は叫びかえした。「おまえがさきだ！」

議論しているひまはない。美由紀は天窓のなかに身を躍らせた。エレベーターの箱のなかに落下した。

身体の自由がきかない。足を滑らせ、尻餅《しりもち》をついた。あまりの痛みに声もでなかった。

消防士が驚いた声をあげている。エレベーターの天井から人が降ってきたのだ、それも当然だろう。

「手を貸してあげて」美由紀はそういって天井を指差した。

天窓から、李秀卿の足がのぞいたところだった。

消防士の助けを借りて、李秀卿はエレベーターの箱のなかに降り立った。

美由紀は立ちあがった。エレベーターの扉の向こうに、世界貿易センタービルのロビーフロアがひろがっていた。陽の光がさしこむ、風も吹きこんでくる。ひさしぶりに風を感じた、そんなふうに思った。近代的なインテリジェントビルの様相を呈した広々としたフロア。雑踏もいつものとおりだった。もっとも、いまはそのほとんどが制服警官と消防士だったが。

よろめきながら、美由紀は扉の外にでた。いつの間にか、李秀卿と手をつないでいた。美由紀はその手を握りしめた。李秀卿と顔を見合わせた。李秀卿も、強く手を握りかえした。

かなりの時間がすぎた。練馬修司は診療室の床に足を投げだして座っていた。ウイスキーも残すところあとわずかだが、もう腹のなかに入らない。酔いは足りないが、身体が受けつけてくれない。

練馬は物置のなかに目をやった。下着姿の秋本霞は汗だくで、ぐったりとうつ伏せている。スタンガンに対する、星野亜希子とは異なる反応が最初のうちは新鮮だったが、しだいに飽きてきた。この女はただ泣くばかりだ。もっと身体をのけぞらせるとか、大きなリアクションがほしい。

一計を案じ、練馬は口にふくんだウイスキーを、霞にあびせた。霞はびくついたが、顔はあげなかった。練馬はスタンガンを霞の濡れた肌に当て、スイッチを入れた。液体の力を借りた電撃は強烈なものになったらしい。霞は粘着テープの下で悲鳴をあげ、飛びあがらんばかりに転がった。

練馬は笑った。げらげらと笑っていた。自分でもけたたましいと感じるほどの笑い声だった。

霞は肩を震わせて泣いていた。そのうち、慣れてきたら足かせははずせばいいだろう。そうしても逃げだそうという気が起きなくなる。星野亜希子もそうだった。やがては縛っておかなくても監禁できるようになる。抵抗力をすべて奪ってしまえば、女はおとなしいペットになる。

満足感に浸りながら、練馬はまたウイスキーを口に運んだ。そのとき、玄関の扉を叩く音がした。

こんな時間になんだ。急患だろうか。いや、あの刑事が戻ってきたのかもしれない。無視だ。相手になどしなくていい。俺の世界に立ち入る権利など誰にもない。

うちひしがれたように横たわったままの霞をしばしながめていた。やがて、ノックの音が激しくなった。

うるさいやつめ。意地でもでていくものか。練馬はウイスキーのボトルをあおった。

そのとき、ふいになにかが割れる音がした。ガラス、それも入り口の扉のものだ。さらに、ガラスを砕く音が何度もくりかえしつづいた。偶発的なものではない、意図的に破壊している。

正気か。なかに踏みこむつもりか。なんの予告もなく。そんなことがありうるのか。

練馬は立ちあがり、霞を物置に足で押しこむと、ドアを閉めた。震える手で鍵《かぎ》をかけ、急いでドアを離れた。そのとき、診療室に入ってきた男と目が合った。

あの蒲生という刑事だった。またひとりで来たらしい。蒲生はつかつかと練馬に近づいてきた。

練馬は怒り、怒鳴った。「どういうつもりだ。勝手に入ってくるなんて。訴えるぞ」

「ああ」蒲生は立ちどまった。「ここになにもないのなら、どうぞ訴えてくれ。だがあいにく俺は、そう思っちゃいないんでな」

この男はなんの権限があって、このようなことをしでかすのか。新潟県警には、こんなタイプはいなかった。練馬は苛立ちながら、蒲生を両手で押し戻そうとした。「とにかく、でてってくれ」

ところが、蒲生の身体はびくとも動かなかった。鍛えた身体つきが、スーツの上からも感じとれた。練馬はふいに寒気を感じ、手をひっこめた。

「なあ練馬さん」蒲生は不敵にいった。「いましがた所轄に寄ってきたんだが、千葉から旅行にきてた女の子がひとり、夜になってもホテルに帰らないってんで捜索願が出されてた。友達の話では、その子は歯が痛みだしたから歯医者にいってくるといって、ホテルをでていったそうだ。秋本霞さんという子なんだがね。知らないか」

「知らない」練馬はきっぱりといった。「きょうは来診した人間はいない」

そうか、と蒲生はつぶやいた。待合室のほうを振りかえりながらいった。「いま受付カウンターをのぞいたら、さっきあったはずの保険証がなくなってるな。どこにやった」

秋本霞の保険証だった。さっき刑事が帰った直後、焼き捨てて処分した。あとで聞かれたらどう答えるかも、すでに考えてあった。「忘れた患者が取りに来たから……」

「返した、ってのか。それは誰かとたずねたら、守秘義務があるので明かせませんとくるわけだな。あんた、ちょっと世の中をなめすぎてないか」

残忍な顔をした刑事だった。練馬は内心激しく動揺していた。この刑事は、なにか物的証拠をつかんでいるのだろうか。いや、それなら筋を通して捜査してくるはずだ。むりやり踏みこんできたのは、なんの裏付けも持っていないからだ。

「令状は」練馬はいった。声がうわずりつつあるのを感じた。

「さあな」蒲生は練馬を真正面からにらみつけた。

「令状のあるなしを示さないのは、不当捜査のはずだ」

蒲生は腰に手をあて、ため息をついた。「ない」

やはりだ。練馬は心のなかでにやついた。こんなことだろうと思った。

練馬は毅然たる態度をつとめながらいった。「じゃあ不法侵入で訴える」

蒲生が顔をこわばらせた。そらみろ、刑事といってもしょせんはサラリーマンだ。練馬はそう思った。じきに、示談のような話し合いに持ちこもうとするだろう。訴えない代わりに、刑事の側もこれ以上こちらを追及しない。そんなあたりで一致をみるだろう。

しかし、蒲生は依然として飄々《ひょうひょう》とした態度で診療室をみわたした。「いやに酒臭いな。

おや。あんたから匂《にお》うのか。あんた、こんなところで酒をやってたのか」

練馬は苛立ちを覚えた。「俺の勝手だろう」

「そりゃまあ、あんたの家だからな」蒲生は練馬のわきを通りすぎると、床に置かれたジャック・ダニエルズのボトルを拾った。「ずいぶん飲んだみたいだな。すると、あんたはずっと診療室にいたわけか。こんなところでなにをしてた？　まさか、酒を飲みながら片付けをしてたわけじゃあるまい」

ウィスキーがなんら証拠として効力を持たないことはわかっていたが、ここはなにか言い訳を考える必要があった。「テレビを観てたんだよ。観ているうちに面白くなったんで、二階にあがるのも面倒になった。で、ここで観た」

「ほう、テレビをね」蒲生の視線が走った。「そういえば、さっきはテレビがついてたが、いまは消えてるな」

「いま、あんたが勝手に踏みこんできたから、あわてて消したんだよ」練馬はそういいながら、物置の奥で霞が物音をたてないように祈った。たしかに、テレビはつけておくべきだった。まさか蒲生が強引に踏みこんでくるとは、予想していなかった。

ふうん。蒲生は診療台のほうに近づいていった。そこに片肘《かたひじ》をついてもたれかかりながらたずねてきた。「なんの番組を観てた？」

練馬はちらと壁の時計に目を走らせた。午後十時をまわっていた。「映画だ。シックス・センス」

「ああ、映画ね。なるほど」蒲生はふたたび練馬のほうに近づいてきた。まるでやくざのように恐ろしい形相で練馬をにらみつけると、低い声でつぶやいた。「おまえ、ずいぶん切れるやつだな。シックス・センスの予告CMはさっき流れてたもんな。しかも、たぶんおまえは前に観たことがあるんだろ、その映画。テレビを観てたって嘘をつけば、じゃあ内容をいってみろとくるにきまってる。バラエティもナイターもドラマも、観てなきゃ内容がわからない。だが、映画といっとけば内容もわかってるからな。じつに頭の回転の速いやつだよ、おまえは」

「本当に観てたんだぞ」練馬はにらみかえした。「勝手に嘘ときめつけるな」

「そうか」蒲生はふっと笑った。「カウンセラーはおまえみたいな人間にも同情するのかもしれんが、刑事である俺の関心事項はひとつだけだ。おまえが異常者かそうでないか。わけもわからず悪さをしでかしてんのか、それともわざとやってるのかってことだ。だが、いまのでわかった。おまえはわざとやってるな。アリバイ工作のために素早く頭が働くってことは、責任能力ってもんがあるってことだ。そこんとこ、裁判でもそのままよろしくな。弁護士の前でいきなりおかしくなった芝居しはじめたら承知しねえぞ」

「もうたくさんだ!」練馬は怒鳴った。「この診療所、いやこの家にあるいっさいの物に触ることなく、ここから立ち去ってくれ。令状もないくせに扉を壊して侵入しておいて、ひとを脅すなんて最低だ。いますぐ弁護士に電話して訴状をつくらせる。これ以上罪を重ねるような真似はやめておけ！」

どうだ。いくらなんでも、法を守る警察官がむやみにひとを疑っていいわけがない。この刑事は、叩けば埃がでると思って強引な捜査に踏みきったのだろうが、それもここまでだ。なんの証拠もつかませないままここから追いだしてやる。その得意げな鼻っ柱をへし折ってやる。

ところが、蒲生は依然としてじっと練馬をみつめていた。いささかもひるむようすがない。

「それだけかよ、いいたいことは」蒲生はつぶやくようにいった。

練馬は背筋に冷たいものが走るのを感じた。なぜかはわからない。ただ、恐怖が全身を駆けめぐった。嫌な予感が心のなかを支配した。

蒲生はワゴンからなにかをとりあげた。リモコンだった。それをテレビに向けてボタンを押した。

テレビがついた。うっすらと、徐々に画面に現れたのは、奇妙な映像だった。超高層ビル、その最上階近くから赤い炎が噴きだし、煙が立ち昇っている。まるでコンピュータ・グラフィックスでつくられた特殊効果映像のようにみえた。

だが、そうではなかった。画面の左下隅には〝生中継〟の文字があった。さらに、右上に新しい字幕が現れた。アメリカで同時多発テロ発生。

一瞬わけがわからなかった。蒲生が冷ややかな目でこちらをにらんでいる、その意味が理解できなかった。しだいに、事情が呑みこめてきた。氷が溶けだすように、あらゆる状況が把握できるようになってきた。

そんな。練馬は呆然とした。燃えるビルの映像をしばしながめた。

はっとわれにかえって、蒲生の手からリモコンをひったくった。チャンネルを次々に替えていった。

同じだった。どこもかしこも、テロの報道ばかりだった。教育テレビまでもが、手話付きのニュースで事件を報じている。

立ちすくんだまま、テレビをしばしみていた。その視界に、蒲生が割って入ってきた。

蒲生はいった。「世間は、映画どころじゃないってよ」

練馬は凍りついた。全身の体温が氷点下までさがったかのようだった。目の前にいる刑事の形相は、まさに悪魔そのものだった。悲鳴をあげて逃げだしたい、そんな衝動に駆られた。

だが、それはかなわなかった。一歩動くより前に、蒲生の振りあげたこぶしが風を切る音とともに練馬の頰を直撃した。顎が砕けるような音が練馬の頭部に響き渡った。練馬は足が床から浮きあがるのを感じた。しかしそれは一瞬のことで、歯科医療器具が載せてあるワゴンに背中ごとぶつかり、足を滑らせて転んだ。激痛とともに、目の前にはただのっぺりとした天井がひろがっていた。

蒲生は、右手のこぶしの甲に感じるびりびりした痛みをこらえながら、床に仰向けに倒れた練馬を見下ろした。口から血がでている。歯の二、三本は折れたかもしれない。だが、治せばいいだろう。こいつにとっては本業だ。

練馬を殴った瞬間、金属の音がしたのを蒲生は聞き逃してはいなかった。ポケットになにか入っているらしい。蒲生はちらと物置のドアをみた。そちらに向かい、ノブをひねってみた。開かない。

蒲生は練馬を振りかえった。「鍵だせ」

練馬は怯えきった青白い顔で、尻ごみしながら後ずさっていた。じれったい男だ。蒲生はもういちど怒鳴った。「鍵だせ！」

練馬はびくっとして静止した。白衣のポケットをまさぐると、あわてたように蒲生に投げてよこした。

蒲生はそれを受け取り、物置のドアの鍵穴にさしこんだ。鍵はぴたりと合った。ドアを開けた。

物置のなかに半裸の女性が横たわっていた。蒲生はすぐにかがみこんだ。息がある。泣き声も聞こえる。蒲生のなかに安堵がひろがった。

秋本霞の顔は涙でくしゃくしゃになっていた。口から粘着テープをはがし、後ろ手に縛ってあったロープをほどいた。蒲生は上着を脱ぎ、霞に毛布のようにかぶせた。

「それを羽織るといい」蒲生はそういって、霞に背を向けた。

容疑者から目を離すわけにはいかない。蒲生は練馬をにらんだ。だが、もはや練馬に逃亡の危険はなさそうだった。がっくりとうなだれ、床にへたりこんでいる。

テレビから、キャスターの声だけが流れてくる。世界貿易センターのツインタワービルに、次々と旅客機が衝突。またワシントンの国防総省《ペンタゴン》にも航空機が墜落し……。

きょう、地球の反対側で大勢の死者がでた。ここでは、ひとりの命が救われた。

李秀卿のヒントを得て、直感と経験による勘だけを頼りにして、やっとひとりを救いだした。ひとの命を守るのは、なんと難しいことなのだろう。ひとの命を失わせるのはなんと簡単なことなのだろう。

東京で待つ妻と、和也のことを思った。自分が老いて、人生を全うするまで、家族を守りつづけることができるだろうか。悲しみに暮れるようなことは誰でも避けたい。だが、それを成し遂げるのはなんと困難なことなのだろう。

テレビにうつった、燃えさかる世界貿易センタービルをながめた。平和な街に唐突に訪れる破壊、ふいにやってくる人生の終局を思った。

蒲生は首を振って、その考えを払いのけた。虚しいことばかりじゃないさ。そうつぶやく自分の声を聞いた。

振りかえると、上着を羽織った霞が立ちあがろうとしている。蒲生は歩みより、手をさしのべた。

瞳を潤ませ、震えながら蒲生をみあげた霞の顔をみつめた。小さな、温かいその手を握ったとき、ニューヨークに飛んだ美由紀のことが頭によぎった。無事でいてくれ。蒲生は無言のまま、心の奥底で祈りつづけた。

崩壊

美由紀はびくっとした。

ロビー・フロアがあわただしさを増した。救助隊に喧騒がひろがった。人々の叫びか、あるいは建物が発する轟音か、判然としない音が周囲を包んでいった。

「なんだ?」李秀卿がつぶやいた。

消防士のひとりが大声で叫びながら、外へと駆けていった。「崩れる! 崩れるぞ!」

その声が、周囲のパニックに拍車をかけた。人々がいっせいに玄関に向かって走りだした。消防隊も、消火用機材を放りだしたまま逃走した。警官も、玄関に向かいながら周囲に転ばぬよう呼びかけている。

美由紀は李秀卿の手をひき、駆けだした。李秀卿も走った。身体の大きなアメリカ人たちの隙間を縫うように走った。外にでた。日差しがまぶしい。ニューヨークの午前の日差しだった。異様な臭いが、外にまでひろがっている。あの酸っぱい臭いだった。世界貿易センターの敷地内、花壇の上にまで消防車や救急車が乗り上げていた。それらの車両の周りを、埋め尽くすように人々が逃走を始めている。

ビルがどのような状態になっているのかはわからない。足をとめて振りかえることさえできない。そうしたが最後、落ちてきたものの直撃を受けるのではという恐怖心が全身を支配する。人混みのなかで、何度も李秀卿とはぐれそうになった。だが、美由紀は手を放さなかった。持てる力をふりしぼり、李秀卿の手を引き、走りつづけた。

ショッピングモールのわきを抜けて、路上にでた。セント・ポール教会がみえる。北側だった。道路は渋滞しているかと思ったが、ちがっていた。逃げ惑う人々の群れのなかに、蛇行するクルマが時折目についた。

「まて!」李秀卿がふいに立ちどまった。

美由紀は振りかえった。すぐ近くに、泣き叫んでたたずんでいる子供がいた。三歳ぐらいの、赤い服を着た黒人の女の子だった。美由紀が動くより早く、李秀卿が子供を抱きあげた。

周囲に母親か父親らしき姿はない。ただひたすら、ビルから遠ざかろうと逃げる人々の群れだけだ。李秀卿は駆けだした。美由紀も走った。めまいによって失われつつある平衡感覚のなかで、懸命に足を踏みだしつづけた。

業者の軽トラックが停車していた。荷台に五、六人ぐらいの人々が乗っている。李秀卿は、そちらに駆けていった。荷台に子供を乗せて叫んだ。「この子をたのむ!」

「あんたも乗れ!」イタリア系らしい、体格のいい男が荷台の上から李秀卿の腕をつかんだ。李秀卿が戸惑っているうちに、男は李秀卿をひっぱりあげた。李秀卿は振りかえり、叫んだ。「岬！」

軽トラックはすでに走りはじめていた。美由紀は全力疾走した。荷台の上の人々が「来い！　手を伸ばせ！」と叫んでいる。美由紀は走った。必死で走った。伸ばした手をつかんだ者がいた。李秀卿だった。つづいて、荷台の上の男たちが、さらに助けに加わった。美由紀の身体は、荷台の上に引き上げられた。同時に、軽トラックは加速した。人々が逃げまどう路上を、クラクションを鳴り響かせながら走りぬけていった。

トラックは数分、走りつづけた。美由紀は周囲をみた。タイ・カフェの看板がある。ブロードウェイ・ナッソー通りのようだった。逃げる人々の歩も緩くなっている。そのぶん、混雑は激しさを増していた。

トラックは、人混みのなかで停車した。美由紀は、逃げてきた方角を振りかえった。

世界貿易センタービル、ツインタワー。逆立するビルの上方に、炎と煙があがっている。旅客機が衝突したと思われるフロアの周辺が、巨大なナイフにでも切り裂かれたように、ざっくりと裂けている。

人々の叫び声が響いてきた。それがなにを意味しているのか、すぐにわかった。北棟のビル、ついさっきまで美由紀が閉じこめられていたビルが、頂上付近から崩れはじめた。計算されつくしたビルの廃棄爆破さながらの眺めだった。百十階建てのビルが倒壊し、煙のなかに消えていく。

轟音と地響きは、数秒経って襲ってきた。衝撃波のような爆風が、四ブロックほどはなれたこの距離にまで押し寄せる。砂埃がふきあがった。辺りは、霧のような暗闇に覆われていった。

爆風のなかで、人々は静かになっていった。誰もが言葉を失い、立ち尽くした。時間がとまったかのようだった。

美由紀はただ呆然と、信じられない光景をながめつづけていた。世界貿易センタービルが、大地に沈んでいく。

どれだけ時間がすぎただろう。美由紀は砂埃のなか、静止していた。北棟のビルが跡形もなくなっても、まだなにもない空中をみつめつづけていた。

ふと気づくと、押し殺した泣き声が聞こえてきた。李秀卿のほうをみた。李秀卿の胸のなかで、抱きしめられた黒人の子供が泣いていた。

李秀卿はやはり、遠くをみつめていた。子供の頭をそっとなでながら、ビルのあった東の空をながめつづけた。

静かだった。空を舞いつづける鳥の鳴き声が、辺りにこだましていた。

美由紀の視界が揺らいだ。涙がとめどなく流れ落ちた。生きている。わたしは生きている。しかし、大勢が死んだ。わたしはなにもできなかった。

そのとき、誰かの手が美由紀の手に触れた。李秀卿の手だった。

李秀卿は、美由紀の手を握りしめた。美由紀の迷いを察したように、あるいは彼女自身の迷いを吹っ切るようにいった。「わたしたちは、あのエレベーターのなかの人々を救った。そうだろう？　あのひとたちは救われたんだ」

美由紀は、消失したビルの方角に上がる噴煙を長いことながめていた。霧がでると、ビルがみえなくなる。いまも、ただそんな状況にすぎないのではと疑いたくなる。霧が晴れたら、いつもの世界貿易センタービルのシルエットが姿を現すのでは、そんなふうに思える。

だが、それはもうありえなかった。目の前で、たしかにひとつのものが失われていった。とてつもなく大きなものが。

あのエレベーターのなかの人々を救った。それだけしかできなかった。それができるすべてだった。だが、それは決して過ちではなかった。

遠くで、サイレンの音が静かに響いていた。なすすべもなく消えていった巨大なものが残した混乱のなかで、美由紀は自分という存在の小ささを感じていた。

信頼

　ＦＢＩの建物がこれほど立派だとは思わなかった。ホテルのような内装をながめながら、美由紀は心のなかでそうつぶやいた。

　ニューヨークのプラザ・ホテルを思わせるような豪華な内装。ベッドはキングサイズ、テレビもエアコンも完備されていて、バスルームもある。窓の外にみえる鉄格子さえなければ、ここが留置施設だということさえ忘れてしまうだろう。

　すでに陽は沈んでいた。マンハッタンから十キロ北に移動したこの施設の窓からは、あの悪夢のような惨劇は窺《うかが》い知ることができない。ときおりパトカーのサイレンがきこえるが、それはこの付近における二次災害を警戒してのことだろう。さっき見たＣＮＮのニュースでは、事件はやはりイスラム原理主義者によるものと目されているという。ツインタワービルには、五万人の人々が働いていた。そのほとんどは消息不明になっている。捜索しようにも、近隣のビルが連鎖的に崩壊しつづけているため、救出部隊を送りこむのは困難とのことだった。

　日本はいまごろ、朝の出勤ラッシュを迎えているだろう。嵯峨や倉石、朝比奈たちはいまごろどうしているだろう。いつものように、あのめったに人の訪れることのない診療所で、一日の準備に入っているだろうか。

椅子に座り、疲労感とともに頭をもたげた。疲れきっているが、ベッドに入る気にはなれなかった。両腕、両脚の擦《す》り傷には包帯を巻いているが、横になるとまだ激痛が走る。なにより神経がひどく昂《たか》ぶったままだ。とても眠れそうにない。

ドアにノックの音がきこえた。美由紀は、電気のように走る膝の痛みをこらえて立ちあがった。

入室してきたのは、頭が禿げ口ひげをはやしたスーツ姿の小男と、陸軍の迷彩服を着た背の高い兵士だった。階級章は大尉になっている。

小男は事務的に、カバンを携えながら丸テーブルに近づいてくると、美由紀の向かいに腰をおろした。「どうぞおかけください。私はリュック・ブロンズマン。アメリカ司法省の人間です」

美由紀は黙って椅子に腰かけた。ブロンズマンのさばさばした、いかにも役人らしい態度が、妙に気に障った。

「さてと」ブロンズマンはカバンから書類をとりだしながら、世間話のような軽い口調で問いかけてきた。「お部屋はどうです。快適ですかな」

ええ、まあ。美由紀はいった。「これも国民の税金でつくられた施設ですよね」

ブロンズマンはふっと笑った。「すべての留置室がこんなに立派なわけじゃありませんよ。ここともうひとつ、一階上に少し広めの部屋があります。居心地がいいのはそのふたつだけです。あとは、ありきたりのコンクリートの壁に囲まれた無機質な部屋ですよ」

「わたしは、特別扱いされるような身分じゃないですけど」

「ご謙遜《けんそん》を」ブロンズマンは胸ポケットから丸眼鏡をとりだしてかけると、書類に目を落とした。「ミス・ミユキ・ミサキ。元自衛隊二等空尉。F15パイロットですか。ほう」

「わたしの経歴なら……」

「ええ。もうすっかり存じ上げておりますよ」ブロンズマンはすました顔で美由紀をみた。「前大統領や上院議員のあいだでもすっかり有名人になっておいでだ。日本の内閣において元首席精神衛生官という役職もお勤めになった方でもあり、敬意をはらうようにとの命令をわが国政府より受けております」

「それは、どうも」美由紀はそう言うにとどめた。以前に前大統領から送られてきた書簡を破いたことがある。それを思いだした。懐かしさも喜びもともなわない思い出だった。

「それから」ブロンズマンは身を乗り出した。「エレベーターシャフトにおける救出劇の裏付けがとれました。まだ全員は確認できてませんが、エレベーターのなかにいた数人から事情を聴くことができましてね。みな、あなたに命を救われたことに感謝しています。彼らに代わり、私から礼を申し上げさせていただきます」

美由紀はわずかばかりの安堵を感じた。思わずつぶやきが漏れた。「よかった」

「ただですね」ブロンズマンの顔がやや険しくなった。「ひとつだけおたずねしておきたいことがあるんです。あなたはツインタワービルでなにをされてたんですか？」

美由紀は口をつぐみ、しばし考えた。李秀卿について、まだブロンズマンはひとことも口にしていない。彼女の存在に関して、美由紀の側から喋《しゃべ》るつもりはなかった。

「べつに」美由紀はいった。「オフィス・フロアにいる知り合いをたずねただけです」

ブロンズマンは黙って美由紀をみつめていたが、小さく何度かうなずくと、ペンを手にとって書類に書きこんだ。「ええと、オフィス・フロアの知人ね……」

名前をたずねられるかと思ったが、ブロンズマンはなにもいわなかった。テロ事件とは無関係と思われる人間の調書は、さっさと仕上げてしまいたい、そういう態度が見え隠れしていた。

「いや、ご協力いただきありがとうございます」ブロンズマンは顔をあげていった。「あなたのように特別な立場にある方をお引き止めして、誠に申し訳ありませんでした。事態が事態ですので……」

「ええ、わかります。それにわたしはもう日本政府直属の関係者ではないですし、お気になさらずに……」

「そういっていただけるとさいわいです」ブロンズマンは懐にペンをしまいこんだ。「なにしろ、あなたの近くにいた東洋人女性が重要参考人としてＦＢＩの取り調べを受けましたのでね。年齢もあなたに近かったようなので、ＦＢＩの連中が勘ぐりすぎたようで」

美由紀のなかに緊張が走った。「重要参考人というと？」

「これも詳しいことはわかりませんが、北朝鮮政府筋の人間だったみたいです。工作員だった可能性が高いですな。北朝鮮はアフガニスタンやリビアの過激派と密接なつながりがあるようですから」

日本でもアメリカでも、危険人物として真っ先に目をつけられ、疑われ、追及される運命にある。それが李秀卿という女の人生だった。

「それで」美由紀はきいた。「その北朝鮮の女性はいまどこに？」

ブロンズマンは大尉の顔を見上げた。大尉が肩をすくめると、ブロンズマンは美由紀に向き直っていった。「うちじゃなく、もう一方のほうに身柄が引き渡されて、取り調べを受けてるところでしょうな」

ＦＢＩではなくＣＩＡというわけだ。美由紀は疑問を口にした。「テロがアメリカ国内で起きた以上、ＣＩＡは参考人の事情聴取をできないのでは？」

「ええ」ブロンズマンは同感だというように、苦い顔をみせた。「われわれもそう申し立てたんです。ＣＩＡはアメリカ国内での捜査活動を禁止されてるはずじゃないか、とね。ところが事態は国内のテロではなく、海外からの戦争行為であるという見方に変わってきてましてな。なにより、その北朝鮮の女が犯行の手引きをしたことを自白したそうです」

美由紀は衝撃を受けた。「なんですって」

「アフガニスタンかリビアか、そのあたりの手下として協力していたってことでしょうな。で、今後もしばらくテロが頻発すると証言してるんです。なにしろこんな同時多発テロは初めてですので、当局も戦々恐々としています。北朝鮮の女を取り調べてテロを阻止するため全力を尽くしてますが、まだ成果はあがっていないみたいですな。うわさでは、北朝鮮の女は自分を仲間のもとに帰してくれれば、これ以上のテロを起こさないよう仲間を説得するという交換条件をだしているんだそうです」

「仲間のもと？　つまりその女は、北朝鮮に帰らせてくれと主張してるんですか？」

「いいえ。仲間というのは、イスラム原理主義のテロ組織のことですよ。女は、アフガニスタンへの帰国を希望してるとのことです」

美由紀は凍りつき、押し黙った。李秀卿のCIAに対する告白は、あまりにも意外なものだった。

「ま」ブロンズマンは腰を浮かせた。「あなたに対する嫌疑はなにもありませんので、これでお帰りいただいてけっこうです。お荷物は、すぐにお持ちしますので。では失礼」

ひとことも発さなかった少尉とともに、ブロンズマンは部屋をでていった。

美由紀は立ちあがり、窓辺に歩み寄った。ひっきりなしにサイレンの音が響いている。

周辺のビルの窓は、ほとんどに明かりが灯《とも》ったままだった。

李秀卿がイスラム原理主義テロ組織のメンバー。そんなことは絶対にありえない。人民思想省の人間たちは、そのテロリストたちを追っていたのだ。爆破を阻止しようと命を賭けたのだ。李秀卿はいったいどういうつもりなのか。なにを意図しているというのだろう。

ふたたびドアが開いた。窓ガラスに、入室してきた迷彩服の男の姿が映っていた。荷物を運んできたのだろう。

「そこに置いといて」美由紀は振り向きもせずにいった。

「置いといて?」イタリア語訛りの声がぞんざいにいった。「私を誰だと思ってる。荷物運びじゃないぞ」

美由紀は驚いて振りかえった。ドアの前に立っているのは、アメリカ陸軍の軍服を着たダビデだった。

たちまち、美由紀のなかに嫌悪感がひろがった。「また現れたの? 今度はいったい何?」

「何、だと? 失敬な。きみが捕まったときいて、急いで飛んできたんじゃないか」

「ご心配をどうも。でも、あなたの助けなんかあてにしてないわ」

「馬鹿をいえ」ダビデはつかつかと歩み寄ってきた。「きみが迅速に保釈されたのはなぜだと思う。わがメフィスト・コンサルティングが巧みに根回しして、きみの過去の功績が保釈につながるよう取りはからわなければ、きみはあと数日は拘束されていただろうよ」

美由紀は礼を述べる気などなかった。「同時多発テロもあなたたちのしわざじゃないの」

「いいや」ダビデはぎょろりと目をむいて、首を横に振った。「われわれの干渉していないところで起きた一大事だ。イスラム原理主義の動向は逐一マークしているつもりだったが、まさかこのようなことが起きるとは」

「神に代わって歴史を創っているとか豪語してたわりには、こんな事件が起きるのを見過ごしてたっていうの？」

「たまにはありうるさ」ダビデは顔をしかめた。「だが、こんな事態が起きてしまったからには、メフィスト・コンサルティングはその後の世界をコントロールするために大忙しだ。ダウ平均工業株価の続落を食い止めなきゃならないし、不況の連鎖にも歯止めをかけねばならん。戦争を起こそうとするタカ派どもも抑えなきゃならんし、戦争映画で収入を見こんでいたハリウッド・メジャーの映画会社に代替案を考えてやらにゃならん。なにしろ、世界経済が破綻したんじゃ弊社の営業努力も無駄になるんでね。神様は超多忙ってわけだ」

「ずいぶん嬉しそうね」美由紀は冷ややかに言い放った。「わたしの前で歯をみせないでくれる？　ぶん殴りたくなるから」

「おお怖い」ダビデは大袈裟《おおげさ》に、身を震わせるしぐさをした。「それよりきみは、いつまでこんなところで油を売ってるつもりだ？　友達のことが気にならないのか？」

「友達？　嵯峨くんたちなら、日本で無事にいるだろうし……」

「ちがうよ。李秀卿だ、李秀卿。友達だろう？」

美由紀のなかに複雑な葛藤が生じた。美由紀は窓に向き直った。「ちがうわ」

「すなおじゃないな、あいかわらず」ダビデは皮肉っぽい口調でいった。「少しは李秀卿と心を通わすことができたんだろう？　あれだけ嫌ってた北朝鮮の女と。六本木の廃墟ビルで暴れてたころからすれば立派な進歩じゃないか。友達のことが気になる、そう認めたらどうなんだ」

「友達じゃないわ！」美由紀はダビデを振り返った。「友達じゃない。彼女とわたしでは、生きている世界がちがう。彼女の考えなんて、理解できない」

ダビデはため息をつき、ずうずうしくも椅子を引き出して座った。「ま、いいだろう。友達じゃないのなら、彼女の消息についても興味ないってわけだな」

美由紀は動揺した。「知ってるの？　李秀卿がいまどうなっているか」

「当然だ。私はメフィスト・コンサルティングのダビ……」

「いいから話して！」

衝動的にそう叫んでいた。おとずれた沈黙のなかで、ダビデはにやりとした。

「もう聞いてると思うが」ダビデはいった。「李秀卿はＣＩＡに、自分がテロ組織の一員だと告げた。アフガニスタンに送り返してくれれば、これ以上のテロは防げるとも主張した」

「きいたわ。でもなぜ……」

「なぜ？　考えればわかるだろう。李秀卿は世界貿易センタービルの破壊を食い止められなかった自分の失策を恥じている。なおかつ、人民思想省の上司や同僚を失ったことに対する復讐心にも燃えている。だから偉大なる祖国のためにも、同時多発テロの真犯人に関する情報をひとつでも多く探りださねばならないと思った。それが北朝鮮人民思想省のメンバーとしての宿命だとな。アメリカ政府の誤解を逆手にとって、自分を敵地に送りこませる。見上げた作戦だよ。われわれメフィスト・コンサルティングとしても、そういう機転のきく人材がほしいところだ」

「じゃあ李秀卿は、イスラム原理主義テロ組織の内情を探るために中東へ……」

「そう。泣かせる話じゃないか。たぶん生きては帰れないことを悟ってるだろうな。死ぬときには、自分の上司と同僚の仇《かたき》をひとりでも多く道連れにするつもりだろう」

どこでどんな境遇に置かれようとも、本心を明かさず、真実を告げず、ただひたすらに祖国への忠誠を誓い、彼らの考える世界平和のために奔走する。そのためにも、友を持たない。愛情も育まない。そういう感情があるとしたら、祖国の国家主席に向けられた忠義心のみに集約される。

ひとを信じることも、信じられることも放棄してきた李秀卿の人生。そこに孤独はなかったのだろうか。寂しさもせつなさもなかったというのだろうか。

「岬美由紀」ダビデはテーブルに頰づえをついた。「李秀卿はおまえという存在がいながら、取り調べではいっさい頼りにしようとしなかった。アメリカ政府に一日置かれているきみが一緒にいたと証言すれば、あるていど立場が楽になるだろうし、きみの友人の日本人だと偽って無事出国することもひょっとしたらできたかもしれん。きみも彼女には協力しただろう。ところが、李秀卿はそういう道を選ばなかった。なぜだと思う」

ダビデに答える義務などない。が、美由紀の思いがなぜか口をついてでた。気づいたときにはつぶやいていた。「李秀卿が、わたしを友達と思っていないから……」

そうにちがいなかった。美由紀はまだ李秀卿と心を通わせ合ったわけではない。少しは打ち解けた、せいぜいそのていどだ。李秀卿が身を寄せていた上司や同僚たちとは、あきらかな差がある。

ところが、ダビデは怒ったようにいった。「ばかをいうな。岬美由紀。李秀卿がきみを友達と思っていない？　冗談もほどほどにしてくれ」

「でも……」

「ああ、まったく。じれったい小娘だな。そんなことだから、きみにホの字だった日向《ひゅうが》涼平《りょうへい》という少年の一途な気持ちにも気づかなかったんだ。もっと成長しろよ」

そんなことまで知っているのか。美由紀は腹を立てた。「どういう意味よ」

「他人から信頼されていることに、きみが鈍感なのは、きみが他人を信頼しないからだ。そうだろう、岬美由紀。きみはひとを信じない」

「そんなことはない」美由紀は慌てた自分の声をきいた。「わたしは……」

「いいや。信じない。そうだろう？　〝千里眼〟であるがゆえに、他人の本心を見透かすことができるようになった。そのせいで、人間には裏表があり、信頼できないものだ、そんなふうに思いこんじまったよな。だがいわせてもらえば、それはウブというにもほどがあるってもんだ。人間、誰だって嘘をつく。本心と違うことを口走ったりする。しかし、そういうことがあったとしても、愛情まで嘘偽りとはかぎらんだろう。不変の信頼や愛、そういうものさえもこの世にはない、あるとすればそれは岬美由紀、きみ自身のなかにしかないと思いこんでいた。他人にはないと確信していた。だからカウンセラーとしての嵯峨を信用できず、自衛隊の上官としての仙堂を信用できず、どうみてもきみを信用してくれてる李秀卿を信用できないのさ」

「わたしが」美由紀はつぶやいた。「誰ひとり、信用していない……？」

「そうだ。まあ、きみが優しさに満ちた博愛主義的人間であることはたしかだ。しかし、きみはひとを愛することばかりに熱心で、愛されることに無頓着《むとんちゃく》すぎる。聖人君子になりたがるのは勝手だがね、人々を愛するばかりではマザー・テレサにはなれんよ。自分が特別な人間でなく、他人と同じくひとりの人間にすぎないことを知り、同格の立場で愛と信頼のやりとりをする。きみに必要なのは、そういう謙虚さだな」

美由紀は目を閉じ、ダビデのいった言葉の一字一句を吟味した。受け入れがたい部分もあるが、納得できるところも多い。美由紀は目を開き、ダビデを見据えた。「わたしは神様じゃない、ひとりの人間にすぎない。そういいたいのね」

「そう。だから、ひとりの人間として友情や愛情に応えなよ。最近のきみは、まるで友里佐知子になりかけてたぞ」


ちがうとはいいきれない。否定しきれない。美由紀はそう感じていた。

李秀卿がアフガニスタンに行きたがっている、そう聞かされても、自分にはどうすることもできないと思っていた。彼女の信念は自分とは異なりすぎているし、なにより、彼女を救出することが社会においてどれだけ重要度を持つかという、そんな計算ばかりが頭に渦巻いていたように思う。そしてその結果、彼女は彼女であり、自分の人生とはかけ離れているという結論を抱えようとしていた。

だが、そんな考えを持つのは政治家や宗教の教祖にほかならない。すなわち、ひとの上に立つことを自負する人間、ひとの喜怒哀楽を超越した立場だと自認する人間の思考だ。わたしは、彼女とおなじひとりの人間なのだ。彼女はいま、家族のように親しかった同僚を失っている。孤独にさいなまれていないはずがない。大勢の人々が死ぬのをまのあたりにした。苦しくないはずがない。そして、死地へと赴こうとしている。怖くないはずがない。寂しくないはずがない。

李秀卿はそういう幾多の苦しみのなかにいる。ならば、彼女を助け出さねばならない。同じひとりの人間として。

ダビデは鼻を鳴らした。「ようやく悟ったみたいだな。李秀卿はきみのことを思えばこそ、きみの名をださなかった。彼女はきみに、ひとりの人間として友情をしめした。きみはどうする？」

美由紀は振りかえり、ダビデに歩み寄った。「助けるわ。当局に事情を説明して……」

「あーあ、ちょっと遅かったな」ダビデはしらじらしい態度で腕時計を見やった。「李秀卿はもう、軍用機のなかだ。いまごろは中東に向かって旅立ってるだろう」

「そんな」美由紀は言葉を詰まらせた。「CIAは李秀卿の言葉を鵜呑みにしたの？　取り引きに応じたっていうの？」

「こんな事態だからねえ、今後どれだけのテロがつづいて起きるかわからない。政府も国民もびくびくしてる。それだけ李秀卿の要求も通りやすかったんだな」

「李秀卿がアフガニスタンに到着したら……どうなるの？」

「イスラム原理主義者グループに引き渡されるだろう。だが、彼らにとっちゃ北朝鮮の人民思想省の人間は天敵だからな。過去にも何度もテロを阻止されてる。身元がバレたら、ただじゃ済まないだろうな」

李秀卿が戦乱の国に送りこまれてしまった。もはや政治的解決は不可能だ。日米の政府のコネを頼ったところで、アフガニスタンに捕らわれた北朝鮮政府筋の人間の救出に力を貸してくれるわけがない。事情を説明しようにも、複雑すぎる。

「悩むところだな」ダビデは軽々しい口調でいった。「だが、案ずるな。われらが岬美由紀嬢は偉大な戦士でもある」

「ばかなこといわないで！」美由紀はいった。意気消沈していく自分を感じた。「わたしにはなにもできない。世界貿易センタービルにいながら、なにもできなかった。テロリストの計画に、気づくのが遅かった……」

「それはちがうぞ」ダビデがきっぱりといった。「気づくのが遅かったのではない。ふつう、気づかないことに気づいたんだ。ＦＢＩの事情聴取を盗み聴きしたが、きみはアラブ人テロリストの服の下から発するビーコンの音に気がついたんだろう? 自衛官時代のきみがあったから、そのことに気づけたんだ。そうでなきゃ、李秀卿もきみもアラブ人と揉《も》みあいながらエレベーターに乗りこみ、旅客機の直撃を受けて死んでいたさ」

美由紀は黙っていた。今度の沈黙は長くつづいた。

やがて、美由紀はぼそりとつぶやく自分の声を耳にした。「以前のわたしがあったから、か……」

「さて」ダビデは立ちあがり、伸びをした。「長居しちまったな。きみには興味が尽きないんで、ついつい干渉してしまう。まあ、情報料はタダでいいよ。じゃあ、またな」

立ち去ろうとする大柄なイタリア人の背に、美由紀は声をかけた。「ダビデ」

ダビデは振りかえった。「なにか?」

「ひょっとして、わたしを助けるために来たの」いや、甘すぎる。美由紀の直感がそう告げた。美由紀はつとめて口調を厳しくした。「それとも、わたしを玩具のようにみなして見物してるだけ?」

ダビデは笑った。「さあ、どっちかな。私は神か、それとも悪魔か。真実はそれこそ神のみぞ知る、だな」

おどけてみせたあと、ダビデはドアの向こうに姿を消した。

美由紀は窓の外に目をやった。青みがかっていた空は暗い闇のなかにある。窓に灯《とも》る明かりも、しだいにまばらになってきた。

死地に赴くことに疑いを持たなかった、かつての自分。李秀卿は、そのかつての自分に似ている。ならば、彼女が明日を必要としていることは、わたしがいちばんよく知っているではないか。

美由紀は決意とともに、鉄格子に覆われた窓に背を向けた。閉ざされ、守られた絢爛豪《けんらんごう》華《か》な部屋から、混乱する世界につづく扉に向かって一歩を踏みだした。

終局

李秀卿は暗く、硬いコンクリートの床の上にうつ伏せに倒れていた。

意識が朦朧《もうろう》としている。暗闇がときおり、昼間と見まごうほどの明るさに照らしだされるのは、天井近くの小窓から差しこむサーチライトの光のせいだ。窓ガラスはなく、外気がそのまま流れこんでいる。寒かった。李秀卿がここに着いたのは日没前だったが、陽が沈むとともに気温は恐ろしいほどに下がっていった。最後に水をかけられたのは一時間ほど前だったか。全身が凍りつくほどに冷たくなっている。体温のすべてが奪われてしまったかのようだ。

顔の上を、大きなムカデが這っていく。その感覚はさっきからあった。だが、払いのけることはできなかった。手足に枷《かせ》ははめられていないが、すでに全身に力が入らなかった。激痛に次ぐ激痛のあと、感覚が麻痺してしまったようだ。顔も腫《は》れあがっているようだった。鼻血と吐《と》しゃ物が顔の近くに濁った水たまりをつくっている。外にキャタピラの音がするたび、地面がわずかに振動し、その水たまりに波紋ができる。その波紋を、ただ長いこと呆然とながめていた。

もう動けない。このまま死ぬだろう。李秀卿はそう悟った。

アフガニスタン。人口二千万人、六十五万平方キロメートルのイスラム国家。一九七九年、ソ連に侵攻されたが、十年間にわたりムジャヒディーンと呼ばれるレジスタンスがアメリカ、パキスタン、サウジアラビアの支援を受けて闘い、ソ連軍を撤退に追いこんだ。しかし、異なる民族や宗派の寄せ集めだったムジャヒディーンのなかで内戦が起き、多くの難民がイランやパキスタンに脱出。一九九四年、パキスタンで組織されたイスラム原理主義を掲げる新興武装勢力、タリバンが南部を制圧。二年後には首都カブールをも陥落させた。マスード将軍が率いる北部同盟支配下地域バダフシャンとパンシールを除く、国土の九割を支配するに至る。去年の暮れには、タリバンは反タリバン連合の戦略的要衝である北部タカル州の州都タロカンを占領。それによって反タリバン連合は主な物資補給路を失い、アフガニスタン全土が事実上タリバンの支配下におさまった。

アメリカ軍に空輸され、アフガニスタンの首都カブールで李秀卿が引き渡された先は、タリバンの軍事基地だった。カブールからどの方角に、どれくらい移動したのかはわからない。李秀卿はそれまでにもアメリカで執拗《しつよう》な尋問を受け、自白剤を投与され、屈強な兵士たちに何度も身体を殴りつけられていた。それらに対処する方法は祖国での訓練で身につけていたため、李秀卿は事実を喋らず通したが、さすがに意識は薄らぎ心身ともに限界に近づいていた。以後の集中力が薄らいでいたのはそのせいだった。

カブールで引き渡される寸前、アメリカ軍兵士がいった。土産だ、とっとけ。その兵士は李秀卿の後頭部を銃床で殴りつけた。李秀卿が倒れると、横っ腹を何度も蹴りつけた。アメリカ軍が去っていくと、今度はタリバンの取り調べが待っていた。むろん、テロリストたちの仲間でもない李秀卿が、彼らに歓迎されるわけがなかった。李秀卿がアフガニスタンに乗りこんできた目的を、タリバン兵士たちは知りたがった。李秀卿が黙秘していると、彼らは即、拷問《ごうもん》という手に打ってでた。

李秀卿は基地の地下室に連れていかれた。死臭の漂う、実際に死体で埋め尽くされた部屋だった。ほとんどが女性だった。タリバン政権下では、女は教育や医療を受ける権利を極端に制限され、職業を持つことも禁じられている。アフガニスタンの妊産婦死亡率は世界で二番目に高いと聞いた。この国では、女の命は空気よりも軽い。テロの直後にいきなりアメリカ軍から一方的に身柄を引き渡されてきた、正体不明の東洋人女とくれば、その扱いがいっそう厳しくなることは目にみえていた。

地下室で、李秀卿は三人の男にかわるがわる鉄の棒で殴りつけられた。全身が青く腫れあがり、口から血を吐いても、彼らは殴るのをやめなかった。意識が遠のきかけると、水を浴びせた。目が醒《さ》めると、ふたたび拷問はつづいた。数時間が経過し、別の兵士たちが交代だと告げてやってきた。二番目のそのグループは嬉々として用意してきた玩具を床に並べた。携帯用の発電機だった。李秀卿の全身に電極をつけ、電流を流した。この苦痛は想像を絶していた。殴られるよりもはるかに辛い、全身の神経への拷問。電気が流れるたび、身体が死にかけた魚のようにびくつく。李秀卿は悲鳴をあげた。この国に入ってはじめて、悲鳴をあげた。兵士のひとりがくっくと笑ったのを耳にした、それだけは覚えている。あとの男たちは、苦痛にのたうちまわる李秀卿をただ黙々と眺めていたようだった。

それが終わると、李秀卿は天井から垂れ下がったロープに脚を縛られ、逆さに吊るされた。血が頭に昇りつづけると、それだけでも頭が割れそうに痛くなる。遠のく意識のなかで、上官らしき男が部屋に入ってきたのを覚えている。顎鬚《あごひげ》をたくわえた、瘦せた男だった。タリバンの重要人物とされるウサマ・ビンラディンだったかどうか定かではない。とにかく、その上官は李秀卿を一目見て、とるにたらない存在だと見なしたらしかった。好きにしろ、上官はそう言い残して立ち去った。ほどなくロープを切られ、ふたたび拷問されたが、今度は前の拷問とは趣の異なるものだった。上官の鑑定の結果、無意味と判断された李秀卿の存在、生命。彼らはそれを弄《もてあそ》ぶ挙にでた。すなわち強姦《ごうかん》と、たんなる無節操な暴力。幾度となくそれが繰り返された。李秀卿は抵抗する力すら失っていた。兵士たちは交替しながら続々と地下室にやってきたが、やがて一巡したのか、地獄の時間はひとまず終わった。李秀卿は髪をつかまれ、硬い床をひきずられて、この独房に放りこまれた。

それからさらに何時間も経った。いや、そう思えるだけかもしれない。時間の感覚も定かではなかった。

独房に入ってからも、食事は与えられなかった。民が飢餓に苦しんでいる国だ、それも当然だった。たとえ与えられても、パンのひとかけらを飲みこむ力すら自分のなかには残っていない、そう思えた。

独房のなかの気温はどんどんさがっていった。寒さが、全身を刃物で切り刻むような痛みとなって襲う。呼吸すらままならなくなっている。おそらく、明日の朝まで持ちこたえることはできないだろう。少しでも祖国のために、世界のために役立つ情報を得ようとこの国にやってきた。が、脱出の機会すら与えられなかった。甘かったのかもしれない。しかし、それでも後悔はしていない。死んでいった雀鳳漢班長や、丁虎山、そしてツインタワービルのなかにいた大勢のアメリカ人たちの苦しみを考えれば、祖国のために役立てなかった自分がこれぐらいの責めを負うのは当然だった。

祖国。わが偉大なる祖国の人民軍が、戦争犯罪人と目される人間を捕らえたら、おそらくこれぐらいの拷問はおこなうだろう。国家主席の許可が下りれば、その人間を死に至らしめることもあるかもしれない。

そんな政策が正しいかどうか。疑問を感じなかったといえば嘘になる。が、李秀卿はそれを思考から閉めだして生きてきた。雀鳳漢班長の死んだいまになって、あらためてその疑問が肥大していった。恐怖。死。人間である以上、それらはいつも身近にあるものと感じていた。運命にしたがうこと、それが人として生きることだと確信していた。そうした人生哲学において、わが祖国のチュチェ思想に勝るものはないと信じていた。

ところが、どうだろう。岬美由紀や、嵯峨敏也。朝鮮民族の血を流すことしか考えていなかったはずの日本人が、自分よりずっと生き生きとしている。彼らは常に変化し、異文化を受け入れることを恐れない。アメリカの軍門に下っている、李秀卿はそうみなしていたが、事実は違っていたように思えた。彼らは成長を求め、日々歩んでいたのだ。

そのことにかすかな驚きと、衝撃は感じる。が、深く分析はできなかった。どうでもいい、李秀卿はそう思った。もう自分は助からない。わが祖国のためにも役立てない、犬死にするしかない運命なのだ。

しばし時間がすぎた。独房の扉の鍵がはずれる音がした。

兵士のひとりが近づいてくる。顔を見ようにも、身体を起こせなかった。歩み寄ってくる黒光りした靴を、ただぼんやりと眺めていた。

男はしゃがみこんだ。髭づらで、獰猛《どうもう》な顔をしていた。男は舌なめずりし、顔を近づけてきた。

とっさに、逆襲の衝動が李秀卿のなかに走った。李秀卿は男の鼻を力いっぱい噛んだ。

男は悲鳴をあげて跳ね起きた。

次の瞬間、李秀卿には理解できない言葉を発しながら、男は怒りをあらわにして李秀卿の腹部を蹴りつけた。内臓が破裂するのでは、そう思えるほどの激痛が走った。男は執拗に蹴りつづけた。

こうなることはわかっていた。李秀卿は自分の死期を早めたかっただけだった。生の苦痛から逃れたかっただけだった。

激痛、恐怖、寒さ。しだいに死が全身を侵していくなかで、停止する寸前とおぼしき思考のなかで李秀卿はぼんやりと思った。生まれ変わりは信じていない。だが、もしその機会が与えられるなら、わが愛する祖国以外にも目を向けてみたい。探したい、理解しあえる国を、その可能性を。

呼吸が苦しくなった。肺に穴があいてしまったのだろうか。吐きだした自分の血をみた。男が最後のひと蹴りを浴びせようとしている。それをみてとった。

そのとき、男の背後に近づいてくる人影に、李秀卿は気づいた。ブルカで全身を覆い、ドゥバダで顔を隠した女だった。基地の世話係だろう、地下の拷問室でも何人か見かけた。遺体の始末をしているようだった。

いよいよわたしの番ということか。李秀卿は覚悟をきめた。

木蘭《もくらん》の咲き誇る山、美しい川と農村。生まれ育った祖国の自然に思いを馳《は》せた。わたしもあの自然と一体となるのだ。頭のかたすみでそう思った。

そのとき、ふいに李秀卿の目に、異様な光景が映った。

ブルカをまとった女が、兵士の腕をつかんだ。兵士は振り向いた。その瞬間、ブルカのなかから稲妻のように飛び出した腕が、手刀となって兵士の額に振り下ろされた。鈍い音とともに手刀が命中すると、兵士は脱力してばったりと倒れた。

李秀卿が呆然としていると、女はブルカとドゥバダを脱ぎ捨てた。迷彩のタンクトップにズボン、鉄製のさまざまな装備品を身につけたその女は、見覚えがあった。忘れようとしても忘れることのできない女。岬美由紀だった。

「おまたせ」美由紀はかすかに笑っていった。「ずいぶん捜したわ。カーナビのない国は不便ね」

美由紀はあえて冗談めかせた言葉を投げかけたが、李秀卿はとても笑うどころではなさそうだった。無残に腫れあがった顔は、ただ呆然と美由紀を見つめるばかりだった。心配になり、美由紀は片膝をついて李秀卿の顔をのぞきこんだ。「しっかりして」

李秀卿の目は、しばらくのあいだ美由紀をただじっと見つめていた。やがて、その目に涙が溢れた。身を震わせ、子供のように泣きだした。

「美由紀」かすれた声で、李秀卿はつぶやいた。「きてくれたのか」

美由紀はほっとして笑いかけた。「あたりまえよ。しつこい女だもの」

背後にあわただしい足音がした。外で倒した番兵に気づいたのだろう。まってて、李秀卿にそう告げると、美由紀は跳ね起きて振り返った。

独房の扉を駆けこんでくる先頭の兵士はＡＫ47の銃口を上に向けていた。美由紀の姿に気づくと、あわてて銃をかまえて叫んだ。「何者《マッ・スム・カ》だ！」

「こんにちは《アッサラーム・アレイクム》、ご機嫌いかが《カイファアル・ハール》？」美由紀はアラビア語でいった。「お話しする？　それともすぐ暴力に打ってでるつもり？」

相手の返答は、銃で美由紀を狙いすますことでしめされた。が、その瞬間には美由紀の身体は深く沈んでいた。床に転がり銃撃をかわした。流れ弾が李秀卿に当たらないよう、位置を変えるためだった。立ちあがる勢いを借り、左の分脚《ぶんきゃく》をおこなって空を蹴り、さらにその勢いを利用して左足で飛び、右足で二起脚《にききゃく》の蹴りを繰り出した。美由紀の右足はＡＫ47の向こうにあった敵兵の顔を蹴り飛ばした。

その男が回転しながら壁ぎわに吹っ飛んだとき、次の兵士が扉を蹴って入ってきた。美由紀は左足から着地し、踵を相手に向けて背中をみせた。そうすることで逆に相手に銃をかまえさせておきながら、美由紀は身体をねじって相手の顔をみた。ねじりの動作のなかで右足で後旋腿《こうせんたい》を繰りだし、踵で敵兵の銃を蹴った。銃口が脇にそれると、美由紀は落脚《らっきゃく》の蹴りでその銃を床に叩き落とした。つづいて釘脚《ていきゃく》で敵の脚を蹴ってひざまずかせ、胸ぐらをつかんだ。

「ひとことといっておくわ」美由紀はびくついた顔の敵兵に低い声でいった。「女をたいせつにしない政権は滅びるわよ、江戸幕府みたいに。ビンラディンにもそうつたえといて」

敵兵がなにか返答しようとする前に、美由紀はその顔面に手刀を振り下ろした。美由紀の切掌《せっしょう》を浴びたその男は、驚いた顔のまま失神して床に仰向きに倒れた。

いまのところ、後続の兵士が独房の戸口に現れるようすはなかった。美由紀は扉から身を乗り出し通路をみた。人影はない。

李秀卿のもとに駆け寄った。右腕を持ちあげ、身体を抱きかかえるように持ちあげながらきいた。「いくわよ。立てる?」

すると、李秀卿は苦痛の悲鳴をあげた。全身にけがを負ったようだ。しかし、腕も脚も正常なかたちをとどめている。骨は折れていないようだった。

「我慢して」美由紀はいった。「できれば正気でいてほしいけど、なんなら気を失ってもいいわ。運んであげるから」

「ふざけるな」李秀卿は悪態をついた。「わたしが気を失ったら、おまえひとりでなにができる」

「おもしろい冗談ね」

「どこが冗談だ。わたしは本気でいってるんだ」

内臓に出血がないともかぎらない。予断を許さない状況であることは、疑いの余地がなかった。

美由紀は李秀卿をかばいながら歩を進めた。李秀卿も、あるていどは自力で歩くことができるようだった。しかしそれは、身体が引き裂かれそうな苦痛をともなっているにちがいなかった。

李秀卿のわずかな体力がもつうちに、ここから脱出せねば。美由紀は独房の戸口をくぐり抜け、通路を歩きだした。通路に山積みにされている木箱からはケシの匂いがする。国民には麻薬の原料の栽培を禁止する一方で、タリバンは押収したこれらのケシを重要な資金源にしているにちがいない。

「美由紀」李秀卿が息も絶え絶えにきいた。「ここはどこだ」

「アフガニスタンよ。タリバンの基地のひとつ」

「そんなことはわかってる。どの辺りかってきいてるんだ」

「カブールの南方二十キロ。ガズニよりは、ずっと東の砂地」美由紀は周囲に気を配りながら前進していった。「ほんと、みつけるのに苦労したわ。あなたをこの国まで運んだアメリカ兵が教えてくれなきゃ、永遠にわからなかったかも」

「あいつらか」李秀卿が苦々しくいった。「タリバンほどじゃないが、あいつらにも手痛い目に遭った。簡単に教えてくれたのか？」

「ええ。いまごろは全員入院してるでしょうけど」美由紀は李秀卿の顔をみた。「最近の米軍は素手の喧嘩に弱いわよ」

李秀卿がぷっと噴き出した。「おまえらしいな。だが、友好国の兵士だろ？」

「さあね。わたしは、友達じゃなかったから」美由紀は足をとめた。

通路は狭い倉庫に行き着いていた。上方に延びる鉄梯子《てつばしご》の先は、丸く開いた地上への出口になっている。ここに侵入するときに通った道だった。

倉庫の木箱の上にいったん李秀卿を寝かせると、美由紀は壁ぎわに立てかけてあったAK47をとり、肩にかけて梯子をのぼった。鉄製の梯子は氷のように冷たかった。気温が影響しているのだろう。強く握ると肌が密着してしまいそうだ。

梯子をのぼりきり、そっと地上に顔をのぞかせた。むきだしの土の上に、戦車や装甲車などの車両が並んでいる。倒した番兵が発見されたせいで、大勢の兵士が寄り集まってきている。

まずい。美由紀はそう思った。唯一の脱出ルートを閉ざされている。美由紀ひとりならほかにも道があるかどうか探ることができるが、李秀卿がそこまでもたない。一刻も早く、医師の診察を受けさせねばならない。

美由紀はズボンのポケットから発煙筒をとりだした。キャップをひねって着火すると、地上の集団の真ん中に向かって投げた。すぐに頭をひっこめ身を隠した。

すぐに怒鳴り声が飛び交った。なんだ、どうした。侵入者か。銃撃の音もした。たちまち、頭上から白煙が押し寄せてきた。性能のいい発煙筒だった。地上は霧に包まれているにちがいない。

美由紀は梯子を降りた。李秀卿を片腕で抱きかかえ、梯子を昇ろうとした。さすがに身体が思うように持ち上がらなかった。手がしびれる。発煙筒の煙のせいで息苦しくもなっていた。

李秀卿がいった。「わたしを降ろせ。置いていけ」

「馬鹿いわないで」美由紀はそういいながら、やっとのことで身体をひっぱりあげ、一段を昇った。

「置いていけ」李秀卿が震える声でつぶやいた。「もういい。ひとりで逃げろ」

「もう一回いったら、あなたの耳元で『君が代』を斉唱するわよ」

「やめろ」

「じゃ黙ってて」美由紀は焦っていた。発煙筒の煙がおさまらないうちに地上にでなければならない。一分ももたないにちがいない。

美由紀は必死の思いで梯子を昇った。二段、三段と昇るうちにこつがつかめてきた。重心を要領よく左右に移していけばなんとかなる。

地上にでた。思ったとおり、白煙で一寸先もみえなくなっていた。アラビア語の罵声《ばせい》が辺りにこだまする。銃声も断続的に響いていた。

「いこう」美由紀はそういって地上に李秀卿を引き上げた。

軍事における心理学の講義では、霧や暗闇などで視界を遮られた場合、聴覚は鋭敏になると教えられていた。ゆえに、敵側の視界がきかないからといって、足音をたてたりすると位置を見破られやすいというものだった。自衛隊の幹部候補生学校のテキストにもそう書かれているし、アメリカやロシアの陸軍でもそのように定義づけている。ムジャヒディーンがかつてアメリカの援助を受けていたことを考えると、タリバン兵もそうした軍事教練を受けている可能性がある。

が、カウンセラーとして深く心理学を研究した美由紀にはわかっていた。そうしたとらえ方は一元的すぎる。たんに視界をふさがれただけなら、聴覚を研ぎ澄まそうとする本能的反応は表れるが、それは動物が獲物を狙うときと同様、一対一が基本になっている場合にかぎられる。集団がそのような状況に置かれた場合、周囲には味方の足音や声が絶えず響きわたるため、聴覚的な探索を断念し感覚から閉め出そうとする反応が起きる。すなわち、集団の視界をふさぐと、聴覚は鋭敏になるどころかまるっきり鈍くなってしまうのだ。

李秀卿も異論はないらしい。美由紀に身をあずけたまま、行動をともにしている。煙のなかを、あるひとつの方向に向けて進んだ。すぐに、巨大な鉄の塊に行き着いた。

ウラル、オブイェークト172M。旧ソ連製の戦車だった。ソ連軍侵攻時代の戦利品だろう。側面にエラ型補助装甲が付いている。前進攻撃時には四十五度の角度で展開して成形炸薬弾《さくやくだん》の直撃から側面装甲を守る装備だった。前面と砲塔の前半部は複合装甲になっている。ＡＰＦＳＤＳ弾など運動エネルギー弾にも強い。これなら、危機的状況を切り抜ける車両としてはまずまずかもしれない。白煙が薄くなってきた。サーチライトの光線に人影が浮かんでみえるようになった。急がねばならない。

李秀卿を抱えたまま側面をよじ登り、ハッチをあけた。李秀卿を押しこむようにして中に入った。

戦車の内部はひどく汚かったが、つい最近まで使われていたもののようだった。水筒や地図などの備品も投げだされている。燃料も入っているといいのだが。そう思いながら、操縦席の背後のわずかな隙間に李秀卿を寝かせた。

美由紀は運転席についた。ほとんどの旧ソ連製戦車にみられるV型ディーゼル・エンジンを搭載しているようだ。

航空自衛隊に籍を置いていても、幹部候補生学校に入学した以上は戦車の実習は受けている。ただし、操縦のすべてを身体で覚える機会のあった戦闘機にくらべると、戦車の運転法はいちいち頭のなかのページを繰らねばならない。とはいえ、戦車の運転は基本的にはパワーショベルやブルドーザーなどの大型特殊車両と変わるところがない。運転席には左、真ん中、右の三か所にレバーがある。左右のレバーがそれぞれ、左右のキャタピラに連動している。前に押すと接合し、手前に引くとニュートラルになる仕組みだ。真ん中のレバーはギアだった。足もとにはクルマとおなじくアクセル、ブレーキ、クラッチの三つのペダルがある。

美由紀は小窓から外を覗いた。兵士たちが駆けまわっているのがみえる。視界もかなり開けてきた。これ以上の長居は無用だ。

エンジンをスタートさせた。自衛隊のものとはまったく異なるエンジン音だった。兵士たちがこちらを振りかえったのがわかる。美由紀はクラッチを踏みこみ、ギアを1速に入れた。左右のレバーを前に押し、アクセルを踏んでクラッチを緩めた。

がくんという衝撃とともに戦車は走りだした。思ったよりも速かった。四十トンを超える車体重量ながら、V型ディーゼル・エンジンの馬力は絶大だった。すぐに時速四十キロに達した。

兵士が立ちふさがり、銃撃を浴びせてくる。が、複合装甲はびくともしなかった。戦車が迫るとほとんどの兵士は左右に逃れたが、なかには轢《ひ》かれるのを覚悟で機関銃を乱射しつづける者もいた。聖戦《ジハード》で死ねば天に召されると信じている以上、そういう人間もいるだろう。しかし、美由紀はアフガニスタンに乗りこむにあたり、ひとりの死者もださないと心にきめていた。左のレバーを手前に引き、戦車を左に旋回させた。兵士を避けて、コンクリート製の外壁へと進路を向けた。

「ぶつかるぞ」李秀卿の声がした。

D81TM、六十二口径125ミリ滑腔砲の射撃統制装置のスイッチをいれた。基線長式測遠機と弾道計算機、アクティブ式暗視装置に電源が入る。外壁に照準を合わせてトリッガーを押した。轟音とともに激しい衝撃が戦車の車体を揺さぶった。外壁は火柱とともに砕け散った。戦車が通るにはわずかに幅が足りないが、メルセデスとは違うのだ、傷がついてもかまわない。

美由紀はギアをトップに入れて全速力で突っ込んでいった。戦車は外壁をなぎ倒し、砂地へと飛びだした。

前方から装甲車が数台やってくるのがみえた。コンパスにちらと目を走らせる。方角を確認し、進路を東に向けるため右に信地旋回《ターン》した。とたんに、キャタピラが横滑りを起こした感覚があった。美由紀はブレーキを踏んでいったん動きを停め、安定させながらふたたび走りだした。

危なかった。砂地での急激なターンは車体ごと砂に埋まってしまう危険を秘めている。旧ソ連製の強靭《きょうじん》なライブ・ピン式履帯のおかげでことなきを得たといえるだろう。急ぐにしても、慎重な運転を心がけねばならない。

一台の装甲車が前方にまわりこんで進路をふさごうとしていた。美由紀はふたたび滑腔砲の発射準備に入った。この戦車はカセトカと呼ばれる、毎分四発の発射が可能な自動装《そう》填《てん》システムが装備されている。選択した種類の弾丸が自動的に装填される仕組みだ。装甲車の前進を停めるために、進路の砂地を狙って発射した。激しい砂埃が水柱のように立ち昇った。装甲車が動きを停めているあいだに、美由紀は戦車の速度をあげた。装甲車の脇をすりぬけ、さらなる砂地へと走らせていった。

そのまま戦車を全速力で走らせた。前方には障害物らしきものはなにもない。ときおり、後部に遠くからの銃弾が当たる音がするが、間近に迫った追っ手は見当たらない。

パキスタンとの国境は遠くはない。この速度なら十分ないし二十分で到着するはずだ。国境には鉄条網もなければ、塀も柵《さく》も堀もない。それでもパキスタンに入れば、とりあえず危機を脱したことになる。

「美由紀」李秀卿がいった。「いいのか。こんなことをして」

ふっと美由紀は笑った。「いまさらそんなことをいわれてもね」

「日本は海外で軍事活動をしてはいけないんだろう。ましておまえは現在は民間人だ」

「個人旅行の内容までとやかくいわれることじゃないわ」美由紀は言葉を切った。思いのままを口にした。「それに、なにがあっても後悔しないわ」

李秀卿は黙っていた。美由紀にはその沈黙が、彼女の礼に思えた。

ふと、美由紀は異様な雰囲気を察知した。

「なんだか」美由紀はつぶやいた。「エンジンがうるさくない?」

しばらくして、李秀卿がいった。「たしかに、妙に揺れるみたいだな」

たしかに振動が大きい。さっきのターンでキャタピラがはずれたのだろうか。美由紀は左右のレバーをニュートラルに入れ戦車を停止させた。

が、振動はやまなかった。エンジンの不調か。そう思ったとき、背後で李秀卿がいった。

「美由紀、後ろだ！」

美由紀は窓から後方を覗いた。月明かりに浮かぶ砂丘。その表面を、蟻《あり》の群れのような黒い影が無数に滑ってくる。

戦車と装甲車だ。追っ手が一斉に出陣してきたのだ。美由紀は鳥肌が立つ思いで戦車を発進させた。あの集団が狙っているのは、ほかならぬこの戦車一台だけなのだ。

空気を切る甲高い音、そして爆発音が戦車の車体を揺るがした。追っ手が発砲している。砂地には次々と火柱があがった。砂嵐のように巻き上げられた砂塵《さじん》が視界をふさぐ。そのなかを全速力で走らせた。

李秀卿がいった。「美由紀。追いつかれそうになったら、反撃を……」

「だめよ」美由紀はぴしゃりといった。「わたしはひとりの命も奪わない」

前方に爆発が起きた。戦車の前方が爆風に浮き上がったように感じた。それでも前進をつづけた。退却も停止もない。前進あるのみだった。

周囲に爆発の嵐が吹き荒れた。着弾がしだいに近づきつつある。彼らは威嚇が目的ではない、こちらを破壊するつもりなのだ。そして、その照準はどんどん定まりつつある。

方位レーダーに目を向けた。パキスタンの国境はもう目前に迫っている。しかし爆発の向こうにかいま見える前方の視界には、パキスタン軍やアメリカ軍の支援部隊は見当たらない。美由紀の個人旅行である以上、それも当然のことだった。ゆえに、国境を越えても追撃の手が休まる保証はなにもない。

爆発のなかを全力で走らせつづけた。着弾しないようひたすら祈りつづける、悪夢のような時間が流れた。一分、二分。そのあいだ、着実に戦車は国境に迫った。やがて方位レーダーのアラームが鳴った。国境まで一キロ。

「李秀卿」美由紀は振りかえった。「あいつらはたぶん、パキスタンの領土を侵犯してでもわたしたちを追ってくるわ。国境を越えたら、戦車から飛び降りて。どこかに身を隠して。いずれパキスタン側に保護されれば、助かるわ」

「おまえはどうする気だ」

「わたしはこのまま前進してあいつらをおびき寄せる。やがてパキスタン側の軍隊が出動すれば、連中も逃げ出すはずよ」

「いやだ」李秀卿は語気を強めた。「おまえと一緒じゃなきゃいかない」

「でも……」

「いやだといってるだろう!」李秀卿は涙を流した。「もうひとりはいやだ」

美由紀は李秀卿を見つめた。腫れ上がった痛々しい顔の李秀卿が、美由紀をじっと見返していた。

このまま前進すれば、パキスタンの援軍が到着するより早く、戦車は破壊されてしまうだろう。李秀卿ひとりだけでも逃がすことができれば。美由紀はそう思っていた。

だが、李秀卿が美由紀の提案を聞き入れるはずがなかった。

どうすればいいだろう。美由紀は考えた。戦車を無人で走らせてみるか。危険な賭だが、それしかない。戦車を囮にしてパキスタン領土内に走らせていき、タリバンに追わせる。美由紀は李秀卿とともに脱出する。この砂地に、果たして追っ手から隠れて身を潜められるところがあるかどうか疑わしいが。

アラーム音が大きくなった。国境を越えた。パキスタンに入ったのだ。

美由紀は後方をみた。やはり、彼らは追うのをやめようとしない。砲撃もやむどころか、さらに激しさを増している。

もう迷っている暇はない。なにがあろうと、李秀卿を守りぬく。その決意とともに戦車から飛び降りる。それしかない。

美由紀は運転席の下に潜り、アクセルペダルを固定した。さすがに戦車がふらつくのがわかる。動きをみれば無人だと看破されてしまうかもしれない。そうなる前に脱出せねばならない。

美由紀は李秀卿を助け起こした。李秀卿も少しは身体が動くようになったようだった。ハッチへは自力で昇った。美由紀は手を伸ばし、ハッチを開けた。

「突き飛ばしてくれ」李秀卿がいった。

ためらいがよぎったが、美由紀はいわれたとおり李秀卿を背中から突き飛ばした。キャタピラの下敷きにならないよう、できるだけ遠くに跳躍させた。美由紀も戦車から飛び降りた。戦車は頼りない走行のまま、砂地を走りつづけていった。

外にでると、辺りの爆発音はすさまじいものがあった。目を開けていられないほどの砂埃が辺りを覆っていた。美由紀は李秀卿を押さえつけるようにして伏せた。発見されるより前に爆風に吹き飛ばされてしまうのでは、そんな思いが頭をかすめる。恐怖と絶望の嵐のなかで、美由紀は耐えた。

どれくらい時間が過ぎただろう。美由紀は、タリバンの戦車隊とは別に断続的な低い音を耳にした。

はっとして顔をあげた。砂嵐のなか、よくみえないが、月光に照らされて一機の飛行機が上空を通過していくのがみえる。かなりの高度だが、たしかに飛行機だった。

次の瞬間、目の前に信じられない光景がひろがった。

タリバンの戦車隊の中心部に、いきなり火柱があがった。ミサイルとも焼夷弾《しょういだん》ともちがう。数台の戦車がいきなり爆発した。たちまち周囲に誘爆し、数十台の車両が真っ赤な炎のなかに呑みこまれた。

美由紀は呆然とした。爆風はない。熱風すら感じない。こんな爆発ははじめてみた。仕掛け花火の眺めに似ている。搭載されている武器の火薬がいっせいに引火すれば、あるいはこのような眺めになるのかもしれない。が、そんな故障はありえない。

突然の大規模な爆発に、残りの車両は大混乱となった。隣国の領土を侵犯していたという自覚はあったのだろう。それぞれが急旋回すると、アフガニスタンに向かって一目散に逃げだしていった。

気づいたときには、美由紀は立ちつくしていた。ただ呆気にとられながら、その眺めに心を奪われていた。

奇跡か。いや。

そんなことはありえない。奇跡とするなら、意図的につくりだされた奇跡だ。そう、彼らなら、それも可能だ。

「そのとおり」ダビデの声が飛んだ。「私はここにいるよ」

美由紀は振り向いた。砂地にひとり、ダビデは立っていた。今度は、ぼろぼろのアラビアの民族衣装を着こんでいる。

地面にうつ伏せていた李秀卿が呆然としてダビデをながめている。ダビデは李秀卿に片手をあげてあいさつすると、美由紀のほうに歩いてきた。

ダビデは美由紀と並んで立ち、遠方のようすを眺めた。「あーあ。連中も無残なもんだな。たぶん神の怒りに触れたんだろう。天からの鉄槌《てっつい》ってやつだな」

美由紀はダビデの横顔をにらみつけた。ダビデはまるでその視線に気づかないような顔をして、葉巻をとりだし火をつけた。

「どういうことなの」美由紀はきいた。

「あん?」ダビデは葉巻の煙に顔をしかめながらいった。「なにがだね」

「なぜあなたがここにいるの。いや、そんなことより」美由紀は戦車隊の残骸《ざんがい》をみた。鉄の塊が高音で熱せられたかのように赤くなって歪んでいる。「あれはいったいなんなの」

「ああ、あれか」ダビデはとぼけた口調でいった。「アメリカ空軍の最新装備、空爆用高出力レーザー兵器。型番は……忘れたな。かつてロナルド・レーガン政権下のいわゆるスター・ウォーズ計画で、敵のミサイルや衛星を大気圏外で撃ち落とすための衛星兵器が研究されてただろう? むろん、地上攻撃用のレーザー兵器搭載型衛星も発案されてた。けどな、現実はそこまで甘くない。なにしろバッテリーだけでもとんでもないデカさになっちまうからな。……それで飛行機に積む案がでた。いまのがそうだ。つい最近になって軍が採用を決めたんで、初お目見えだったわけだが」

妙な予感を美由紀は抱いた。「ひょっとして、そのレーザー兵器を開発した企業は……」

「マードック工業」ダビデはにやりとした。「というより、もともとは野村光学研究所かな。記録はいっさい残ってないが」

「そういうことなのね」美由紀は苦い気分でうなずいた。「あなたがわたしにつきまとったのも、教訓を与えたのも、ぜんぶ裏で進行してたシナリオに利用するためだったのね」

「美由紀」李秀卿が半身を起こしてきいた。「どういうことだ」

「メフィスト・コンサルティング。陰で歴史を操ってるとかなんとか主張してる、要するに詐欺集団。野村光学研究所が開発したレーザー兵器をマードック工業に譲渡させ、軍に売りこませた。軍が兵器を正式採用するよう、危機的状況をつくりだした。例えばこのタリバンの戦車隊のパキスタン侵攻という事態をね。わたしに、李秀卿を助けにいかせたのも、こうなることを踏んでのことでしょう？　ひょっとして、いやひょっとしなくても、世界貿易センタービルのテロもあなたたちが裏で糸をひいてたんじゃ……」

「くどいな、きみも」ダビデは顔を大仰にしかめた。「あれはちがうといってるだろう。だが、いずれにせよ世界に起きた偶発的な事態も利用しながら計画を進めるのが、われわれのやり方だ。テロに怯えるアメリカ、それゆえに軍需産業は儲かる。それは歴史の必然であって、悪意とはいいきれないんじゃないかね」

美由紀はダビデをみつめた。

おそらく、ハウステンボスで野村清吾のカウンセリング依頼を受けた時点から、美由紀は彼らのシナリオに取りこまれていたのだろう。その後の出来事すべてがメフィスト・コンサルティングによるものではない。李秀卿とのあいだに起きたことは、彼らの手によるものではない。だが、注視はしていたのだろう。だから美由紀は、使える駒として彼らに巧妙にハンドリングされた。メフィスト・コンサルティングの利権のために。

砂地にひろがる無残な戦車隊の跡。何人死んだだろう。美由紀は胸が張り裂けそうになった。

「ダビデ」美由紀は怒りを抑えながらいった。「レーザー兵器を軍に買い取らせるっていう計画のクライアントがどこか知らないけど、あなたたちは巨額の報酬を手にしてご満悦ってわけね。でも、ここで死んだ多くのひとたちにどう言い訳する気なの。良心は咎めないの？」

ダビデは平然と首を振った。美由紀をじっと見つめていった。「岬美由紀。アメリカが落とした原爆で、大勢の日本人が死んだ。あのテロ事件で、大勢のアメリカ人が死んだ。そしてここで、また大勢のタリバン兵が死んだ。それらは悪だったのか？　立場によって見方が違うだろう。歴史は同じことのくりかえしさ。人類が学ばなければな。ただそれだけのことだ」

「人類が学ばなければ？」美由紀は皮肉っぽい口調でいった。「あなたたちのやってることは、人類に対する教育だとでも？」

「ある意味、そうさ」ダビデは葉巻をふかした。「神に代わって歴史をつくるメフィスト・コンサルティングだからな。教えようか。来年、すなわち二〇〇二年のはじめまでに、アメリカはなんともふしぎな方法で、タリバンを壊滅に追いこむ。なにがふしぎか、ニュースを見てればわかるはずさ。アメリカの兵士の死はほとんど告げられない。アメリカ軍に被害はない。いちおう空軍や陸軍が戦っているというリポートはあるが、なぜか詳細はあきらかにされない。それなのに、どんどんタリバンは追いこまれ、最後は北部同盟にアフガニスタンの統治権を明け渡すかたちとなる。なぜだかわかるか」

美由紀はつぶやいた。「いまの兵器が威力を発揮するから……」

「そう。そうだよ。防ぎようのないレーザー兵器。バッテリーを充電すれば何度でも使用できる画期的な兵器。一発数十億ドルのパトリオットミサイルと比較してもコストパフォーマンスのよさはあきらかだ。これによりタリバン、アルカイダはアメリカ軍と撃ち合う機会すら与えられず壊滅的打撃を受ける。だからアメリカ側に死者はほとんどでない。すばらしいと思わないか？　私たちは多くの人命を救ってるんだよ」

ダビデの主張は、原爆を投下したことによって平和を手にしたと言い張るアメリカの主張とよく似ている。それはすなわち、世界があのころとなにも変わっていないことの証明だった。

「だが、岬美由紀」ダビデはまるで父親のような微笑をうかべていった。「きみは成長したな。李秀卿を助けだした勇気。決してひとの生命を奪おうとしなかったやさしさ。みごとに自衛官時代の自分を吹っ切ったな。それだからこそ、きみは〝神〟であるわれわれと対話している。すばらしいよ」

「ねえダビデさん」美由紀はぶっきらぼうにいった。「芝居とも本気ともつかないそういう言いまわしはやめて、さっさと消えてくれる？　それとも、わたしに新しい格闘技の腕前を披露してほしいのかしら。そこのところ、メフィスト・コンサルティングはどう分析してるの？」

「きみは、私を殴れんよ」ダビデはいたずらっぽく笑った。「そうだろ？　内心感謝してるから」

「感謝？」

「そう。きみに成長のための機会を、試練を与えてやった。その代償と考えれば、少々の怒りは我慢できるはずさ。それにだ、これは特別ボーナスなんだが、きみが〝社会復帰〟できる手筈も整えといたぞ。なに、外務省の人間をちょいちょいと動かして、きみがお咎めなしになるような環境にしておいた、それだけのことさ。礼はいらんよ」

ダビデは、美由紀の顔をみて不安そうに付け加えた。「……まさか私を殴れば多少の憂さ晴らしができるとは考えまいな。そんな野蛮な人種ではないはずだぞ、きみはもっと理性的で知性的なはずだからな」

美由紀は李秀卿を振りかえった。

たしかに、今度の機会がなければ彼女と理解しあえることもなかった。北朝鮮という国に対し、対話や理解を持とうとすることなどありえなかった。そしてなにより、友情を育むことなど、元自衛官の美由紀には考えられなかった。

そう。わたしは変わった。そう実感した。

「だろ?」ダビデはまるで美由紀の心を読んだようにいった。「これも見方によって、神は悪魔にもなりうるし、悪魔は神になりうるのさ」

美由紀はダビデを見据えた。「ふうん。じゃ、神か悪魔かしらないけど、ダビデ。今回だけは見逃してあげるわ。わたしが野蛮人に戻る前に、さっさと消えてくれる?」

「おいおい! 岬。そんな言い方はないだろ。私に感謝のしるしぐらい……」

「消えてったら!」美由紀は怒鳴った。

「わかった、わかったよ」ダビデは上目づかいににやりと微笑した。「だが、また現れるかもな。アディオス、千里眼」

ダビデはくるりと背を向けると、小走りぎみに立ち去っていった。周辺に車両やヘリコプターはみえない。どこにいくつもりなのか。

どこでもいい、美由紀はそう思った。連中のことだ、先のことは考えてあるのだろう。

砂漠に立ち昇る黒煙。戦車隊の残骸。すでにひとけはなかった。

辺りには誰もいない。横たわった状態で半身を起こしている李秀卿と、自分のふたりだけだった。

美由紀は李秀卿に歩み寄ると、その脇に腰を下ろした。ほどなく、身体を投げだして寝そべった。

空が白ばんできている。夜明けが近い。

黙ってそれを眺めていた。やがて、李秀卿がつぶやいた。

「なんだか、いろいろ複雑なことがあったみたいだな」

「ええ」美由紀もいった。「いろいろね」

「世界は」李秀卿は静かにいった。「広いんだな」

美由紀は李秀卿をみた。

李秀卿は、安堵のいろを浮かべ、まるでシーツにくるまって眠る少女のように、静かに目を閉じていた。

美由紀はその髪をそっとなでた。

静寂が戻った。ようやく、今度こそ静けさが戻ってきた。

東の空が明るくなっていく。

遠くでヘリコプターの音が、かすかに響いていた。

終章　二〇〇一年、十二月

輝き

倉石勝正はデスクにおさまり、エアコンのリモコンを操作していた。暖房の効きが悪い。賃貸の事務所だけに勝手にエアコンを取りかえるわけにもいかない。先日、電気ストーブを入れてみたが、電圧が限界に達したらしくブレーカーが落ちた。ゆえに、このヘアドライヤーのような頼りない温風を吹きだすだけの機械が、越冬のための唯一の設備だった。

「どうぞ」朝比奈の声がした。目の前に湯呑みが置かれた。緑茶の香り、白い湯気が暖かさを誘う。

倉石は顔をあげた。ウィンドブレーカーにジーンズ姿の朝比奈は、にっこりと微笑んでいた。

痩せたようだ。倉石は朝比奈の顔をみて、ぼんやりとそう思った。どこか、別れた妻の面影がだぶる。妻の知可子もこんなふうに、痩せこけた顔で力なく笑った。だが、朝比奈の場合は明確に異なるところがある。そう思った。その目だ。目が輝いていた。やつれたのではなく、ひきしまった感じ。そんな印象が、控えめななかにのぞいていた。

朝比奈がきいた。「どうかしましたか」

じっと朝比奈を注視している自分に気づいた。いや、と倉石は告げて、湯呑みに視線を落とした。

さまざまにかたちを変えながら立ち昇る湯気をみつめながら、倉石は隣りの部屋から聞こえてくる声に、知らず知らずのうちに耳を傾けていた。

「もういちど聞くよ」嵯峨の声がいった。「小学何年生？」

倉石は開け放たれたドアに目をやった。カウンセリングルームに座る嵯峨の横顔。見慣れた風景。いつからそう思うようになったのだろう、倉石は驚きを感じた。かつては、どうしようもなく狭苦しいこの職場に絶えず息苦しささえ覚えていたというのに。

嵯峨はスーツ姿ではなかった。革のジャンパーにジーンズ。もう何か月も前から、着くずしたスタイルに変わっていた。椅子に身を硬くして座るようすもなく、脚を組んで、リラックスした姿勢をとっている。

出会ってから四年がすぎているというのに、倉石はずっと自分の部下の私服姿をみたことがなかった。前の職場では、スーツ姿以外は許されていなかった。非番の折、嵯峨が初めて私服でここにやってきたとき、倉石は意外に思った。カジュアルな服装の嵯峨は、スーツのときとはちがって、ずっと生き生きとしてみえた。とりたてて元気というわけではない、ただ、ごく自然なあるべき姿。そんなふうに感じられる物腰の柔らかさがあった。

服装は自由にしろ。そのとき倉石はそういった。嵯峨も朝比奈も翌日から、それに従った。驚いたことに、陰鬱だった職場が華やいで感じられた。どこかに煙たげに漂っていた違和感、そういったものが払拭された。

相談者《クライアント》の少年の返答がなかったからだろう、嵯峨は質問を変えた。「じゃあ、学校に行かなくなって、何日ぐらい経つの?」

また答えはなかった。

嵯峨は当惑したようすはなかった。膝の上に広げた資料に目を落とし、何度か小さくうなずいた。そして、なにげない態度で立ちあがった。

「さてと」嵯峨はいった。「ちょっと外にでもでようか」

カウンセリングルームのなかに凍りつく気配があった。倉石の胸のうちは、いささかも寒くはならなかった。予想どおりの展開だ。

さあ、行こう。嵯峨が前かがみになって、相談者の手を引こうとしているのがみえる。

「ちょっと」少年に付き添っている母親の、あわてた声がする。「うちの子は、外で遊んだりとかは、苦手で……」

「わかってますよ」嵯峨はあっさりといった。「わかっているから、そうするんです。さ、太一くん。行こう」

母親はなおも制止しようとした。が、嵯峨の手に引かれて、色白のほっそりした少年はカウンセリングルームからでてきた。嵯峨のもういっぽうの手には、サッカーボールが抱えられている。母親が、哀願するような顔をしてついてきた。その母親の目が倉石をみた。やめさせてください、そう訴えているようだった。

だが、倉石はいった。「いってらっしゃい」

母親が呆然とした顔で立ちすくんだ。そのすきに、嵯峨は少年をさっさと戸口に引っ張っていった。

「ちょっと。まってください先生」母親があわててそれを追う。

嵯峨と少年の足音、それに母親の心配げな声が廊下を遠ざかっていく。倉石は湯呑みの茶をすすり、朝比奈の顔をみた。

朝比奈が笑った。「あいかわらずですね」

「そうだな」倉石は笑いかえした。臨床心理士だったころには予想もできなかった嵯峨の行動に、いまでは目くじらを立てることはなくなっていた。これがこの職場のあるべき姿なのだ、そういう自然な空気だけが辺りを包んでいた。

しばし時間がすぎた。朝比奈はデスクに戻り、書類整理の仕事を再開した。倉石は新聞に手を伸ばした。

「炭そ菌感染ルート解明　アフガニスタンに新政権樹立」

今年は最後までこのニュースか。茶をすすりながらそう思った。

窓の外から嵯峨の声がする。ボールを蹴ってごらん。そういっていた。

倉石は立ちあがり、窓の外をみた。穏やかな日差しのなか、まだ人通りもまばらな歩道で、嵯峨は少年の近くにかがみ、サッカーボールを地面に置いた。ボールを手で叩き、笑顔で少年をうながしている。少年は無言で嵯峨の顔をみおろしている。そのすぐ後ろに、困惑顔の母親がたたずんでいる。

電話が鳴った。朝比奈が受話器をとって応対する。はい渋谷カウンセリング研究所です。少々お待ちください。

「所長」朝比奈が呼んだ。「岡江所長です」

倉石はデスクを振りかえった。なにも感じなかった。ただ受話器をとった。

「倉石です」

岡江の咳ばらいが聞こえ、おずおずときりだす声がした。「いま話す時間ある?」

「少しなら」

「岬先生の件だけど……」

「それなら、何度もお答えしたとおりです」倉石はいった。「うちにはずっとなんの連絡もありません」

事実はちがっていた。一度電話があった。少し前、極秘裏に帰国しているという話だった。李秀卿は身分を偽り、治療を受けているという。いずれ職場に戻ります、岬美由紀はそういった。倉石は、それ以上なにもきかなかった。彼女が、質問を受けたがっていないことはあきらかだった。

探るような沈黙が数秒あった。やがて、岡江は話題を切り替えてきた。「困ったことがあったら、いつでも相談に乗るわよ」

「困ったこと？　たとえば、どんな？」

岡江のため息が聞こえた。「設備も不充分なところで働くのは困難でしょう。それに、うちのほうも、アメリカに臨床心理士を派遣してほしいという政府からの要請もあるし」

職場復帰という言葉を口にするのをためらっているらしい。やけにまわりくどい表現だった。

倉石は醒めた気分で聞きながしていた。岡江の物言いは、昔となんら変わってはいなかった。政府からの要請、そういう権威的なことばの響きで相手の心理を圧倒できると信じている。名誉ある職には誰もが飛びつく、そこに疑念の余地はないと思いこんでいる。

だが、倉石はそうは思わなかった。テロの被害に遭った日本人およびその関係者に対しては、すでに充分すぎるほどの人数のカウンセラーが派遣されている。というより、むやみにカウンセラーの増員をはかろうとする政府の方針自体が愚の骨頂だった。心のケアというものが、どんなことを意味するのかもわかっていないのだろう。

「結構です」倉石は苦々しい思いでいった。「私には、私の仕事がありますから」

「そう」岡江はどうにか倉石を困惑させてやろうという意志を秘めているらしかった。あなたには興味はない、そういいたげな口調でいった。「嵯峨先生に代わってもらえるかしら」

腹は立たなかった。むしろ、かつての上司が哀れに思えた。岡江卓造が生きているころは、彼女もちがっていた。夫を失った悲しみが、彼女を捨て鉢な経営理念に走らせるのだろう。そう思えてならなかった。

倉石は答えた。「あいにく、嵯峨先生はいまカウンセリング中でして」

「隣りの部屋にいるんでしょう？　呼びなさいよ」

「いえ。部屋のなかにはいません」

「じゃあどこにいるの？」岡江の声が苛立ってきいた。

倉石はふたたび窓辺に歩み寄った。歩道に嵯峨の姿があった。おぼつかない足どりで、懸命にボールを追いまわす少年を元気づけながら、一緒に駆け回っている。

「岡江所長」倉石はいった。「カウンセリングを妨げることは厳禁です。それぐらいわかっているでしょう」

「ねえ、倉石所長」岡江はため息まじりにいった。「あなたは若いころから、そうやってむやみやたらと突っ張ってみせるところがあったわよね。あなたはそれでいいかもしれないけど、嵯峨先生はどうなの。まだ若くて、将来性もある。そんな彼の希望を閉ざしているのは、ほかならぬあなたなのよ。嵯峨先生がかわいそうだとは思わないの」

倉石は嵯峨をみつめた。笑顔で少年とともに走りまわる嵯峨をみた。

希望を閉ざしてなどいるものか。こんなに輝いている嵯峨をみたことは、かつてなかった。彼はどんな相談者の、いかに小さな悩みであっても真摯《しんし》に聞き入れ、解決のために力になっている。その彼の全身から満ち溢れるエネルギー。それを閉ざしていたのは、まぎれもなく東京カウンセリングセンターではないか。岡江と、かつての倉石ではないか。

嵯峨には何度もつたえてある。前の職場に戻りたければ、いつでも戻っていいと。嵯峨は、そんなつもりはありませんと答えた。理由など、きくまでもなかった。規則にも制度にも縛られず、ただ相談者に幸せをもたらすことに従事する、それこそが嵯峨の生きる道だったのだ。彼が最も喜びを感じる人生だったのだ。

倉石はそんな嵯峨に、かつての自分をだぶらせていた。そうだ、俺たちはごく平凡なカウンセラーだ。大病院の医師でもなければ、宗教人でもない。広く人々を救済しようなど、夢のまた夢だ。ならば少なくとも、自分をたずねてきた相談者だけは確実に助けてあげようじゃないか。目の前にいるひとの悩みだけは、力のかぎりを尽くしてでも取り除いてあげようじゃないか。

「嵯峨先生は」倉石はいった。「いまが一番、輝いてますよ」

岡江はなにも答えなかった。数秒の沈黙、倉石はそれ以上待つ気はなかった。受話器を置き、腕組みした。

少年はいまや、夢中になってボールを追いまわしている。黄色い歓声がたびたびあがる。嵯峨もそれに同調して、笑いながら駆けまわっている。まるで子供のように無邪気に、少年と同じ年齢に戻ったかのように。

初めのうちは驚いて黙りこくっていた母親も、少年に声援を送るようになっていた。白い息をはずませながら走る嵯峨を、倉石は見つめた。いまの嵯峨は、なんと魅力的なのだろう。彼はすべてを見抜いていた。本当のカウンセラーとはなんなのか、すべてを知りつくし、そこに向かって歩みつづけていたのだ。

朝比奈が窓辺に近づいてきた。窓の外を見下ろし、笑っていった。「嵯峨先生、またやってますね」

そうだな、と倉石も笑った。心の奥底に眠っていた想いを、つぶやきのように漏らした。

「私の誇りだよ」

花火

東京ディズニーランドの人混みはあいかわらずだった。クリスマスも近いこの時期、敷地の中心にそびえ立つシンデレラ城にもイルミネーションが施され、広場には巨大なクリスマスツリーが立ち、ミッキーマウスやドナルドダックもサンタクロースの衣装を着て場内をねり歩く。いつにもまして華やかになるファンタジーの王国に人々は魅了される。

むろん、宗教観も民族的なイデオロギーも重視しない日本人ならではの無邪気な楽しみ方は、アメリカのディズニーランドとは趣を異にする。つい三か月前にあれだけのテロ事件が起きたばかりだというのに、日本人はすでに忘れてしまったかのように、ファンタジックにアレンジされたアメリカ文化と遊ぶ。ディズニーランドは世界中にあるが、おそらくいまどき、こんなに賑わっているのは日本ぐらいだろう。岬美由紀はそう思った。

澄んだ青空がひろがっていた。都内の樹木は枯れてしまったが、ここの木々はあざやかな緑を浮かびあがらせている。色とりどりの花壇も美しかった。穏やかに吹く風はやや湿気を帯び、ロサンゼルスよりはオーランドに近い印象だったが、外界がいっさいみえないこの敷地内にいると、やはりいくらか俗世間から切り離された印象を受ける。

美由紀はたまには童心に帰るのも悪くない、そう思ってやってきたのだが、連れ合いのせいでとても楽しむどころではなかった。

李秀卿はさっさと本国に帰りたがっていたが、美由紀がそれをひきとめた。どうしても東京ディズニーランドに同行してほしい、そう頼んだ。李秀卿は一瞬、目を光らせたが、すぐに興味なさげにいった。そんな暇はない、一日でも早くわが国に戻らねばならない。だいたい、いま日本にいること自体、不法滞在なんだぞ。そういった。

美由紀は首を振っていった。政府当局から特別許可を得ているから。あと数日は滞在していい、そういう暗黙の了解をとりつけているから。そのように李秀卿を説得した。

実際には、そんな許可が降りているはずがなかった。アフガニスタンから帰国した際も、李秀卿は偽造旅券を使っていた。公安警察は李秀卿の消息を知りたがり、美由紀の話を聞きたがっている。だが美由紀は、それらについて李秀卿には黙っておいた。

せっかく許可をとりつけたのだから。美由紀が何度もくりかえすと、李秀卿はようやく折れた。わかった、一日だけなら。そういった。

行くとは決まったものの、李秀卿は、美由紀がおそろいでコーディネートした服装にさっそくけちをつけた。英語のロゴの入った白のカットソーにファージャケットを羽織り、黒のスカートにシャーリングブーツというカジュアルな服装を推奨したのだが、李秀卿は「白痴にみえる服装」と吐き捨て、身につけようとしなかった。だが、李秀卿がいつも着ているようなスーツではディズニーランドにそぐわないというと、やっとのことで了承した。朝比奈からは、カットソーではなく迷彩服調のミリタリーTシャツが流行《はや》りだと勧められたが、李秀卿はすかさず却下した。「撃たれる」というのがその理由だった。

髪形はナチュラルストレートにして前髪を降ろした。ふたりとも額には二、三か所に絆《ばん》創膏《そうこう》を貼っていたため、それを隠す必要があったからだった。

外見だけはとりあえず柔らかくなったものの、李秀卿の表情は硬かった。入場以来、ずっと険しい顔をしていた。

トゥモローランドからファンタジーランドのエリアにさしかかったとき、李秀卿はふいに立ちどまった。

美由紀はきいた。「どうしたの」

「つまらん」李秀卿は硬い表情でつぶやいた。「これが本当にディズニーランドか？　おおかた、日本人得意の悪質な模倣だろう」

「沙希成さん」美由紀はため息をついた。李秀卿のその日本名はすでに法的にはなんの効力もないが、美由紀はあえてそう呼んでいた。「東京ディズニーランドは世界で最もきれいで、設備がゆきとどいてるのよ。アトラクションもほとんどそのままコピーされてるの」

「信じがたいな」

「なにがって」李秀卿は忌々《いまいま》しげに髪をかきむしった。

「あのネズミの被《かぶ》りものをした人間……」

「ミッキーマウスよ」美由紀は、ハニーハントの混雑を避けてカフェテリアに李秀卿を誘導していった。「人間じゃあないの」

李秀卿は目を丸くし、訝《いぶか》しげな顔をした。やがて、哀れなものをみる目つきを美由紀に向けた。「まさか本気じゃないだろうな」

「あなたのいわんとしていることはわかるわ。たしかにあれはなかに人間が入っているけど、そうじゃなくてミッキーマウスという架空のキャラクターだとあえて信じてみることで、ファンタジックな楽しみが生まれるのよ」

「信じてみるだと?」李秀卿は辺りをみまわした。「あの城や、岩山もつくりものではなく、本物だと信じろというのか」

「強制されてるんじゃなく、自分から想像の世界と遊んでみるつもりになって、それらを本物だと思ってみるの。自分で意図的に現実の世界を忘れるのが、楽しむ秘訣《ひけつ》ってことね」

「まがいものを本気にできるというのがいかにも日本人だ」

「パレードは賑やかで、壮大だったでしょ」

「偉大なる金正日総書記ご生誕日のマス・ゲームのほうが、百倍壮大だ」

「ビッグサンダー・マウンテンはスリルを感じたでしょ？」

「あんな軽度のGに翻弄《ほんろう》されると思ったら大間違いだ」

「沙希成さん」美由紀はたまりかねていった。「あなた、自分で楽しみをつぶしているんじゃないの」

李秀卿は立ちどまった。ファンタジーランドの真ん中で回転して飛ぶダンボの乗り物を見上げながら、ぼそりとつぶやいた。「楽しみ、か」

美由紀は、声を荒らげてしまったことを後悔した。楽しみなどあるはずはない。李秀卿は、親代わりに等しかった雀鳳漢を失ったばかりなのだ。

ごめんなさい。美由紀は穏やかにいった。「ただ、日本や欧米では、つくりものであってもここを無意味と感じず、楽しい場所だとみなす風潮があるの。無理にとはいわないけど……」

李秀卿の目がふと、ある一点をみつめてとまった。その目つきは、いままでとはちがっていた。

「あれはなんだ？」李秀卿がきいてきた。

美由紀は視線を追った。童話の絵を立体化したような巨大な壁画がそびえ立っている。

「ああ、あれは〝イッツ・ア・スモールワールド〟のアトラクションよ」

李秀卿は、じっと立体壁画をみつめていた。やがて、つぶやくようにいった。「興味深いデザインだ。ピサの斜塔、エッフェル塔、タージ・マハル寺院、ビッグベン……。世界の建造物がデフォルメされ、一定の様式でデザイン化されている」

美由紀は目を凝らした。なるほど、いわれてみればたしかにそれらの建造物が描かれている。美由紀はずっと昔に東京ディズニーランドを訪れて以来、何度もこの前を通りかかったが、デザインの細部に気をとられたことはいちどもなかった。やはり李秀卿は、美由紀とは異なる視点でものをみているらしい。

ふいに、壁画の中央の扉が開いた。マーチ風の音楽にのせて、バルコニーに小さな電動人形が回転しながら登場した。人形は世界の民族衣装をまとった子供たちをデザインしたものだった。精巧さはなく、いかにも人形といった感じだった。壁面の風車やモービル式のおもちゃ、噴水などが動きだしたが、全体的にちゃちな印象はぬぐえなかった。李秀卿は東京ディズニーランドにいくにあたって、ハード類やテクノロジーにのみ興味があるといっていた。どうせ辛辣《しんらつ》なひとことを発するだろう、美由紀は醒《さ》めた気分でそう思った。

ところが、李秀卿は目を光らせていった。「あれに入ろう」

「え」美由紀は驚いた。「本気?」

「もちろん本気だ。なんというか、ほかのアトラクションよりは芸術性が感じられる」

美由紀は当惑した。きょう、これまでまわってきたアトラクションの数々を思い起こした。まずディズニーシーに行きインディ・ジョーンズとセンター・オブ・ジ・アースに乗った。それからディズニーランドに入って、スプラッシュマウンテン、スペースマウンテン、ビッグサンダー・マウンテンと人気の乗り物ばかりを勧めてきた。ところが李秀卿は仏頂面どころか、しだいに嫌悪感をあらわにするようになった。スター・ツアーズの技術力にも驚いたようすはなかった。まやかしだ、そのひとことで終わらせた。

〝イッツ・ア・スモールワールド〟はもともと、一九六四年のニューヨーク世界博用につくられたものだった。ロサンゼルスのディズニーランドには初期からある。当時は人々に感銘をあたえたようだが、いまや東京ディズニーランドでは子供でさえ鼻にかけない乗り物になってしまった。

「あのね」美由紀はいった。「このアトラクションは古いものだし……内容も、いままできたような人形が並んでいるだけで……」

「客の行列がない。閉まっているのか？」

「いえ。それだけ人気がないってことよ。ここに来るのはほかのアトラクションで疲れて、ひとやすみしたい人だけ」

「なら、待たずに入れるわけだ。行こう」李秀卿はさっさと歩きだした。

美由紀は困惑しながら、そのあとにつづいた。

通路を歩いていくと、広いホールにでる。桟橋のようなボート乗り場に、古いモーターボートから動力部分を取り払ったような平底の小舟がいくつも並んでいる。このボートに乗って屋内の水路をゆっくりと進んでいく、ただそれだけのアトラクションだった。

受付の従業員も暇そうにしていたが、美由紀たちがやってくると、どうぞ、と明るい笑顔で迎えた。美由紀は李秀卿とともに、ボートの先頭に乗った。むろん後ろには、誰もいなかった。ボートはすぐに、微速で動きだした。

「シートベルトは？」李秀卿がきいた。

「ないのよ」美由紀は苦笑した。「のろのろと進むだけだから。ロサンゼルスのディズニーランドでは、このボート乗り場が屋外にあって……」

「しっ」李秀卿は緊張感を漂わせた顔をして、美由紀の解説をさえぎった。

ボートはゲートをくぐり、次の部屋に入っていく。同時に、陽気な音楽と子供たちの合唱が聞こえてきた。

広々とした明るい部屋のなかを埋め尽くす、数百体の電動人形。世界の子供たちを模した人形はいずれも、髪と皮膚のいろが違うだけで、同じ体型、同じ顔をして、しかもみな一様に笑顔をうかべている。丸くふっくらとした愛らしい顔をした人形たちは、各々の国の民族衣装をまとって楽器を演奏したり、踊ったりしている。カンカン踊りをするフランスの少女、衛兵姿のイギリスの少年、象にまたがったアフリカの少年、チューリップを片手に木靴で踊るのはオランダの少女だった。

やはり一様にぎこちない動きをくりかえすだけの眺めだったが、美由紀は入場する前よりは、わずかながら感銘を受けていた。同じメロディの歌が、各国の言葉で歌われているのがわかる。周遊していくと、それらが自然に移り変わっていく。まるで季節が変わっていくように。無数の人形が微笑みかける。おとなの姿はひとつもない、子供たちばかりだ。彼らのなかに争いはない。誰もが仲良く戯れあう、笑いの絶えない世界。一九六四年、日本では東京オリンピックが催されていたころにつくられたアトラクション。当時としては、贅《ぜい》のかぎり、テクノロジーのかぎりを尽くして夢の世界を現出させようとしたのだろう。デザインはたしかに美しい。今日の目でみると古めかしくも感じるが、美しいことにちがいはなかった。

だが、そうはいっても、ハイテクにのみ興味があるといいきっていた李秀卿が、この古式ゆかしい乗り物に満足するはずがない。そろそろ毒舌が飛ぶころだろう。そう思って、隣りの同乗者に目をやった。

美由紀は驚き、呆然《ぼうぜん》とした。

李秀卿の表情はまるで変わっていた。いままでみたこともないような横顔だった。うっすらと目に涙をうかべ、少女のように微笑んでいる。そのきらきらと光る瞳が、天井近くまで並べられた人形を見渡している。

「沙希成さん」美由紀はきいた。「どうかした?」

「すばらしい」李秀卿はだしぬけに立ちあがろうとした。「すばらしいじゃないか!」

美由紀はあわてて李秀卿を制した。「危ないって。立っちゃいけないのよ」

李秀卿は不服そうな顔をして座席に戻ったが、まだ身をのりだして、幼い子供のように目を輝かせて辺りをみまわした。

いや、いまどき子供でもこのアトラクションにはこれほど感激しないだろう。美由紀はそう思った。四十年前の子供と同じ感動を、李秀卿は味わっているらしかった。

だが、果たしてそうだろうか。李秀卿は文化の違いには疎くても、最新のテクノロジーには詳しい、博学な女性だ。ベトナム戦争以前のアメリカの子供たちと同じ感性だとは思えない。

美由紀はきいた。「なにをそんなに感激しているの?」

「なにが、だって?」李秀卿ははしゃいでいた。別人のように興奮していた。「この人形たち、子供たちだよ! 美しいじゃないか。国も違うのに、こんなに手と手をとりあって……夢のようじゃないか。それにこの歌。聞こえるだろ、この歌」

もちろん聞こえている。〝イッツ・ア・スモールワールド〟の合唱。

なるほど、と美由紀は思った。数か国語を話せる李秀卿は、英語で流れる原曲の歌詞の意味を理解できる。

わたしたちの世界には　笑いがあり　涙もある
　希望があり　恐怖がある
わたしたちには共通するところが　あまりに多くあるのだから　いまこそ理解できる
すなわち世界は、小さいのだということを
たったひとつの月　たったひとつの輝く太陽
誰でも知っている　笑顔が友情を生むことを
山がわたしたちを分け隔て　海もたしかに広いけれど
それでも　世界は小さい
すなわち　世界は小さい　小さな世界

李秀卿の感涙が伝染したのだろうか。美由紀にも、その歌詞とメロディが心に染み入ってくる、そんな気がした。

まだ戸惑いのなかった世界。憂いも恐怖もなかった世界。小さな子供のころに抱いた、たしかにいちどは自分が抱いたはずの想い。いまでは幻想のひとつとして片付けてしまい、忘却の彼方に押しやっていた願望。国籍も社会問題も、ひとと接することのあらゆる辛さを知らなかった時代、この世界はたしかに自分のなかにあった。小さな世界か。たしかにかつては、自分のなかにあった。この世界があった。

李秀卿は涙を流していた。笑いながら泣いていた。

彼女はあまりにも純粋だった。無垢な子供の心の上に、むりやり築かれた敵対心、猜疑《さいぎ》心《しん》が本能を覆い隠し、無感動の鎧《よろい》をかぶせているにすぎなかった。彼女は泣き、笑うことができる。彼女のなかにまだ残っている、小さな子供のころの感情で。美由紀がとうに失ってしまった、幼いころの心のままで。

いきなり、李秀卿は拍手をしはじめた。航路もあとわずかだった。フィナーレの広場に並んだ、さらに数多くの人形たちが合唱をくりかえす。その子供たちの微笑は、李秀卿の拍手に応えているかのようだった。美由紀とちがい、李秀卿はこの空間の子供たちとしっかり意思を通じ合っている、そんなふうにみえた。

ボートがゲートをくぐり、入り口の乗り場に戻った。李秀卿はまだ拍手しつづけていた。あいかわらず誰もいない乗り場で、従業員《キャスト》が面食らった顔をしている。それはそうだろう、美由紀は思わず苦笑いした。泣きながら拍手して戻ってくる、そんな客《ゲスト》は初めてみたにちがいない。

「美由紀」夕暮れが迫るディズニーランド、シンデレラ城近くのカフェテラスの一角で、李秀卿がいった。「おまえに会えて、よかったと思う」

美由紀は唖然《あぜん》として、向かいに座った李秀卿をみつめた。そんな言葉を受けるとは、思ってもみなかった。

李秀卿はつぶやいた。「初めておまえに会ったとき、わたしは敵愾心《てきがいしん》しか抱かなかった。朝鮮半島の平和を阻む悪質な日本人、そのなかのひとりにすぎないと思っていた。だがおまえは、ちがっていたようだ。おまえのおかげで、班長の死は報われたような気がする。礼をいう」

風が吹き、李秀卿の頬をなでていく。しなやかな髪が風になびいた。うつむき、視線を落とした李秀卿の顔が夕陽に染まっていた。まるで少女のように澄んだ瞳が、そこにはあった。

美由紀は返答に困った。李秀卿の言葉はたんなる外交辞令だろうか。それとも、真意か。判別がつかない。

「ディズニーランド、どうだった?」美由紀はあえて、軽い口調できいた。

李秀卿は黙って顔をあげた。そろそろ出口に向かう客も目立ち始めた。その人々の流れを見守った。

「美由紀」李秀卿はじっとみつめてきた。「わたしの滞在許可が降りているなんて、嘘だろ」

オレンジ色に染まる人々の群れの向こう、シンデレラ城前には敷き物をして座りこむ人々がみえていた。ナイトパレードと花火に備えている。整然と花見のように陣取りをするのが、いかにも日本人らしかった。

美由紀は首を振った。「いいえ」

李秀卿は美由紀をみた。初めて会ったときを彷彿《ほうふつ》とさせる、険しい目つきでみた。だが、すぐに笑いだすと、李秀卿は吐き捨てるようにいった。「嘘をいえ」

「ほんとよ」

「美由紀。おまえが千里眼だなんて呼ばれているとしたら、日本人はよほど他人の心を察するのがへたなんだろうな。顔に書いてあるよ、おまえのな」

顔に書いてある。嵯峨にも前に同じようなことをいわれた。千里眼って呼ばれている割りには、きみは思ったことが顔にでやすいんだよね。嵯峨はそういった。

「あなたこそが千里眼ね」美由紀はため息まじりにいった。

「誰にでもわかる」

「いいえ。あなたには、わたしには見えないものが見えてる」

李秀卿は黙りこんで、またテーブルに目を落とした。紙コップを手にとり、ストローでひとくちすすった。

「美由紀」李秀卿は静かにいった。「おまえにも、わたしに見えないものが見えている。おまえはわたしを変えてくれた。少しずつかもしれないが、これからの人生は、変わっていくと思う」

それはわたしもおなじだ。美由紀はそう思った。

なにかをやり遂げたくて、勉強を重ね、身体を鍛えて、防衛大学校に入った。自衛官になることで、人々のために役立てる、自分の生きがいになる仕事ができると信じた。四年前のことがきっかけで、自衛隊を辞めてからは、過去を否定し、武力や暴力を毛嫌いし、カウンセラーという聖職に身を委ねたいと願った。自衛隊で培われた動体視力と、カウンセラーとして学んだ観察眼が組み合わさって、ひとの心を見透かすほどの〝千里眼〟だと風評が立った。その特殊性ゆえ、自分が特別な存在だと錯覚していた。

だが実際には、自衛官としてもカウンセラーとしても半端者だった。たまたま異色の経歴が、自分を特殊なものに位置づけているにすぎなかった。半ばそのことに気づきはじめてから、自衛官としての過去を払拭し、一人前のカウンセラーになろうと努力した。争うことによってではなく、対話によって問題を解決しよう、国のレベルではなく、個人のレベルで悩みを解決しよう。それが真理だと自分にいいきかせてきた。

それがどうだろう。自分の人生は、ずるずると過去にひきずられてきた。しかし、李秀卿と出会ってしばらくして、ふと考えた。自分はなにに迷っていたのだろうか。

過去の過ちを否定したい、その気持ちからカウンセラーになろうと躍起になった。ところがその過ち自体が、美由紀の思い違いだった。星野亜希子は北朝鮮にさらわれてはいなかった。それがわかっていれば、自衛隊を辞めることもなかったのに。

しかし、自衛官をつづけていれば、この四年間に学び得たことが果たして身につけられたかどうか。李秀卿と少しでも心を通わせられたのは、カウンセラーとしての努力の日々が実を結んだ、その最たるものではないのか。そして同時に、防衛庁指定の災害救助訓練を受けていなければ、世界貿易センタービルのエレベーターを降下させることはできなかった。自分だけでなく、李秀卿、そしてあのエレベーターのなかにいたアメリカ人たちを救うことはできなかった。

ひとを救うことに正しくない道はない。どちらも正しかったのだ。

美由紀はつぶやいた。「人生の、よいときも悪いときもあって、いまの自分がある。やっとそれが、わかった気がする」

李秀卿は、美由紀のふいに漏れたつぶやきにも、眉をひそめることはなかった。わかる。ただひとこと、そういって小さくうなずいた。

「なあ美由紀」李秀卿がいった。「千里眼という言葉の本来の意味は、千里の距離を見通し、未来も見えるってことだそうだな」

「そう」美由紀は苦笑した。「わたしには、まるで当てはまらないわ」

「そうかな」李秀卿は笑みをうかべた。「おまえは、未来をどう見る？」

「未来？　わたしの？　この世界の？」

「両方だ」

　未来。そんなものはわからない。たしかなものは現在しかない。人生は複雑だった。明日のことに目を向けようとしても、霧のなかのように判然としない。

　答えを迷っていると、李秀卿がいった。「わたしには見える」

「どんな未来？」

　李秀卿は頬づえをつき、鼻歌を口ずさみはじめた。さっき耳にしたばかりのメロディ、〝イッツ・ア・スモールワールド〟だった。

　子供たちが手をとりあい、笑いあい、信じあえる世界。純粋無垢な、小さな世界。

　美由紀は笑った。「それが未来？」

　ああ。李秀卿はうなずいた。

　美由紀にとって、あれは過去だ。失われた純真さの時代の幻想。

　だが、それを未来といいきる李秀卿の心情はなんだろう。たんに無邪気というだけではあるまい。

　それを問いただす前に、李秀卿がいった。「さてと。帰るとしよう」

「ホテルなら、ミラコスタのスイートがとってあるから……」

「いや」李秀卿は伸びをした。「わが国に帰るんだ。偉大なる朝鮮民主主義人民共和国へ」

　美由紀は静止した。なぜか空虚な気分に満ちていく自分がいた。

「どうして」美由紀はいった。「いまから成田にいったんじゃ、国際線も……」

「空港に寄るつもりはない。いまどきの税関のチェックは、さすがに厳しくなっているからな」

「じゃ、どうやって……」

「それはな」李秀卿は微笑した。「内緒、だ。ここで別れよう」

「ここで?」美由紀は言葉に詰まった。「でも……」

「いいんだ」李秀卿は笑顔をうかべたまま、立ちあがった。「これ以上おまえに迷惑はかけられない。わたしはこの国じゃ、追われてる身だからな」

美由紀は呆然と李秀卿をみつめていた。自分が彼女をひきとめたいと思っている、そのことはわかっていた。だが、ひきとめてなんになるのか、今後どうすればいいかは、まったく頭のなかになかった。

ただ、もうしばらく一緒にいたかった。いや、ずっと近くで暮らしたかった。

これが本当の友情だろうか。だとすれば、自分にとって初めて抱いた感情ということになる。美由紀はそう思った。

「美由紀。拉致されたという日本人の人々、その真実の解明に向けて、わたしは帰国後できるかぎりのことはするつもりだ。何年かかるかわからないが、少なくともそういう人間がいることは、覚えていてほしい」

「そうね……」

　李秀卿は美由紀の顔を見おろした。「そんなに寂しそうな顔をするな。おまえが結婚するころには、両国の関係ももう少しは改善されるだろう。式には出席する」

　美由紀はめんくらった。「わたしの結婚が、そんなに先だと思う?」

「さあな」李秀卿は笑った。「アンニョンヒ・ケシプシオ。美由紀」

　李秀卿の顔は微笑んでいた。少女のような微笑。涙はなかった。その顔を、美由紀はじっとみつめた。いつの間にか李秀卿が、岬ではなく美由紀と呼んでいる、そのことに、ようやく気づいた。

「アンニョンヒ・カシプシオ」美由紀は笑いかけた。「瞳」

　李秀卿はふっと笑い、美由紀の肩を軽く叩いた。そして、美由紀の背後へと立ち去っていった。

　美由紀の視界から消えるように、あえてそちらにまわったのだろう。美由紀に振りかえってほしくはない、そう思っているだろう。

　美由紀は振り向かなかった。たそがれ時を過ぎ、暗くなっていくシンデレラ城前の広場を眺めていた。時折、涙に視界が揺らぎそうになる。そのたびに、ぐっとこらえた。こんなところで、涙を流すのはへんだ。そう思った。

　どれだけ時間がすぎたろう。美由紀は、ゆっくりと振りかえった。

李秀卿の姿はなかった。

ふいに、まばゆい光が辺りを包んだ。子供たちの歓声があがった。みあげると、城の上空に鮮やかな花火があがっていた。

華々しい音とともに、暗い夜空に次々に花開いた、美しい花火。冷ややかな夜の闇を圧倒するかのように、まばゆい光を放ちつづける。どよめきのような花火のふくらみ。

その天空の祝祭をみあげるうち、美由紀は頬に涙がつたうのを感じた。こらえきれなくなって、涙を流していた。ニューヨークの地獄絵図のなかで流した涙とはちがう、過去何度も泣いたいずれともちがう、この日だけの涙。色とりどりの花火の歓迎のなかで、美由紀は静かにそれを感じていた。

この物語はフィクションであり、実在する個人、国家、企業などの団体とはいっさい関係がありません。

解説

茶木則雄

松岡圭祐は実に驚嘆すべき作家である。ファンならご承知のように、千里眼シリーズはその後実際に起きた様々な事実を予見してきた。

シリーズ第一作『千里眼』では旅客機を使った大規模テロをストーリーに取り入れ、第二作『ミドリの猿』では周辺事態法をめぐる危機的状況と政府の対応を、小渕政権下における野中官房長官の答弁まで含めて正確に予言してみせた。さらに、『ミドリの猿』と対をなす第三作『運命の暗示』では、作中に登場する「ミドリの猿」がクローン技術によって誕生したことが明かされるが、本が刊行されるとほぼ同時に、オレゴン州ヘルスサイエンス大学の科学者グループがクラゲのＤＮＡを移植したミドリ色に光る猿の胚を創り出すことに成功した、と発表している。また第四作『洗脳試験』には、岬美由紀が人気テレビ番組「クイズ＄ミリオネア」に出場した回答者のカンニングを見破るシーンがでてくるが、発売半年後、本家イギリスの同番組収録中に同様の手口で不正に一億円を手にした出演者がいたことが発覚し、裁判沙汰にまで発展している。

驚嘆すべきは、ノストラダムスばりの大予言ばかりではない。出版界の常識を覆す刊行スタイルにも注目すべきだろう。

当初は、独立した単発作品と思われていた嵯峨敏也の『催眠』と岬美由紀の『千里眼』に接点を持たせ、《催眠ワールド》とも言うべき統一した世界観を構築することに成功した点は、以前にも指摘した（『ミドリの猿』文庫解説）。この斬新な試みはシリーズの人気をますます揺るぎないものにしたが、それと歩調を合わせるように、刊行ペースは巻を追うごとに上がり、文庫化のスパンも速度を増してきている。三年が目安と言われる出版界にあって、『催眠』は一年半後、『千里眼』は一年後、『洗脳試験』に至っては半年後というスピード文庫化ぶりだ。

これは、常に読者を第一義に考える松岡圭祐の、ストイックなまでのサービス精神の発露に他ならない。シリーズの愛読者にとって新作を少しでも早く読みたいと願うのは当然の感情である。しかも作者は、単行本と文庫の読者層が違うことをちゃんとわきまえている。徳間書店から発売されたシリーズ第五作『千里眼の瞳』が、シリーズ全作を文庫化してきた小学館文庫に収録されたのも、その証左だろう。

文庫を持つ出版社の単行本が他社で文庫化されることなどまずもってない。だが読者を第一義に考えた場合、シリーズの文庫に統一性を保つことは重要な意味を持つ。書店で探しやすいのはむろんのこと、同じ背表紙の方が自宅の本棚に並べたときも、格段に見栄えがいい。

読者第一主義を貫き、これまで出版界の常識に囚われない独自の刊行スタイルを採ってきた作者だが、シリーズ最新作『千里眼の瞳』の文庫化にあたって、松岡圭祐はまたしても大いなるサービス精神を発揮している。親本に何と、三百枚もの大加筆を行っているのだ。

具体的にどこがどう変わったか。実は『千里眼の瞳』には、メフィスト・コンサルティング・グループの密使ダビデが、まったく登場しない――と聞くと、すでに本書を読み終わった読者は唖然とするに違いない。イタリア系の巨漢ダビデは、本書の中で極めて重要な役割を果たすからだ。未読の読者の興を削ぐ怖れがあるので詳しくは語らないが、ダビデの存在があるからこそ、岬美由紀がアフガニスタンに潜入する後半のクライマックスが成立するのである。それによって、北朝鮮の女性工作員・李秀卿と美由紀の間に芽生える友情にも、より強い説得力をもたらすことに成功しているのだ。

親本にはこの活劇シーンがない。ダビデの飄々としたキャラクターが支える本書のユーモラスな味わいも、もちろんない。利潤の飽くなき追求をモットーとするメフィスト・グループが、東京湾観音事件のネタを日本の出版社に売り、それが『千里眼』というタイトルで小説化されて店頭に並んだという「お遊び」の要素も、当然のことながら存在しない。

親本の読者は、ダビデから本を手渡された美由紀が『千里眼』を拾い読みして述べた感想に、吹き出すことはなかった訳だ。

大幅加筆の狙いはおそらく、文庫読者に向けシリーズの統一性を計る点にあったのではあるまいか。

このシリーズ第五作は、エンターテインメントに徹しきったそれまでの作品とはいささか趣を異にし、現実を直視したリアル極まりない展開を見せる。北朝鮮の拉致疑惑に始まり、世界の歴史を変えたあの米国同時多発テロへと、ドキュメントタッチの進行を見せるのだ。『千里眼の瞳』の発売状況を考えると、後半の執筆はまさに同時進行に近かったはずである。リアリティを重視する姿勢はストーリー展開ばかりか文章や人物描写にも見て取れ、『千里眼の瞳』は嵯峨敏也を主人公にする催眠シリーズやノンシリーズの『煙』に近いシリアスな奥行きを感じさせてくれた。岬と嵯峨の数奇な遍歴を軸にした癒しと再生の物語、といった側面がある。その意味では、《松岡ワールド》の集大成と言ってもいい。

だが、親本には前述したように、シリーズの醍醐味であった派手な活劇シーンや思わず吹き出す独特のユーモアが欠如している。作者はそのあたりを考慮して、ダビデという狂言廻しを登場させたのだろう。

この加筆によって本書は、長さでも奥行きの深さでもまた内容の濃さでも、シリーズ最長・最大・最高の傑作に仕上がった。文庫読者は、どうか存分に堪能していただきたい。

最後に、本書で描かれた《松岡圭祐の大予言》を紹介しておこう。

北朝鮮の金正日総書記の長男、金正男氏と見られる男性が平壌に戻らず、なおも国外に潜伏して秘密活動中と報じられたのは、二〇〇一年十二月十六日。翌十七日には、北朝鮮の朝鮮赤十字会が拉致疑惑を全面否定し、日本側が要請した行方不明者の消息調査事業を全面中止すると発表している。また同日、ついに炭疽菌事件の感染ルートが解明され、さらに二十二日には、アフガニスタンに新政権が誕生している。

これらはいずれも、親本で示唆、あるいは指摘されていた《事実》だ。『千里眼の瞳』が発売されたのは、二〇〇一年十二月十四日であった。畏るべき、松岡圭祐！

(ちゃき・のりお　書評家)

IT'S A SMALL WORLD

Words and Music by Richard M. Sherman And Robert B. Sherman

© 1963 by WONDERLAND MUSIC COMPANY, INC.
Copyright Renewed.
All Rights Reserved. International Copyright Secured.
Rights for Japan controlled by Yamaha Music Foundation.

JASRAC 出0205162-201

VISIT THE OFFICIAL SITE

http://www.senrigan.net/

小学館

松岡圭祐の本、絶賛発売中！

千里眼

可憐で心優しい最強のカウンセラー、岬美由紀登場！国家の機構を破壊しようとするテロ教団と内閣官房との攻防に巻き込まれ、美由紀は持てる能力のすべてを出し尽くし問題解決に挑む。シリーズ・エピソード1。

●四六判／434頁　●小学館文庫／576頁

千里眼 ミドリの猿

『催眠』嵯峨敏也はかつての恩師、倉石を連続変死事件の犯人と疑い極秘調査に乗り出した。一方、いまや「千里眼」の異名をとる岬美由紀は、見えざる敵の存在を察知する。謎が謎を呼ぶノンストップ超高速展開『千里眼』シリーズ・エピソード2前篇。

●四六判／362頁　●小学館文庫／464頁

千里眼 運命の暗示

捕らわれた岬美由紀を救いだすため、嵯峨敏也と蒲生誠は東京湾唯一の無人島・猿島に向かう。しかしそこには既に、謎の敵、メフィスト・コンサルティングの罠が張り巡らされていた――岬美由紀と友里佐知子、ふたりの運命の行方は？圧倒的な迫力と面白さ、リーダビリティとオリジナリティを誇る『千里眼』シリーズ・エピソード2後篇。

●四六判／338頁　●小学館文庫／446頁

超絶マジック連発!! 累計185万部突破

千里眼 洗脳試験

友里佐知子は生きていた! 岬美由紀と嵯峨敏也が挑む、日本の存続をかけた最終決戦!! 世紀を越えて対峙し続けた二人の女に、ついに決着の時が!! エンターテインメント文学に新たな金字塔を打ち立てた超ベストセラー・シリーズ。圧倒的支持に応えて贈るシリーズ・エピソード3。

●四六判/498頁 ●小学館文庫/640頁

催眠

臨床心理学のプロが多重人格という精神病理が引き起こす事件の解明に挑む長編サイコ・サスペンス。複雑な精神病理と医療カウンセリングの世界を一級の娯楽作品に仕立て、ミステリー界の絶賛を集めながら、一気に映画化にまで登りつめた奇跡のデビュー作。

●四六判/434頁 ●小学館文庫/512頁

後催眠

嵯峨敏也は謎の女からの電話を受けた。「かつて催眠療法の教師でもあった精神科医・深崎透の失踪を、木村絵美子という患者に伝えろ。」癌に冒され、余命いくばくもない深崎と、絵美子のあいだに芽生えた医師と患者の垣根を越えた愛。だがそこには驚くべき真実が隠されていた—。

●四六判/234頁 ●小学館文庫/256頁

SHOGAKUKAN BUNKO

最新刊

コイズミ、マキコ、ムネオ…ビョーキな人々
永田町「精神分析」報告
和田秀樹
パフォーマンスに騙されるな！「コイズミ劇場」演技巧者たちの本質を見破る、画期的「現代政治と日本人」論。

彼らは何でも知っている
議員秘書という仮面
上杉 隆
汚れ役に名義貸し――議員秘書も楽じゃない。現役秘書多数を取材して、知られざる〝永田町の常識〟を全公開。

財政破綻を救う
山田方谷「理財論」
深澤賢治
幕末期、破綻寸前だった備中松山藩の財政を見事に立て直した山田方谷。今指導者の地位にある人の必読書。

パレスチナ「自爆テロの正義」
Q.サカマキ
戦闘、テロ、虐殺、拷問が続くパレスチナの壮絶な日常をカメラが追う！自爆テロを繰り返す人々の「正義」とは？

香港性工作者
楊漪珊
上田祥恵 訳
中国人女性作家が香港のセックス地帯に突撃取材して、そこに蠢く人間模様をあぶり出した迫真のノンフィクション。

日韓歴史共同研究のまぼろし
韓国と歴史は共有できない
勝岡寛治
歴史認識問題解決のための「日韓歴史共同研究会」が孕む〝大いなる危険〟に警鐘を鳴らす一冊。

SHOGAKUKAN BUNKO

最新刊

千里眼　メフィストの逆襲
松岡圭祐
北朝鮮人民思想省、メフィスト・コンサルティング・グループ。二大マインドコントロール集団が日本を襲う。

千里眼　岬美由紀
松岡圭祐
松岡イリュージョンの頂点！《千里眼》は今、ここに極まった——書評家・茶木則雄氏

ホラーを書く！
インタビュー／東　雅夫
瀬名秀明、皆川博子、小池真理子などホラーの名手10人の秘密にホラー評論家・東雅夫が迫る!!

藤沢周平「海坂藩」の原郷
蒲生芳郎
藤沢周平が築いた幻の「海坂藩」そこには故郷への切なる想いが——。幼馴染みが長年の交流から展開する心暖まる周平観。

金子光晴　金花黒薔薇艸紙
金子光晴
聞き書き・桜井滋人
詩人・金子光晴が最晩年に語った極彩色の色ザンゲ。虚実融けあう夢譚の中にも詩人の世の中に対する視線の鋭さは健在。

のり平のパーッといきましょう
三木のり平
聞き書き・小田豊二
芝居、芸、酒、博打、女。映画、舞台で大活躍した喜劇役者・三木のり平の軽妙な語り口で綴られた名優一代記。

逆説の日本史6　中世神風編
井沢元彦
鎌倉仏教と元寇の謎に迫りながら、なぜこれほどまでにこの国の危機管理能力が欠落したのかを解き明かす。

SHOGAKUKAN BUNKO

好評既刊

崩壊する小泉改革 総理の資質とは何か

佐伯啓思

頑張っていても、小泉首相には何かが足りない。一国のリーダーに必要な資質を解き明かす。

総検証「日本人の宗男体質」

相内俊一・監修

「中央からカネ」を引き込む政治家に引き込まれていく選挙民…現地から日本独特の政治風土を浮き彫りにする！

吹き荒れる電脳ナショナリズム 中国「愛国攘夷」の病理

石平

国際化でますます加速する盲目的ナショナリズム。中国人はいったいどこへ行くのか？

県警刑事《デカ》

森詠

捜査の現場で直面する地方社会の病巣と、一人の人間としての焦燥を抱える栃木県警の刑事群像を描く異色の連作短編集。

明治・大正・昭和……親子で読みたい 精撰「尋常小學修身書」

八木秀次・監修

正直、謙遜、礼儀、勤勉、責任、友情、公益、勇気、報恩、克己…。日本人の美徳がここにある。

SHOGAKUKAN BUNKO

好評既刊

全宗（ぜんそう）
火坂雅志
秀吉の天下統一、世継問題に重要な鍵を握った、知られざる名参謀の野心と乱世を見事に描出した傑作長編!!

書き下ろし文芸
枯れてたまるか探偵団
岡田斎志
ちょっと色っぽくて若い（中年）女性のために張りきる老人たち。さて殺人事件の行方は意外な方向に…。名古屋弁のユーモアミステリー現る!!

書き下ろし文芸
神隠し
竹内　大
江戸の訴訟の仲介をする公事宿の手代・政吉が神隠しを装った大店をめぐる誘拐騒動のからくりを暴く。

週末スローフード生活
週末冒険隊
和洋中仏のトップシェフが考えた〈家庭で作れるスローフードレシピ33〉、簡単体験〈コメ、味噌、塩づくり〉など、これ一冊ではじまる週末スローフード生活。

時間減らして材料減らして
山崎えり子のマイナス・クッキング
山崎えり子
お金を払えばたいていの食物が簡単に手に入る豊かな時代に、あえて減らすことにこだわる、それが山崎流「マイナスクッキング」。

SHOGAKUKAN BUNKO

好評既刊

小さなえほんの、大きなぬくもり。

小学館文庫の絵本 誕生!!

活字じゃ伝わらない気持ちがある。
あのひとが、心をこめて作ってくれた、絵も文も手がきのぬくもり。
やさしさが、いっぱいにつまった、小さな「絵本」ができました。

中島みゆき
もっぷでやんす

今、あなたの心にはどんな風が吹いていますか？
新しい"中島みゆきワールド"の誕生です。

さとう珠緒
るきでずらなか

一人前の魔法使いになりたいちゃん太。
そう、頑張れば、かならずできる！

優香
エアー

約束だよ、ずっとずーっと、抱いていてね。
飼い犬・エアーとひろちゃんのおはなし。

SHOGAKUKAN BUNKO

好評既刊

日本人はビックリ!
韓国人の日本偽史
野平俊水
韓国TVにレギュラー出演する「最も有名な日本人」が、韓国で信じられている〝日本の偽史〟をユーモラスに紹介する。

なぜあなたはやらないのか
異端起業家になる
大前研一
今こそ起業家になるチャンス。この経済停滞を打ち破るために、本気で学びたい異端起業家たちのスピリット。

がんばらない、うまくやる
サラリーマン保身術
社会人サバイバル研究会 編
この一冊に詰まった知識と知恵があなたのサラリーマン人生を決定づける。

英語で言うと
即戦英会話
竹村日出夫
伝えたいのに伝えられない歯がゆさ。そんな思いを解消させる生きた英語表現の集大成。今すぐに話したくなる!

だからこの人は好印象を持たれる
多湖輝
自分のプラスイメージを打ち出し、もてる能力を十分に発揮するために、ぜひ身につけたい「自己表現術」。

池袋通り魔との往復書簡
青沼陽一郎
オウム事件以降頻発する無差別殺人事件。身勝手な論理を綴った犯人からの手紙をもとに現代社会の病理に迫る。

SHOGAKUKAN BUNKO
好評既刊

星野仙一　猛虎革命
田尾安志
星野は阪神タイガースという「ぬるま湯」を沸騰させられるか。星野と阪神を知る著者が復活の願いを込めて書く。

マニアの路面電車
原口隆行
路面電車に乗って窓から街を眺めていると、なぜか人にやさしくなれるような気がしてくる。

ガラクタ捨てれば自分が見える　風水整理術入門
カレン・キングストン　田村明子・訳
ガラクタに囲まれ、日々を過ごす人――そう、あなたです。「心が晴れない」その理由を解き明かし対処する法を教えます。

女性に心地よい名旅館
Domani編集部　編
女性が心からくつろげる条件を満たしている「もてなしの名旅館」を、女性の目でリストアップ。

入江泰吉　私の大和路春夏紀行
入江泰吉
「うるわしの大和」の風景を半世紀近く撮り続けた入江泰吉の名作写真と彼のエッセイによる初の写文集。

書き下ろし文芸　開港ゲーム
三宅孝太郎
維新後の横浜で起こったマリア・ルス号事件の裏で、英米両国の熾烈な確執が二重三重に渦巻いていた。

SHOGAKUKAN BUNKO

好評既刊

証券市場は死んだのか
宮尾攻・編著
野村證券元会長の相田雪雄氏と日本を代表する格付け会社、三國事務所代表取締役の三國陽夫氏が証券市場の問題点を語る。

医療費3割負担時代の自己防衛術 レセプト開示で不正医療を見破ろう!
勝村久司・編著
過剰な薬、不要な検査、架空診断による水増し請求……。利益優先の不正医療から身を守るためのレセプト開示マニュアル。

なぜ抑制が働かないのか 韓国ナショナリズムの不幸
鄭大均
普通、民主主義の国ではナショナリズムは抑制されるが、なぜ韓国のナショナリズムは野放しにされるのか。解説・櫻井よしこ

家族 松本サリン事件・河野さん一家が辿った「深い傷」そして「再生」
佐々木ゆり
植物状態で物言わぬ母、悩み苦しむ父と対峙するなかで子どもたちが自らを見つめ模索した、心の軌跡を追う。

わが子に、孫に伝えたい 昭和体験(上)
小学館文庫編集部編
貧しくもひたむきに生きた日本人。昭和元年から敗戦までの20年間の「小説よりも奇なる」ドラマチックな手記36編。

わが子に、孫に伝えたい 昭和体験(下)
小学館文庫編集部編
廃墟の中から立ち上がった日本人。今日の繁栄に至る激動のプロセスを暮らしの現場から語る戦後史36編。

小説家になりたい人へ!

第3回募集
小学館文庫小説賞

賞金100万円

【応募規定】

〈資格〉プロ・アマを問いません

〈種目〉未発表のエンターテインメント小説、現代・時代物など・ジャンル不問。(日本語で書かれたもの)

〈枚数〉400字詰200枚から500枚以内

〈締切〉2002年(平成14年)9月末日までにご送付ください。(当日消印有効)※以降年に2回、9月と3月に〆切りをもうけ、作品を募集します。

〈選考〉「小学館文庫」編集部および編集長

〈発表〉2003年(平成15年)2月刊の小学館文庫巻末頁で発表します。

〈賞金〉100万円(税込)

【宛先】〒101-8001東京都千代田区一ツ橋2-3-1
「小学館文庫小説賞」係

*400字詰め原稿用紙の右肩を紐、あるいはクリップで綴じ、表紙に題名・住所・氏名・筆名・略歴・電話番号・年齢を書いてください。又、表紙のあとに800字程度の「あらすじ」を添付してください。ワープロで印字したものも可。30字×40行でA4判用紙に縦書きでプリントしてください。フロッピーのみは不可。なお、投稿原稿は返却いたしません。

*応募原稿の返却・選考に関する問合せには一切応じられません。また、二重投稿は選考しません。

*受賞作の出版権、映像権等は、すべて本社に帰属します。また、当該権利料は賞金に含まれます。

*当選作は、小説の内容、完成度によって、単行本化・文庫化いずれかとし、当選作発表と同時に当選者にお知らせいたします。

本書のプロフィール

二〇〇一年一二月、「千里眼の瞳」として徳間書店より刊行したものに、原稿用紙（四〇〇字詰め）約三〇〇枚を大幅加筆し、訂正したものの下巻です。

シンボルマークは、中国古代・殷代の金石文字です。宝物の代わりであった貝を運ぶ職掌を表わしています。当文庫はこれを、右手に「知識」左手に「勇気」を運ぶ者として図案化しました。

――「小学館文庫」の文字づかいについて――

- 文字表記については、できる限り原文を尊重しました。
- 口語文については、現代仮名づかいに改めました。
- 文語文については、旧仮名づかいを用いました。
- 常用漢字表外の漢字・音訓も用い、難解な漢字には振り仮名を付けました。
- 極端な当て字、代名詞、副詞、接続詞などのうち、原文を損なうおそれが少ないものは、仮名に改めました。

千里眼《せんりがん》　岬美由紀《みさきみゆき》

著者　松岡圭祐《まつおかけいすけ》

二〇〇二年七月一日　初版第一刷発行

編集人――高橋信雄
発行人――山本　章
発行所――株式会社　小学館
〒一〇一-八〇〇一
東京都千代田区一ツ橋二-三-一
電話　編集〇三-三二三〇-五七二〇
　　　制作〇三-三二三〇-五三三三
　　　販売〇三-三二三〇-五七三九
振替　〇〇一八〇-一-二〇〇

©Keisuke Matsuoka　2002　Printed in Japan

ISBN4-09-403258-4

印刷所――図書印刷株式会社
デザイン――奥村靫正

造本には十分注意しておりますが、万一、落丁・乱丁などの不良品がありましたら、「制作局」あてにお送りください。送料小社負担にてお取り替えいたします。

Ⓡ〈日本複写権センター委託出版物〉
本書の全部または一部を無断で複写（コピー）することは、著作権法上での例外を除き、禁じられています。本書からの複写を希望される場合は、日本複写権センター（☎〇三-三四〇一-二三八二）にご連絡ください。

小学館文庫

この文庫の詳しい内容はインターネットで
24時間ご覧になれます。またネットを通じ
書店あるいは宅急便ですぐご購入できます。
アドレス　URL http://www.shogakukan.co.jp